KB119663

포커 플레이어 그녀

포커 플레이어 그녀

브누아 필리퐁 장편소설 | 장소미 옮김

위즈덤하우스

일러두기

1. 책과 신문은 『 』로, 시, 영화, 노래, TV 프로그램 등 작품 제목은 「 」로 표기했습니다.
2. 본문 하단의 주석은 모두 옮긴이 주입니다.

"제발…… 제발…… 자비를……."

"네가 날 강간하는데 그렇게 애원한다면 넌 과연 멈췄을까?"

"난……."

막신은 총구를 들이댔다.

"정직해야 돼. 과연 멈췄을까?"

"아니……."

"그럼 문제의 근원을 뿌리 뽑아야지."

탕!

"마지막 선물이야, 날 꼭 기억하라는. 이럼 절대 날 잊지 못하겠지."

아버지는 아들이 바보처럼 꾸역꾸역 일하며 살기를 바라지 않았다. 매일 여덟 시간 동안 근무하며, 은퇴 전까지는 몇 달이나 남았는지, 휴가까지는 몇 주나 남았는지, 퇴근하려면 몇 시간이나 남았는지 세면서 사는 삶이기를 바라지 않았다. "수를 세려거든 차라리 카드를 세거라." 그가 아들에게 입버릇처럼 되뇌는 말이었다. 아버지는 작크가 어렸을 때부터 돈이 걸린 게임이란 게임은 모조리 가르쳤다. 순발력이라든지 전략이나 재능, 혹은 속임수 따위가 필요해지면 곧바로 작동 원리를 설명했다. 이욕부터 상대방을 경계하는 것까지 남김없이 전수했다. 아버지는 아들에게 우리 사회는 거짓말로 이루어졌다는 말을 시시때때로 늘어놓았다. "국가가 우리한테 사기를 친단 말이다. 국세청은 돈을 훔쳐가고, 사장은 거짓말을 일삼고, 마누라는 바람을 피우고. 그러니 애써 바르게 살 이유가 없어. 우린 희생양이 아니거든. 혹시 도살장에 끌려가는 데 취미가 있는 거라면 모를까. 설마 도살장에서 인생 종 치고 싶은 거냐?"

"아니요." 어린 작크는 부친의 궤변에 어리둥절해하면서도 대답했다.

"우린 원하든 아니든, 시스템에 참여하도록 강요받거든. 하지만 그러지 않고도 승자가 되는 방법들이 있어. 바로 시스템을 거침없이 비틀어버리는 거지. 저들도 그럴 거니까 너도 그래야 한단 말이다. 그런 걸 조작이라고 해. 시스템을 효과적으로 비틀려면 규칙을 잘 알아야 하지. 핵심은 거짓말이야. 저들에게 네가 순한 양이라고 믿게 해야 한단 말이다. 순진하고 무해하고 연약한 짐승. 저들이 경계를 풀면 그 즉시, 뿔을 곧추세우고 공격하는 거야. 환상에서 비롯된 기적이라고나 할까. 아들아, 그렇게만 하면, 너도 이 아비처럼 오래 살아남을 수 있다."

시작은 워밍업 수준이었다. 부자는 식사를 두고 전쟁을 벌였다. 작크가 지면 그날은 굶어야 했다. 결과적으로 오륙 년 사이, 아이는 체중이 4킬로그램이나 줄었다. 교훈은 확실하게 전달되었다. 이후로는 아버지가 다이어트를 배웠다. 한창 자라나는 아이에게 그것은 생존의 문제였다.

어머니는 왜 이 아동학대에 가까운 그릇된 교육에 대해 침묵했을까? 너무 늦게 발견된 유방암이 그녀를 저세상으로 데려갔고, 하여 아무 말도 할 수 없게 되었기 때문이다. 이 충격적이고도 부당한 상실로 황폐해진 아버지의 관심은 알코올과 아들 교육에 집중되었다.

작크가 성장함에 따라 교훈도 한층 엄격해졌다. "최하층 약자들을 속일 땐 절대 아무 감정도 갖지 말아야 한다. 테이블에 둘러앉는 자들은 이미 자기들 몫의 위험을 무릅쓰는 거거든. 링에 오르면, 얼굴이 얻어터지고 피를 흘리리라는 건 각오하는 거지. 나아가 케이오패를 당할 수 있다는 것까지도. 시합이 끝나면 링엔 오직 한 명만 서 있는 거야. 그게 바로 네가 되어야 한다. 무슨 수를 써서라도."

아버지는 작크가 열다섯 살이 되었을 때, 다른 세 명의 타짜들과 포커 판을 벌였다. "네놈 동정 떼는 날." 아버지가 말했다. 그는 좀처럼 문장을 완성하는 법이 없었다. 입에서 완성된 문장이 나오는 경우란 극히 드물었다. 포커에 대해 설명할 때를 제외하고는. 그는 아들에게 가진 돈을 전부 가져오게 했다. 그동안 다양한 종류의 잡스런 아르바이트로 모은 돈부터 할아버지한테 크리스마스 선물로 받은 돈까지, 청소년이 언젠가 성인의 삶 속으로 성큼 뛰어들기 위해 고이 모아온 전 재산을 말이다. 그들은 밤새 포커 게임을 벌였다. 첫 위스키. 첫 시가. 프로들, 즉 사기꾼들과의 첫 담판. 과한 위스키와 과한 시가 탓에 작크는 구토를 했다. 결국 부자는 단둘이 남게 되었다. 모두가 잠이 들었다. 작크는 아버지가 페어를 갖고 있다는 걸 알았다. 그는 트리플을 쥐고 있었기에 질 수가 없었다. 다만 아버지는 사기꾼 중에 사기꾼이었던 바, 그의 페어가 풀 하우스로 돌변할 가능성이 있었다. 그의 부친은 그런 종류의 인간, 일종의 마법사였기 때문이다.

"무슨 수를 써서라도!" 이 말의 의미가 온전하게 체감이 되는 순간이었다.

아버지는 아들의 전 재산을 챙기며 선언했다. "자, 이제 네 녀석이 가진 거라곤 몸에 걸친 셔츠뿐이로구나. 이 난관을 극복하려면 어디든 가서 다시 기운을 차려야겠지." 아버지가 평생토록 그에게 해준 말 중에서 가장 다정한 말이었다. 아버지는 아들을 집에 들이지 않았다. 작크는 동정을 잃었다.

어떤 전쟁들은 살아가는 데 있어서 피부에 흔적을 남기지만, 또 다른 전쟁들은 살 속 깊이 각인된다. 그 상처, 우리가 그것에 익숙해지는 데는 상반된 두 가지 방법이 있고, 우리는 선택할 수 있다. 어느 자비로운 영혼의 동정심을 불러일으키기를 바라면서 진흙탕 속에서 신음하거나, 아니면 상처를 자신이 극복해 낸 전투의 증거, 물론 손상은 깊을 테지만 영광스러운 증거로서 훈장처럼 과시하거나. 작크는 후자를 택했다.

이 혹독한 훈련 덕분에 제자는 결국 스승을 넘어섰다. 세상에 아무도, 심지어 아버지도 믿을 수 없다고 생각하면 선택의 여지가 없다. 손에 카드를 쥐면 상대가 누구든, 더는 두렵지 않다. 스스로를 보호하기 위해 갑옷을 벼릴 수밖에 없는 것이다. 전투력은 오케이, 나약함은 노.

속임수. 작크는 그 가차 없는 세계 속에서 살아남기 위해 속임수를 예술의 경지로 끌어올렸다.

빼어난 사기꾼이 되기 위해서는 상대의 머릿속을 조작할 줄 알아야 한다. 지표를 잃게 하고, 그를 패배로 이끌 실수를 저지르게 해야 한다. 이 조작의 예술에는 노련함과 환상, 이 두 가지의 절묘한 배합이 요구된다. 요컨대 카드 기술과 거짓말의 기술이. 작크는 이 두 가지 기술을 단련한다는 목표 하에 훈련을 거듭했고, 그 결과 국제 경기에 참여할 정도로 포커에 능숙해졌다. 하지만 그는 영광엔 관심 없었다. 챔피언 타이틀 따위에 어떤 환상도 품어본 적 없었다. 그건 그저 타이틀에 불과하다. 챔피언이라고 해봐야 비정규직과 다를 바 없이 서글프고 을씨년스럽다고 할까.

기술, 그는 그것을 돈벌이 수단으로 삼았다. 더러운 포커 판에서 문자 그대로 순수한 사기극을 벌였다. 작크는 속임수의 고귀함에 대한 열렬한 옹호자로서 치졸한 사기는 거부했다. 웃음거리가 되고도 남는 속이기 쉬운 자들을 부드럽게 벗겨먹는 것에 일가견이 있었다. 소매에 카드를 숨기지 않고도 우아한 심리 조작으로 승리를 이끌었고 그것에 자부심을 느꼈다. 작크는 링 위의 왕이 되기보다는 멍청이들의 돈과 세간의 비난으로 배를 불리는 것을 택했다. 굳이 분류하자면 일종의 스나이퍼라고 할까. 비루한 자들이 오직 털리기만을 바라는데 왜 거부한단 말인가? 아버지가 옳았다. 시스템을 갖고 놀아야 한다. 최하위 약자들을 속이고 돈을 벌어야 한다.

무슨 수를 써서라도.

승자들 사이에서 왕자 노릇을 하느니 루저들의 왕이 되리라. 전혀 고상할 것 없는 야망이었지만 보상은 두둑했다. 아버지라는 이름의 녹슨 지지대에 의지해 자라났을 땐, 불가능이 아니라 가능한 꿈에 매달려야 한다.

작크는 군침 도는 유혹을 받는 뛰어난 포커 플레이어로 명성을 떨치게 됐지만, 신중할 줄 알았다. 게임을 하고 난 날 밤에 쓰레기통들 틈에서 몸이 갈가리 찢긴 채로 인생을 끝내지 않기 위해 적정 수준의 기회만을 노렸다.

지금으로서는.

"J.T.S. 브라운 온 더 락입니다."

예고된 버번위스키 잔이 바(bar)의 마호가니 상판에 놓인 작크의 갈급한 손가락 사이에 안착한다. 매달 출석하는 술집의 장점이다. 직업 정신이 투철하고 사려 깊은 바텐더에게 최애하는 브랜드의 술을 별도로 주문할 필요가 없다는 것. 품질 좋은 술과 최상의 서비스, 밀란 크라코비츠의 술집에서 벌어지는 포커의 밤들에 높이 평가되는 것들이다. 세르비아인 마피아는 독방에서 십 년을 썩다 출소해서 암거래에 몸담고 있는 까닭에 성매매나 마약, 또는 조직폭력배 간 충돌을 단속하는 강력범죄반의 요주의 인물이지만, 그가 손님을 접대할 줄 안다는 것만큼은 인정해야 한다.

매우 까다로운 기준—물론 더러운 기준—으로 선정된 손님들은 도박장으로 활용되는 방음 지하실로 내려가기 전에, 화기애애하게 술잔을 기울이며 단골들의 경우엔 안부를 나누고 새 얼굴들의 경우엔 서로를 소개한다. 밀란 크라코비츠는 매달 첫째 목요일에 존경하기 힘든 일곱 명의 인물들을 초대하는데, 이는 비단 도박장을 뜨겁게 달구려는 것뿐만이 아니라 사업이 잘 돌아가도록 기름칠을 하기 위한 것이기도 하다.

작크로 말하자면 단골에 속했다. 그는 정보 수집을 위해 꾸준히 이곳을 드나들었다. 이 사교 모임은 마권업자들이며 내기꾼들이며 각종 사기꾼들과 암거래를 획책하고 각자의 신통한 정보를 흘릴 기회였다. 그들은 이런저런 거리의 이런저런 술집이며 비밀스런 곳들에서 초짜들과 그 밖의 하수들을 모아 판을 벌인 뒤, 페르소나 논 그라타, 즉 요주의 인물들을 솎아내고서 다음 사람들에게 노다지를 넘긴다. 그러면 다음 사람들은 웃돈과 커미션을 지불하고 방법을 전수받아 신나게 제물들을 우려먹는다. 타고나기를 내기에 젬병인 자들은 속수무책으로 두둑한 호주머니가 가벼워지기만을 바랄 뿐이니 말이다. 그것이 먹이사슬의 법칙이다. 가장 센 놈이 가장 약한 놈을 잡아먹는 것. 유일한 주의 사항이 있다면, 바로 같은 테이블에 두 번 앉지 않는 것이다. 범죄 장소에 다시 나타나는 건 약자들의 반발심을 자극하여 광맥을 잃을 위험이 있기 때문이다. 그래서 패거리 시스템 운용이 더욱 소중해진다.

이 악당 연합이 이달의 자잘한 정보들을 수집하고자 크라코비츠 술집에 모였다. 라 부르불 지역 장년 클럽의 토너먼트 경기, 로터리 클럽 자선 바자회, 파시 지역 금수저 애송이들의 격 떨어지는 시합, 생 퀭 마권 판매소의 월급날, 갬블링 소재 영화의 시사회—다들 영화에 대해 아무것도 몰랐지만 배급사가 영화 홍보를 위해 적당히 유쾌한 포커 대회를 개최하면 재미있으리라 생각했다— 등등 작크와 그의 사기꾼 친구 패거리들에게 축복의 양식이 될 정보들 말이다. 그들에게 단물 빨릴 준비가 된 허수아비들의 목록은 저 날강도들이 휩쓸고 간 자리에 남은 사막만큼이나 끝이 없었다.

크라코비츠로 말하자면 상황이 달랐다. 경쟁 관계에 있는 마피아의 보호를 받는 것이 아니라면 그런 종류의 사내를 속이는 건 엄두도 내지 말아야 한다. 그렇지 않으면 절단기로 사지가 짓이겨진 채 길가 쓰레기통에서 발견될 위험이 있으니까. 이 세르비아인은 게임에서 패배할 여지도 있지만, 자기 테이블에 마땅한 상대가 없으면 언짢아할 것이고, 그를 언짢게 만들고 싶은 자는 없으니 엉덩이를 있는 힘껏 조인 채 최선을 다해 게임을 해야 했다. 게임에 임하는 유일한 생존 원칙은 정신 줄을 놓지 말고 트릭을 쓰지 않는 것.

작크는 속임수에 기대지 않으면서 빛나는 승리와 쌈짓돈 기부를 적당히 번갈아 했다. 테이블에서 그의 재능은 칭송받았고, 주머니가 가벼워지면 더 한층 칭송받았다. 후자를 선택하는 것도 하등 재정적 손실이 아니었다. 손실은커녕 오히려 투자였다. 영양가 높으면서도 위험 부담이 적은 이 테이블의 입장권을 획득하고 멤버들에게 받아들여지기 위한 투자라고 할까. 출자금이라고도 보아도 무방하리라. 이와 같은 암묵적 조약 하에 달을 거듭하며 모인 이 유쾌한 악당 무리는 농간을 부릴 손톱만큼의 기회라도 보이면 그 즉시 제물의 등에 칼을 꽂을 준비가 돼 있었다.

오늘 밤, 저 보라색 블라우스 여자를 제외하면 다들 익숙한 얼굴이었다. "오늘 게임은 잔잔하겠군." 5천 유로를 쥐고서 술집에 들어선 작크는 중얼거렸다. 이런 날 밤엔 대략 대여섯 건의 정보를 흥정할 수 있다는 셈속으로 적당한 선에서 위험을 감수해야 했다. 여기서 얻은 정보 한 건으로 그간의 투자들을 모조리 회수할 수 있을 테니 말이다.

"왔어, 작크. 별일 없지?"

"왔군요, 데데."

무딘 악수가 오갔다. 데데는 잔이 비기가 무섭게 다시 채워주는 낯익은 바텐더에게 감사 인사를 하는 수고도 없이 쉬즈•를 들이켰다. 그는 앙리 크라숙키••를 연상시키는 얼굴과 입가에 고정된 담배꽁초, 수십 년간 마셔댄 쉬즈 탓에 어눌해진 발음과 트위드 베레모를 쓴 외양으로, 다른 시대에서 온 듯한 인상을 풍겼다. 영락없는 철도공사 노동조합원이라고 할까. 게다가 그건 정확히 그가 평생토록 해온 업이었다. 더불어 그는 뛰어난 손기술과 카드 사기술로 쪼들리는 월말을 충당하곤 했다. 은퇴 후에도 비록 철도 노동자의 월급만큼이나 초라한 수입이었지만 테이블에서 경력을 이어왔다. 데데는 언뜻 허술해 보였으나 바로 그것이 그의 강점이다. 루베 시골 술집의 단골로 위장한 그는 오피넬 나이프보다 날카로워서, 상대가 부주의하다 싶으면 햄을 발라내듯 뼈 주위로 1그램도 남기지 않고서 살점을 베

• 프랑스산 아페리티프(식전주).

•• 제2차 세계대전 당시 레지스탕스를 거쳐 프랑스 노동총연맹 위원장을 지낸 폴란드 출신의 노동운동가.

어낸다. 노동조합원으로서는 알코올과 부당한 사회 탓에 자본주의의 로드롤러[•••] 앞에서 수차례 패배했을지언정, 선수로서는 부자들을 발가벗겨 멀리멀리 보내버렸다. 민중의 소박한 복수라고 할까.

작크는 실내를 한번 흘끗 보며 물었다.

"장미셸이 안 보이네요."

"응, 저 보라색 여인이 장미셸 대신이야."

데데가 잿빛 베일이 한 겹 드리워진 목소리로 알렸다.

"아, 왜요? 장미셸이 자리를 양보했어요?"

"아직 몰라?"

"뭘요?"

데데는 푸른색 작업복의 뒷주머니에서 둘둘 접은 신문을 꺼내어 탁자에 펼쳤다. 오늘 자 위마니테[••••]였다. 작크는 생각했다. '마피아가 운영하는 술집에 공산당 신문을 끼고 죽치려면 전직 철도 노동자쯤은 되어야 하고말고.' 5쪽에 인수합병에 관한 커다란 제목이 눈에 들어왔다. 다국적 기업과 철도 산업 그룹, 그리고 보나마나 부패한 정치인이 관련된 기사. 이 썩어빠진 세상에서 더는 놀랍지도 않고, 작크 또한 아무 관심 없는 종류의 기사였다.

"뭐야, 장미셸이 국제적 철도 사업에 뛰어들었단 말이에요?"

"그래, 계속 아둔하든가, 친구."

데데는 세상을 다 가진 듯한 만족스런 표정을 짓고 있는 정치인

••• 도로의 면을 고르거나 다지는 중장비.

•••• 좌파 성향의 일간지.

사진 속의 조차장• 선로처럼 마디마디 구부러진 노동자의 손가락을 부딪쳐 딱 소리를 냈다.

"여기, 이 위대한 자본주의의 앞잡이 놈 좀 보라고. 이 독보적으로 얼빠진 면상을 좀!"

작크는 사진의 설명을 읽었다.

"알렉상드르 콜베르. 얼굴은 처음 봐도 명성은 익히 알고 있죠. 장 미셸이랑은 무슨 관계예요?"

작크는 기사를 빠르게 훑으며 문제의 동료 이름을 찾았다.

"공식 기사에서는 이름을 찾을 수 없지. 하지만 장담컨대 장미셸은 이제 여기 안 와."

"데데, 알쏭달쏭한 말로 비비 꼬지 말고 알아듣게 설명해 봐요. 수수께끼라면 질색이니까."

작크는 신문을 덮으며 바텐더를 향해 손가락을 부딪쳐 똑같은 독약을 재주문했다.

데데가 쉬즈를 홀짝이며 웅얼거렸다.

"철도 산업 쪽에서 어떻게 좀 비벼볼까 하더니만 덫에 걸렸어."

작크가 우려했다.

"장미셸이요? 콜베르를 등쳐 먹을 작정이라고요? 미쳤네, 감당 안 될 텐데."

"작정 정도가 아니고 이미 뛰어들었어. 네 말대로 감당이 안 됐지. 너도 콜베르를 아는구나, 응?"

• 철도에서 열차를 잇거나 떼어내는 곳.

"전설이 떠도니까요. 그저 엄청 센 선수라는 정도만 알아요. 장미셸같이 허술한 따라지와는 차원이 다른……."

소설과 사실을 구분하기란 녹록치 않다. 작크는 정치인의 집에서 열린 게임에 합류하게 된 유명한 선수의 소문을 들었다. 그가 졌고, 그런 일은 일어나지 말았어야 했다. 하지만 일은 벌어졌고, 하늘이 그의 머리 위로 무너져 내렸다. 놈들은 그의 계좌를 합법적으로 가로챘다. 은퇴연금까지 모조리. 그것으로도 도박 빚은 충당되지 않았다. 사내는 숲속으로 사라졌고, 등에 노루 사냥용 총탄 두 발을 맞은 채로 발견됐다. 부도덕하기로 치자면 저 정치꾼 악당들은 작크가 이 바닥에서 마주치는 사기꾼들이 하등 부럽지 않았다. 다만 그들은 법이 그들 편이었다. 그들이 곧 국가라고 할까. 그들은 숲속 사건을 사냥 중에 발생한 우발적인 사고로 위장했고, 경찰도 깊게 파고들지 않았다—정치인의 면책특권에 대한 냉소도 작용했다—. 수사는 그저 누구든 그들에게 이의를 제기하는 자들에게 "우리가 곧 법이야. 우린 못 건드려"라는 명료한 메시지를 전달하는 노골적인 절차일 뿐이었다. 저 개자식들은 조심하려 들지도 않고, 마피아와 똑같은 코드를 사용하며—당연하다, 그들이 바로 마피아니까— 자기들이 두려운 존재라는 것을 목청 높여 떠든다.

데데가 설명했다.

"장미셸이 호주머니를 불리고 싶어서 안달 낸 지 꽤 됐어. 나랑 똑같은 놈이잖아. 못 말리는 고집불통 멍청이. 저 정치인 협잡꾼들, 특히 우파 놈들을 못마땅해하더니 급기야 거덜 내고 싶어 했지……. 결국 이렇게 희망 사항으로 끝나버렸군."

"콜베르의 집엔 어떻게 입성했죠? 가진 걸 다 걸어도 우리들 수준으론 어림없었을 텐데요."

"경마로 돈을 땄나봐. 크게 두 건. 은퇴해도 될 만큼. 그런데 거금을 손에 쥐고 보니 부자를 상대로 도박이 하고 싶었던 거지. 자기한테 노름빚이 있는 정치인의 보증을 얻어내 거길 꾸역꾸역 들어간 거야. 그리고……."

작크는 동료의 최후에 대해 설명하며 비감해지는 데데 대신에 결론 내렸다.

"그리고 탈탈 털렸군요."

"탈탈 털린 건 고사하고 빚까지 졌지. 사흘의 말미를 줬대. 월요일에 우리 집에 와서 돈을 빌리더라고. 내가 그만한 돈을 쟁이고 있어야 말이지. 설사 쟁였다 해도 안 내줬을 거고. 미치지 않고서야 다시는 구경도 못 할 돈인 게 뻔한데."

이야기의 결말을 눈치 챈 작크는 물었다.

"시신은 찾았어요?"

"오늘 아침에 쿠르네브 지역 공사장에서. 기중기 사고라더군. 참나, 장미셸이 공사판 인부면 난 국립무용단 단원이게. 법적으론 문제없이 넘어갔어. 망할 놈의 법, 알잖아……. 다 귀족들 농간인 거."

작크는 옥죄어 드는 가슴으로 기사 속의 정치인 사진을 노려보았다. 그는 장미셸을 좋아했다. 하잘 것 없는 선수였으나 선량한 인간이었다. 세상에 그보다 더 중요한 게 무엇이겠는가?

"자, 신사분들!"

크라코비츠가 절단기로 자르듯 단호한 슬라브 악센트로 외치고는, 보라색 블라우스 여자를 향해 정중한 목소리로 말을 이었다.

"그리고 숙녀분…… 다들 테이블을 불사르러 가보실까요?"

세르비아인의 제안에 열광적인 동의의 합창이 터져 나왔다. 작크는 도박꾼 무리를 따라 마피아의 법이 지배하는 지하실로 내려갔다.

가련한 장미셸 추모를 끝내고, 이제 당면 과제로 돌아가야 할 때였다.

작크로서는 상황이 불분명해 보이기 시작했다. 패를 거두어야 할 때였다. 밤은 길었으나 수확은 있었다, 작크에겐. 노름빚의 모래시계 속에 처박히기 전에 멈출 줄을 몰랐던 보라색 블라우스 여자와는 달리 말이다. 자금이 없다면 절대 베팅하지 말아야 하는 것이 첫 번째 규칙이다. 특히 위험인물로 검증된 프로들이 포진한 테이블에서는. 두 번째 규칙은 소위 호의를 구실 삼아 돈을 빌려주려는 다른 참가자의 재정적 지원을 절대 받아들이지 말아야 한다는 것이다. 정의를 내리자면 적수인 다른 참가자가 돈을 빌려준다면, 그건 상대를 더 세게 후려치기 위한 것이다. 세 번째는 반드시 명심해야 할 가장 중요한 규칙이다. 바로 쓰러진 상대에게 은혜를 베풀지 말아야 한다는 것. 골수까지 싹싹 핥으며 그를 끝장내야 할 일이다.

형벌의 수위가 높아질 수도 있다. 밀란은 저금을 좋아한다. 일시적 사면 형식의 가짜 구제를. 그건 놀음에서도 은행만큼이나 비정하다. 나락에 빠진 채무자는 우선 존엄성을, 이어서 자유를 잃는다.

비올레트•는—작크는 여자가 자기소개를 했을 때 블라우스 색상을 보며 가명이리라 짐작했다— 다른 이들 못지않게 규칙을 잘 알았으나, 게임의 열기로 정신이 흐려진 데다 예측 이상의 엄청난 금액을 잃어가며 깊어진 절망감에 추동되었다. 당황한 여자는 독이 든 줄 알면서도 가시덤불에 필사적으로 매달렸다. 해방되기 위해서는 테이블에서 벗어나야 한다는 걸 잘 알면서도 잃은 자의 생존본능이 역효과를 일으켜, 더 크게 베팅하는 치명적인 우를 범하게 했다고 할까. 균형이 무너지며 감당할 수 있는 자금의 추가 기울고, 절망에 빠진 자는 지옥으로 향하는 길에 가속도만 높일 뿐인 베팅의 소용돌이에 들어선다. 이 가련한 자는 위험 부담이 크다 싶은 금액을 베팅하며 만회할 수 있으리라 기대한다. 빚은 막대해지고, 통장 잔고에 청신호가 들어오는 길과 그의 간격은 점차 벌어져 팽팽해지다가 급기야 고무줄처럼 끊어지고 만다. 이어서 그토록 두려워하던 추락이 시작된다. 게임이 끝났다. 대가를 치러야 한다.

세계 경제도 같은 속임수의 원리에 기반하여 소시민들을 빚쟁이로 만든다. 비올레트는 그걸 잘 알 만한 처지였다. 네 건의 대출과 리스 자동차, 머지않아 압류당할 셋방, 탁자에 대기 중인 세 장의 고지서. 이 끈질긴 궁핍에서 벗어나기 위해 그녀가 찾을 수 있는 합리

• 프랑스어로 '보라색'을 의미한다.

적인 해결책이란 무엇이겠는가? 당연히, 쉬운 돈이다. 유로밀리언•은 어리석은 속임수였으니, 그녀는 당연히 보다 믿을 만한 방법에 눈독을 들였다. 바로 포커에.

이 악취미에 빠져든 이래로 비올레트는 평균 이상으로 돈을 잃었고, 가족과 애인들—그 여파로 속속 전 애인이 되어버리는—에게 돈을 빌리는가 하면, 상공업 고용촉진협회나 실업자 생계지원센터에 읍소하며 그럭저럭 사고를 만회할 자금을 찔끔찔끔 충당해 왔다. 다만 오늘 밤만큼은 그간 빨아들일 만큼 빨아들인 탓에 자금줄이 고갈된 바, 비올레트는 절체절명의 궁지 앞에서 철저히 혼자였다. 구할 것은 오직 채권자의 자비뿐.

크라코비츠가 정색을 하며 설명했다.

"갚을 빚이 엄청나, 비올레트."

"알아."

파국을 드러내지 않기. 적의 면전에서 무너지지 않기 위해 헛된 마지막 안간힘을 다하기. 멘털을 부여잡기. 부양할 두 아이의 사진을 들이밀며 자비를 구걸하지 않기. 총구가 입에 들어오더라도 의연하기.

세르비아인이 말을 이었다.

"5천 유로. 상당한 액수야."

모든 건 상대적이다. 제시된 숫자에 웃을 이들도 적지 않겠으나, 최저생계비도 못 버는 처지에 빚까지 곱으로 떠안은 인간에게 5천

• 유럽 통합 로또.

유로란 그리스 파산 위기에 버금가는 액수이다. 게다가 비올레트의 위기는 유럽 경제를 위험에 빠뜨리지도 않으니, 적자를 메꾸기 위한 협상에 나설 국가도 없을 터. 비올레트는 게임을 하는 내내, 코앞의 벽처럼 닥친 이 문제를 외면했고 결국 부딪쳐서 박살 났다. 뇌의 모든 조합이 풀려 팽이처럼 빙빙 흩어져 나가고, 감정과 이성이 충돌했다. 번아웃은 기정사실이다. 자살충동이 먼저가 아니라면 말이다.

"밀란, 갚을게. 일주일만 말미를 줘. 아니 사흘만이라도. 구할게."

비올레트는 더는 환상이 없다. 손에 쥔 것이 더는 아무것도 없다. 부서진 운명이라면 모를까.

크라코비츠는 말했다.

"지난달에도 돈을 가져갔어. 그것도 갚지 않았다고. 어디서 돈을 조달할 생각인진 몰라도 여기 있는 술잔들만큼이나 텅 빈 금고일 거라는 생각이 드는군."

바텐더가 비난의 형태를 띤 주문을 얼른 알아듣고는, 사형 선고자의 목을 축이게 하기 위해 위스키 한 병을 황급히 가져다 놓았다.

"내 갈증을 달래고 우리의 분쟁을 해결할 좋은 방법이 있긴 해."

크라코비츠는 구경꾼들과 죄인의 잔을 채웠다.

'올 것이 왔군.' 죄인의 탈출구를 걱정하는 유일한 구경꾼인 작크는 귓구멍을 활짝 열어둔 채 칩들을 천천히 주워 모았다. 비올레트는 돈을 빌리며 자신이 악마와 계약한다는 걸 알았다. 지옥이 아닌 세르비아인 마피아에게서 나온 타락한 영혼. 이 영혼이 모습을 드러내면, 세르비아인 마피아는 더는 호인이 아니었다. 작크는 반발하고 싶었다. 개입하고 싶은 충동을 수차례 자제했다. 그건 그의 역할이 아니다. 그는 마법의 환상에 도취되어 돈을 좇는 조작 스포츠를 즐기러 이곳에 온 것이다. 그러니 게임이 음산해지면 알아서 모른 체해야 하리라. 하지만 그는 라스베가스의 정당한 게임을 통해 기술을 연마하지 않았다. 그가 들락거리는 곳은 불법의 세계이다. 그의 영역은 벨라조•의 포커 룸이 아니라, 사법의 그물망을 피해 더러운 돈이 오가고 사채 빚에는 장난이 없는, 축축한 벽으로 둘러싸인 지하실이다.

"내가 당장 5천 유로가 어딨어. 당신도 잘 알잖아."

거짓말이 무슨 소용이겠는가? 괜스레 반항해서 상황을 악화시키지 말아야 한다. 다행히도 여자는 온순하고, 새 주인은 그것에 흡족해졌다.

"응, 알지. 그런데도 세게 베팅하더군."

"이길 수도 있으니까."

"이길 수도 있다?"

세르비아인이 냉소하며 일갈했다.

"패배의 위험이 더 컸는데도 말이지. 당신은 처음부터 지금까지 계속 져왔어. 아니, 오늘뿐만이 아니라 내가 당신을 처음 알았을 때부터 줄곧."

쓰러진 적에게 굴욕감을 안기는 가벼운 태클. 고기를 연하게 만드는, 거칠지만 효과적인 기술.

비올레트는 항의하지 않는다. 그래봤자 무슨 소용이겠는가? 이론

• 미국 네바다 주 패러다이스의 카지노 호텔.

의 여지없이 그녀는 패배했고, 그것으로 끝이다. 창문으로 몸을 던지는 것 외에는, 단기적으로도 장기적으로도 탈출구가 보이지 않는다. 다만 문제는 그녀가 지하실에 있다는 것이다…….

"혹시 다른 계획이 있나?"

맹수가 계속해서 먹잇감을 놀린다.

"아니."

완전무결한 체념. 희생자는 운명을 받아들인다.

"이런 이런, 이렇게 난감할 데가."

뭉근한 침묵. 그릴에서 뒤집기 전에 고기에 양념이 배어들기를 기다려야 한다.

비올레트는 아마추어 포커 플레이어를 거쳐 명명백백한 패자가 되기 전에, 엇비슷한 협상을 참관한 기억을 떠올렸다. 한 가련한 사내가 크라코비츠에게 빚을 졌고, 지금은 척추가 가루가 되어 휠체어에 실려 다니고 있다. 이 인간들은 금전 출납과 관련해서는 절대 장난이 없다. 휠체어에서 생을 끝낼 생각이 손톱만큼도 없었던 비올레트는 또한 더는 자괴감을 느낄 힘도 없었기에, 보라색 블라우스의 단추를 끌러 브래지어를 드러냈다.

"쯧쯧, 여기서 그러면 쓰나……."

알아들은 비올레트는 몸을 일으켜 옆방으로 향했다.

"어딜 가는 거야?"

비올레트는 질문에서 함정을 감지했다.

"방으로…… 들어가라는 말…… 아니었어……?"

그녀는 행여 지뢰라도 터질세라 두려운 듯 미동도 하지 않았다.

"5천 유로는 큰돈이야. 당신을 화나게 하고 싶진 않지만, 당신과 시간을 한 번 보내는 걸로는 충당이 안 되지."

"그럼 대체…… 대체 어쩌라는 거야, 밀란. 말했잖아. 난…… 난 돈을 갚을 다른 방법이 없어. 날…… 날 당신 마음대로 해."

바짝 마른 입안에서 침이 가까스로 넘어갔다. 욕지기가 나고 트림이 올라왔다. 끝내고 싶다는 생각뿐이다. 이 상황을, 그리고 스스로를.

"이만한 빚을 졌으면 애교로 얼렁뚱땅 때울 생각 따위는 하지 말아야 하는 거 아닌가. 내가 당신이랑 자고 싶은 거라면 거리낄 게 뭐겠어. 근데 문제는 그게 아냐."

작크는 암묵적으로 동의된 외설을 즐기며 피식거리는 다른 구경꾼들과 달리 이를 갈았다. 도덕적 가치에 대한 기준의 문제였다. 작크는 비록 그것이 결여된 이 세계를 들락거리고 있을지언정 자신만의 기준이 있었고, 크라코비츠가 지금 그 기준을 살짝 넘어서는 중이었다.

섹스 산업과 포커는 당연히 연계돼 있다. 섹스는 현금화된다. 우연처럼 늘 한 방향으로. 남성이 빚을 진 경우는 대체로 종지뼈에 철퇴를 맞는 것으로 해결된다. 노름방에서조차 마주하는 보편적인 법칙이랄까. 또 남자들은 존경으로 얻지 못하는 여성을 차지하기 위해 지배력을 행사한다. 게임의 법칙이 이렇듯 탄탄히 떠받치고 있는 마당에 누가 매춘을 운운하겠는가? 그건 다른 빚과 하등 다를 바 없다. 그저 빚일 뿐이고, 현금이든 현물로든 갚을 수 있는 것이다.

마피아가 문가에 붙은 채 주인이 휘파람을 불어주기만을 기다리고 있는 졸개들을 향해 손가락을 부딪쳐 소리를 냈다.

“자, 여사님, 얌전히 스탄을 따라가시죠. 새 일터로 안내해 줄 테니까.”

“그게 무슨……?”

혼란과 당혹감으로 머릿속이 아찔해진 여자가 어리석은 질문을 던졌다.

“날 고용한다는 거야?”

비릿한 웃음으로 물든 금니와 누런 이들이 들썩거렸다.

“맞아. 내가 사교 클럽을 운영하는데 몇몇 친구들한테 당신을 소개하려고. 당신은 이제 일주일 동안 내 거야. 혹시 더 일하고 싶다면 보너스를 얹어줄 수도 있어. 그걸로 다음 달 포커에 참여할 수 있겠지. 어때, 이만하면 아름다운 인생 아닌가?”

게임에 중독된 나머지 노동의 세계와 멀어진 비올레트는 이제 비정규직 매춘부가 되었다.

이 탈선에 작크는 속으로 욕지기를 했다. 하지만 어쩌겠는가? 경찰에 신고라도 할까? 그 또한 시스템의 톱니바퀴의 일부이고, 이 추악한 기계의 부속이었다. 이 딜레마에 어떻게 더는 직면하지 않을 수 있겠는가? 포커를 그만둘까? 불가능하다. 누군가가 위험에 처한 걸 본 적이 한 번도 없었던가? 그는 길에서 죽어가는 노숙자며 텐트를 점령한 이민자들이며 행인을 찾아 길거리를 배회하는 동유럽의 소녀들을 외면하기 위해 눈가리개를 두르고 싶어 하는 세상의 절반의 사람들처럼 스스로를 변호한 뒤, 집에 와 따뜻한 잠자리에 들면 가짜 양심을 똥걸레 옆에 고이 정돈해 두곤 했다.

하지만 오늘 밤만은 스스로도 알 수 없는 이유로 두 눈을 질끈 감고 있을 수 없었다. 그의 관용이 한계를 넘었다. 그는 자신이 딴 칩들을 세르비아인 앞에 펼쳐놓았다.

"밀란, 여기 이거, 당신이 가져. 3천 5백 유로야. 나머지는 수표로 줄게."

비올레트의 광대뼈에 혈색이 돌아왔다. 그녀의 두 눈이 이 인류애의 표시에 대한 감사로 그렁그렁해졌다.

"수표는 받지 않아."

크라코비츠의 심장은 여전히 건조했다. 작크는 이런 마피아 두목을 상대로 자신이 대체 무슨 짓을 하고 있는 건지 자문했다.

"집에 가서 내일 현금을 가져다줄게."

"착한 사마리아인 놀이라도 하는 거야?"

이가 훤히 드러나는 히죽거리는 웃음과 쿰쿰한 냉소가 장내에 퍼진다.

"그저 오늘 밤 이곳의 돌아가는 형편이 맘에 들지 않는다고 해둬요. 내일 아침에 깨어나서 거울을 보며 내 얼굴을 떳떳하게 바라보고 싶다고 할까."

수그러든 빈정거림 대신 테이블 위로 불쑥 등장한 두 자루의 베레타•가 장내의 시선을 휘어잡았다.

"혹시 그 뜬금없는 선의로 날 모욕하는 중인 건 아니고?"

"그럴 리가, 밀란. 그렇게 느꼈다면 미안해요, 난 절대……."

• 이탈리아의 베레타사에서 제작한 자동 권총.

작크는 당당함을 감추지 않으면서도 공손하게 대답했다.

"절대 뭐?"

"절대 당신에 대한 존중을 잃은 적은 없어."

"이크, 난 또 잠깐 그런 줄 알았지."

금니와 누런 이들이 다시 모습을 드러냈다. 베레타 두 자루는 꿈쩍도 하지 않는다.

"내 돈을 가져, 밀란. 그리고 이 이상 더 얘기하지 맙시다."

비올레트는 얼이 빠진 채, 자신의 운명이 이 손에서 저 손으로 옮겨 다니며 요동치는 현장을 참관했다. 세르비아인의 문신한 손가락들이 니스 칠 된 테이블 가장자리의 두 베레타 사이를 피아노 치듯 두드렸다. 힘겨루기를 할 때는 때로 원하는 것을 얻기 위해 고개를 숙일 줄도 알아야 한다. 작크는 바로 시행에 옮겼다.

"제발, 부탁이야."

"이게 바로 기독교인의 선행인 건가……."

절망감으로 순진해진 비올레트의 눈에는 협상이 자비로워지는 국면으로 접어든 듯 보였다.

"어쩌나, 안타깝게도 난 신앙인이 아니라 사업가라서 말이야. 그러니까 넌 이 일에서 발 빼는 게 좋겠어. 친구로서 충고하는 거야."

크라코비츠의 눈이 이제 막 채용된 여자를 향했다.

"솔직히 말해봐, 비올레트. 일주일 일하고 5천 유로면, 프랑프리 슈퍼 계산대에 앉아 있는 것보다 낫지 않아?"

작크는 물러나지 않았다.

"내가 대신 빚을 갚겠다는데 그걸 어떻게 거부해?"

"어떻게 거부하느냐고? 내가 못 할 것 같나? 정말 그렇게 생각해? 내가 누군지 몰라?"

아니, 불행히도 작크는 그를 너무 잘 알았다. '멍청이…… 저 멍청한 여자는 대체 왜 이런 진창에서 허우적대는 걸까?' 우스워진 자아를 꿀꺽 삼킨 작크는 비올레트를 슬픈 운명에 맡겨둔 채 한발 물러났다.

크라코비츠가 명령했다.

"자, 이제 우리 예쁜이도 친구들한테 인사하고 그만 가서 목욕재계하지, 내 곧 뒤따라갈게."

졸개들이 등이 축 처진 가련한 여자를 끌고 갔다. 저항한들 무슨 소용이겠는가?

작크로서는 할 수 있는 노력을 기울였다. 밀란의 말은 야비할지언정 틀리진 않았다. 그 모든 게 작크와 상관없는 일이었다. 게임에 참여한 이상, 각자 자기 몫의 책임을 져야 한다. 비올레트는 성인이고 백신을 맞았으며 자기가 어디에 발을 들이는지 알고 있었다. 오롯이 그녀가 책임져야 할 일이다. 임시 매춘부 노릇도 따지고 보면 그리 어려울 것 없다. 잔인한 현실이었다. 작크는 칩들을 호주머니에 챙겨, 바로 눈앞에 보면서도 속수무책인 이 역겨운 현실 뒤로 문을 닫으며 밀려드는 욕지기를 어쩌지 못했다.

그 또한 게임의 일부였다.

파리 그랑 불르바르 지역. 철근 거미줄 같은 비계에 갇힌 오스만 양식 건물 4층. 어둠 속에 잠긴 아파트 복도 끝에 반쯤 열린 문 뒤로 구불구불한 금발의 젊은 여자가 따듯한 욕조 물에 편안히 잠겨 있다. 아름답고 요염하다. 향수와 화장품들 사이에 무심히 놓인 크롬 권총이 그 사실을 증명하는 듯하다. 가느다란 담배를 입에 문 막신이 목욕 소금을 뿌리자 피부에 뽀글뽀글 거품이 붙는다. 그녀는 박하 향 니코틴을 한 모금 빨아들였다가 이미 뿌연 욕실에 연기를 내뿜고는, 생각에 잠긴 듯 천장을 멀거니 바라본다. 한쪽 팔은 욕조를 따라 힘없이 늘어뜨리고 있다. 팔을 따라 내려가면 손엔 포커용 카드들을 쥐고 있다. 그는 그 한 손으로 능숙하게 카드들을 치다가 되는대로 한 장을 꺼내 든다.

스페이드 킹.

막신은 코로 박하 향 연기를 내뿜고는 구시렁거리며 카드를 찢어 세면대 밑의 철제 쓰레기통에 던진다. 그중 한 조각이 녹슨 철제 쓰레기통 가장자리로 튀어나와 젖은 타일 위로 떨어진다. 뿔처럼 말린 종이 끝이 바닐라 향 비눗물에 젖어들며 K자를 불린다.

곧이어 다음 채비가 이어진다. 짙은 아이섀도로 잿빛 눈동자를 강조하고, 마스카라를 칠해 기다란 속눈썹을 한층 풍성하게 만든다. 막신은 45구경 권총을 집어 들어 장전돼 있는지 확인했다. 화장이 끝났다. 이제 가장 무도회의 시작이다.

아티스트들의 입장.

밤이면 밤마다 막신은 술집, 각종 골방, 카지노, 사교 클럽 할 것 없이 포커가 열리는 곳이면 어디든 휩쓸고 다녔다. 그녀는 유전학적으로 약자인 성별을 깔보는 느끼한 웃음으로 날카로운 앞니를 드러내는 수컷들로 둘러싸인 테이블에 착석한다. 상대하고 싶지 않은 무리에 섞이며 결코 싫은 내색을 하지 않는다. 상대가 추악할수록, 오히려 환영이다. 막신은 방탕하게 놀아보기 위해 위험하면서도 짜릿한 남성의 세계에 발을 들인 순진한 여자처럼 굴었다. 그로서는 자신 있는 역할이었다. 무엇보다 신빙성이 있어야 했다. 서툰 연기는 절대 금물이다. 함정이 최대한 정교하도록, 진정성 있는 연기로 좌중을 감쪽같이 속여 환상을 불어넣어야 한다. 대개 강하다고 알려진 이 성별의 인간들은 그녀의 등장에 침을 흘리기 시작한다. 상투적인 포르노의 영향으로 그들은 머릿속에서 영화를 찍어댄다. 보다 환멸적인 대다수는 그녀를 포르노 영화의 주인공보다는 단순한 적수로 여기지만 설령 그렇더라도 그녀를 진지한 적수로 겁내는 이는 아무도 없다. 그들에게 노름이란 모름지기 남자들의 일이다.

가련한 문외한들.

막신은 고개를 수그린 채 순진하고 애교스런 표정으로 온갖 수작질과 조롱을 감내했다. 때가 왔을 때 턱을 보다 높이 치켜들기 위해, 그들의 뒤통수를 후려치며 보다 통쾌하기 위해, 지배적인 수컷들이 습관적인 남성 우월주의를 실컷 즐기도록 내버려 두었다. 오만한 수컷들은 당혹스럽게도 무일푼이 되어 쓰러지며 자기들이 올라선 동상 받침대에 머리가 깨졌다. 한 치의 오차도 없는 정확하고 확실한 거세. 막신은 겉보기에 전혀 위협적이지 않지만, 카드를 손에 쥐었다 하면 목으로 바로 날아와 꽂히는 독화살보다 더 치명적으로 돌변했다. 그녀가 게임을 일단 자기에게 유리한 쪽으로 전환하여 상대를 현장에서 즉사시킬 때 희생양이 되어 숨을 헐떡였던 저 수컷들이란, 적어도 그들은 그런 기분이었으리라.

막신은 포커에 재능이 있었고, 이 재능을 남성을 굴복시키는 무기로 삼으리라는 특수한 목적 하에 일찌감치 발전시켰다. 최고의 기술들, 혹은 그보다는 최악의 기술들을 익혔고, 까다롭고 위험한 자들과 겨루기 위해 필수적인 자질들을 연마했다. 냉정한 태도, 강철 멘털, 튼튼한 비위, 크게 베팅하는 위험을 무릅쓰고 그만큼의 열매를 수확하는 걸 가능하게 하는 안정적 자금, 무엇보다 어떠한 압박에도 흔들리지 않는 저항력. 당연하다, 그녀는 잃을 것이 없었다. 저 건달들이 소매 안이나 바지 속에 무얼 감추고 있든 전혀 놀랍지 않았다. 막신은 할 말을 속에 담아두고 끙끙대는 성격이 아니었으며, 평화적으로든 거친 방식으로든 받아 마땅한 존중심을 언제고 얻어냈다. 판돈을 거둬들이는 시간이 오면, 얼얼한 패배를 안긴 독사에게 도저히 지갑이 열리지 않는 수컷들 중 하나가 과도한 테스토스테론의 분출을 자제하지 않는 경우가 왕왕 있었다. 막신은 이 만일의 경우에 대해—실은 충분히 자주 일어나는 상황임을 밝혀야겠다—보편적인 언어로 응수해 왔다. 그녀는 핸드백에 립스틱을 챙기는 건 잊을지언정, 45구경 권총 없이는 절대 외출하지 않았다.

돈은 이 십자군 전쟁의 부수적 혜택일 뿐이다. 실은 막신은 정화의 목적으로 전쟁에 뛰어들어 적들에게 형벌을 가해왔다. 스스로를 정화하고자 남자들을 모욕했다고 할까. 이 복수를 통해 자신의 상처를 태워 없앴다. 어떤 상처들은 보이지 않지만, 그렇다고 덜 고통스러운 건 아니다. 덜 깊지도 않다. 외려 정반대이다. 막신은 포커로 자신의 상처를 보듬었다. 그녀 나름의 치유법이었다. 지난 수년간 꾸준히 시행해 온 치유법. 그다지 과학적이진 않지만 각자 상처를 달래는 나름의 방식이 있는 법이다.

전국을 아우르는 사냥 지도 덕분에 자동차 안의 전쟁 보화가 쌓여갔다. 수십 권의 지폐 다발이 든 검은 비닐봉지들이 차 안의 이중 금고로 속속 들어갔다가, 투어가 끝나면 아파트 드레스룸의 은밀한 곳에 안착했다. 막신은 노후를 위해 양말 속에 한 푼 두 푼 쟁이지 않았다. 그녀는 굵직한 한 방을 노렸다. 파리에서 노르망디, 릴에서 마르세유까지 거미줄을 펼치고 다녔다.

사냥감 추적.

막신은 적들의 성격을 분석하고 기술을 시험했다. 로또가 될 인물을 찾아 프랑스 전역을 누볐다. 대상을 물색했다. 그리고 한 게임에 베팅했다. 여타 게임들보다 야심 차고, 결정적인 오직 한 게임에.

이번 주는 숨 가빴다. 투르쿠앵 지역의 친선 포커 게임, 제네바의 치과 의사학회와 도빌의 구글 세미나에서 벌어진 게임, A13 고속도로 갓길에 세운 트럭 뒤 칸에서 트럭 운전수들과 즉흥적으로 벌어진 한판, 파리 부촌 16구에서 동유럽으로 총각 파티 여행을 떠나기 직전의 청년 무리와 벌어진 한판. 마지막 적수들은 가르침에 그다지 감사하는 유형들이 아니었으나, 그들이 중고생과의 성매매 전적을 신바람이 나서 과시함으로써 막신의 화를 북돋웠다. 막신은 부다페스트 관광 여행 경비까지 탈탈 털어 그들을 빈털터리로 만든 뒤 그 자리를 떴다.

한 주의 여정을 보다 긍정적으로 장식할, 명성 높은 포커 판. 파리 13구의 한 아파트 건물 지하에서 중국인 마피아가 불법으로 운영하는 노름판이다. 각지에서 몰려든 수많은 선수들이 포커를 위해 칸막이로 구분된 각 칸에 배정된다. 막신은 이곳에서 언젠가부터 고수의 명성을 심심치 않게 들어온 한 참가자를 스쳤다. 그에 대한 견고한 평판과 빛나는 승전보가 현재 진행형이었다. 막신의 관심을 끄는 프로필이 아닐 수 없었다. 사내는 작크라고 불렸다. 노름방에서 애인을 구하리라는 기대가 없는 막신의 취향으로는 잘생긴 외모 탓인지 지나치게 자신만만해 보였으나, 그 때문에 강렬한 인상과 일정한 카리스마를 풍기는 것도 사실이었다. 무작위 팀 배정의 우연은 막신과 그를 한 테이블로 이끌지 않았다. 대결은 보류되었다. 다음엔 확실할 수 있도록 물밑 작업을 벌이리라.

막신은 자신도 알 수 없는 이유로 이 주의 일정을 파리 북부의 지프쉬르이베트에서 마쳤다. 그의 계획표에는 도무지 연유가 기억나지 않는 엉뚱한 일정이 왕왕 숨어 있다. 따라서 이번 주는 한 원단 도매상이 라코스테 모조품과 저가 넥타이들이 쌓여 있는 창고에서 주최한 포커 판으로 마무리하게 되었다.

고단했던 막신은 다소 부주의해졌고, 이 처음 보는 선수들을 지나치게 서둘러 제압해 버렸다. 여느 때처럼 점진적으로 목을 조이면서 완패에 적응할 시간을 주지 않았다. 그들이 잃은 금액은 각각에게 한 달 치 월급에 가까웠다. 그중에서도 선견지명이 더 부족한 이들은 별도의 저축까지 손을 댔고, 그 결과 캅다그드의 나체 해변으로 예정했던 여름휴가 경비마저 날아갔다. 남성적 폭력성이 펄펄 끓어오르며 팽배해졌다. 막신은 형벌을 서두른 것을 후회했지만 늦었다. 이제 그만 수면을 취하고 싶었다. 길었던 한 주였다.

다들 침묵했지만 막신의 성급한 출발이 마음에 들지 않는 눈치였다. 막신은 그들의 팽배해진 분노를 무시했다. 자신을 둘러싼 남자들의 의중은 쉽게 짐작되었다. 특히 마지막으로 탈탈 털린 적갈색 머리의 뒤틀린 심사까지. 그녀는 개의치 않았다. 회계사에 들어맞는 외모, 투명한 세금 납부까지 확실한 이상적 가정의 가장. 전혀 위협적일 것 없었으나, 바로 그 점 때문에 예측 불가의 인물이기도 했다. 고요히 잠든 바다라고 할까. 떠나야 할 시간이었다.

파도를 일으키지 말고서.

막신은 걸음을 재촉했다. 주차장은 광활하고, 황량했다. 개미 한 마리 얼씬거리지 않았다. 잠재적 목격자가 전혀 없다. 나쁜 소식이다. 그야말로 초토화된 일군의 아마추어들을 뒤로한 터였다. 꾸물대지 않는 편이 이롭다. 물질적 측면에서는 수확이 쏠쏠했다. 반면 정보 수집의 측면에서는 성과가 없었다.

막신은 지체 없이 곧장 걸어가 시트로엥 BX의 운전석에 앉았다. 시동을 걸고 백미러를 확인한 순간, 미처 액셀러레이터를 밟을 새도 없었다. 모든 것이 순식간의 일이었다. 문이 열리고 우악스런 손이 들어와 막신의 목을 움켜잡는가 싶더니 다른 손이 팔뚝을 쥐며 피가 안 돌 만큼 억세게 눌렀다. 그보다 곤란한 건 숨을 쉴 수 없다는 거였다. 불쑥 나타난 사내를 보지 못했다. 막신은 사내의 어깨를 가격하며 목을 돌려, 펄떡대는 뱀장어처럼 압박에서 벗어났다. 그녀는 얌전히 당하고만 있는 종류의 여자가 아니었다. 가해자도 강도를 높였다. 막신의 관자놀이로 주먹이 날아왔다. '오케이, 장난하러 온 게 아니라는 거지.' 전초전부터 이미 탐색의 수준을 넘어섰다. 막신은 반격하려 했으나, 지금으로서는 이름값을 전혀 하지 못하고 재앙이 된 안전벨트가 동작을 구속했다. 그녀는 사내의 얌전히 빗어 넘긴— 외모란 바람둥이 남편에게 방치된 가정주부만큼이나 알 수 없는 것이다— 적갈색 머리끄덩이를 움켜쥐려 했으나 핸들이 몸을 가로막았다. 두 번째 따귀가 날아왔고 막신은 감내했다. 입안으로 피가 흘러들어왔다. 끄떡없다. 그녀는 이 비린내에 익숙했다. 안전벨트를 끄르는 것이 급선무다. 마침내 자유의 몸이 되었다. 막신은 곱게 다듬어진 손톱으로 사내의 눈을 겨냥했다. 가능했다면 눈알이라도 뽑았으리라. 막신은 거침이 없었다. 나중에 정당방위를 주장하면 그만이었다. 적갈색 머리가 물러났다. 이 후퇴가 그의 먹잇감에게 몸을 돌려 핸드백에 손을 넣을 틈을 제공했다. 상대가 튕겨 나가며 반대급부로 막신의 몸이 뒤로 밀렸다. 폭력범이 다시 막신의 허리로 달려들었다. 50킬로그램의 균형 잡힌 몸이었으나 헝겊 인형만도 못하게 짐승의 손에 휘둘렸다. 이제 막신은 차에서 끌려 나왔고 발이 땅에 닿는가 싶더니 숨이 멎는 충격과 함께 몸이 차에 밀착되었다. 차체에 가슴이 짓눌렸다. 신음을 흘릴 새도 없었다. 성폭력범으로 돌변한 가해자가 막신 뒤에서 몸을 붙여왔다. 놈의 한 손은 그녀의 오른쪽 가슴으로 들어왔고, 다른 손은 성기를 더듬었다. 현명하지 못한 처사였다. 강간범은 리비도를 충족시키려는 즉흥적 일념으로 우선 피해자를 옴짝달싹 못 하게 해야 한다는 걸 잊었다. 피해자의 뒤통수가 그의 얼굴을 들이받았다. 적갈색 머리의 코뼈가 부러지며 목으로 뜨겁고 끈끈한 액체가 흩뿌려졌다. 상황이 급변하며 막신은 상대의 목을 날카롭게 가격했고, 적갈색 머리는 바로 캑캑거렸다. 세 번째 급소가 터져버리는 15초 남짓 동안 상황은 완전히 역전됐다. 요컨대 무릎으로 고환을 가격하자—널리 입증된 고전적이고 효과적인 공격법이다— 적갈색 머리가 무릎을 꿇었다. 이제 그는 지프쉬르이베트의 미들 오브 노웨어(middle of nowhere), 그러니까 외딴곳의 황량한 주차장에서 무방비 상태의 젊은 여성에게 달려들기 전에는 두 번 더 고민하게 되리라. 이 아름다운 여성은 눈망울만 암사슴의 그것이었지 적대적인 시대가 요구하는 바, 오랜 세월 동안 호신술을 익혀왔고 무엇보다 이리저리 더듬어대는 손을 좋아하지 않았다. 아니, 좋아하지 않는 정도가 아니라 질색이었다.

적갈색 머리는 이전에는 강간범의 성향을 표출한 적이 결코 없었다. 비록 매력적인 봉긋한 엉덩이를 보며 동요한 적은 있었으나, 양질의 교육을 받은 덕에 늘 충동을 자제할 줄 알았다. 다만, 오늘 밤은 알코올과 모욕감에 힘입어, 가족의 여름휴가 경비를 싹쓸이한 맹랑한 행운아를 살짝 깨물어 보겠다는 유감스런 생각을 떠올렸다. 잼처럼 뭉그러진 그의 코앞에 들이밀어진 45구경 권총이 그의 크나큰 실수를 확인시켰다. 그에게 총을 겨눈 시뻘건 두 눈의 여자는 이제 더는 순진하지 않고, 연약한 것은 더더욱 아니다.

"못난 패배자는 되지 말아야 하는 거 아닌가?"

적갈색 머리는 손상된 목울대에도 불구하고 사과의 말을 알아듣게 발음하려 애썼다.

"미안해. 그럴 생각은…… 아니었어……."

"좀 더 그럴듯한 변명거릴 찾는 게 좋겠어."

막신은 갈색 얼룩이 여기저기 번진 적갈색 머리의 이마를 겨눴다. 탕! 총구가 방향을 틀며 눈물범벅이 된 폭행범의 귀 옆 머리칼을 쏘았다.

"혹시 귀에서 고막을 찢는 듯한 삐 소리가 들려? 그게 바로 이명이야. 나쁜 소식 하나. 그건 절대 회복이 안 돼. 이제 넌 그 쇳소리 때문에 귀여운 아내 옆에서도 고이 잠들지 못하고 이 주차장에서 있었던 우리의 짧은 무도회를 떠올리게 될 거야."

적갈색 머리가 타는 듯한 귀로 손을 가져갔다.

"미…… 미안해. 내가 못난 놈이야."

"사과가 전혀 와닿지 않는걸. 혹시 다음에 나보다 선견지명이 부족한 여자한테 똑같은 짓을 되풀이할 수 있으니까, 오늘의 기억을 영원히 가슴에 새기도록 좀 더 확실한 흔적을 남겨두는 게 좋겠어. 예컨대 여기?"

탕! 막신은 그의 이마 위쪽을 쏘았다. 머리칼 한 가닥의 색이 보다 짙어졌다. 도살장에 끌려가는 돼지의 울음소리. 체면이고 뭐고 잃어버리고 정신 줄을 놓아버리는 초기 단계 돌입.

"아니면 여기?"

탕! 총알이 어깨를 스치며 가벼운 부상을 남겼다. 남자가 여덟 잔의 위스키를 세찬 한줄기 호박색 액체로 한 번에 게웠다. 여전히 남자를 경계 중이던 막신은 경멸 어린 표정으로 몸을 살짝 피했다.

"내가 문명과 완전히 멀어져 홀로 이 주차장까지 오기를 기다려 공격하다니, 정말이지 현명하지 못한 처사였어. 만일 너의 강간 시도가 성공했더라면 거꾸로 내가 목이 쉬도록 애원해야 했겠지. 누구 하나 개입하지 않았을 거고 말이야. 문제는 역할이 뒤집혔다는 거지."

"제발…… 난…… 난 처자식이…… 처자식이 있는 몸이야."

"글쎄, 우리의 대화에 왜 너희 집 호적 사항이 끼어드는 건지 알 수가 없네."

총을 든 여자의 목소리엔 어떤 동정의 빛도 없다. 적갈색 머리는 자신의 존재가 정말 이 잿빛 주차장에서 끝날 것인지 자문했다. 바지 앞부분은 젖어서 둥근 얼룩이 졌고, 자존감은 바닥에 떨어졌다. 처형의 순간이 가까웠음에도 그의 머릿속을 어지럽히는 생각은 자신의 시신을 확인하러 올 아내의 판단이었다. 결코 빛나는 삶을 꿈꾼 적 없었다. 아무리 그래도 이런 초라한 끝은? 그는 더 나은 걸 바랐고, 낙담했다.

"제발…… 제발…… 자비를……."

"네가 날 강간하는데 그렇게 애원한다면 넌 과연 멈췄을까?"

처절한 흐느낌. 죄책감의 증거.

"대답해."

"난……."

막신은 총구를 들이댔다.

"정직해야 돼. 과연 멈췄을까?"

"아니……."

피고는 판사의 관용을 기대하며 죄를 인정했다. 막신은 한눈에도 당혹감이 역력한 강간범의 둥그렇게 얼룩진 바지 쪽으로 45구경 권총의 방향을 틀었다.

"그럼 문제의 근원을 뿌리 뽑아야지."

"제발…… 제발, 자비를……."

질질 흐르는 침과 딸꾹질 사이로 쏟아지는 애원.

"마지막 선물이야, 날 꼭 기억하라는. 이럼 절대 날 잊지 못하겠지."

판사는 공정했다. 적갈색 머리가 마지막으로 부여잡고 있던 존엄성의 끈이 방광과 동시에 풀려버렸다. 더는 애원할 힘도, 기대도 없었다. 그는 선고가 떨어지기를 기다렸다. 오늘 밤, 적어도 교훈 한 가지는 얻었다. 바로 삶은 한순간에 나락으로 떨어질 수 있다는 것. 무엇보다 방아쇠 가까이에 있을 때는.

탕!

돼지 멱따는 소리. 눈물. 침. 콧물. 하지만 돼지는 바비큐로 끝나지 않을 것이다. 놀랍게도 막신은 공중에 총을 쏘았다.

"앞으로 날 기억하겠어?"

그는 큰 확신이나 다짐 없이 수긍했다.

"나 역시 널 기억할 거야. 신분증 내놔."

적갈색 머리가 사형수를 향해 애원하는 눈빛으로 붉게 충혈된 눈을 치떴다.

"어쩔 셈인데?"

"질문하지 말고, 시키는 대로 해."

그는 막신에게 고분고분 악어가죽 지갑을 건넸다. 자세히 밝히자면 인조가죽이었다. 막신은 당근색 머리털 일색인 일가족의 사진을 뽑아들며 말했다.

"보기 좋네, 가족사진. 이 사진하고 면허증은 내가 가져간다. 이제 집에 가서 샤워한 다음에, 그야말로 아무것도 모르는 네 불쌍한 아내한테 헛소리를 늘어놔도 좋아. 단 네가 내 파일에 등록됐다는 것만 잊지 마."

"무슨 뜻이야?"

"지금은 내가 관용을 베풀지만, 언제든 마음이 바뀔 수 있고 그땐 이걸 들고 다시 널 찾을 수도 있단 얘기야."

막신은 총을 흔들어 보인 뒤, 휴대전화를 꺼내 높이 치켜들고서 전리품 삼아 두 사람의 사진을 찍었다.

"아니면 네 사랑스럽고 귀여운 아내와 우리의 셀카를 공유하는 방법도 있어. 인스타그램에 곧장 올릴 수도 있겠고. 혹시 해시태그에 올라봤어, 아니면 내가 개시해 줄까?"

마침내 심사가 뒤틀린 적갈색 머리가 감히 반발했다.

"독한 년."

막신은 그의 한쪽 눈에 총구를 들이댔다. 금속의 싸늘함이 그에게 본분을 상기시켰다.

"다시 말해봐."

"아무 말도……. 아무 말도 안 했어."

교사가 훌륭하면 예의범절은 금세 익히는 법이다.

"다시 제정신으로 돌아왔군."

막신은 하이힐을 돌려 음산한 주차장에 그를 내버려 두기 전에,

다시 한번 그의 자존심을 칼로 후볐다.

"고마워, 덕분에 오늘 밤 무척 즐거웠어. 작별 인사는 해야지."

시트로엥 BX가 출발했다. 막신은 마지막으로 백미러를 일별했다. 위험의 소지가 완전히 제거되었는지, 또 다른 인물이 어둠 속에서 불쑥 솟구치는 건 아닌지 확인하기 위함이었다.

그녀는 콧구멍으로 천천히 숨을 내쉬었다. 한줄기 시원한 바람이 부글거리는 두뇌 곳곳을 회전했다. 막신은 빨라진 호흡을 조절하려 애썼다. 이번이 처음 겪는 피습은 아니며, 얄궂게도 마지막과도 거리가 멀 터였다. 폭력은 계속될 것이고, 과거에도 마찬가지였다. 하지만 익숙하다 해도, 충격은 충격이었다. 막신은 동요했다. 폭행당하고, 학대당하고, 휘둘리고, 거칠게 다루어지는 데는 익숙해지지 않는 법이다. 아니, 이런 일에는 익숙함이나 권태를 논할 수 없다. 그렇다면 과도하게 냉소적인 태도이리라. 하지만 놀람, 그 감정은 잊은 지 오래였다. 막신은 일생을 끊임없이 경계하며 살아온 나머지, 경계가 제2의 천성이 되었다. 그저 분투 뒤에 진정하기까지 일시적 동요만이 문제로 남았으나, 훈련에도 불구하고 완전무결하게 태연하기란 도달하기 쉽지 않은 길이었다. 막신은 폭력은 감내할 수 있게 되었으나, 감정적 동요는 번번이 제어되지 않았다. 고른 호흡이 돌아오려면 얼마간의 시간이 필요했다.

빌어먹을 폭력범들…… 그 게걸스러운 송곳니와 비릿하고 더러운 손이라니……. 막신은 그들에게 대가를 치르게 하고 싶었다. 모조리 다…….

라디오를 켰다. 머리를 식혀야 했다. 적당한 음악을 찾다가 뉴스에서 손이 멎었다. 나쁜 소식이 대부분일 게 빤한 뉴스를 견딜 정신력이 없었기에 채널을 바꾸려 했으나, 손가락이 그대로 굳었다. 기자가 장안의 화젯거리인 사건에 대해 비난을 퍼붓는 중이었다. 한 할머니가 삽과 루거 총으로 무장했다. 102세의 이 할머니가 어제 이후로 각 일간지의 헤드라인과 각종 SNS를 뒤덮었다.

'그러니까 집 지하실에 대체 몇 명을 묻은 거야?'

막신의 속마음을 듣기라도 한 듯, 기자가 읊는다.

"정리하면 총 열 건의 살인을 저질렀고, 그중 다섯 명은 전남편들이고 한 명은 나치, 다른 한 명은 세금징수원, 나머지 세 명은 마을 주민들로, 피고가 자신의 동거인을 죽였다고 주장하고 있습니다."

막신은 생각했다.

'어쨌든 가만히 당하고만 있지 않는 여자가 여기 하나 더 있네. 피가 철철 흐르게 만들더니, 이제는 잉크가 철철 흐르게 만드는 사건이 됐군.'

"이웃들은 피고를 블랙위도우라는 별칭으로 부르는데요, 이 블랙위도우의 진술에 따르면 아프리카 출신 미군이었던 동거인 루터 윌리엄스가 인종차별주의의 희생양이었고 그 때문에 나무에 목 매달리게 되었다는 겁니다. 입증된 사실은 아니지만……."

"블랙위도우라니, 그보다 더 자극적인 단어를 못 찾은 건가?"

막신의 분개하는 혼잣말이 BX 안에서 높아졌다. 그녀는 라디오에 대고 고함쳤다. "레지옹 도뇌르• 훈장을 받고도 남을 할머니야, 이

• 프랑스 최고 권위의 훈장.

멍청이들아!"

"경찰의 보호 감시 하에 있던 베르트 가비놀은 수사를 진행하던 벤투라 경관을 자신의 집으로 이끄는 데 성공했습니다. 이어서 경관을 실신시키고 정원 구석에 끌어다 놓은 뒤, 집에 방화를 저질러 생을 마감했습니다. 한편 벤투라 경관은……."

'아, 안 돼…… 죽었구나…….'

할머니가 고령인 점을 감안하면 크게 놀랄 일은 아니었다. 막신은 규범에 의해 기소된 채 홀로 집에서 불타 죽을 만큼 결심이 확고했던 이 노인을 떠올리며 눈물을 쏟았다.

언론의 과도한 보도 열기가 어쨌든 할머니의 상처에 위안이 되었을 터였다. 성폭력—보다 일반적으로는 가학 행위, 나아가 단순명료하게 강간—의 희생자들에게 본이 될 수 있으리라. 삽 구매욕이 과열될 위험은 있지만 말이다. 막신은 이 생각에 희미한 미소를 지었다. '얼마 못 가 삽이 동난다 해도 놀랄 일이 아니지.'

한적한 골목길에서 비명이 들려왔다. 호스티스 바를 지나 꺾어지는 길모퉁이였다. 새롭기도 해라. 이 구역에서 노상 반복되는 모두스 오페란디(modus operandi), 관례이다. 발루는 토요일 밤에 유흥가인 피갈에서 술을 마시면 썩은 과일이 걸려들기 마련이라는 걸 안다. 대개 더러운 인상과 불순한 의도의 결과물인 만행—인상과 행동이 일치하는 주정뱅이들은 거리낌이란 게 없어서, 팬티조차 성가신 자기 안의 발정 난 개를 적나라하게 드러내기 일쑤다—으로 일촉즉발의 전류가 흐르는 술집에서 퇴출당한 주정뱅이는 다시 들어가려 해도 거부당한다.

대부분은 꼬리를 내린 채 내쫓기면, 위스키에 절어 인사불성이 되고 그 결과 똑같은 진상 짓이 되풀이된다. 바닥의 바닥을 친 나머지 더는 한계가 없어졌다고 할까. 그 구역의 모든 클럽이란 클럽과

스트립 바며 섹스숍에서 거부당한 그는 바바리아 8.6 오리지널 맥주 한 팩을 들이켜고 대마초를 흡입한다. 이제는 수작질이 극단적으로 변하면서 "당신 정말 매력적이군요" 따위의 단계를 생략한 채 다짜고짜 몸이 앞선다. 정확히 저 골목길 모퉁이에서 지금 벌어지고 있는 일이다.

마침 발루는 감정을 폭발시켜야 했다. 자해를 하거나, 더 나쁘게는 자제심을 잃고서 선불리 상해를 가해 무고한 희생자를 만들기보다는, 우는 아이 뺨 때려줄 작자를 물색하던 중이었다.

골목길의 창문엔 내다보는 이 하나 없었다. "편안히들 주무슈, 선량한 시민들일랑은. 당신네들 문 앞에서 여자가 강간을 당해도 그러든 말든 집에들 따듯하게 있으슈." 발루는 곁눈질로 한 창문 커튼 뒤에 숨은 그림자를 보았다. 침대맡 전등 빛에 비추인 검은 실루엣의 비겁함을. 본인은 신중함이라고 생각할 테지만 말이다.

발루는 육중하고 건장한 흑인이다. 그리고 그의 모든 인내심에 적신호가 켜져 있었다. 다행이다. 울분이 깊을수록, 놈의 얼굴에 날릴 펀치도 강력해질 테니까. 쓸모 있는 인간이 된 기분을 맛보게 되리라는 신나는 예감.

그는 걸음을 재촉하며 손가락을 우두둑 소리 나게 꺾었다.

브래지어가 여자의 어깨에서 당겨졌다. 실크 블라우스 단추들이 떨어져 나갔다. 하지만 브래지어의 고무줄이 퉁겨지며 여자의 살을 세게 파고들었다. 처음으로 날아온 따귀에 여자는 얼떨떨해하더니 두 번째 주먹이 복부로 날아들자 진심으로 겁을 먹었다. 이 길로 가지 말아야 했다. 새벽 네 시에 피갈 거리를 활보하려면 대로를 이용해야 했는데. 여자도 알고 여자의 친구들도 아는 사실이다. 여자의 애인은 이 시간엔 여자를 늘 집에 바래다주곤 했다. 혹여 자기가 동행하지 않을 때에도 적어도 혼자 귀가하게 하지는 않았다. "하다못해 500미터 거리여도 꼭 택시를 타." 그가 주입시킨 말이었다. 대개는 여자는 택시를 탈 필요가 없었다. 그가 바래다주었기 때문이다. 건장한 남자는 아니었으나 존재만으로도 안심이 되었다. 심리적 환상이라고 할까. 여자는 그토록 왜소한 남자 옆에서 안전하다고 느꼈다. 그런데 오늘 밤은 택시도, 안심되는 남자도 없었다. 지난달에 여자의 애인이 여자를 떠났고, 그 타격이 벌써부터 어마어마하다. 어쩐지 저녁 내내 망조가 보이더라니. 여자의 친구들은 갑갑하기 이를 데 없었다. 그들은 '해픈(Happn)'•에서 자기들과 조건이 맞는 후보자를 찾아내지 못했고, 바엔 맥 빠지는 음악이 흘렀으며, 배마저 살살 아파왔다. 생리일이 가까웠다. 하지만 분위기를 망치고 싶지 않았기에 폴리스(Folie's) 나이트클럽까지 친구들을 따라갔다.

사이키 조명이 현란한 밤의 한때.

그리고 다시 현실로 복귀.

웬 사내가 여자에게 담배 한 대를 청하며 블라우스와 함께 브래지어 한쪽을 다짜고짜 움켜잡았다. 여자의 팬티 속에도 이미 사내의 손이 침입했다. 그런데도 구타 또한 이어졌다. "대체 어떻게 된 거

• 위치 데이터를 활용하여 거주 지역이나 활동 공간이 비슷한 사람들을 연결하는 데이팅 앱.

지? 혼자인 것 같았는데…….” 쏟아지는 따귀와 반복되는 의문. 그 모든 것이 순식간의 일이었다.

여자의 삶이 뒤흔들렸다. 그토록 두려워하던 일이 실제로 일어났다. 다른 사람한테만 일어나는 일이라고 생각했는데. 하지만 오늘 밤 불운의 화살표가 여자를 가리켰다. 곳곳이 욱신거렸다. 망할, 손은 왜 이리 매운 거야! 꺼칠꺼칠한 손, 싸구려 맥주와 큼큼한 담배 냄새를 풍기는 입, 모욕적인 욕설, 따귀와 무릎 찍기…….

그대로 잠들고만 싶었다. 더는 아무것도 느끼고 싶지 않았다.

아니면 그냥 죽어버리거나.

그래, 죽는 게 제일 간단하겠어.

돌연 숨통이 트였다. 세탁기의 탈수 단계가 끝난 것 같았다고 할까. 돌풍이 몰아쳤을 때만큼이나 급작스럽게 걷혔다. 구타가 중단되었다. 꺼칠꺼칠함이 사라졌다. 입 냄새가 증발했다.

홀가분했다.

기적이 일어난 듯했다.

“무슨 일이지?”

여자가 다시 눈을 떴을 때 폭행범은 더 이상 보이지 않았다. 소리만이 들렸다. 놈이 울부짖는 소리가. 5초 전 놈에 앞서 그녀가 울부짖었던 것과 같은 소리가.

XXL 사이즈의 후드티를 입은 우람한 덩치가 여자의 시야를 가렸다. 이어서 어마어마한 주먹이—그녀는 이제껏 그토록 위압적인 주먹을 본 적이 없다— 강간범을 두드려 팼다. 쿵, 도로에 몸이 부딪치는 소리가 들리더니 놈의 입에서 떨어져 나온 어금니 하나가 배수로 쪽으로 날아갔다.

발루는 정맥 속으로 퍼져나가는 안도감을 느꼈다. 나름의 강장제였다. 헤로인 한 방보다 더 효과적인. 마약이라면 사양이다. 그는 자제력을 잃는 건 질색이다. 자신이 해롱거리기보다는, 도로를 오염시키는 악당들을 해롱거리게 하는 편이 낫다. 다소 미개한 방식이다. 인정한다. 하지만 우울한 밤들에 그가 자살하는 걸 막아주었다. 도덕적으로 충분히 이의를 제기할 수 있겠으나, 결과가 수단에 유리하게 작용했다. 발루는 자살충동에 짓눌릴 위기를 피함과 동시에 곤경에 빠진 십여 명의 여성들을 구했다. '윈윈 전략'이라고 할까.

아, 도로로 이빨이 줄줄이 떨어져 나간 개자식한테는 적용되지 않는다. 놈이 대체 뭘 어쩌겠는가? 강간 시도 방해죄로 고소라도 하겠는가?

여자는 정신을 추슬렀다. 호흡이 정상으로 돌아왔다. 그녀는 찢긴 실크 블라우스를 반사적으로 가슴께로 올렸다. 드러난 신체를 숨기려는 헛된 무의식적 행동. 허울뿐일망정 자존감을 회복해 보려는 덧없는 욕망. 여자의 눈길이 사건 현장으로 쏠렸다. 이 남자는 누구지? 왜 날 구한 거지? 후드티를 입은 남자가 강간범의 멱살을 잡고 인정사정없이 주먹을 날렸다. 여자는 자책했다. 왜인지 몰라도 이 끔찍한 장면에 가슴이 후련했다. 이 처벌로 조금 전 그녀가 당한 것이 씻기는 기분이었다.

여자는 앞으로 나아갔다.

더 똑똑히 보기 위해.

구세주가 고개를 돌렸다. 여자는 후드에 싸인 그의 옆모습을 확인했다. 섬세한 검은 얼굴에 분노는 없었다. 저음의 목소리도 마찬가지였다. 놀라우리만치 부드러운 목소리. 지금껏 보여준 거친 면모와 정반대였다.

"괜찮아요, 아가씨?"

"전…… 아니…… 네, 괜찮아요……. 덕분에요……."

"그럼 얼른 가요."

"그게…… 감사해요……. 구해주셔서."

"이런 시간에 으슥한 골목길로 다니면 안 돼요."

"네, 알아요. 친구들도 당부했고, 애인도 그러지 말라고 했는데…… 그래놓고 절 차버렸어요……."

발루는 그게 이 사건과 무슨 상관인지 몰랐지만, 그가 이런 상황에 개입할 때마다 겪는 익숙한 모순이었다. 그는 주머니에서 호루라기를 꺼내 여자에게 던졌고, 여자는 공중에 뜬 호루라기를 잡았다.

"물론 그러지 말아야겠지만 혹시나 이런 일을 또 당한다면 그걸 불어요. 있는 힘껏. 그럼 범인은 달아나고 주위에 있던 겁쟁이들은 아무것도 못 들은 척할 테니까."

"네……? 아, 알겠어요……. 전…… 감사해요."

여자가 영문을 몰라 허둥대며 우물거렸다. 느닷없이 나타난 구세주가 모든 걸 계획하기라도 한 듯했다.

"가방 속에 그거 없이는 절대 외출하지 말아요. 약속하죠?"

"약속할게요."

다시 평온해진 발루는 마지막으로 폭행범의 사타구니를 걷어차며, 중국인이 운영하는 집 아래 잡화점에서 호루라기를 한 무더기 더 사놓아야겠다고 생각했다. 최근 들어 호루라기를 한 다스는 분배한 터였다.

"이제 그만 집으로 돌아가요, 필요하면 병원에 들르고요. 어쨌든 여기 있진 말아요."

"네…… 알겠어요……."

여자는 순순히 우버 택시를 불렀다.

"아, 아가씨?"

"네?"

여자가 수수께끼의 심판관을 돌아보았을 때, 무함마드가 운전하는 검정색 메르세데스가 2분 내로 도착할 예정임을 알리는 메시지가 떴다.

"혹시 경찰이 물어보면, 아가씨는 날 못 본 겁니다. 지나가던 남자가 도움을 줬다는 건 얘기해도 돼요. 단 아가씨는 충격으로 제정신이 아니어서 아무것도 기억나지 않는 거예요. 오케이?"

여자는 고개를 끄덕이며, 흘러내린 마스카라와 멍 자국으로 뒤덮인 얼굴에 일그러진 미소 비슷한 무언가를 가까스로 그려 보였다. 여자가 절뚝거렸다. 저런, 난투 중에 구두 한 짝을 잃어버린 걸 미처 알아차리지 못했다. 메르세데스 한 대가 간선도로 커브 길에서 여자를 기다렸다.

"괜찮으세요, 손님?"

택시 기사가 친절하게 물어보자 여자는 기가 질린 목소리로 대답했다.

"괜찮아요."

"정말이에요? 혹시 경찰을 부를까요?"

여자가 어두운 길가로 고개를 돌렸다.

"됐어요, 감사해요. 그냥 집으로 가주세요."

운전수는 미심쩍어하며, 입술은 터져 부어오르고 블라우스는 찢긴 승객 쪽 차문이 잘 닫혔는지 다시 한번 점검했다. 그녀는 선팅된 차창 너머로 일견 한적해 보이는 골목길을 바라보았다.

여자가 호루라기를 가슴에 끌어안았다.

있는 힘껏.

외곽 순환도로의 택시 뒷좌석. 작크는 휙휙 지나가는 잿빛 도시를 바라보며 두서없는 상념에 잠겼다. 의식은 비올레트 사건에 지배당한 채, 한 손으로는 한 팩의 포커 카드를 무심히 놀리고 있었다. 손가락들이 공중에서 회전하는 댄서처럼 프로의 능숙함으로 카드들을 훑는다. 윙윙 자동차 모터의 싱커페이션• 리듬을 따라 펼쳐지는 종이 왕과 왕비와 시종의 무도. 빨간색과 검은색의 왕족과 신하들의 현란한 발레.

사흘짜리 수염과 구겨진 양복, 풀어헤친 셔츠 칼라와 느슨한 넥타이. 작크는 집에는 겨우 몇 시간 눈을 붙이러 들어가 깨끗한 옷과

• 선율이 진행 중에 센박과 여린박의 순서가 바뀌어 센박의 위치가 여린박이 되고 여린박의 위치가 센박이 되는 현상.

면도기가 없다는 걸 알아차릴 시간만 있을 뿐이었다. 가사도우미를 들일 생각은 아예 하지 않았다. 그의 삶은 장 볼 목록을 염두에 두는 종류의 삶이 아니다. 결과적으로 그가 바라던 삶은 아니었다.

작크는 담배에 불을 붙였다. 택시 기사가 마뜩찮은 눈으로 그를 흘깃거렸다.

"내 차에서 담배는 안 돼요."

작크는 카드들 속에 반으로 접은 50유로짜리 지폐 두 장을 끼워 넣은 뒤 카드를 섞었다. 기사는 백미러를 통해 한 동작도 놓치지 않고 주시했다. 작크는 카드들 속의 지폐를 보여주기 위해 카드를 치던 속도를 늦추었다.

"스톱이라고 말해요."

"스톱."

작크는 동작을 멈췄다. 그리고는 치던 카드들을 들어내고 남은 카드들 맨 위로 드러난 50유로짜리 지폐를 투덜이에게 건넸다. 기사의 얼굴에 화색이 돌았다. 그는 입술을 삐죽거리고는 무례한 승객이 담배에 불을 붙이는 걸 허용했다. 작크는 감사의 표시로 고개를 끄덕여 보인 뒤 담배를 잘근거렸다.

팡탱•. '르 그랑 파리'••가 대약진하고 있다. 파리 시청은 컨셉 스토어나 폭발적인 임대료 상승을 통해 공업지구의 이미지를 덮으려 노

• '꼭두각시'라는 뜻으로 파리의 별칭.

력 중이다. 젠트리피케이션••• 이전, 그러니까 지난 시절의 마지막 보루인 아파트 건물들이 복수라도 하듯 꿋꿋이 서 있다. 그중 한 건물 꼭대기 층의 널찍한 원룸 아파트가, 멀리 보이는 공장들 위로 우뚝 솟았다. 그 원룸 아파트 안. 발루는 두툼한 보료의 헝클어진 이불 위에 누워 구슬프게 흥얼거렸다.

행복하기 위해서 거창한 건 필요 없어.
정말 아주 작은 걸로도 행복할 수 있지.
살아가는 데 필수적인 것들로 만족하면 되거든…….

「정글북」의 디즈니 애니메이션에서 시련이 닥치면 푸근한 곰 발루가 양 볼을 늘어뜨리고 침울한 표정으로 부르던 주제곡이다. 발루는 푹신한 이부자리에 누워 목에 매달린 찢긴 금속 조각 모양의 펜던트를 거대한 손가락으로 짓주물렀다. 그러느라 자물쇠의 열쇠 돌아가는 소리를 미처 듣지 못했다.

"굉장히 신나 보이네."

발루는 작크의 갑작스런 출현에도 소스라치지 않는다. 친구가 여

•• '대(大) 파리'라는 뜻으로 2008년 니콜라 사르코지 정부에서 발표한 도시 광역화 정책. 2013년에 공사가 시작되어 2030년 완공 예정이다. 파리와 주변 수도권 통합을 위해 도시 구조 개편, 광역 교통망 건설 등이 이루어지고 있으며, 단순한 도시 개발을 넘어 경제, 사회, 문화적으로도 통합된, 지속 가능한 대규모 도시 건설이 목표이다.

••• 중하류층이 생활하는 도심 인근의 낙후 지역에 상류층의 주거 지역이나 고급 상업가가 새롭게 형성되는 현상.

벌의 열쇠를 갖고 있고, 빈정거리긴 하지만 구급대원 노릇을 할 때도 있기 때문이다. 그도 그럴 것이 발루는 만성우울증에 빠져 자살충동에 시달리고 있다. 창문으로 뛰어내리거나, 수류탄을 삼켜 머리통을 폭파시키면 그만이라는 생각이 머릿속을 끊임없이 맴돈다. 차 사고로 부모와 두 형제를 한꺼번에 잃은 뒤로 생긴 강박이다.

그는 기나긴 수술 끝에 쇼크 상태로 깨어났다. 외과의가 심장 부근에 박힌 쇳조각을 꺼낸 뒤였다. 발루는 위험한 수술을 무사히, 안전하게 마쳤다. 수술이 끝나고 외과의는 그를 죽음으로 몰아갈 뻔했던 작은 조각을 가져와 보여준 뒤, 그가 가족 중 유일한 생존자임을 알렸다.

비극은 아이에게 상처로 남았다. 몇 마디 단어로 전달된 돌이킬 수 없는 명백한 현실. "그분들은 이제 이 세상 사람들이 아니란다." 발루는 졸지에 가족을 잃고 혼자가 되었다. 이제 무조건적으로 그를 사랑해 줄 사람은 세상에 아무도 없다. "세상에 이젠 너뿐이야." 이 엄정한 현실은 어린아이에겐 하늘이 무너지는 청천벽력이었다.

고요와 요란한 굉음이 공존했다. 머릿속에. 영혼에.

그 뒤로 발루는 금속 조각을 목에 걸고 다녔다. 행운의 부적으로서가 아니라 자신이 생존자라는 것을 기억하기 위해. 스스로를 용서하지 않기 위해. 죄책감이 그를 서서히 죽이고 있었다. 매일 밤, 그는 이 절차를 가속화하고 싶은 열망에 휩싸였다.

오직 포커만이 이 검은 늪에서 그를 건져냈다.

그를 포커로 이끈 건 바로 작크였다. 발루가 작크를 처음 만났을 때, 멸치같이 왜소한 백인 아이가 오락 시간에 꼬마 악당들에게 언어맞고 있었다. 이미 덩치가 좋았던 발루는 그때도 불의를 참지 못했고, 개입했다. 작크는 이 반가운 보호를 받고 발루를 자기의 수호천사로 삼는 대신, 포커를 가르쳤다. 그 자신도 사기꾼 아버지에게 전수받은 사기술과 조작법을 훈련시켰다.

발루는 알고 보니 용의주도하고 재능 있는 학생이었다. 그는 카드 소질을 고도로 발전시켰다. 이 동맹으로 가공할 사기단 외에 견고한 우정도 탄생했다. 두 친구는 정교하게 짜인 완벽한 연극을 펼쳐야 하는 프로의 세계에 발을 들이기 전에, 구슬에 이어서 용돈을 건 내기들에서 기술을 갈고닦았다. 대개 이런 식이었다. 일단 수익성이 좋은 도박판에 익명으로 끼어들어, 취미로 카드를 손에 잡은 무해한 아마추어들처럼 행동한다. 무엇보다 그들이 포커 기계라는 걸 단번에 드러내지 말아야 한다. 그렇지 않으면 표적이 돈을 들고 퇴장해 버리는 수가 있다. 사기는 둘일 때, 더 잘 통했다. 한 명은 잃어주고 다른 한 명은 운이 좋은 척을 하다가, 어느 시점이 되면 게임이 어떻게 흘러가는지 도통 따라잡지 못하겠다는 말을 흘리며 역할을 바꾼다. 어설픈 척하는 그들의 연기를 보며, 나머지 선수들은 저 두 초보자의 미숙함을 이용하여 상황을 자신들에게 유리하게 돌릴 수 있겠다고 생각한다. 맹신이 자리 잡는다. 속아 넘어간 선수들은 경계를 늦추고, 아무 의심 없이 돈을 잃는다. 다음은 탈탈 털릴 때까지 판돈이 올라가는 일만 남는다. 어린애 팔 비틀기였다.

그들은 둘이서 프랑스 전역의 포커 판을 북부부터 남부까지 싹쓸이했다.

배우는 무대에 오르는 순간, 자신을 잊는다. 막이 올랐다가 내려갈 때까지 그는 자신이 연기하는 인물이 된다. 발루는 포커 테이블에 앉는 즉시 변신을 수행했다. 이 정신분열이 그에게 현재를 살게 해주었고, 그렇게 존재의 고통을 잊고서 자살충동에서도 벗어났다.

포커는 그의 마약이요, 작크는 그의 딜러였다.

작크가 물었다.

"밤에 또 힘들었구나?"

"응."

"약은 먹었어?"

"아무 효과 없는걸, 뭐."

"먹지 않았으니 당연하지. 약효가 날 턱이 있어?"

무감하지만 권위적인 간병인인 작크는 항우울제를 찾아 발루에게 물잔과 함께 건넸다.

"난 지금 잔소리조차 들을 기분이 아니야."

작크는 친구가 다름 아닌 시한폭탄임을 인식했다. 청소년기 이래로 그는 이 폭탄이 터지는 걸 막아왔다. 극적 상황을 방지하기 위해서는 다량의 진심 어린 관심과 보호가 필요하고, 작크는 그렇게 자살로부터 친구를 지켰다. 그는 커피메이커의 전원을 켜고, 우울증 환자에게 처방할 수 있는 최고의 약을 미끼로 친구의 관심을 환기시켰다.

"다섯 시야. 발딱 일어나. 포커가 우리를 부르니까."

발루가 이불에서 몸을 떼어내어 식탁에 앉았다. 눈이 반짝거리기 시작했다. 이어서 프로 정신이 발동한다.

"얼마짜리야?"

"각각 5천 유로까지. 멤버는 할머니들이랑 포커를 익힌 모질이 부자들. 어쨌든 총알은 확실히 두둑해."

"좋아. 파란색 재킷을 입을게."

"아니, 빨간색으로. 대개 빨간색을 입었을 때 효과가 더 크더라고."

"오케이."

작크는 토스터에 빵 두 쪽을 밀어 넣고 냉장고 문을 열어 잼을 찾았다. 그는 채소 칸에 얼굴을 대고 냉기를 느끼며 물었다.

"배고파?"

"그냥저냥……."

작크는 친구의 우울한 기분에 휩쓸리지 않았다. 익숙한 일이다. 그는 아무 대꾸도 하지 않았다. 끈적끈적한 찬장에서 알아서 설탕이라도 찾아냈으니 그만이었다.

"커피가 따뜻해."

"쿨하네."

발루가 심드렁하게 대답했다. 작크는 찻잔을 건넸다.

"밑에 택시 대기시켜 놨어."

발루는 여전히 몽롱한 채 흐느적거리는 걸음을 옮겨 옷장으로 향했다. 그가 하품을 하며 말했다.

"어젯밤에 이상한 꿈을 꿨어. 내가 임신을 해서 애를 낳았는데 백인이더라고. 널 닮았길래 작크라는 이름을 붙여줬지."

"커피 마셔, 발루. 식겠어."

두 사기단은 채비를 갖췄다. 한 명은 기력을 회복시켜 준 샤워에, 다른 한 명은 1리터 가량의 카페인에 힘입었다. 작크는 택시 뒷좌석에서 여유로운 표정으로 담배를 피웠다. 옆자리의 발루는 강렬한 빨간색 재킷에 코에는 선글라스를 걸쳤다. 안정된 호흡과 믿음직한 표정으로 두 손을 깍지 낀 채 똑바로 앉아 있었다.

택시가 북역 뒤의 버스 노선이 얽힌 곳에서 이리저리 길을 트다가 커다란 호텔 건물 앞에서 방향을 틀며 멈췄다. 건물명—마제스티유•—이 부적절할 수 있다면, 정면에 부착된 부서진 괘종시계는 옳은 시간을 가리키며 이 광장에도 한때의 영화로운 시절이 있었음을 증언하고 있었다.

운전기사가 미터기를 가리켰다.

"42유로 53상팀입니다."

작크가 지갑에서 포커 카드들을 꺼내어 코앞에 대고 흔들자 기사는 알겠다는 표정을 지었다. 작크는 카드들 속에 50유로짜리 지폐 다섯 장을 끼워 넣고서 탁탁 치기 시작했다. 기사는 법칙을 안다는 듯 입꼬리를 한쪽으로 들어 올린 미소를 풀지 않은 채 지폐들의 왈츠를 주시하다가, 확신이 든 순간 외쳤다.

"스톱."

왈츠가 멈췄다. 카드 사이는 패자의 시선과 같이 비어 있었다. 택시 기사는 실망감을 숨기고서 도박사의 미소를 거둬들임과 동시에 그 자리를 운송료를 받고 싶은 운전수의 상업적인 미소로 대체했다.

• 프랑스어로 '장엄한, 위엄 있는'이라는 뜻.

그가 손님에게 말했다.

"어쨌든 42유로 53상팀입니다."

차에서 내릴 기세로 이미 문손잡이에 손을 대고 있던 작크는 그래도 예의 바른 청년인 바, 가능한 한 문화적인 방식으로 협상을 매듭지었다.

"기사님이 맞췄다면 돈을 받으셨겠죠, 안 그래요?"

"그래요."

택시 기사는 인정했다.

"그럼, 우린 이만."

작크는 차문을 열었다. 작크의 논리에 숨은 자간의 의미까지 이해하지 못한 운전수가 그의 어깨를 움켜잡았다. 발루가 두 남자 사이에 위압적인 얼굴을 들이밀더니 선글라스를 코밑으로 내렸다. 그의 시선이 굴착기보다 더 세차게 운전수의 눈을 찌르며 위협했다. 간단한 경고. 거울 달린 흑단 장롱 같은 검은 얼굴이 무섭도록 차분하게 '안 돼'라고 말하고 있었다. 굴착기가 파고든 구멍 속으로 용맹심을 급속도로 흘려보낸 택시 기사는 목숨을 부지하는 데 베팅했다. 그는 작크의 어깨에서 손을 뗐다. 작크와 발루는 휘파람을 불며 택시에서 내렸다.

행복하기 위해선 거창한 게 필요치 않다. 디즈니가 옳았다.

6B48A. 출입 코드. 작크는 크라코비츠 술집에서 전달받은 코드를 따라 숫자와 문자를 번갈아 눌렀다. 문이 스르르 열린다. 그는 동지와 함께 마제스티유의 소굴로 들어갔다. 나선형의 시멘트 계단과 미로 같은 복도들. 복도의 페인트칠한 벽엔 빠글빠글 기포가 올라왔고, 벽 끝엔 자물쇠가 떨어져 나간 방화문이 달려 있다. 화재 발생 시 연회가 바비큐로 끝날 위험이 있기 때문이다. 작크와 발루는 지옥의 아홉 번째 원•으로 내려가 가련한 악마들이 고군분투하고 있는 부엌에 이르렀다. 오븐 뒤에선 불법체류자 파키스탄인들이 설거지를 하느라 땀 흘리고, 아프가니스탄 및 시리아 난민들은 지나는 도

• 단테의 『신곡』에 묘사된 지옥의 맨 밑바닥 층인 아홉 번째 원을 이르는 말. 그곳엔 최악의 악인들이 모여 있다.

박사들에게 가까운 미래의 행운을 빌어주며 불법 수입에서 떼어낸 몇 푼의 유로들을 수집하고 있었다. 작크와 발루는 다른 천국들을 향해 계속해서 길을 걸었고, 이 작위적인 천국들을 지나 복도 끝에 이르면 만남의 장소, 즉 추운 방이 나온다.

굳게 봉인된 문.

작크는 문을 두드렸다. 문이 열린다. 건장한 어깨에도 불구하고 불안한 표정인 그리스인이 선글라스 뒤로 두 사람을 샅샅이 살펴보았다. 그의 삐죽거리는 입이 많은 걸 이야기했고, 가죽케이스에 꽂힌 권총에 얹은 손이 노골적인 메시지를 완성했다. 하등 기죽지 않은 발루가 가슴을 활짝 폈다. 문지기는 건장했지만, 비유하자면 슈퍼마켓의 빠에야 코너에 어벤저스 코스프레 아르바이트를 하러 나온 비정규직 연극배우 같은 분위기를 풍겼다. 블록버스터의 슈퍼 히어로보다 세련된 작크는 낡은 가죽 지갑에서 찢어진 포커 카드 조각을 꺼내어 보여주는 것으로 무언의 질문에 대답했다. 카드는 킹 하트였다.

문지기가 두 사람에게 길을 터주었다.

추운 방 안엔 육십 대에서 죽을 날이 코앞인 나이 사이로 보이는 다섯 남자가 천장에 매달린 유일한 전등으로 환하게 밝혀진 테이블 주위에 말없이 붙박여 있었다.

출구는 오직 하나였다. 그럼에도 문 위엔 '비상구'라는 표지판이 깜빡깜빡 빛났다.

작크와 발루는 대장의 뜻에 따라 비어 있는 두 자리로 향했다. 다섯 남자는 불시 탐문의 표적이 될 만한 다양한 피부색과 외모에도 불구하고, 두 사람의 인사에 답례로 고개를 끄덕였다. 장소만큼이나 따듯한 환대였다.

테이블엔 이리저리 찢긴 킹 하트가 꿰맞춰져 있었다. 세 조각이 비었다. 작크는 자신의 조각을 끼워 맞추고는 자리에 앉았다. 발루도 작크를 따라했다. 빨간색 재킷과 검은 피부가 킹 하트와 어우러졌다.

작크는 이 모든 것이 자연스럽다는 듯 느긋한 태도로 손 안에서 카드를 돌리는가 하면 주르륵 훑었다. 허세로 분위기를 누그러뜨리지는 못할지언정 새로 끼어든 자의 존재를 정당화할 수는 있다.

육십 대 중에서 얼굴이 가장 각진 에르네스트가 발루의 재킷을 흘깃거렸다. 날 선 도끼로 양면을 쳐낸 듯한 그의 얼굴에 싸늘한 경멸이 어렸다. 면도날로 다듬은 가느다란 콧수염 밑으로 썩 호의적이지 못한 첫마디가 새 나왔다.

"옷 색깔 한번 멋지네그려."

"글쎄요, 난 색맹이라서."

발루는 깍지 낀 양손을 테이블에 내려놓은 채, 검은 피부를 돋보이게 하는 초록색 눈동자로 허공을 정면으로 응시했다. 거기에 빨간색 재킷까지 어우러져 전체적으로 그레이스 존스•의 앨범 재킷보다 더 강렬하게 느껴졌다. 바그너••에 더 가까운 에르네스트의 취향과는 거리가 멀었다.

• 자메이카의 가수이자 배우.

•• 독일의 작곡가이자 지휘자.

"그럼 알려주지. 색깔이 여간 멋진 게 아냐."

"다행이네요. 혹시 빨간색이면 어쩌지 싶었는데. 빨간색은 질색이라서요."

'비상구' 표지판이 꺼졌다. 전기의 숨이 멎었다가 다시 박동을 시작했다.

에르네스트는 자기보다 십 년 이상 더 살았음 직한 옆 사람을 향해 몸을 돌렸다. 그는 끌로 조각한 듯한 얼굴에 귀에는 보청기를 달았다. 두 노인네가 의심스런 눈초리를 교환했다. 방 안에 정적이 감돌았다. 파리가 나는 소리도 들릴 듯했으나, 파리가 있다 한들 꽁꽁 얼어붙은 채 차가운 방바닥에 떨어져 있기 십상이었다.

"방이 으스스하네요. 한참 대기시켜도 썩지 않게 하려는 건가?"

작크가 손목시계를 확인하며 농담을 던졌다.

"여자가 곧 올 거야."

"여자?"

에르네스트가 확인시켰다.

"여자."

"여자를 기다리는 거라면 오줌을 누고 와도 되겠는걸요."

작크가 몸을 일으키자, 손마디가 뭉뚝한 손이 그의 팔뚝을 잡았다. 손 주인의 나이로 미루어 뜻밖의 억센 힘이 느껴졌다.

"안 돼. 그냥 앉아 있어."

"릴렉스, 릴렉스. 게임이 아직 시작되지도 않은걸요. 여자도 도착할 기미가 안 보이고. 아직 15분밖에 안 늦었으니 '여자'인 걸 감안하면 15분은 족히 더 늦을 거예요."

보청기 노인이 허공에 대고 손가락을 까딱하는 것으로, 에르네스트에게 작크를 나가게 내버려 두라는 신호를 보냈다. 손마디가 뭉뚝한 손에 힘이 풀리고, 해방된 작크는 그리스인에게 문을 열라는 표시로 미간에 힘을 주었다. 문지기 개는 시니어들의 허가를 받고서야 한 걸음 옆으로 비켜서며 길을 터주었다.

침묵이 간밤에 얼어붙은 파리처럼, 방 안에 다시 내려앉았다. 발루가 돌연 그럴 만한 특별한 이유 없이, 천둥 같은 웃음을 터뜨렸다. 바리톤과 베이스가 뒤섞인 웃음소리가 단열 효과가 완벽한 벽에서 튕겨 먹먹한 메아리를 만들었다. 발루는 목구멍이 훤히 보이도록 낄낄거렸다. 커다란 턱은 떨어져 나갈 듯 둘로 벌어졌고, 흉부는 웃음의 리듬에 따라 들썩였다. 폭소가 잦아들었다. 발루는 고른 호흡을 되찾으며 진정했다. 마지막 웃음이 방 안에 흩어졌다.

"아니, 아니, 아무것도 아니에요. 그냥 무슨 생각이 나서 그만."

노인네들의 분노한 얼굴이 동상처럼 굳어졌다. 발루는 그 이상의 설명 없이 눈물을 닦았다.

웃음소리가 환기구를 통해, 손가락으로 동전을 돌리며 지하실을 어슬렁거리던 작크의 귀에까지 가닿았다. 그는 패거리가 그리는 중인 악보를 재밌어하며 고개를 설설거렸다. 교란 작전이 가동되었다. 적들로서는 대체 무슨 꿍꿍이인지 도통 알 길이 없었다. 빨간 재킷을 입은 천방지축의 행동이 예측 불허였다. 모든 전략은 상대의 계략과 함정을 분석하는 데 집중되지만, 상대는 점점 정신병원이 제격인 인간으로 보였다. 촉각을 곤두세운 소위 분석력이 흐트러지고 그 결과, 불안이 자리 잡고 확신은 부식된다. 그 결과 공격수는 수단을 잃는다.

작크는 부엌에서 불쑥 튀어나온 파키스탄인 주방 보조와 실수로 어깨를 부딪쳤다. 길을 물을 기회였다.

“실례합니다. 혹시 화장실이 어디 있는지 알려주실 수 있겠습니까?”

“커브 돌아서 오른쪽 세 번째 방이요.”

“감사합니다.”

작크가 미로 속으로 돌진했을 때 여자 화장실에서 희한한 피조물이 황급히 튀어 나왔다. 폭탄을 맞은 듯한 머리칼, 고물상 같은 옷과 인조 양털 외투, 레오파드 머플러. 어떻게 이렇게 안 어울리는 소재와 무늬들의 조합이 섹시해 보일 수 있는 거지? 작크로서는 알 길이 없었지만, 결과는 이론의 여지가 없었다. 박하 향의 가느다란 담배를 장식처럼 꽂은 입술과 검은 마스카라로 눈자위를 검게 강조한 암사슴 눈동자의 막신은 작크에게 눈길 한 번, 미소 한 번 흘리지 않고서 빠르게 그를 지나쳤다. 작크는 벽에 등을 기댄 채 홀로 남았다.

금속이 부딪치는 딸그랑 소리가 그를 현실로 되돌렸다. 손가락으로 돌려대던 동전이 발밑 시멘트 바닥에 떨어졌다. 작크는 멀어져가는 막신의 뒷모습을 관찰했다. 반은 의심스럽게, 반은 홀린 듯이.

추운 방에선 동상처럼 굳어버린 멤버들이 미동도 하지 않았다. 여전히 혼자만의 망상에 빠져 있는 발루만이 한없이 편안해 보였다. 여자의 손이 킹 하트의 비어 있던 마지막 조각을 채우며 퍼즐을 완성했다. 새로 온 도박사의 시선이 테이블을 훑다가 잭의 빈 의자에서 멈췄다.

"한 명은 안 온 건가요?"

"네, 그쪽이요."

막신은 농담조의 목소리를 돌아보았다가 다시 테이블 쪽으로 고개를 돌렸다. 작크는 자리에 앉으며 한쪽 눈썹을 찡긋해 보였다.

"그쪽 호주머니를 생각해서, 기술은 매력보다 덜 발산되기를 기대할게요."

작크는 바람둥이 어투라는 걸 인식한 채 말했다.

"막신이에요. 나도 그쪽이 아첨보다는 포커페이스에 더 섬세하기를 기대할게요. 그렇지 않으면 우리가 당신 돈으로 부자가 될 테니까. 그쪽은 이름이……?"

막신은 상대보다 수위를 낮춘 감언이설로 수작질을 맞받아치며 서로의 자기소개까지 완료한다.

"작크. 그냥 작크라고 부르면 돼요."

노인네들이 이가 빠져나간 구멍과 의치 사이로 비웃음을 밀어낸다. 작크는 웃음을 삼켰다. 막신은 자리에 앉으며 마지막 칼침을 날렸다.

"자, 분배해요, 그냥 작크씨. 그래야 내가 당신 돈으로 월세를 내죠."

작크는 묵묵부답이다가 패자의 미소를 지었다.

"오케이."

능숙한 도박사인 그는 카드를 분배했다.

추운 방의 분위기가 후끈해졌다. 발루가 혼자서 판돈을 쓸어 모았다. 다섯 번째였다. 발루 앞에 돈이 더미로 쌓였다. 나머지는 거의 빈털터리가 되었고 억장이 무너져 내리는 듯했다. 특히 에르네스트가 심사를 드러냈다.

"뭔가 이상해. 난 한 푼도 못 만져봤는데 저자는 혼자서 돈이란 돈을 죄 쓸어 담고 있으니. 확률적으로……."

"포커는 산수가 아니랍니다, 에르네스트 어르신."

발루가 제기된 의문을 일축하자, 에르네스트가 혐오 어린 표정으로 대답했다.

"물론 기술이 뛰어날 수도 있겠죠, 발루 선생. 허나 카드들이 이렇게까지 철저하게 날 거부하다니, 뭔가 다른 이유가 있지 않고서야."

발루는 해맑은 태도를 취했다.

"어르신은 행운이란 마법을 믿지 않나 봅니다?"

"그래서 빨간 재킷인가?"

게임에 골몰한 막신이 카드에서 눈을 떼지 않은 채 빈정거렸다.

홍일점 도박사의 농에 당황한 작크와 발루가 시선을 교환했다. 에르네스트는 분노를 터트리는 편을 택했다.

"맞아, 그 윗도리는 대체 뭐야? 어째 농간질 냄새가 나. 구리다고!"

피고가 벌떡 일어나 재킷을 벗더니 돈더미 위로 휙 던졌다. 이어서 셔츠, 바지, 마침내 팬티까지 테이블 위로 벗어 던지고는 다시 자리에 앉아 카드를 집어 들었다.

"양말은 신고 있을게요. 감기에 잘 걸리는 체질이라."

모두의 의심에 부채질을 한 강렬한 색 상의가 옷을 벗을 구실을 제공했다. 모든 면에서 죄인인 용의자는 벌레처럼 알몸이 되어 부인할 수 없는 결백을 공포했다. 손에도, 주머니에도 아무것도 없었다. 이른바 시선 돌리기였다. 구체적인 한 가지에 집중할수록—이 게임의 경우, 하얀 양말과 광택 있는 구두만 신은 알몸의 건장한 흑인이 정신 교란의 수단이다— 다른 정보들에 대한 관심도는 떨어지기 마련이다. 어둠 속에서 깔때기처럼 내리쏘는 조명이 관중의 시선을 사로잡고 있으면, 사기꾼은 그 기회를 틈타 구석 어둠 속에서 여유롭게 술책을 꾸미는 것이다. 마술사들이 마술의 환상을 창조하기 위해 사용하는 방식이기도 하다. 그런 맥락으로 속아 넘어간 관객들은 '행운'이라는 단어를 선호하게 된다.

작크와 발루도 위험한 적들에게는 시도하지 않는 다소 거친 방법이었으나, 이런 종류의 노름판 터줏대감들, 거기에 본질적인 인종차별주의자인 바 흑인—한술 더 떠 이 흑인이 거의 벌거숭이가 된 건 아예 말을 말자—과 섞여 게임하는 것이 분명 불편했을 노인네들이 대상이라면, 사기극은 특별히 신바람 나는 공연이 된다.

거기에 유료 관객들이라면야.

이제 모두가 이 당당한 외설로 인한 불편에 온 신경이 집중된 마당이니만큼, 공범인 작크로서는 공식적으로 의심을 벗은 동지에게 스프를 떠먹여 주는 일만 남은 셈이었다. 쉰내 나는 얼간이들이 나체로 불가피하게 쏠리는 눈길을 애써 들어 올려 노출광의 얼굴을 면밀히 살피는 동안, 이 모든 마술쇼에 무감한 막신은 마치 아무 일도 없다는 듯 게임에 열중하더니 카드 세 장을 내밀었다.

"트립스."[•]

게임이 다시 시작되고 있었다.

두 시간 뒤, 방 안이 열기로 달아올랐다. 카펫이 이글거리고, 파리의 시체가 구이가 되었다.

발루가 카드를 내려놓는다. 게임, 세트 앤 매치. 경기가 끝났고, 발루의 완승이다. 노인네들도 심박 조율기를 삽입하기 일보 직전의 분노와 함께 카드를 집어던졌다. 막신, 그녀는 인공 의료장치가 필요 없었다. 그저 입가에 만족스런 미소를 흘리며 카드 더미들 속에 자신의 카드를 내려놓았다.

"어쨌든 볼거리는 있었네요."

노인네들은 막신의 희희낙락에 공감하지 못했다. 멤버들은 악수를 나누며 새 나오는 구시렁거림을 감추지 않았다. 발루는 좋아하는 노래를 휘파람으로 부르며 옷을 입었다. 패자들이 속임수의 증거를 찾아 백내장이 있는 눈에 불을 켜고 발루를 샅샅이 살펴보았다. 그가 목련이 프린트된 팬티로 엉덩이를 가리자, 의혹의 눈길이 재킷 단추를 채우던 그의 친구에게 옮겨갔다. 어두운 색, 친구의 재킷은 어두운 색이다.

"초대해 주셔서 감사합니다, 에르네스트 씨."

작크는 교육을 잘 받은 사기꾼답게 깍듯이 인사했다.

• 쓰리 오브 어 카인드(Three of a kind). 3장의 카드가 똑같은 숫자나 문자가 나온 카드의 조합.

"말을 안 할 수가 없는데, 좀 유감이야."

"다음에 복수하실 기회가 있을까요?"

에르네스트는 이 알쏭달쏭한 손님의 순진한 척이 달갑지 않았으나, 다음 게임에서 이 젊은 펑크족들에게 어른을 공경하는 법을 가르칠 필요는 있다고 생각했다. 그는 발루를 쏘아보며 수긍했다.

"저치한테 다음엔 어두운 색 옷을 입고 오라고 해."

작크는 동료를 돌아보았다.

"다음 번엔 어두운 색 옷을 입고 와야겠어."

"게임할 때 벌거벗지도 말라고 하고."

"벌거벗어도 안 돼."

"그리고 이따금 잃으라고 해."

"아, 그건 어르신이 잃게 할 일이죠."

에르네스트는 의자 등받이에 담배꽁초를 비볐다. 니스로 칠한 목재가 타들어 가며 쾨쾨한 냄새를 풍겼다.

"그래, 알아."

이 싸늘한 작별 인사에 '비상구' 표지판도 덩달아 까무룩 빛을 잃더니 영원히 잠들어 버렸다.

사기꾼 듀오는 지하실의 미로를 나란히 보조를 맞춰 경쾌하게 걸었다. 그들은 입술을 거의 움직이지 않으며 말했다.

"얼마?"

"9천 8백 유로."

작크는 고백했다.

"사실 여자는 좀 딱해."

"그러지 않아도 돼요."

두 남자는 둘 중 한 명의 양심의 가책을 덜어주는 맑은 목소리를 향해 일제히 고개를 돌렸다. 막신이 총총걸음으로 다가왔다.

"환상적인 합동 플레이였어요."

작크는 허풍선이의 옷을 다시 입었다.

"오늘 밤에 운이 트럭으로 몰린 건 발루였죠."

"네, 아마 그런 재킷을 걸치면 운이 전부 몰리는 거겠죠."

작크는 방어적으로 물었다.

"무슨 뜻이죠?"

"두 분 사기술이 어마어마하던데요."

"뭔가 착각하시나 본데, 나도 그쪽하고 똑같이 잃었어요. 발루는 정직하게 게임했고요. 심지어 알몸으로 쳤잖아요. 대체 어디에 카드를 숨길 수 있다는 거죠?"

막신은 여전히 경쾌하게 총총걸음을 쳤다.

"네, 네, 알겠어요. 빨간색 재킷은 진짜, 신의 한 수였어요. 그건 나도 도통 모르겠더라고요."

거짓말이었다. 물론 막신은 빨간색 재킷을 이용한 술수와 소매의 활용을 눈치 챘다. 그들이 기술을 어떻게 전개시키는지 관찰하기 위해 이기도록 내버려 두었을 뿐이다. 손발이 척척 맞아 돌아가는 그들의 사기 매커니즘은 기대 이상이었다.

"도대체 무슨 말을 하는 건지 모르겠군요."

작크는 평소 자존감을 보호하는 수단인 자제력에도 불구하고, 호기심으로 몸이 근질거렸다. 발루, 그는 대리석처럼 끄떡도 하지 않았다. 말 없는 로데스의 거상이라고 할까.

막신이 두 남자를 추월하며 말했다.

"말 놔도 돼, 작크. 우린 또 보게 될 테니까, 지금 친해지는 것도 나쁘지 않을 거야."

"우리가 또 보게 된다고?"

"우선 너희는 나한테 3,250유로를 돌려줘야 하고, 또……."

작크는 여자한테 휘둘리는 기분이었다. 그가 질색하는 감정이다.

어쨌든 간에.

"또 뭐?"

막신은 경첩이 뻑뻑한 비상구 문을 온몸으로 밀었다. 선선한 밤공기가 마제스티유 복도의 퀴퀴한 공기 속으로 밀려들었다. 막신은 문 밖으로 튀어 나가며 익살스런 말로 작크를 자극한 뒤 도망쳤다.

"또 내가 쳐다보기만 하면 네가 약지를 새끼손가락에 초조하게 비비더라고. 그러니까 우린 또 보게 될 거야."

여자가 어안이 벙벙한 두 사기꾼을 멀거니 남겨두고서 어둠 속으로 사라졌다.

발루는 커다란 콧구멍으로 천천히 숨을 내쉬었다.

"작크……."

"응?"

"난 네가 그 버릇 고친 줄 알았는데. 약해진 거야?"

"아니야…… 아니, 아니야……. 전혀 그런 거 아니야……. 그저…… 저 여자 미소가……."

작크는 더는 정당화하지 않았다. 게임은 끝났고, 밤은 길었다. 그들은 돈을 땄고, 여자는 매력적이었다. 포커페이스도 끝이었다. 아름다운 여성의 매력에 작크보다 덜 민감한 발루는 잡은 꼬투리를 놓지 않았다.

"약해졌구먼."

"아니야! 아니라고, 당연히 그럴 리 없지! 우리가 이겼어, 안 그래? 그럼 됐잖아! 우리가 이겼는데 더 뭐가 중요해. 다른 건 중요하지 않아."

"중요해."

"아니, 중요하지 않아."

"아니, 중요해."

"아니! 중요하지 않다고!"

작크와 발루는 초등학교 때부터 알고 지냈다. 그들의 대화만으로도 그 사실이 느껴질 때가 있다.

"게임이 끝났다고 포커페이스를 놔버리면, 다음부턴 포커페이스를 꾸며도 들키게 되겠지. 그러니까 중요해."

"징글징글한 놈."

작크는 택시가 잡히기를 기대하며 사거리 한가운데 섰다. 우버든 개인택시든, 지금의 그로서는 대항할 기력도, 날카로운 지력도 없는 이 언쟁에서 놓여날 수 있다면 아무래도 좋았다. 그는 차가 한 대도 다니지 않는 바, 무용하게 번갈아 불이 켜지는 신호등의 초록과 빨간색 불빛에 반사된 축축한 아스팔트 위에서 양팔을 대각선으로 펼친 채 맴을 돌았다. 택시는 한 대도 보이지 않았다. 공용 자전거조차 없었다.

발루는 여전히 설렁거리는 걸음걸이로 작크를 따라 붙더니 굳세게 비난했다.

"중요해, 그뿐이야."

"너도 그 여자가 웃는 게 예쁘다는 걸 인정해."

작크는 막신의 미소를 되새기며 어쩔 수 없이 무너져 내렸다. 그는 제일 친한 친구의 동조를 구하는 그야말로 어린애였다. 이번만큼은 친구의 동조를 구하기가 녹록치 않았다.

"너도 약해졌다는 걸 인정해."

저 멀리 신호등에서 차 지붕의 초록 불빛이 보였다.

"택시!"

작크가 자신을 구원할 차를 소리쳐 부르자, 차가 급커브를 틀며 멈췄다. 발루는 죽마고우를 따라 택시 안에 몸을 구겨 넣은 뒤, 자신의 주장을 그 이상 발전시키지 않은 채로 되풀이했다.

"어쨌든, 넌 약해졌어."

발루가 탁, 소리를 내며 차문을 닫자, 수막현상•으로 차의 타이어가 잠시 삐끗하더니 밤 속으로 돌진했다. 비록 녹초가 되었지만 호주머니만은 지폐로 넘쳐나는 두 친구의 다툼도 차와 함께 밤 속으로 돌진했다.

• 비가 와서 물이 고여 있는 노면 위를 고속으로 달릴 때 타이어와 노면 사이에 물의 막이 생기는 현상.

다음 커브 길에서 발루를 내려준 작크는 운전기사에게 변경된 목적지 주소를 알렸다. 친구한테 설교를 듣고 싶은 마음은 털끝만큼도 없었다. 그럴 힘 또한 없었다. 익숙한 우회였다. 게임으로 신경이 과부하가 된 밤에 단조롭고 텅 빈 그의 집 거실과 마주한다는 건, 생각만으로도 기운 빠지는 일이었다. 긴장을 풀기 위해 진공 상태가 될 필요가 있었다. 그는 휴대전화를 켜 전화를 걸었다. 신호음이 이어지다가 음성사서함으로 넘어갔다. 시계를 보니 새벽 3시 30분이었다. "망할, 벌써 자는 거야?" 얼토당토않은 불평이 새 나왔다. 고개를 든 욕구를 달래기에 급급한 나머지 죄책감도 별반 들지 않았다. 때로 스스로도 역겨운 이기주의자가 될 때가 있다. 그나마 다행이네, 어쨌든 안다니. 그는 냉소하며 안심했다. 자조, 이미 긍정적인 출발이다.

삐—

"여보세요, 로리, 나 지금 택시 안인데, 20분 뒤면 너희 집에 도착해. 내가……."

그는 망설이며 단어를 골랐다. 어떻게 말해야 그녀를 화나게 하지 않으면서 매달릴 수 있을까?

"미안해, 늦었어. 좀 더 일찍 전화하려고 했는데. 전화기를 꺼둔 모양이야……. 내가……."

그는 다시 한번 시간을 확인하고는 한숨을 내쉬었다. 아무래도 오늘 밤은 안 되려나 보다. 짜증이 치밀었다. 제어되지 않는 충동으로 몸이 고통스러웠다.

"도착하면 인터폰을 눌러볼게……. 계속 자고 있으면 할 수 없고."

그는 다정한 인사말도 없이 전화를 끊었다. 그럴 수 있는 상태가 아니었다. 내내 포커페이스를 유지해야 하는 밤 시간을 보내다가, 다른 밤을 위해 바로 진짜 감정을 표현할 순 없었다. 게다가 감정이란 게 있어야 하지 않겠는가. 작크는 자신이 다른 이들과 그 자신에게마저 감정을 숨기고 살아온 나머지 심장이 죽어버린 건 아닌지 자문했다.

메시지 하나가 좌절된 성적 욕구로 촉발된 존재론적 질문을 중단시켰다.

〈당연히 자고 있지, 이 시간에 대체 뭘 바라, 멍청아! 난 너의 대기조가 아니야.〉

포인트를 늘린 고딕체. 으르렁대는 것이다. 그래도 철자는 한 군데도 틀리지 않았다. 로리는 메시지를 쓸 때 철자법에 유의하는 그의 드문 섹스파트너 중 하나였다. 이건 아무것도 아닌 것이 아니다. 통신이 날로 빨라지고 모두가 모든 것에 무관심한 시대에, 욕을 하면서도 메시지의 철자에 신경 쓰다니, 작크는 그 노력을 높이 평가했다. 화를 내면서도 올바를 수 있다니.

그럼에도 그는 자충수를 두고야 말았다. 스스로도 자신이 왜 이렇게까지 굳세게 막돼먹은 놈처럼 구는 건지 이해할 수 없었다. 발루는 늘 그를 훈계하느라 세월을 보냈다. 이는 두 친구의 드물게 진지한 언쟁 주제 중 하나였다.

로리와의 관계는 모호하지 않다. 때로 작크가 그녀를 애태울 때가 있고 그도 이를 알았으나, 변태적인 나르시시즘으로 인한 건 아니다. 둘의 계약은 명료했다. 대체로 규칙에 철저한 편인 작크는 시작부터 원칙을 정했다. 기다리지 않기. 구속하지 않기. 오로지 섹스만 하기. 물론 정성스럽게—바로 이 점 때문에 로리가 그에게 매달리는 것이기도 하다—, 하지만 감정은 없이. 구속이란 작크에겐 생소한 개념이다. 다섯 살에 어머니를 여읜 뒤, 카드 치기와 혁대질이 떠날 날 없는 아버지의 손에서 고되게 자라났다. 감정이란 걸 아예 모른 채 컸고, 거짓말 속에서 직업인의 삶을 벼렸다. 어떤 식이든 건전한 연애 관계의 기반을 다질 수 있을 만한 모든 토대가 덜컹거렸다.

그렇다면 그 여자를 만난 이후로 머릿속이 혼란스러운 건 왜일까? 시의적절하지 않게 불쑥 나타나 그의 게임에, 그리고 머릿속에 혼선을 빚은 여자. 추운 방에서 그의 내면의 무언가에 철컥 시동이 걸렸다. 막신이 작크의 맞은편에 앉았을 때 처음으로 반응한 건, 그의 뇌가 아니었다. 놀랍게도 성기는 더더욱 아니었다. 바로 내장이었다. 그의 뱃속에서 알 수 없는 지진이 일었다. 그도 그럴 것이 감정을 느끼는 것, 특히 혼란스러움의 영역은 그의 습성이 아니었다. 그는 무장 해제되었다. 통제력을 잃을 지경에 이르렀고, 발루는 이를 감지했다. 발루가 옳다. 작크는 그들의 사기극을 망칠 뻔했다. 좀처럼 게임에 몰두하지 못했고, 적들을 냉철하게 분석하는 대신, 상상력을 발전시켜 그들을 추측하기에 이르렀다. 진정한 유심론자라고 할까. 그리하여 작크의 머릿속에서 그 막신이란 여자는 거친 전사의 외피 속에 깊은 내면의 균열을 숨기고 있었다. 작크는 확신했다. 설명되지 않는 직감이었다. 이제껏 그의 직감은 틀려본 적이 없었고, 심지어 한 번 이상 그의 목숨을 구하기도 했다.

감정이 봉쇄되었다고 자신하던 작크의 폐부를 막신의 여린 내면이 관통했다. 그 역시 내면에 같은 걸 숨기고 있기 때문일까? 젠장, 어쨌든 감상에 빠지진 말아야 하지 않겠어? 그는 현실을 부정하며 휴대전화를 살폈다. '그래, 로리는 물 건너갔어.' 아쉽게도, 그들은 서로 잘 맞았다. 로리는 질문하지 않았고, 요구도 없었다. 그러니까 많은 걸 요구하지 않았다. 그들의 몸은 서로에게 강력한 자석이었다. 몸이 닿으면 일종의 화학반응이 일어나며 바로 빨간불이 들어왔다. 설명할 길 없지만 로리의 촉촉한 피부, 그 허리에 손을 뻗으면 그 즉시 흠뻑 빠져들었다.

생각에 골몰한 나머지 그는 흥분했다. 욕구불만이 다리 사이에서 안달을 했다. 몸이 부르르 떨렸다. 약 기운이 떨어진 마약 중독자처럼. 이대로 집에 갈 순 없었다. 결코 잠들 수 없을 터였다.

'젠장, 너 정말 미친놈이구나.'

그는 운전기사에게 주문하며 정신적 고문에서 벗어났다.

"교차로에서 내려주세요."

밤이 거의 끝났다. 대부분의 술집이 문을 닫았다. 작크는 클럽으로 방향을 틀었다. 춤을 추러 가는 것이 아니었다. 그의 엉덩이는 유연하지 않았다. 그의 몸은 음악을 타지 못했다. 문지기의 손에 흘려 넣은 지폐 한 장. 이 시간이면 그들도 동행 없이 클럽을 찾는 손님에게 주의를 덜 기울였다. 게다가 작크는 차림도 멀쩡했다. 문지기는 그를 클럽 안으로 들여보냈다. 그는 지체 없이 성큼성큼 걸어 들어갔다. 부적 같은 50유로에 저항할 사람은 없으리라는 걸 알았다.

그는 장소를 빠르게 일별했다. 클럽엔 일군의 방황하는 영혼들만이 남았을 뿐, 실내의 절반은 이미 휑했다. 그저 불러주기만을 바라는 손쉬운 섹스에는 완벽한 조건이었다. 주중 새벽 네 시에 클럽에 혼자 남은 외로운 여자란 작크와 같은 형벌을 감내하며 같은 기대를 품고 있을 터였다. 그는 탈선한 여자와 시시덕거릴지언정, 성적으로 비틀린 관계를 맺고 있음에도 불구하고 결단코 돈으로 성을 사지는 않았다. 그건 그의 원칙에 어긋나는 일이었다. 육체는 그의 배출구이나, 여인의 몸은 어떤 경우에도 매매 대상이 아니었다. 유혹도 게임이다. 포커처럼 최종적으로 행운을 쟁취하기 위해서는 규칙을 숙지해야 한다. 첫째, 상대가 덜 전투적일 유리한 장소와 적절한 타이밍을 찾을 것.

빙고, 오른쪽에서 한 여자가 손목시계를 확인하고 한숨을 내쉬더니 샴페인을 한 모금 삼키고는 옷 보관실로 향했다. 혼자서. 클럽의 밤이 기대대로 흘러가지 않은 듯했다. 데이트 약속을 한 연인에게 바람을 맞았거나, 과음으로 인사불성이 된 친구들이 예정보다 일찍 가버렸거나 아니면 막상 이혼이 성립되고 보니 돌연 파고드는 한없이 어리석었다는 후회를 털어버리고 기분을 전환하기 위해 클럽에 가자는 엉뚱한 생각이 들었거나. 이유야 어떻든 결과는 같았다. 훤히 드러나는 희미한 갈망, 지리멸렬했던 밤. 하이힐로 발은 아프고 원피스도 확실히 어울리는 것 같지 않고, 여자는 완고한 눈빛으로 거울에 비친 자신의 얼굴을 흘깃거리며 이제 그만 집으로 돌아가야겠다고 생각한다.

씁쓸함과 절망감의 혼합. 과연 여자의 상황을 뒤바꿀 수 있을 것인지는 작크가 판단해야 한다. 그는 여자의 뒤로 가서 어깨에 외투 걸치는 걸 도왔다. 여자가 소스라치며 뒤를 돌아본다. 작크의 매력적인 미소에 여자의 긴장감이 이내 누그러진다. 감언이설을 늘어놓을 필요도 없다. 밤에는 때로 단순한 시선만으로—물론 그 시선에 담긴 뜻이 명료하다면— 두 타인이 괄호의 시간을 갖는 것에, 또는 섹스를 나누는 것에 동의하기에 충분한, 잠든 도시의 판단과는 거리가 먼 순간들이 있다.

그는 강압의 의사가 없다는 뜻으로 여자의 어깨 위로 양손을 펴 보였다. 그의 찌를 듯한 시선이 암묵적으로 말했다. '오직 네가 허락한다면.'

작크가 선택한 여자는 망친 밤에도 불구하고 적당한 관능미와 일정한 기품을 발산했다. 작크에게 나쁜 의도가 전혀 없다는 건 그의 태도만으로도 알 수 있다. 여성들로 하여금 워낙에 경계심을 갖게 하는 시대이긴 하나, 돌발적인 만남은 더더욱 조심성을 일깨운다. 어떤 이들은 섹스를 하기 위해서 파트너 또는 시간과 욕망의 수위에 따른 제1, 제2의 지대를 찾지 못하면, 클럽이 문을 닫을 때까지 발이 닳도록 춤을 춘다. 여자는 작크의 첫 표적이었고, 보다 섬세했던 바 무언의 유혹에 만족하지 않았다. 말로 해야 했다.

"내가 바래다줄게."

우회 없는 단도직입적인 제안. 물음표가 아닌 마침표. 그는 의문을 품지 않았고 의심하지 않았다. 여자는 그의 자신감이 좋았다. 그는 일정한 거리를 유지한 채, 강요 없이 확고했다. 여자는 그 미묘한 차이가 좋았고, 그것에 흥분을 느꼈다. 여자는 판타지에 이끌리는가 싶더니, 이윽고 침입자를 애써 무시하기 위해 고개를 숙이고 있는 자신을 느끼고는 몸을 사렸다.

"괜찮은 것 같아. 고맙지만 됐어."

"괜찮은 것 같다고?"

작크는 여자를 억지로 잡으려 들지 않았다. 여자가 우뚝 걸음을 멈췄다. 반말이 구세주였다. 두 사람을 단번에 가깝게 만들어주었다. 이미. 작크는 귀청을 때리는 테크노 음악에도 불구하고 부드럽고 확고한 목소리로 말했다. 여자는 머릿골이 흔들려 왔다. 알코올 때문에—정도 이상으로 마셨다는 걸 깨달았다—, 그리고 한 시간 전에 그녀를 내팽개치고 먼저 가버린 연인 때문에.

"응."

여자는 뒤돌아보지 않은 채 대답했다. 머리는 문으로 가라고 말하고 있었지만, 몸은 머뭇거렸다. 작크에게는 여자에게 다가가도 거부감을 줄 위험이 없다는 신호였다. 그의 시선이 여자를 놔주지 않았다. 불순한 의도의 표현. 시간이 느려진 듯했고, 귀로는 들을 수 없는 미세한 소리가 그들을 감쌌다.

여자는 떠나고 싶었다……. 하지만 저 시선…….

"난…… 난 남자가 있어."

"그런데……?"

작크는 아무 상관없었다.

"둘이 싸웠어."

작크는 이 정보에 펄쩍 뛸 듯 놀라지 않았다. 멍청이가 클럽에 자기 여자를 두고 가버렸다면, 그건 너나 할 것 없이 모두가 불장난을 할 준비가 되었다는 의미였다.

작크는 욕망을 느끼면서도 여자와 서로 간의 성적 긴장이 느껴지는 선에서 거리를 유지했고, 여자가 뛰어 달아나지 않도록 내내 여자를 존중했다. 두 사람이 결국 합의에 이른다면, 상대에게 느끼는 매력이 쌍방이기를 바랐다. 그는 이 침묵이 불편해지기 전에, 손바닥을 내밀었다. 이 손을 잡으라는 초대였다. 그는 오직 제공되는 것만을 취할 터였다. 그러니 여자는…… 혹시라도 마음이 시킨다면…….

여자는 흔들리는 자신을 느꼈다. 어깨 너머로 출입구를 흘깃거린 뒤, 이어서 자신에게 내밀어진 해맑은, 그러나 분명 유죄인 손으로 시선을 돌렸다.

'에라, 모르겠다!' 여자는 내밀어진 손에 자신의 손을 얹으며 입술을 깨물었다. 벌써 자책하고 있었다. 작크가 손을 닫아 여자의 손을 쥐었다. 여자가 몸을 떨었다. 손이 축축했다. 익숙하지 않은 일이었으나, 여자도 원했다. 게임이 그들을 흥분시켰다. 둘 다를.

작크는 여자의 목으로 고개를 기울여 귀밑의 목이 움푹 들어간, 매우 은밀한 곳에 키스했다. 여자가 헐떡거렸다. 싫지 않았다. 작크는 입술로 여자의 귓불을 훑다가 속삭였다.

"가자."

"아니!"

퍼뜩 사로잡힌 양심의 가책. 연인을 배신하기 싫다면 가버릴 일이었다.

"미안해. 아무래도 안 되겠어……."

여자는 의도는 위로의 미소였지만 결과적으로 입술만 일그러뜨리며, 작크의 전희를 좌절시키고 떠나버렸다.

세상의 종말이 온 듯한 분위기의 클럽에 여전히 욕구불만인 채 홀로 남은 여자 사냥꾼의 눈에, 진토닉을 사는 것으로 마지막 여자들 중 하나를 건지기를 기대하며 바에 붙어 서서 전전긍긍인 술꾼들 세 명이 들어왔다. 기괴했다.

작크는 문득 거울에 비친 자신을 보았다. 저 세 명의 루저들보다 자신이 특별히 영광스럽게 여겨지지 않았다. '네 명의 루저로군.' 그는 그룹에 한 명을 더 보태며 생각했다. 이러다 포르노 사이트인 '유포른'에서 끝을 보지 싶었다. "세상에, 내 인생이 정말 처량하군."

작크는 구시렁거리며 문지기 주변을 어슬렁거리다가 근처에서 택시를 찾았다.

"어때. 낚시는 쏠쏠했나?"

작크는 농지거리에 응수하지 않았다. 문지기는 새벽녘에 돈을 들고 클럽을 찾는 남자란 쉬운 여자를 낚으러 오는 거라는 걸 믿어 의심치 않았다. 작크는 그에게 처참했던 구애 과정을 종알거림으로써 자신의 실패를 이중으로 개탄스럽게 만들 필요를 느끼지 않았기에, 옆 골목으로 피신했다.

"쯧쯧."

"포기를 모르네, 머저리가." 작크는 주먹을 쥐고서 뒤를 돌았다. 금방이라도 녀석에게 한 방 날릴 기세였다. 오늘 밤 예상한 전개는 아니었으나, 억눌린 감정을 한바탕 난투로 푸는 것도 나쁘지 않을 듯했다.

그때 한 건물 입구의 어둠 속에 웅크리고 있는 여자가 보였다. 그는 주먹을 풀었다.

그들은 가로등 밑에서 거칠게 섹스를 나눴다. 사랑은 없었다. 심지어 관능도. 피부가, 살이 전부였다. 타인의 살을 느끼는 것이, 인간적인 무언가에 매달리는 것이 중요했다. 고독한 두 영혼이 서로를 부둥켜안고, 서로에게 파고들고, 요란하게 부딪쳐 부서졌다. 서로에게 살아 있다는 환상을 심어주기 위해.

강렬했고, 절망적이었다. 여자는 자신이 이럴 수 있으리라고 생각지 못했고, 남자는 일상이었다. 짐승 같은 섹스. 낭만은 없다. 비단 이불도. 그저 서로의 허리를 찰싹 때리고, 서로를 물어뜯을 뿐. 거칠고, 야성적이고, 체면 따윈 없는, 자동차 보닛 위의 섹스. 여자가 그의 어깨를 깨물자 그가 여자의 목덜미를 물어뜯는다. 그들은 으르렁거리고, 헉헉거리고, 침을 흘린다. 서로가 서로의 쾌감을 한껏 끌어올리며.

그가 여자를 앞으로 돌려 부드럽게, 클리토리스에 손가락을 얹는다. 여자가 오르가슴을 느낀다. 뜻밖이었다. 이런 식으로, 이렇게 빠르게는. 평소보다 더 흥분하는 건 금물일까? 연인과는 그토록 지난했던 과정이건만. 낯선 남자와 한창 외도 중에 그들 커플의 문제에 제기된 의문이라니.

이번엔 작크가 오르가슴을 느꼈다. 그는 상대에게 오르가슴을 선사했을 때 자신도 더 큰 오르가슴을 느낀다. 관대해서일까, 아니면 자신의 남성성에 대한 확신이 필요해서일까?

계면쩍은 순간이 찾아왔다. 작크는 젖은 성기 위로 팬티와 바지를 올리고는 자동차 덮개를 씌우면서, 관계 후에 우울함을 느끼지 않은 것이 마지막으로 언제였는지 되짚었다. 아무리 머리를 굴려도 떠오르지 않았다.

여자는 팬티를 입는 수고를 할 필요도 없이 핸드백에 쑤셔 넣은 뒤 치마를 내렸다. 그녀는 통속적인 문제에 직면했다. 집으로 돌아가 과연 샤워를 해야 할까? 의심을 받지 않고서 어떻게? 섹스는 훌륭했지만, 뒷맛은 영 불편했다. 욕구가 해갈되자, 부작용 관리에 대한 고민이 구체화되었다.

작크는 여자의 머릿속에 똬리를 튼 혼란을 느꼈다. 그들은 즐거운 순간을 함께 보냈고, 상호 교감은 이것으로 끝이었다.

"택시 불러줄까?"

한밤중에 여자를 홀로 거리에 내버려 두지는 말아야 한다. 더구나 더러운 자동차 보닛 위에서 자신이 한순간이나마 차지했던 여자라면 더욱.

여자가 대답했다.

"됐어. 멀지 않은 곳에 차를 세워뒀어."

"그럼…… 잘 가."

이 김빠진 대화를 끝으로 작크는 키스도 없이 자리를 떴다. 늘 똑같이 찾아드는, 날카로운 아픔을 느끼며. 바로 스스로가 더럽다는 기분이었다. 육체가 아닌 정신이. 비누로는 지워지지 않는 유형의 더러움이었다. 그럼에도 이 순간 간절한 건 오직 한 가지, 개운한 샤워였다.

행복한 긴장감이 팽배했던 사기극 이후, 발루도 친구만큼이나 잠들지 못했다. 각자 자신만의 의식이 있는 법이다. 발루는 작크가 그만의 일가견으로 중독성이 강한 성적 의존 관계를 형성하고 있는 뜨거운 여자들 중 하나를 찾아갔다는 걸 안다. 발루에겐 지나치게 육체에 탐닉하는 절친한 친구의 행각이 경악스러울 따름이다. 그가 아무리 사리분별을 일깨우려 해도 친구는 발루가 고안해 낸 죄 사함을 마다하고, 보다 세속적인 방식으로 영혼을 구원받기 위해 야행을 이어갔다.

기독교적 사명의 형태를 띤 발루의 원정 처벌의 기원은 그가 마음에 품었던 같은 반 여학생 생각으로 몽롱한 채 흘려보낸, 수학 수업이 끝난 어느 오후로 거슬러 올라간다. 여학생은 장신의 소피였다. 별명이 기린이었던 소피는 학급의 모든 남학생들보다 머리 하나는 더 컸고, 자신의 조숙한 발육 상태에 괴로워했다. 발루만이 예외적으로 소피보다 컸고 그래서인지 그녀도 그가 마음에 들었다. 비전형적 인물들끼리는 서로를 알아보는 법이다. 매우 수줍었던 발루는 그저 틈이 날 때마다 소피를 슬쩍슬쩍 힐끔거릴 뿐, 감히 다가가지 못했다. 그들 사이엔 어떤 언질도, 약속도 없었다. 이성에게 위축감을 느낄 나이가 아닌가.

그렇더라도 모두에게 해당되는 사항은 아닌 듯했다.

수업 종이 울린 뒤 발루는 늘 소지품으로 꽉 찬 가방에 수학 교과서와 노트를 어렵사리 욱여넣었다. 그가 여느 때와 다름없이 발을 질질 끌면서 교실을 나서는데 화장실 쪽에서 소음이 들려왔다. 여자애의 비명 소리였다. 그는 소피의 목소리를 곧바로 알아듣지 못했지만, 생각할 겨를도 없이 바로 돌진했다. 어깨로 한 번에 경첩을 부셔 문을 밀치고 들어가, 이미 바지를 내린 가해자의 멱살을 움켜잡고 흠씬 두들겼다. 초보 강간범의 손에 입이 막힌 소피의 자세가 난처한 상태였음은 말해 무엇 하겠는가.

충격으로 정신이 나간 소피가 감사 인사도 사랑 고백도 없이, 화장실에서 뛰어 달아났다. 발루는 개의치 않았다. 감사보다 더 큰 것을 얻은 참이었다. 바로 안도감을. 사고 이후로 처음 느껴보는 감정이었다.

다음 날, 정신을 추스른 소피는 아무 일도 없었다는 듯 학교로 돌아왔다. 발루는 교실 맨 구석 난방기 옆에서 남몰래 소피를 지켜보았다. 혼란스런 상황이었던 바, 소피는 자신을 구한 사람이 발루였다는 걸 알지 못했다. 발루는 자신의 용감한 행동에 대한 영광의 월

계관을 결코 바라지 않았다. 사랑하는 여자를 구했으니, 그걸로 그만이었다.

진압된 강간범은 병원에서 퇴원한 뒤 다시 학교로 돌아왔다. 피해자가 문제를 제기하지 않았다. 보복을 피하기 위해 입을 다물기로 결정했다. 가해자도 각별히 몸을 사리고 그 이상의 문제를 일으키지 않았다. 침묵의 법이 지배했다. 모두가 사건을 기억 속에 묻었고, 평화로운 나날이 다시 시작될 수 있었다. 각자 자신만의 작은 비밀을 안고 살게 마련이다.

즉흥적인 정의의 수호자가 해결한 이 사건의 성과는 바로 제도적 처벌이 없었음에도 범인이 두 번 다시 여학생들을 괴롭히지 않았다는 것이다. 그는 발루가 주위에서 어른거린다는 걸 알았다.

이 억눌린 본능의 발현 이후, 발루는 성폭력범들로 분야를 특화하여 구원적인 폭력을 활용, 개발했다. 비록 여성 인권과 그들의 투쟁에 박수를 보낼지라도, 그 문제에 대해 설득력 있는 주장을 펼칠 자신은 없었다. 발루는 자신의 능력과 한계를 잘 알았다. 그는 단지 지식인이 아니었을 뿐이다. 아무튼 그 사실은 중요하지 않다. 토론에 참여하지 않더라도 다른 방법은 있는 법이니까. 혼자 팬티 속에 불이 붙어서 허락도 구하지 않고 사용하려는 멍청이들을 제압하는 방식 말이다. 발루는 그들에게 세상엔 다 방법이란 게 있는데 그들의 방법은 옳지 못하다고 남자 대 남자로 설명하며, 앞서 말한 불이 완전히 수그러들 때까지 설교를 늘어놓았다.

그는 자신의 행동이 법에 저촉된다는 걸 알았지만, 대중에게는 유익하다고 생각했다. 그의 견해로는 만일 모든 남자들이 자기처럼 행동한다면 폭력범들도 지배받는 모든 동물들처럼, 집단 구타가 무서워서라도 꼬리를 내리고 다닐 것 같았다.

"용서는 무슨, 용서 따위 개나 주라지. 놈들은 자기들이 무슨 짓을 하는지 아주 잘 알고 있다고."

발루는 그에게 매우 진심인 이 신념에 차서, 타락한 영혼들에게 훈계를 늘어놓았다.

이리스 호텔. 외곽 순환도로에 인접한 파리 동쪽 끝자락의 포르트 드 바놀레. 섹시할 것이 전혀 없는, 은밀한 곳. 이런 종류의 야간 밀회에는 제격이다. 늘 똑같다. 그녀가 이용하는 업체도, 이곳의 프로페셔널한 인력도, 은밀하다. 오직 시간만이 유동적이다. 그녀의 기분에 따라, 갈등 상황에 따라. 새벽 4시 12분. 호텔 체크인에는 생소한 시간. 그녀가 원하는 서비스는 시간에 구애받지 않는다. 그보다는 입금이 중요하다.

막신은 속옷 차림으로 침대에 앉아 기다린다. 자명종의 틱톡 소리가 코를 드르렁거리며 곤히 잠든 그 누구라도 깨울 기세다. 하물며 그녀 같은 고질적인 불면증 환자라면야……. 시계 소리가 그녀에게 불쾌한 기억을 일깨운다. 다행히도 그녀는 전혀 잠들고 싶지 않다. 잠자기 위해 이곳에 온 것이 아니다.

막신은 생각에 골몰했다. 추운 방에서 벌어진 게임은 그리 큰 판이 아니었으나, 그녀의 표적은 기대를 저버리지 않았다. 게다가 우스운 별칭—발루였던가?—의 동료 또한 흥미로웠다. 숙련된 듀오의 합이 환상적이었다. 몇 주째 작크에 관한 정보를 수집해 온 터였고 그 결과 그는 그럴 만한 가치가 있었다. 막신은 그가 정신을 추스르기 전의 찰나 동안 자신한테 흔들렸다는 걸 간파했다. 그럼에도 불구하고 그는 명성에 값했고, 탁월한 재능을 입증했다.

"괜찮을까?"

그녀는 문득 거울에 비친 자신의 모습에, 골몰했던 생각에서 빠져나왔다. 섹시한 여자가 서 있었다. 몸의 굴곡들이 영리하게 고안된 우아한 속옷 속에서 돋보였다. 천박하지 않고 고아하게 에로틱한 몸매가 아름다웠다. 그래도 소용없는 것이 그녀는 유혹할 의도가 없었다. 그럴 필요도, 시간도, 에너지도 없었다. 그보다는 돈을 지불하는 편이 나았다.

거울 속에 비친 생기 없는 껍데기에 욕지기가 치밀었다. 자연은 처음엔 그녀에게 관대했으나, 이어서 이 독이 든 선물의 대가를 치르게 했다. 창자에서 분노의 쓴물이 올라와 입안에 상한 음식의 악취가 스멀거렸다.

오늘 밤 또한, 일이 복잡해질 듯했다.

용기를 잃은 그녀는 떠나기로 마음먹었다. 세 번의 노크 소리가 그녀를 제지했다. 호텔 프런트에 '손님'에게 여벌의 열쇠를 주라고 당부했건만. 마법—무슨 마법?—을 깨는 것이 두려워서가 아니라, 이 시간에는 손톱만큼의 소음도 거슬렸기 때문이다. 이미 저 망할 자명종도 창문으로 집어던지고 싶은 걸 견디는 중이었다.

마그네틱 잠금장치가 삑 소리를 냈다. 남자는 지시 사항을 접수했다. 비록 세세하게 지키진 못했지만. 신참인 듯했다. 그녀는 그가 상급이기를 바랐다. 상급이라니……. 마치 상품을 대하듯 말하다니. 그녀도 저들보다 나을 것이 없는 인간이었다. 저들이 괴물을 만들었다. 자신이 역겨웠다.

남자의 실루엣이 문의 사각 틀에 모습을 드러냈다. 막신에게는 침대 맞은편의 거울을 통해 일부분만 보였다. 그녀는 고개를 기울여 상품을 검사했다. 고개를 완전히 돌리는 예의조차 차리지 않았다. 상대가 괜찮을수록 스스로에게 더 구역질이 났다.

“안녕하세요?”

“말하지 마. 규칙 못 들었어?”

“들었어요, 죄송합니다. 그저 예의를 지키려던 거였어요.”

“필요 없어.”

그녀는 추악했고, 스스로 모르지 않았다. 에스코트 보이의 감정을 건드리지 않으려는 노력 따위는 안중에 없었다. 그는 상품이고, 그녀는 그가 자신이 기대하는 걸 실행하도록 돈을 지불했다.

남자는 반발하지 않았다. 그는 자신의 일을 알고 있고, 그에 맞게 행동했다. 오늘 밤에 방문하는 다섯 번째 고객이었다. 어떤 여자들은 부드러운 걸 원했고, 다른 여자들은 엉덩이를 때려주기를 원했다. 추잡한 욕설을 원하는 경우도 다반사였다. 심지어 이 일을 시작하자마자, 여자의 몸에 오줌을 싸주기도 했다. 섹스 뒤에 하는 애무, 일명 골든 샤워 후희라고 할까. 그는 그들을 평가하지 않는다. 먹이를 노리는 암사자 같은 비즈니스 우먼부터 혼자 생활한 지 오래된 독신녀를 거쳐, 남편에게 더는 욕구를 불러일으키지 못하는 방치된 아내, 혹은 남편이 모터를 고치듯 의무적으로 섹스를 하는 아내까지 잡다한 고객들에게 서비스를 제공하면 그뿐이다. 만족스런 성생활을 하지 못하는 여자들이 그의 사업 밑천이었다. 그는 그들의 가장 비이성적인 판타지, 혹은 슬프도록 진부한 판타지를 채워주었지만, 실은 그들 대부분이 가장 필요로 하는 건 단지 자기들의 감정이나 성감대에 세심한 주의를 기울여 주는 것이었다.

여자들마다 각자의 방식이 있고, 육체가 슬프지 않도록 주의해야 할 셀 수 없는 변수들이 있다. 에스코트 보이는 성능 좋은 진동기로 대체되지 않으려면, 여자들에게 다른 데서는 얻지 못하는 다양한 스펙트럼의 성적 만족감을 제공하기 위해 열심히 노력해야 한다. 완벽한 연인이라면 모름지기 마술봉—위기도, 흐늘거림도, 저녁 스포츠 중계도, 성욕 감퇴도, 조기 사정도 모르는 22센티미터의 막대기—을 휘둘러 여자들의 소원을 이루어주어야 한다. 다정한 버전, 사려 깊은 버전, 노골적인 버전, 남성적인 버전. 기능을 선택하세요, 여사님들. 섹스 써머믹스•가 여기 있답니다.

전형적이지 않은 이 복잡한 고객에 대해서는 고용주에게 이미 주의를 받은 터였다. 남자는 고객의 기준에 거슬릴 수 있을 수컷의 자신감이 드러나지 않도록 조심하며, 매력적으로 보이려는 의도의 미소를 흘렸다.

• 혼합, 믹서, 절단, 찜, 가열 등 12가지 기능이 있는 스마트 종합 조리 기구.

“웃는 건 됐어.”

막신에게 의욕적 시도를 제지당한 남자는 크게 당황한 기색을 내비치지 않은 채 셔츠의 단추를 끄르기 시작했다. 상품이 투자할 만한 가치가 있는지 보여주기 위해서. 그는 무덤덤한 표정으로 윤곽이 뚜렷한 흉부와 복부를 드러냈다. 포토샵이라도 한 듯 인위적인 조형미였다. 막신은 완벽하려는 의지가 지나치게 표출된, 이 잠재적 게이같이 예쁘장한 남자의 아름다움에 무감했다. 그녀는 겉보기에도 불편한 자세로 기다란 소파에 드러누웠다. 마치 검진을 위해 산부인과 진찰대에라도 누운 듯했다.

에스코트 보이는 긴장한 여자의 발목에 손끝을 얹었다가 좀 더 힘 있게 장딴지를 주물렀다. 그의 손이 허벅지 안쪽을 향해 점점 올라갔다. 막신의 숨소리가 거칠어졌다. 에스코트 보이는 그것을 성욕저하로 해석했다. 고객이 손등으로 종마의 손을 찰싹 때리며 물리치는 것으로 그의 해석이 맞았고, 그가 얼마나 잘못하고 있는지 알려주었다. 막신은 침을 삼키고는 눈을 위로 치떴다.

“살살, 살살 하라고.”

딱딱하게 굳은 표정을 배반하는 연약한 목소리였다. 에스코트 보이가 고객의 요구를 접수했다. 그의 손이 성적으로 민감한 부위에서 벗어나 가늘게 떠는 피부를 쓰다듬었다. 막신은 긴장이 풀리기 시작했다. 거친 호흡이 다시 고르게 돌아오고, 복부 아래쪽에 경련이 일었다. 마침내 쾌감이 느껴졌다. 하지만 배 속은 하얗게 타고 남은 깜부기불로 짓이겨지는 듯했다.

“살살…… .”

직업적 애인이 바짝 마른 입술에서 새 나온 명령에 복종하다가, 브래지어를 끄르고는 적절한 거리를 유지하며 조심조심 가슴에 키스하기 시작했다. 경고가 없네? 그는 전진했다. 폭발물의 전선을 하나하나 해제해 나가는 지뢰 제거반처럼, 극도로 주의를 기울여 실크 팬티의 고무줄을 잡아당겼다. 막신은 숨을 멈추고 그가 하는 대로 내버려 두었다. 지뢰 제거반은 허벅지 안쪽에서 생생하게 베인 상처를 발견했다. 그 주위로 십여 군데의 다른 베인 상처들이 원을 그리고 있었다. 일부는 오래되어 희미해졌고, 일부는 채 아물지 않았다. 고객의 신경증의 증거가 있는 어두운 곳에, 손이나 입술을 대어 괜한 불안감을 조성하지 말아야 했다.

클리토리스에 닿은 그의 혀가 전기 충격과 같은 거친 반응을 이끌어냈다. 막신의 양 허벅지가 에스코트 보이의 얼굴을 와락 조였다. 흥분과는 아무 관련이 없는 방어 동작이었다. 남자는 여자가 머리통을 으스러뜨리기 전에 겨우 얼굴을 빼낼 수 있었으나, 턱으로 날아드는 발차기는 예상하지 못했다.

"미안…… 미안해……. 고의가 아니었어. 나도 모르게 그만."

"괜찮아요. 괜찮습니다."

남자는 얼얼한 턱을 문지르며 대답했다.

"두 배로 줄게."

침묵의 동의. 에스코트 보이는 마침내 완전히 이완된 듯한 고객의 목에 쉬지 않고 키스하면서 팬티를 벗기는 데 성공했다. 그는 그녀에게 올라타 팽팽해진 물건으로 그녀의 복부를 쓰다듬었다. 막신의 손가락이 물건의 우수성을 확인했다. 그녀는 끊임없이 단속적인 숨소리를 내며 굳은 얼굴을 옆으로 돌렸다. 에스코트 보이는 그 표정에서 쾌락을 읽지 못했다. 그녀는 그에게 응하긴 했으나, 뭐랄까, 마치 저항을 멈춘 희생자 같은 태도였다.

"괜찮아요?"

그는 이 전형적인 강간 피해 여성 같은 태도에 이 매춘 현장이 행여 자신에게 강간 혐의를 씌울 것이 두려워 감히 물었다.

"괜찮아."

그녀는 처음부터 보여온 굳은 표정과 긴장한 말투로 가늘게 떨며 대답했다.

에스코트 보이는 고객이 전혀 눈치 채지 못하게 콘돔을 착용한 뒤, 여자의 다리를 벌려 천천히 안으로 들어갔다. 그의 한 손이 동작의 최적화를 위해 막신의 엉덩이 밑으로 들어갔다. 그들의 땀이 섞이고 치골이 부딪치면서, 남자의 희미한 헐떡임이 거친 짐승의 숨소리로 변했다.

"나가! 나가! 이거 놔!"

남자가 황급히 몸을 뗐다. 막신의 두 발이 허공을 휘저으며 일체의 접촉을 거부했다. 남자는 두 발 몽둥이세례를 받았지만, 강철 복근을 움츠리는 것 외에 달리 방법이 없었다. 이윽고 그가 몸을 펴며, 놀라서 뒷발길질을 하는 말을 달래듯 "쉬이이이이잇" 속삭였다. 발길질은 멈추기는커녕 더욱 거세졌다. 폐부 깊은 곳이 뒤틀려 오는 듯한 몸부림이었다. 배 속을 불태우며 욕지기가 치밀게 하는 이 불타는 숯덩이 같은 이것, 질 속의 이 망할 불씨. 막신은 후, 후, 하며 호흡을 조절해 주는 남자의 도움을 받아 규칙적으로 숨을 몰아쉬며 안정을 되찾았다. 정신을 추스른 그녀는 간신히 내뱉었다.

"그만 가도 돼. 입금은 이미 완료했어."

당황한 남자가 어찌할 바를 몰라 했다. 그의 고객은 절망에 빠졌으며 그는 구조대원도 간호사도 아닌, 매춘남일 뿐이다. 그는 서툴고, 아무도 그에게 도움을 요구하지 않는다. 그녀조차. 그는 위로의 뜻으로 여자의 어깨에 손을 얹었다. 여자가 곧바로 그의 손을 매몰차게 뿌리쳤다.

"나가라고!"

그는 일자리를 잃고 싶지 않았기에—고객은 여왕이다, 사장이 노상 주워섬기는 말이다—서둘러 바지를 꿰입고 포르노 스타 같은 음경을 정리한 뒤, 팁도 요구하지 않고서 사라졌다.

문이 조용히 닫혔다.

막신은 울음을 억누르며 꼬깃꼬깃한 이불 속에서, 마치 복부가 칼에 베여 벌어지기라도 한 듯 감싸 안으며 몸을 웅크렸다. 금방이라도 절규가 쏟아질 듯 벌어진 입가에서 침이 줄줄 흘렀다.

터져 나오지 못하는 비명.

막신은 욕실로 달려가 파우치에서 작은 철제 상자를 꺼냈다. 거즈, 알코올, 식염수, 붕대, 봉합사, 바늘, 메스 등 임상 처치에 필요한 의료 기구와 약품이 들어 있었다.

위급했다. 숨이 가빠오며 심계항진증이 나타났다. 분당 120은 되는 듯한 심박수. 배 속의 찌르는 통증. 모든 에너지를 빨아들이는 격렬한 소용돌이. 막신은 현기증을 느끼며 지표를 잃고 무너져 내렸다. 주위가 빙빙 돌면서 거꾸로 뒤집혔다. 뭔가 분명한 것에 매달리고 아득해지는 정신을, 세상이 하얗게 비어가는 듯한 이 젠장맞을 감각을 붙들어야 했다. 서늘한 통증에 몸이 움찔거리고 손이 덜덜 떨렸다. 너무 지체했다. 위기일발이었다. 막신은 메스에 달려들어 날을 소독한 뒤 허벅지 안쪽을 따라 알코올을 부었다. 콧물이 흘렀지만 닦는 수고도 하지 않고 연신 훌쩍거리기만 했다. 코에 콧물이 매달린 어린애처럼. 호흡이 단속적으로 이어지고 이가 맞부딪치며 딱딱 소리가 났다. 손은 자꾸 피부를 잡아 늘이고 있었다. 그녀는 차가운 욕조에 등을 기대어 몸을 지탱했다. 곧 해방되리라. 메스의 칼날이 허벅지 안쪽에 신중하게 놓였다. 그렇다, 너무 깊지 않게. 대퇴부 동맥이 멀지 않다. 이제 몇 초 뒤면 홀가분해질 것이다. 칼날이 피부를 뚫었다. 안도의 한숨이 섞인 고통 어린 신음. 복합적인 평정심. 막신은 피를 보며 씻기는 기분을 느꼈다. 영혼이 육신에서 빠져나갔다가 되돌아온 기분이었다. 훼손된 피부가 그녀의 영혼을 육신에, 단순한 고깃덩이, 뼈에 붙은 찌꺼기한테 되돌려 놓았다. 육체적 고통이 퍼지며 정신적 고통이 엷어지고, 새하얗던 빈 공간이 메워지고, 배 속 깊은 곳의 상처를 소각시켰다. 칼날이 붉고 긴 줄을 남겼고, 헐떡임이 멎었다.

소용돌이의 끝.

눈이 멀어버릴 것 같은 불빛이 발레를 멈추었다. 멸균 거즈로 상처를 눌러 지혈했다. 막신은 결국 출혈을 막았다. 출혈에 제동을 걸거나, 더 깊게 살을 베어 끝내는 것 사이에서 갈등하다가…….

"숨 쉬어……."

그녀는 메스에 묻은 피를 닦은 뒤 은색 상자에 도로 정리하고는,

반창고로 고정시킨 거즈를 물끄러미 바라보았다. 거즈가 허벅지 위로 불룩 솟아 있었다. 다시 살아난 기분이었다. 찌릿찌릿한 욱신거림 덕분에, 베인 상처 덕분에 순간적으로, 가라앉지 않고 의식의 표면에 머물 수 있었다.

그녀는 입술 안쪽을 깨물었다. 가장자리가 예쁘게 접힌 도톰한 입술 안쪽이 처참하게 헐어 있었다. 통제되지 못한 수차례의 깨문 흔적들이 숨어 있었다. 매력적인 외모의 말끔한 니스 표면 밑이 상처투성이였다. 그녀는 마음을 어지럽히는 고통을 그곳, 자신이 아픈 곳에 묻는 편을 택했다.

희생된 두 허벅지 사이에 가시 장막을 치기로.

발루가 사는 아파트. 이 음울한 시멘트 건물도 현기증이 일기는 매한가지다. 주변 건축물들과 달리 우르크 운하 위로 우뚝 솟아 있어 이 운하가 전망이다. 시커먼 타르보다 더 암흑인 기분에 빠져 허우적대는 우울한 거구가 절벽 끝에 서 있다. 그는 손가락으로 목에 매달린 펜던트를 만지작거리고 있다. 모든 것이 그를 추락으로 이끌고 있다. 자세, 뒤에서 부는 바람, 자살충동.

"거기서 뭐 해?"

저 멀리 난간 반대편에서 작크가 물었다.

다그쳐선 안 된다. 그렇지 않으면 곧바로 허공으로 몸을 날릴 위험이 있다. 발루의 덩치로 미루어 그를 붙드는 건 헛된 노력일 터이고, 외려 작크마저 함께 추락하기 십상이었다. 따라서 작크는 심리전에 기댔다.

발루가 돌아보지도 않은 채 대답했다.

"내가 여전히 살아 있는지 확인하는 거야."

"그럼 한 발 더 앞으로 내디뎌 봐. 차이를 알 수 있을 테니까."

작크는 감정적 협박에 굴하지 않고서, 아이러니를 이용해서 언제 터질지 모를 폭탄인 친구의 비애의 뇌관을 제거하기 위해 애썼다. 지금까지 미봉책은 효과를 발휘해 왔다. 허공 앞에서 밀당하는 친구를 보며 작크는 언젠가는 그를 막을 수 없으리라고 생각했다. 가장 빈번하게 반복되는 악몽. 이 악몽이 그나마 드물게 이루는 수면을 방해했다. 이미 두 번이었다. 발루가 공중에 몸을 날려 병원 신세를 진 것은.

첫 탈선 때, 그들은 열여섯 살이었다. 발루가 창문에서 뛰어내렸다. 천사의 도약, 구원이 되길 바라면서. 게으른 청소년이 집에서 몇 계단 걸어 내려오는 수고를 마다한 것이다. 그의 집은 3층이었다. 그래서 3층에서 뛰어내리면 죽기엔 부족하지만, 내출혈을 일으키기엔 충분하다는 것을 본의 아니게 알게 되었다. 그날 파리의 넥케르 병원엔 RH 마이너스 B형 혈액이 준비돼 있지 않았다. 작크는 학교에서 헌혈을 하며 자신이 RH 마이너스 혈액형이란 걸 알게 된 터였다. 게다가 혈소판 수치가 평균보다 높다며 백혈병 아동들을 위해 몇 리터 더 뽑아내면 보상으로 샌드위치를 받을 수 있다는 말도 들었다. 전혀 가톨릭적이지 않은 노름 인생과의 균형이 그야말로 기막히지 않은가? 병원 행정과에 잘 알려진 작크는 그렇게 수혈로 친구의 목숨을 구할 수 있었다. 이 사건은 두 친구의 전설에 자양분을 보탰고, 그들은 문자 그대로 피를 나눈 형제가 된 것을 뿌듯해했다.

두 번째 추락사 미수 때는 발루가 정신병원에서 입원 치료까지 받았다. 게임 사기꾼에게 약물 투여란 바람직하지 않다. 판단을 흐리게 하고 반사 신경도 둔해지기 때문이다. 때문에 작크는 발루가 퇴원할 때 두 배로 조심했다. 작크는 친구한테서 주의를 게을리하지 않았고, 그를 포기한다는 생각은 결코 해본 적이 없었다. 그는 작크의 친구요, 십자가이기도 했으나, 의리와는 비할 바가 아니었다.

자갈을 실은 작은 배들이 50미터 아래에서 떠다녔다. 두 친구는 얼음처럼 굳은 채로 세상을 내려다보았다. 이 고도에서는 바람이 세차게 분다.

"어제 너 때문에 질 뻔했어."

작크는 잘못을 추궁당하는 거라면 질색이다. 상대가 옳은 경우엔 더더욱.

"아무도 눈치 못 챘어."

"내가 눈치 챘거든."

발루는 배신감을 느꼈고 이를 친구에게 알릴 심산이다. 상처를 입히는 한이 있더라도.

"그 여자한테는 뭔 말도 안 되는 자비심이야? 그 여자 엉덩이가 예뻐서 막 올바른 생각이 떠오르고 그래? 그 여자가 널 그 정도로 돌게 만들고 꼴리게 해?"

"바보 같은 소리 집어쳐."

바가지 긁기가 시작됐다. 다행이다, 관심이 자살에서 다른 데로 넘어갔으니. 늘 이런 식으로 위기가 모면된다.

"바보 같은 소리가 아닐걸. 네 행동을 똑바로 돌아보라는 거야. 해명해 봐. 네 부름에 대기 중인 여자들이 아무도 없었어? 빤스 속이 후끈 달아올랐었잖아, 머리가 돌아버릴 정도로?"

"상스럽게 왜 이래. 너답지 않아."

"지금 나한테 상스러운 걸 운운하는 거야? 네가 여자들한테 어떻게 행동하는지 알기나 해?"

"난 그 어떤 여자도 존중하지 않은 적이 없어. 너도 잘 알잖아!"

"아!"

발루가 한량없는 알량함에 기막혀하며 두 팔을 하늘로 들어 올렸다. 그 바람에 난간에 서 있다는 걸 잊고 15층 밑으로 떨어질 뻔했다. 작크가 한달음에 뛰어가 그를 붙들었다.

"조심해!"

하지만 발루는 이내 다시 중심을 잡았고, 작크도 가장된 태연함을 되찾았다. 각자 다시 체면을 차렸으니, 발루가 휘우뚱거리는 바람에 중단되었던 위선 떨기 놀이가 재개될 수 있었다.

"나도 두 여자와의 교류가 건강한 관계라는 얘기는 아니야. 하지만……."

"두 여자와의 교류? 대체 무슨 소릴 하는 거야. 생각을 거시기로 하는 거야?"

"의욕이 다시 솟구치나 보네. 반가워. 난 또 네가 우울증에 빠진 줄 알았지. 아마 올해 들어 백 번째로 난간에 서 있는 걸 보니 그런 착각이 들었나 봐."

"젠장, 지금 부추기는 거야, 뭐야?"

"왜, 결국 떨어지는 게 무서운 건가? 그게 어떤 건진 알아야지."

"모진 놈."

언성은 쉽게 높아졌지만, 그만큼 후회도 빨랐다. 작크는 결점이 있는 인간이었으나, 언제 바보짓을 멈추고 무기를 내려놓아야 하는지는 알았다.

"미안, 네 말이 맞아."

작크가 무려 약한 모습을 보일 수 있는 사람은 친구뿐이다.

"인정해. 그 여자한테 흔들렸어."

"그런 감성이 있는 줄은 몰랐네, 새로운데?"

다시 한 이불 속으로. 20년 우정은 이런 것에서 확인된다. 자신에 대한 정신분석을 이어가고 싶지 않았던—타개해야 할 새로운 정신적 문제를 발견하고 싶지 않았던— 작크는, 친구를 제정신으로 되돌려 놓을 노상 똑같은 타령으로 비겁한 화제 전환을 시도했다. 다음 탈선 때까지 버틸 막간의 잠정적 진정제라고 할까.

"오늘 밤이야. 수영장 토너먼트. 우리의 목표는 도살자 막스. 연보라색만 입고 다니는 것 같으니까 쉽게 알아볼 거야. 왕년에 당구 챔피언이었는데 카드로 종목을 바꿨나 봐. 밥벌이를 바꾸면서 별명도 바꿨어. 예전엔 외과 의사로 불렸대. 그치랑 당구대에 서면 절도 있게, 아주 깨끗하게 살이 발려 뼈만 남기 때문이라나. 아무래도 자기 정체성이랑 영감을 찾아 헤매는 중인 것 같아. '외과 의사'라니, 보나마나 사타구니에 손을 넣고서 하루 온종일을 보내는 놈팡이의 지적 빈곤함이 물씬 풍기지 않아?"

작크는 대답도 기다리지 않고 등을 돌리며 친구에게 임무를 부여했다.

"소심하게 베팅하는 치야. 아직 풋내기 단계를 못 벗어났지만, 철벽을 치고 있으니까 살살 다뤄야 할 거야. 촌놈한테 사기가 어떤 건지 맛 좀 보여주자. 밤 10시 30분이야. 시간 엄수."

그는 허공의 부름에 사로잡힌 친구를 내버려 두고 떠났다. 마약을 뿌린 만큼 이젠 걱정할 필요 없다는 굳은 믿음이 있었다. 과즙이 풍부한 사기극에 대한 전망이 펼쳐진 터였다. 중증 중독자인 발루는 마약 투여를 원했다.

밤 10시 29분. 밤이 도시에 드리웠다. 오베르빌리에 지역엔 좀 더 무겁게, 특히 음산한 창고로 이어지는 이 꺼림칙한 길에는 더더욱. 문 위의 부서진 간판엔 세월에 의해 마모되어 흐릿해진 글씨가 박혀 있었다. '수영장'. 다른 구체적인 수식은 없었다.

머리를 푹 감싼 3XL 사이즈 후드티에 배기바지와 아디다스 스니커즈로 건달 룩을 완성한 발루는 더러운 빨래처럼 벤치에 널브러져 있는 무리 앞을 지났다. 그들이 자기 집에서 나오고 있는 여자에게 휘파람을 불며 모욕적인 말을 날린다. "아가씨 참 예쁘네요"로 시작해서 곧바로 닳고 닳은 "내 거 빨아줘"로 이어지며 아가씨의 경멸로 끝나는 여정. 매일 밤의 반복을 통해 비효율적이라는 것이 입증된 구애법. 쓰레기 같은 포르노의 영향으로 왜곡된 여성의 이미지. 엇나간 행동의 원인이라기엔 용납하기 힘들다. 하지만 발루는 퇴짜 맞은 하릴없는 인생들의 정신분석엔 관심이 없었다. 다만 질서를 상기시키는 차원에서 나무라는 눈빛으로 그들을 매섭게 노려보았을 뿐이다. 불량배들은 납작 엎드려야 할 분위기를 느꼈다. 마주치는 순간 시선을 떨구게 만드는 후드티 사내의 눈빛에는 무언가가 있었다. 그들은 느끼는 바를 실행했다.

무장한 두 남자가 건물 입구를 지키고 있다. 드레드락 레게 머리, 봄버 재킷•, 한 명은 비니를 썼고, 다른 한 명은 빡빡머리에 금니를 박았다. 발루는 대체 이 어릿광대 미학에 영향을 끼친 것이 할리우드인지 아니면 그 반대인지 자문했다. 문제의 어릿광대들이 권위적인 동작으로—이것도 클리셰 그대로였다— 그를 막아서더니 몸을 수색했다.

"살아남을 수단은 있고?"

여기가 콤튼••이라도 되는 줄 아는 듯한 금니가 물었다.

발루는 돈다발을 꺼냈다. 놈들이 경멸 어린 일그러진 미소를 교환하며 금니 사이로 공기를 빨아들이는 찍찍 소리를 냈다. 오스카 코미디 연기상감이었다. 이어서 그들이 통행 허가의 의미로 고개를 까딱거렸다.

멀리서 힙합 비트와 고함과 웃음소리가 어우러진 웅성거림이 들려왔다. 발루는 복도와 탈의실을 거쳐 세월과 습기와 곰팡이로 푸르뎅뎅한 타일이 깔린 샤워장까지 성큼성큼 걸었다. 수도꼭지란 수도

• 미 공군 비행사들이 입는 허리 길이의 짧은 상의를 응용하여 디자인한 가죽 재킷.

•• LA의 범죄 지역으로 갱스터 랩의 성지.

꼭지는 죄다 녹이 슬었고 배관망은 망가졌으며 접합부엔 곰팡이가 피어 있었다. 가히 아쿠아 버전 체르노빌이었다.

수영장에 도착해서 곰팡이가 덕지덕지 피어 있는 입구의 발판에 가죽 스니커즈를 들여놓은 발루는 입이 떡 벌어지는 광경에 감탄의 뜻으로 눈썹을 치뜨지 않을 수 없었다. 수영장이 아르데코 스타일의 노름 무대로 재정비돼 있었다. 비어 있는 풀 안엔 포커 테이블들이 줄지어 놓였고, 목제 다이빙대는 종업원들이 지나다니는 통로로 쓰였다. 수영 코치의 의자를 차지한 심판이 경기의 원만한 진행을 보장했으며, '부모 동의 하에 시청(parental advisory)' 등급 장총으로 무장한 경호원들이 열 개 남짓의 개인 룸이 일렬로 늘어선 층에서 순찰을 돌았다. 예전엔 그곳에서 프라이버시를 지키며 옷을 갈아입었는데, 영리한 내부 인테리어 덕에 다른 기능으로 활용되고 있었다. 요컨대 섹시한 랩댄스••• 후에 댄서들과 고객들이 은밀한 시간을 보내는 룸으로 재정비되었다. 대마초 냄새와 연기로 뿌연 공기가 쇼의 환각성을 북돋았다.

몸에 딱 달라붙는 정장을 입고 타원형 얼굴에 머리를 길게 땋아 늘어뜨린 혼혈인 미라가 새 얼굴에게 다가갔다.

"모르는 얼굴이네. 누구 소개로 온 거야?"

"밀란 크라코비츠."

예상대로 이 이름이 '열려라, 참깨' 역할을 했다. 이런 곳에서는 마피아의 후원을 받는 편이 이로웠다. 미라는 정체가 불분명한 노름

••• 무릎이란 단어의 랩(lap)과 춤(dance)의 합성어. 스트리퍼들이 클럽에서 추는 댄스.

꾼을 겨냥하고 있는 경호원에게 무기를 내리라는 신호를 보냈다.

발루는 작크가 이미 판을 벌이고 있는 테이블 쪽으로 시선을 돌렸다. 수다스러운 태도와 생뚱맞은 옷차림의 풋내기가 이 게토•의 꾼들 틈에서 단연 도드라졌고, 그것이 바로 오늘의 작전이었다.

"여긴 아늑하네요. 좀 전에 화장실에서 바퀴벌레가 자살하는 걸 봤지 뭐예요."

아무도 상황에 맞지 않는 너스레에 웃지 않았다.

"이크, 농담이에요. 여기 아주 멋지네요. 이런 데가 있는 줄은 몰랐어요. 우리 동네에선 못 봤거든요. 난 클레르몽에서 왔어요. 그쪽은요?"

연보라색 양복에 파묻힌 흑인이 대답도 없이 판돈을 휩쓸어 갔다. 영화 〈아메리칸 갱스터〉 느낌의 과도하게 우아한 분위기였다.

작크가 놀란 척하며 수선을 떨었다.

"젠장할, 이런 이런 이런, 오늘은 영 내 날이 아닌가 보네요."

덴젤 워싱턴••의 클론이 말했다.

"말이 너무 많군. 베팅해."

지폐 더미가 테이블 위로 쏟아졌다.

"다른 선수가 등판해도 될까요?"

연보라색 갱스터가 후드티 거인에게 눈을 치떴다가 돈다발로 시선을 옮기더니, 품위 있는 동작으로 합류를 허락했다. 발루는 다른

• 과거에 유대인들이 모여 살도록 법으로 규정해 놓은 지역.

•• 〈아메리칸 갱스터〉에서 뉴욕 할렘가 마약 조직의 두목으로 나온다.

선수들에게 인사도 없이 자리에 앉았다.

"혹시 도살자?"

"맞아."

그들은 소개와 동시에 게임을 시작했다.

"그쪽 얘기 많이 들었어. 게임 괴물이라던데."

"소식통이 정확하군."

그들의 고막에 대고 울부짖는 래퍼만큼이나 블링블링한 도살자가 말했다.

"어디, 정말인지 확인해 보자고."

교란 작전 개시. 발루는 작크도 표 나게 뛰어든 자존심 경쟁에 불을 지피면서, 도살자의 주의를 독점하기 위해 도발했다.

"거, 음악 좀 줄일 수 없나. 아니면 다른 걸 틀든가? 난 도무지 시끄럽기만 하고 알아먹을 수가 없네, 이건."

시골뜨기 행세를 하는 작크는 전혀 경계의 대상이 아니었다. 그는 발루와 도살자의 양자 구도에 환상을 불어넣을 심산이었다. 일단 그에 대한 경계심을 완전히 잠재운 뒤, 표적의 지갑을 느슨하게 만들어 그를 상대로 크게 베팅하는 위험을 감수하게 한다는 계획 말이다. 그러기 위해서는 발루가 동지를 인종주의의 영역으로 끌어들여 그나마 희미한 경계심을 철저히 무너뜨려야 했다. 인종주의는 효과가 보장된 방법이다.

"뭐라고?, 흑인 음악이 싫다는 거야?"

"아니, 난 야니크 노아•를 좋아해. 단지 이 소리가 고막을 때린다는 것뿐이지."

도살자는 백인 광대의 어설픈 수습을 귓등으로도 듣지 않고서 보다 진지한 경쟁자, 요컨대 발루에게 집중한 채 제이 지의 그루브에 엉덩이를 흔들며 이쑤시개를 잘근잘근 씹었다.

게임은 더할 수 없이 자연스럽게 잔꾀를 부리려다 잃으려고 최선을 다하는 작크의 술책의 리듬에 따라 이어졌다. 도살자는 당구대에서 정밀한 외과 의사였다면, 포커에서는 초라하기 짝이 없는 재능만 드러냈다. 발루는 어쨌든 그에게 한 점을 남겼다. 무엇보다 그를 겁먹게 하지 말아야 한다.

테이블에 산더미 같은 돈이 쌓였다. 도살자가 댄스를 이끌었다. 모두가 다이를 선언했다. 핵심 경쟁자인 발루마저. 오직 시골뜨기만이 남아서 망설이고 있었다. 도살자는 그를 꼼짝 못 하게 나무랐다.

"어쩔 거야, 흰둥이? 결정해."

"글쎄. 고민 중이에요."

"음악이 바뀌기라도 기다리는 건가? 미안하지만 여긴 다른 음악은 없어. 부바••랑 해결해야 할 거야. 어쩔래?"

자신감이 팽배해진 도살자는 손톱만큼의 위협도 느끼지 않은 채 블러핑을 시도했다. 작크도 그 사실을 알았다. 그를 관찰했고, 그의 버릇의 의미를 간파했다. 그도 원 페어뿐이었지만, 가장 낮은 패로

• 프랑스의 전직 테니스 선수이자 가수. 흑인이다.

•• 프랑스의 유명 래퍼.

도 예쁘게 싹쓸이를 하기에 완벽한 타이밍이었다. 연쇄적으로 지고 있는 적수는 적절한 블러핑을 시도하기에는 너무 멍청해서 좋은 패를 쥐고 있어야만 금액을 올릴 것이고, 그렇지 않으면 다이를 선언함으로써 안전을 추구하리라 생각할 터였다. 그렇게 승리를 맛보면 이 행운에 기대어 점점 금액을 높일 것이고 결국 그렇게 모든 걸 잃게 되리라.

"음, 어쩐지 행운이 날 저버리지 않을 것 같단 말이죠. 그래서……."

작크가 서스펜스를 조장하며 위스키를 한 모금 삼킨 뒤 선언하려던 찰나였다.

"혹시 이번 판이 끝나고, 나도 합류할 수 있을까요?"

뿌옇고 매캐한 분위기 속에서 환하게 빛나는 막신이 시의적절하지 않게 끼어들었다. 위스키를 삼키다 옆으로 흘린 작크는 구시렁거리는 소리와 함께 기침을 하며 당황한 기색을 드러냈다. 막신이 자신이 발휘한 효과에 반색하며 말했다.

"칭찬으로 받아들일게."

도살자가 유혹자의 태도로 돌변해서 말했다.

"그야 영광이죠. 앉으세요, 아가씨. 이 판은 곧 끝납니다. 그 뒤에 모시죠."

막신은 끼가 다분한 여자처럼 굴며 대답했다.

"판을 좀 더 비틀어볼까 해서 왔어요."

작크는 막신한테서 눈을 떼지 않았다. 도살자가 허세를 부렸다.

"이 테이블의 다리 하나가 이미 부러졌으니, 아가씨가 더 비틀면 그땐 박살이 나겠군요. 그래도 난 당신 편입니다."

막신은 자리에 앉아 다음 쇼를 준비했다.

"아, 죄송해요. 방해하려던 건 아니었는데. 자, 계속하시죠."

5분 전부터 자신의 집중력을 산산조각 낸 침입자에게서 시선을 떼지 못하는 휜둥이에게 도살자가 말했다.

"자, 뱉어내. 죽여주는 게 있으면."

작크는 게임에서 마음이 붕 떴고, 발루는 이를 놓치지 않았다. '여기 왜 온 거지? 대체 뭘 하려는 거야? 내 뒤를 밟은 건가?' 작크는 그의 블러핑•과 함께 팬티 속까지 뒤흔든 그녀의 따귀를 갈기고 싶었다. 그럼에도 그녀한테는 사람을 끄는 자석 같은 무언가가 있다. 그는 역설적으로 당장이라도 그녀를 테이블 위에 거칠게 눕히고 싶었다. '망할, 대체 왜 저 여자가 나한테 이런 기분이 들게 하는 거지?' 발루가 옳았다. 여자가 작크의 머리를 돌게 만들었다. 그의 머릿속에 칼로 베듯, 흠집을 내고 있었다. 그는 이런 종류의 모든 감정을 거부해 왔다. 마음이 약해지는 건 있을 수 없는 일이었다. 막신이 그의 신경을 어지럽히기 시작했다. 바로잡아야 마땅했고, 그가 우선적으로 할 일이었다.

작크의 목소리가 변했다. 확신이 배어 있었다.

"5백 더 갑니다."

반격의 시작. 예상대로 몇 번의 금액 상승 끝에, 도살자가 기권을 선언했다. 어쨌든 작크도 시골뜨기 역할을 까맣게 잊은 채, 다소 빠

• 게임에서 자신의 패가 좋지 않을 때 상대를 속이기 위해 허풍을 떠는 전략.

르게 목적을 이룬 측면이 있었다.

막신이 그를 놀렸다.

"그 버릇은 결국 고쳤나 봐."

아닌 게 아니라 작크의 손가락은 얌전히 붙은 채였다.

"뭐야, 둘이 아는 사인가?"

도살자가 뒤얽힌 관계의 낌새를 채고는 불쾌해했다.

막신이 그녀의 유혹 게임에 기꺼이 참여하는 작크의 눈을 똑바로 바라보며 대답했다.

"응. 마주친 적이 있어. 나한테 복수할 기회를 준다고 했지."

작크가 눈을 빛내며 반박했다.

"복수? 이긴 사람은 나야."

"응. 하지만 그때 나 때문에 정신이 혼미했잖아."

"그 시선 때문에 잠시 판단이 흔들렸었지."

"지금은 아무 소용없다는 뜻인가?"

"그렇겠지."

"오, 날 화나게 하려는 거야?"

막신은 애교를 부렸다. 그들은 아주 조금의 불씨로도 타오를 준비가 돼 있었다. 바숑의 말대로 '성냥만을 기다리는 불꽃'•• 같았다고 할까. 불꽃보다는 열꽃이 핀 발루는 친구에게 진행 중인 사기극을 상기시켰다.

"어이, 친구, 정신 차려. 잠깐 방해해도 돼? 그렇게 좋으면 방을 잡

•• 프랑스 대중 가수 알랭 바슝의 노래 〈가비, 오, 가비〉의 가사 인용.

든지. 여긴 지금 포커 게임 중이니까."

막신이 받아쳤다.

"당연히 게임을 해야지, 해야 하고말고. 자, 작크, 네 진짜 실력을 보여줘 봐."

'블러핑을 바라는 건가? 그럼 블러핑을 해야지.' 작크는 애초의 표적을 잊은 채, 가장 화려한 기술을 발휘했다. 그의 베팅은 정밀하고, 완벽하게 통제됐으며, 화려했다. 지나치게. 도살자는 판이 몇 번 돌아간 끝에 두 손을 놓았다. 맞은편 사내는 이제껏 알던 얼간이가 아니었다. 그가 손가락을 까딱여 사람을 호출했다.

발루는 대노했다. 작크가 멍청한 짓거리로 다 잡은 물고기를 놓치는 중이었다. 더욱 심각한 건 그들의 위장술이 발각될 위기에 처했다는 것이었다. 그건 주변을 한번 흘깃 보는 것만으로도 알 수 있었다. 무장한 경호원들이 그들 머리 위의 다이빙대에서 왔다 갔다 하고 있었다. 성공적인 사기극이란 감쪽같이 이기는 것이다. 그렇지 않으면 반자동소총에 맞는 것으로 인생이 끝날 수 있었다. 발루는 머리 위에서 이미 세 자루의 반자동소총을 발견했다. 게다가 도살자의 뒷주머니에도 한 자루가 꽂혀 있었다.

"날 갖고 노는 건가, 흰둥이? 좀 전엔 얼뜨기처럼 굴었는데 이제 보니 게임의 제왕이네. 혹시 지금 나한테 사기 치는 중이야? 게다가 내 사촌의 업장에서?"

뜻밖의 정보가 작크를 뜻하지 않게 고양된 자부심에서 끌어냈다. 데데가 이 판의 정보를 흘리며 이 세부 사항을 생략했다. 업장 주인의 사촌을 등쳐 먹는다는 건, 아마도 좋은 생각이 아닐 터였다.

도살자가 미라의 귀에 대고 무언가를 속삭였다.

“이 어릿광대들 보증인이 누구야?”

“밀란 크라코비츠.”

그가 막신을 가리켰다.

“저 여자는?”

“2만 유로의 보증금을 냈고.”

도살자는 사기꾼들의 얼굴을 칼로 망치는 대신 잡아먹을 듯 노려보았다.

“꺼져.”

무대의 막이 내려갔다.

“이번은 봐주지만 경고하는데 너희는 여기 블랙리스트에 올랐어. 크라코비츠가 아무리 비호해도, 내가 너희를 이 도시 전체에서 싹까지 잘라버릴 거야.”

발루는 후드를 뒤집어쓰고서 숨죽여 포효했다. 트리오는 꼬리를 내린 채 한 마디도 덧붙이지 못하고 수렁에서 빠져나갔다.

작크는 곰팡이 핀 타일을 두른 샤워장에 이르러서야 겨우 입을 열었다. 마침내 모두의 눈에 안 띄는 곳에 세 사람만 있게 되자 막신을 돌아보았다. 썸은 끝났다. 그는 분노했고 이 기분을 드러냈다.

“자, 이제 얘기 좀 해보시지. 대체 왜 여길 온 거야? 무슨 꿍꿍이로 날 졸졸 따라다니는 거냐고?”

“널 테스트하러 왔어. 제안하고 싶은 거래가 있거든.”

“작크, 뭘 어쩌려고?!”

발루의 목소리가 친구를 천둥처럼 내려쳤다. 친구는 벼락을 피해 그들의 패배의 원흉에게 집중했다.

"거래? 대체 무슨 말이 하고 싶어서? 무슨 속셈인진 모르겠지만 나 정말 심각하게 꼭지가 돌기 시작했어, 막신!"

발루가 후드를 벗더니 분노와 천둥 번개를 폭발시켰다.

"작크, 우리가 무슨 일을 당할 뻔했는지 알기나 알아? 네 얼간이 짓 때문에 총 열 대가 코앞에서 우릴 겨누고 있었어! 이건 프로가 할 일이 아니라고! 너 때문에 우린 망했어, 미친놈아!"

작크는 자존심을 건지느라 사기극을 그르쳤고, 이 용서할 수 없는 직업적 과오의 유일한 책임자였다. 끓어오른 아드레날린으로 흐려진 이성 탓에 그는 비난을 받아들이기보다는 가장 친한 친구를 공격하는 편을 택했다.

"발루, 이제 그만, 오케이? 지금 이 여자분과 얘기하는 거 안 보여? 그러니까 저기 멀리 가서 놀아. 다시 말하지만 내 바짓가랑이 좀 그만 물고 늘어질래?! 잠깐만 시간을 달라고. 그것도 안 되겠어? 잠깐도?"

분노. 발루는 그것을 간직해야 한다. 뱃속을 차갑게 만들어 폭력 충동을 자제해야 한다. 너무 늦었다. 그의 주먹이 혼자서 날아갔다. 친구의 얼굴 한가운데로 들어간 어퍼컷이 친구의 입을 닫아버렸다. 작크가 샤워장의 타일 벽에 날아가 꽂혔다.

"으아, 주먹은 더럽게 세. 멍청이."

막신도 허세를 멈추고 이 폭력의 분출에 비명을 쏟아냈다. 표정이 어두워지며 눈이 감기도록 미간이 일그러진 발루가 차가운 목소리로 천천히 단어들을 끊어 발음했다.

"좀 진정되면 그때 네가 방금 한 말들을 되새겨 보고서 날 보러 와. 그때는 나한테 할 말들에 대해 아주 많이 생각한 다음에 얘기해야 될 거야."

작크는 척추가 으스러지고 아치형 눈썹이 찢겨 나갔으나 가장 아픈 곳은 마음이었다. 그는 친구에게 상처를 입힌 자신이 원망스러웠다. 그럼에도 사과하기보다는, 학창 시절 휴식 시간에 다투기라도 하면 으레 갈 때까지 갔듯, 여자 앞에서 체면을 구기지 않기 위해 멍청한 남자의 자존심에 갇혀버렸다.

"그래, 그래야지. 또 네가 비겁하게 자살하려는 순간이 오면 붙들러 갈게."

발루 속의 무언가가 부서졌다. 그는 전혀 내색하지 않은 채 후드를 뒤집어쓰고서 복도의 어둠 속으로 사라졌다. 암흑이 삼켜버린 유령처럼.

막신은 발치에서 작살이 난 수컷의 잔재를 경멸 어린 시선으로 바라보았다. 그도 카드에는 뛰어나지만, 결론적으로 다른 남자들 못지않게 멍청하다는 것이 밝혀졌다. 그녀는 이 감정을 간략하게 한마디로 표현했다.

"머저리."

그녀도 그를 두고 떠났다.

작크는 곰팡내 나는 샤워장에 축 늘어진 채 혼자가 되었다. '샤인 브라이트 라이크 어 다이아몬드(Shine Bright Like A Diamond)'. 녹슨 배관망 뒤에서 리한나가 울부짖었다.

"그래, 네 말이 맞아……."

작크는 좁다란 골목길을 터덜터덜 걸었다. 한 손엔 싸구려 버번 위스키 병이 들려 있다. 친구와의 충돌을 이기지 못한 그는 술을 벌컥벌컥 들이켰다. 밤이 그의 불편한 심기를 옥죄었다.

도랑을 따라 걷던 그의 눈에 동네 술집의 목제 간판이 눈에 들어왔다. '부듯가 5번지'. 별들도 슬쩍 방치한 컴컴한 술집. 철망 셔터를 내린 유리창을 통해 부엌 옆의 후미진 곳에서 새 나오는 불빛 한 점이 보였다. 작크는 유리창에 달라붙어 내벽을 따라 흐르는 빗물을 손등으로 쓱쓱 훔친 뒤, 실내를 살폈다. 테이블에 의자들이 엎어져 있고, 유리잔들은 바 뒤에 가지런히 진열됐다. 영업이 완전히 종료된 상태였다. 어떤 움직임도 찾아볼 수 없었다. 가게 안, 저 깊숙한 곳의 진동을 제외하고는. 작크의 젖은 외투 속까지 전해지는 게임의 활기. 목제 간판 뒤에 희미하게 흔적이 남아 아직도 읽을 수 있는 그

옛날의 예쁜 광고 글씨체.

'공중전화'.

이곳은 지난 시대의 술집이었다. 포커 게임이 열리는. 작크는 그것을 감지했고, 내기를 할 준비가 돼 있었다.

신도 잘 아는 바, 내기라면 또 그가 사족을 못 쓴다.

작크는 술집 문을 탕탕 두드렸다. 이미 취기가 지배한 그의 손에서 나는 무력한 소리가 그의 의욕을 배반했다. 몸의 절반쯤을 철제 셔터에 기댄 채 한 팔엔 싸구려 술병을 끼고서 축 늘어진 모습이 차마 눈뜨고 볼 수 없는 지경이었다. 부엌문으로 등장한 지배인이 영업이 끝났음을 알렸다. 이 시간에 보금자리와 먹을거리를 찾는 주정뱅이라니. 지배인은 그를 쫓아내기 위해 빗자루를 드는 수고조차 하지 않았다. 작크는 유리창에 비친 자신의 꾀죄죄한 몰골을 보며 입장을 거부당하는 게 당연하다고 느꼈다. 보다 번듯한 조건으로 협상을 재개해야 했다. 그는 호주머니에서 하트 킹 한 장과 지폐 다발을 꺼내어 제물처럼 유리창에 바짝 붙였다. 금전이라는 만국 공통의 기적적 언어. 지배인이 나와서 문을 열었다.

번쩍거리는 반 민머리의 정수리와 이마에서 권위를 뿜어내는 지배인이 썩 달갑지 않은 표정으로 깨끗한 앞치마에―정갈한 사내였고, 거친 요리사 손의 고르게 손질된 손톱이 이를 증명했다― 손을 닦으며, 가게 앞에 널브러진 가련한 인생을 고압적으로 살폈다. 주정뱅이가 가게 안에 악취를 퍼뜨릴 것이 염려되었으나, 돈―특히 쉬운 돈― 냄새는 늘 향기로운 법이다. 털을 뽑힐 준비가 된 닭이 있다면 무쇠솥이 식게 내버려 둬선 안 될 일이다. 따라서 지배인은 게임의 수준을 알렸다.

"기본 10유로야, 친구. 간은 튼튼해?"

작크는 술 냄새가 밴 딸꾹질 사이로 허세를 부렸다.

"확인해 보시겠수?"

"내 보기엔 댁이 들이켠 알코올을 분해하느라 바쁜 것 같은데."

지배인은 그 옛날의 끈적끈적한 스파게티 웨스턴•에서 곧장 튀어나온 듯한 분위기였다. 카운터 위의 칠판엔 '여기서 돈을 낼 땐, 아무리 배알이 꼴렸어도 배알도 없이 웃기'라는 조잡한 말장난이 경고처럼 쓰여 있었다. 실내 인테리어도 옛날식 그대로였다. 작크는 굳게 보존된 전승 문화에 감탄했다.

"그러니 맘껏 이용하슈. 난 잃을 돈이 두둑하니까."

"들어와."

지배인이 주머니가 두둑한 술꾼을 안으로 들이며 사방을 휘휘 둘러보다가 문을 잠갔다.

이중으로.

작크는 의심스런 눈초리로 그를 흘깃거리는 네 명의 선수들이 모여 있는 곳까지 휘우뚱거리며 걸어갔다. 알딸딸한 술기운에도 누가 리더인지 바로 보였다. 포커 테이블엔 늘 리더가 한 명씩 있다. 가장 많이 떠들거나, 반대로 말수가 적으면서 칩 옆에 보란 듯이 권총을 올려놓은 자들. 아니면 과시적으로 총을 전시할 필요도 없이 과묵한 카리스마만으로 적수들의 간을 오그라들게 하는 더 위험한 자들도

• 기존의 정형화된 미국 서부 영화의 틀을 깬 1960~70년대 이탈리아산 서부 영화.

있었다. 메마르고 신경질적인 50대 가량의 조, 그가 무리의 우두머리였다. 아마 술집 주인이기도 하리라. 그의 날카로운 눈빛이 작크의 어수룩한 태도를 분석했다. 다른 멤버들은 조를 힐끔거리며 그들이 따를 대장의 반응을 기다렸다. 지금으로서는 돈 냄새와 위험하지 않은 얼간이 냄새가 풍겼다. 조는 코를 킁킁거렸으나, 이빨을 드러내지는 않았다. 아직은.

"잘 부탁드립니다, 선생님들."

취했어도 예의는 잃지 말아야 한다. 코가 비뚤어지게 마셨더라도 교육을 잘 받은 작크는 흡족한 미소로 입가를 일그러뜨리며 앞으로 나서서 인사했다. 무리가 위선적인 환영의 뜻으로 고개를 까딱거렸다. 작크는 미지근한 응대에 빙긋 미소 지었다. 어쨌든 초대의 표시였으니 의자에 앉으려 했고, 몸이 미끄러지며 하마터면 뒤로 나뒹굴 뻔했으나 간신히 균형을 잡았다. 무리에게는 영 신뢰가 가지 않는 인물이었으나, 반대로 그의 지폐 다발만큼은 흥미를 북돋았다.

얼간이를 벗겨먹을 게임이 시작되었다.

싹싹한 초대 손님인 작크는 나대는 인상을 전혀 풍기지 않으면서 테이블에 흩어진 카드를 쓸어 모아 패를 돌릴 차례인 치—머리통이 바이스로 조인 듯 기이하게 조붓한 비쩍 마른 사내—에게 건넸다. 그가 의심스런 눈초리로 반듯하게 정리된 카드를 받아 착착 치더니 좌중에 배포했다.

첫 판.

선수 중 한 명이 정신이 딴 데 가 있는 듯한 작크를 팔꿈치로 쿡 찔렀다.

옆자리 선수가 수학 선생이 '칠판 앞으로 나와!'라고 명령하듯, 근엄한 표정으로 종용했다.

"베팅해!"

작크는 멍한 표정에서 깨어나 주위의 마피아 비슷한 얼굴들을 파노라마로 훑다가, 화들짝 놀라 손에 쥐고 있는 카드를 바라보았다.

"아! 그렇지……. 카드를 받았죠."

잭이 카드를 앞면으로 테이블에 버리며 마냥 행복한 술꾼의 미소를 되찾았다. 나머지 선수들이 그를 뚫어져라 바라보며 한마음으로 이렇게 말하는 눈빛이 되었다. '뭐지, 이 돌아이는?' 그들은 장난하기 위해 이 자리에 모인 것이 아니다. 저마다 저승사자 표정으로 앉아 있는 그들은 한 치의 실수도 용납하지 않았다.

조가 선언했다.

"십."

수학 선생이 그를 흉내 냈다.

"십 더."

이마에 맺히는 땀을 연신 가제수건으로 찍어내던 배불뚝이 사십대가 말했다.

"나도."

"다이."

겨드랑이가 둥글게 얼룩지고 기름때가 덕지덕지 묻은 런닝 바람의 작고 다부진 네 번째 선수가 기권했다. '정비사로군.' 작크가 두 번을 쉬는 동안 그를 관찰하며 추론한 결과였다.

모두의 관심이 버번위스키로 속을 채운 새 손님에게 쏠렸다. 잡아먹힐 준비가 된 리큐어 쿠키•라고 할까.

"십에 오십 더."

작크가 담담하게 판돈을 올렸다.

선수들이 마을 장터 축제라도 온 줄 아는 천둥벌거숭이를 면밀히 살폈다. 조도 판돈을 올리며 적의를 드러냈다.

"나도 오십. 댁이 어쩌는지 보고 싶군."

작크는 격해지는 감정을 주체하지 못하고 탈선했다. 고약한 밤을 보낸 터였다. 힘들이고 싶지 않았다. 그는 속임수라는 쉬운 길을 택했다. 판이 시작되기 전에 아무렇게나 흩어진 카드들을 해맑게 쓸어 모으는 척하면서, 네 장의 잭의 위치를 매의 눈으로 간파했고, 번개 같은 완벽한 손놀림으로 그것들을 테이블 밑으로 흘린 뒤 나머지 카드를 패를 돌릴 선수에게 건넸었다. 고전적인 사기꾼의 수법이지만, 실력을 입증하는 방법이기도 하다. 또한 발각되면, 위험에 처한다. 못해도 집단 폭행감이다. 잭에게 카드를 받아든 선수는 카드를 몇 번 나누어서 치는 것으로 신중을 기했다고 여겼지만 너무 늦었다. 작크가 이미 필요한 것들을 빼돌리고 난 뒤였다.

"잭 포 카드."

작크는 경쟁이 불붙기도 전에, 카드를 빼돌릴 때보다 덜 능숙한 손놀림으로 승리의 패들을 내보였다. 이어서 흩어진 카드들을 쓸어 모으면서 동시에 손바닥 밑에 숨겼던 패가 나쁜 카드들을 버렸다. 쥐도 새도 모르게 속이기. 작크는 게임에 고심하며 골머리를 썩이고

• 안에 술이 든 쿠키.

싶지 않았다. 그보다는 얼간이들을 농락하며 즐기는 편이 좋았다.

그의 주위로 날 선 으르렁거림이 오갔다. 분위기가 경색되었다. 정비사가 그들에게 놀람을 안긴 손님의 빈정거리는 미소를 녹슨 집게로 헤집어놓을 기세였다.

45분 남짓 뒤, 세찬 빗줄기가 술집을 외부 세계로부터 고립시켰다. 그 우연의 결과, 폭발 일보 직전으로 뜨겁게 달궈진 분화구가 된 실내 풍경의 목격자가 아무도 없었다. 시가와 잎담배 연기로 공기가 숨쉬기 힘들만큼 뿌옇고 매캐했다. 다행이다. 방 안엔 질식시키고 싶은 욕구, 나아가 목을 조르고 싶은 욕구가 가득했으니까. 고개를 뒤로 젖힌 채 코를 고는 작크를 바라보는 노름꾼들의 얼굴에 조급한 기색이 역력했다.

그중에서도 조급증이 극에 달한 수학 선생이 잠든 선수를 거칠게 흔들며 윽박질렀다.

"이봐! 뭔지 보자고."

"엥……?"

작크는 어떤 것에도 아랑곳하지 않는 한결같은 표정으로 칙칙폭폭 소리를 중단했다.

"아, 그렇지. 풀 하우스."

작크는 사기 페스티벌 속에서 활개를 쳤다. 파밍•에서 스냅딜••까

• 손 안에 동전이나 카드를 감추는 기술.

•• 카드를 내려놓으며 사라지게 하는 기술.

지, 그들에게 모든 기술을 아낌없이 선보였다. 상황에 따라 자신에게 이롭거나 거추장스러운 카드들을 가져온다든가 바꾼다든가 사라지게 하기 위해 부정한 기술을 총동원했다. 진지한—몹시 위험한—노름꾼들을 상대할 때는 감히 절대 쓸 수 없는 종류의 사기술들이었으나, 이 술집 단골들한테는 왜 자제하겠는가? 다만 그가 버번위스키를 과하게 마셨고 속임수가 길어지자 마술이 덜 정교해졌다는 것이 문제라면 문제였다. 게다가 걸출한 사기꾼이라면 의심을 사지 않기 위해, 속임수를 게임 내내 통상 한 판이나 적어도 두 판만 이용한다. 그는 상심한 나머지 바보짓을 저질렀다. 행운을 과도하게 밀어붙였다고 할까. 아니면 사기 대상으로 삼은 사내들의 성질을 과소평가했을 수도 있다.

조는 빗자루질을 멈춘 지배인에게 문을 잠그라는 신호를 보내고는 겉옷의 단추를 끌렀다. 권총집 속에서 뜨거워진 권총의 손잡이가 드러났다. 작크가 바닥을 보이는 술병을 빠는 데 정신을 팔지 않았더라면, 쉽사리 볼 수 있었으리라.

"몸도 제대로 가누지 못하는 것치고 카드는 능숙하게 다루는군."

"무위도식자들의 재능이죠. 그래도 오늘 밤 내내 운이 좋았던 건 아니에요."

"그 운을 우리를 위해 아껴두었던 건가?"

"계산한 건 아니에요."

"그렇겠지, 아무렴……. 위베르, 여기 선생한테 이곳에선 사기꾼들이 어떤 대가를 치르는지 좀 알려드려."

수학 선생이 작크의 뒤에서 목을 조이며 옴짝달싹 못 하게 한 뒤

커다란 칼을 울대뼈 밑에 슥 갖다 댔다. 듣자 하니 요즘 교사들이 폭발 일보 직전인 듯하다. 작크는 두려움에 고이는 침도 감히 삼키지 못했다.

지배인이 유리창의 덧문을 내렸다. 허리띠도 모자라 멜빵까지 맨 것처럼, 철제 셔터 하나만으로는 안심하지 못하는 안전 제일주의의 상인이라고 할까. 덧문이 내려오며 철이 분쇄되는 듯한 요란한 소리—머지않은 미래에 작크의 관절들이 낼 법한 소리—를 냈다. 그때였다. 뼛속까지 젖은 막신이 유리창으로 불쑥 모습을 드러낸 것은. 그녀는 거세게 때리는 빗줄기를 맞으며 어깨를 잔뜩 움츠린 채 유리창을 두드렸다.

술집 안쪽에서 수학 선생이 곡선 모양의 칼을 거뒀다.

막신은 쉼터를 구하는 강아지처럼 입을 비죽거렸다. 기독교식 가정교육에 의한 자비심이 발동한 지배인이 문을 반쯤 열고서 코를 밖으로 비죽 내밀었다.

"무슨 일이죠?"

막신의 속눈썹으로 빗줄기가 줄줄 흘러내렸다. 그녀는 젖은 눈으로 대답했다.

"남편을 찾으러 왔어요."

지배인이 믿을 수 없다는 시선으로 미래의 범죄 현장 쪽을 슬쩍 돌아보았다.

"부인 남편이요?"

대화의 편린이 수학 선생에게 목이 졸려 있다가 당황하여 고개를 치켜든 작크의 귀에까지 가닿았다.

"막신?"

그의 억눌린 목소리는 절망으로 신경이 곤두선 아내라는 극적인 역할을 확고한 신념으로 밀어붙이는 여자에게 가닿지 못했다.

"네. 오늘 밤에 둘이 좀 다퉜거든요. 주말에 친정에서 있었던 안 좋은 일에 아이들 유모 고용 문제까지 겹쳐서요. 어쨌든 문을 쾅 닫고 나가기에 술이나 몇 병 푸겠거니 했는데, 여기서 우리한테 있지도 않은 돈을 탕진하고 있을 줄이야. 저런 개자식, 이기주의자도 저런 이기주의자가 없어요. 아직 아이들 새 학기 준비물도 못 사줬는데. 글쎄, 포커라면 사족을 못 쓰면서도 따는 꼴을 못 봤다니까요. 대체 나는 저런 인간의 어디가 좋다는 건지. 노상 잃기나 하는 그런……."

조가 끼어들었다.

"부인, 부인! 진정해요! 그쪽 남편은 아무것도 없으니까. 그리고 뭔가 착각하나 본데, 저 개자식은 최근에 내가 포커 테이블에서 만난 도박사들 중에서도 월등하게 기술이 뛰어난 사기꾼이요."

"사기꾼? 작크가요? 농담이시죠? 심지어 딸들하고 일곱 가족 카드놀이•를 해도 지는 위인인걸요."

"부인 남편이 2천 유로도 넘게 쓸어갔소. 거기엔 어떤 행운도, 취기도 없어요, 오직 속임수만 있을 뿐. 그래서 말인데 부인이 남편 빚 5천 유로를 갚으러 온 거라면 환영이오만."

• 한 가족당 6장씩 총 일곱 가족의 카드 42장을 섞어, 각 가정을 완성시키는 놀이. 6장을 모두 모으면 한 가족을 완성하고 끝에 가서 가장 많은 가족을 모은 사람이 승리한다.

"무슨 소리예요? 저이가 딴 건 2천 유로라면서요?"

막신은 늑대의 냄새를 맡았다. 그가 그녀를 어린양 취급했다. 조의 농간에 술이 얼마쯤 깬 작크가 이 사기 현장에 개입했다.

"뭔 수작질이야, 조?"

무리의 우두머리는 목이 졸린 자의 지적에는 아랑곳없이 말을 이었다.

"네, 저 개자식이 우리한테 2천 유로를 쓸어갔단 말입니다. 부인이 우리가 사기의 대가로 남편분의 이빨을 뽑으려는 찰나에 여길 왔고요. 보아하니 부인이 현모양처 같기에 몸으로 때울 걸 곱게 빚으로 바꿔준 겁니다. 뭐, 고마워할 필요는 없어요, 나도 인간이니까. 하지만 도박사이기도 하죠. 행여나 부인이 포커로 빚을 갚길 원한다면 얼마든지 상대해 주겠소. 혹시 일곱 가족 카드놀이 말고 다른 카드놀이도 할 줄 아시는지? 그런데 이름이?"

막신은 리타 헤이워드도 질투로 얼굴이 하얗게 질릴 만한 팜므파탈의 품격으로 대꾸했다.

"다이아몬드. 막신 다이아몬드예요."

수학 선생의 압박 때문에 턱이 꽉 닫힌 작크가 간신히 내뱉었다.

"막신, 끼어들지 마."

막신이 악을 썼다.

"내가 이빨도 없는 당신을 집에 들일 것 같아? 잔말 말고 테이블에서 물러나서 내가 당신이 저지른 바보짓을 어떻게 만회하는지나 구경해. 얘기는 나중에 집에서 다시 하고."

조가 권유했다.

“자, 의자에 앉으시죠, 다이아몬드 부인.”

이 거친 세계에서 예의 바른 악당을 만나는 건 즐거운 일이다. 작크는 그를 높이 평가할 수도 있었겠으나, 그러기에는 점점 잔인하리만치 힘겨워지는 숨쉬기에 온 신경이 집중돼 있었다. 수학 선생이 팔꿈치로 관자놀이를 쳐서 그를 쓰러뜨리고, 그가 앉았던 의자를 부인에게 내주었다. 막신은 물에 젖은 강아지 외양에도 불구하고 고개를 꼿꼿이 든 채 무리 한가운데 자리 잡았다.

그녀는 집에서 엄마를 기다리는 두 아이 외엔 아무것도 안중에 없는 한 가정의 어머니로서 조급함을 드러내며 물었다.

“베팅금은 얼마죠?”

“10유로.”

정비사가 대답하며 ‘어때, 이 여자야. 큰손들의 세계에 온 걸 환영해. 여기선 자잘한 동전 따윈 취급 안 한다고’의 암묵적 의미로 눈썹을 치떠 방금 한 말의 어마어마함을 강조했다.

“50유로로 올리죠. 여기서 밤을 지샐 순 없잖아요. 또 내일 아침 여덟 시에 딸 아이 하나를 치과에 데려가야 하고요.”

애 엄마의 호기에 위아래로 운동 중이던 정비사의 눈썹이 얼어붙었다. 당황한 정비사가 요란하게 과시했던 남자다움을 꿀꺽 삼켰다. 나머지 도박사들은 영리성이 높을 것으로 예상되는 여자의 제안에 기뻐하면서, 싫지 않은 얼굴로 테이블에 50유로짜리 지폐들을 나열했다.

게임은 신속하게 진행됐다. 남자들에게 그야말로 굴욕이었다. 막신은 마지막 판에서 기량을 온전히 드러내고 판돈을 싹쓸이했다. 그녀 주위의 무리들이 노발대발했다. 분노로 씩씩거리는 그들의 뜨거운 숨결이 막신의 살갗을 태울 기세였으나, 막신은 태연하게 판을 정리했다.

"거기에 4백 유로 더하면 5천 유로네요. 그럼 빚이 다 탕감된 거죠? 자, 신사분들, 오늘 환대 감사했어요."

막신은 아무 원한도 섞이지 않은 정중한 어조로 말하고는, 서둘러 이런저런 짐과 작크를 한꺼번에 챙겨 그 자리를 벗어나려 했다.

조가 위압적인 태도로 그녀의 어깨에 한 손을 얹었다.

"잠깐, 그렇게 어디로 갈 셈이오?"

남성의 지배력 행사에 위축되는 유의 여성이 아닌 막신은 손톱을 이용해 남자의 억센 손을 물리쳤다.

"우리 집에요. 내 남편하고."

"안 될 말이오. 부인은 우리를 함정에 빠뜨렸거든. 포커를 할 줄 알았잖소? 그것도 상당히 능란하게."

막신은 이제껏 사용했던 가벼운 어조 대신 진지한 어조로 빈털터리가 된 악당에게 십자 포화 같은 일침을 쏟아냈다.

"난 내 남편이 포커를 못한다고 했는데요. 나야 당연히 포커를 할 줄 알죠. 저 멍청한 인간과 달리 이길 줄도 알고요. 이제 당신네 가게에서 누군가가 이길 때마다 이의를 제기한다면, 사기꾼은 바로 당신들일 거예요. 내가 밀란 크라코비츠한테 가서 그의 구역에서 나한테 사기를 친 자들이 있다고 알리길 원하지 않는다면, 이쯤에서 나한테 절이나 하며 고이 보내주는 게 좋을 거예요."

이 이름이 도살자에게 그랬던 것처럼 작은 효과를 발휘했다. 막신은 간수들을 주눅 들게 하려는 목적으로 이 방법을 계속 시도해야겠다고 결론지었다.

침묵. 좌중이 방금 들은 정보의 진실 가능성을 검토하고 분석하는 시간이 흘렀다. 이게 스프인지 개죽인지 영 분별이 되지 않는 정비사가 정중히 물었다. 절대 모를 일이다.

"밀란 크라코비츠와 아는 사이십니까?"

"네 살 때 같이 목욕도 한 사인걸. 못 믿겠으면 시험해 보시든가, 직접 전화해 보라고. 06 45 63 31 31. 그런데 밀란이 아침형 인간이 못 돼서 말이야. 어쩌면 그쪽이 고자가 될 수 있게 적극 밀어줄 수도 있어."

막신의 어투가 바뀌었다. 쇠 파이프로 상대의 무릎을 후려치는 듯한 단호함이 목소리에 서려 있었다. 또다시 내려앉는 침묵. 오직 냉장고만이 윙윙거리는 진동음을 내고 있었다. 작크는 눈썹을 치뜨며 감탄스러워했다.

이곳에서 밤을 지새울 생각이 없었던 막신은 한술 더 떠 자신의 휴대전화를 내밀었다.

"06 45 63 31 31이야."

당혹스런 침묵. 조는 거대 폭력 조직 두목의 비호를 받는 여자를 붙잡아 두는 위험의 무게를 가늠한 뒤 마지못해 명령했다.

"가게 해."

지배인이 복종하며 문의 빗장을 해제했다. 막신은 너덜해진 작크의 파편을 수습하여 입구까지 걷도록 부축했다.

"여, 막신!"

조가 허공에 대고 발포하듯 외쳤다. 이름을 불린 여자가 고개를 돌렸다.

"여기엔 다시 얼씬도 하지 마시오."

막신은 작크의 굽은 등 너머로 그를 쏘아보았다. 현재의 알력 다툼으로는 한 치도 방심할 수 없다. 그녀는 수긍하지 않았으나, 시선이 많은 말을 했다. 해석에 따라서는. 그녀는 죽은 고깃덩이 한 짐을 팔에 끼고서 술집을 나왔다.

조는 위스키 잔을 단숨에 비우고서 바에 엎어놓으며 말했다.

"당했어. 사기야."

수학 교사가 말했다.

"모르지. 사기가 아니야. 정당하게 이겼다고."

"포커는, 그래. 하지만 크라코비츠 건은, 사기야."

"모르지."

바깥 공기. 드디어. 축축하고 신선한 공기가 생존자들의 폐부로 마구 밀려들었다. 커브 길에서 택시 한 대가 나타났다. 막신은 손을 흔들어 택시를 세우고 표류자를 태웠다.

작크는 술에서 깨기 위해 차창을 열었다. 그는 차의 덜컹거림에, 기묘한 상황에, 흔들리며 몸을 맡겼다.

"멋진 승부였어."

"내 뭐래. 난 훌륭한 도박사라니까."

"06 45 63 31 31, 막 던지더라?"

"내 뭐래. 난 훌륭한 도박사라니까."

막신은 도박사에게는 거슬리지만, 남자에게는 매력적인 자신감을 내비쳤다. 작크가 인정했다.

"탁월한 블러핑이었어."

막신이 받아쳤다.

"성과도 탁월했고."

막신은 매력을 발산했고, 작크도 그것이 싫지 않았다. 그는 충분히 고된 밤을 보낸 뒤에야 이 약속된 관능을, 가장하지 않은 욕망으로 맞이할 수 있게 되었다.

게임은 끝났다. 더는 아무것도 아무렇지 않을 것이다.

허공의 부름. 고독이 찾아든다. 들리는 건 오직 두근대는 심장박동 소리뿐, 사방이 고요하다. 가슴이 답답하다. 흉곽이라는 감옥을 부수고 싶다. 고통으로 미쳐버릴 것 같다. 고통은 스스로를 구속하는 죄수복과 같다. 벗는 것이 불가능한. 쿠션을 두른 벽에 몸을 던지지 않는 한 말이다.

발루는 견딜 수 없었다. 가장 친한 친구마저 그를 버렸다. 그는 자신을 향해 입을 벌리고 있는 창문을 뚫어져라 바라본다. "자, 어서, 뛰어내려, 멍청아! 뛰어내리라니까! 뭘 기다리는 거야! 용기가 없구나, 그런 거야? 이런, 염병할, 뛰어내리라고!" 머리가 애원하지만 몸이 말을 듣지 않는다. 생존본능일까, 비겁함일까? 발루는 어퍼컷이라도 맞은 듯, 몸을 반으로 접었다. 타격감이 전신에 퍼졌다. 한 방향으로 모으는 것이 불가능하다. 의자를 벽에 던지고, 소파 탁자를 발로 걷어차 부수고, 벽에 붙은 찬장을 움켜잡아 통째로 뜯어낸다. 접시들이 바닥에서 산산조각이 나며 경종 역할을 한다. "어서 나가! 모조리 때려 부수기 전에 어서!"

분노. 불같은 분노. 발루는 그것을 더는 잠재우지 못한다.

스스로를 파괴할 수밖에.

혹은 타인을 파괴하거나.

"이거 놔, 제발! 놓으라고!"

궁지에 몰리면 때로 헛소리가 튀어나온다. 지금 제발 놓아달라고 애원하는 치도 단어 선택에 보다 섬세했어야 했을 것이다. 아파트 꼭대기에 거꾸로 매달려 있기 때문이다. 발루는 25층 아래로 주차장이 펼쳐진 옥상에서 그의 발목을 잡고 있다. 몇 분 전, 포르트 드 라 샤펠 지역에서 그를 발견했다. 강간범은 아니다. 그는 그보다는 좀 더 거시적인 산업 분야에 종사한다. 한마디로 포주다. 발루는 그가 두 고집불통 매춘부들을 우격다짐으로 몰아세우는 장면을 목격했고, 분노가 폭발했다. 처참한 몰골이 되도록 두들겨 맞던 멍청이가 피투성이 입술 사이로 신음을 내뱉다가, 뜻밖의 정보를 빌미로 발루를 협박하여 곤경에서 벗어나려 했다.

"쌍, 네놈이 누군지는 몰라도 지금 크게 실수하는 거야! 내가 보호를 받는 몸이거든! 크라코비츠 알지? 내가 그 밑에서 일해! 그게 무슨 뜻인지 알아?"

발루의 몸이 굳었다. 걷잡을 수 없는 양심의 가책이 그를 사로잡았다.

"크라코비츠……."

사기극, 그의 포커 판 순회 스케줄, 그의 밥벌이, 그에게 일용할 양식을 건네는 손……. 대체 어떻게 이 지경까지 자신을 속일 수 있었을까? 악의 근원이 바로 코앞에 있었는데, 그는 그것을 직시하기를 거부했다. 매춘, 여성의 노예화, 고문……. 인간 종족의 추악한 범죄들이 늘 가까이에 있었다. 그 마피아에 협력하기를 수락하면서 그도 자신이 혐오스러워하는 시스템의 일원이 되어 있었다. 시스템을 받아들이는 건, 곧 시스템을 지지하는 것이다. 고통스런 통찰이었으나, 구원이기도 했다.

그는 우선 유사 강간범들을 손봄으로써 정의를 구현할 수 있다고 생각했다. 이제껏 모색 수준에 머물렀지만, 문제점을 근원부터 파헤쳐야 했다. 고름을 눌러 터뜨려야 했다.

크라코비츠.

광기의 순간에 발루는 제어되지 않는 충동에 의해 행동했다. 이미 늦었다. 이성을 되찾기 위해서는 완전히 정신을 놓은 뒤라야 했다. 그는 지나치게 소극적으로 시작한 임무를 끝낼 터였다. 무슨 위험이 있겠는가? 머리에 총알이 박힐 위험? "맘껏 쏴보라고, 친구들. 외려 날 도와주는 거니까." 어차피 그런 생각에 사로잡힌 이후로는 기한이 연장된 것일 뿐이었다. 창조주를 만날 각오로 미리미리 준비해 두기.

가해자의 망설임에서 구원의 가능성을 엿본 포주가 다시 한번 엄포를 놓는 것이 현명하다고 생각했다.

"아, 그래, 그렇다니까. 이제야 네놈이 무슨 잘못을 저질렀는지 느껴져, 불쌍한 놈아?"

5분 뒤, 포주가 아파트 꼭대기 층 허공에 돼지처럼 거꾸로 매달려 있다.

"이거 놔, 제발! 놓으라고!"

"원한다면."

발루는 극심한 공포에 질려 내뱉은 그의 소원을 들어주었다. 정말로. 유감스런 오해. 그는 원정 처벌 중에 누군가를 죽인 적은 결코 없었다.

오늘 밤 이전까지는.

택시가 작크와 막신을 그랑 불르바르에 내려놓았다. 그들은 빽빽하게 퍼붓는 빗줄기 속에서 여기저기 넘쳐나는 물웅덩이들 위를 철벅거리며 오스만 양식 아파트 건물 입구까지 종종걸음을 쳤다. 막신은 동굴 속 같은 가방을 뒤져 마그네틱 열쇠를 찾았다. 작크는 문틀에 기대어 자신의 구세주를 바라보며 얼굴을 때리는 빗줄기의 생생한 감각을 즐기다가, 담배 한 대를 꺼내어 곧바로 빗물에 젖는 그것을 구부러진 채로 입에 물었다. 멋진 폼은 훗날을 기약하리라. 어쨌든 그는 이 제스처가 좋았다. 나아가 그것에 집착했다. 작크는 굵은 빗줄기 속에서 지포라이터로 담배에 불붙이기를 시도했다. 그는 언제 어느 상황에서나 도박사였다. 비록 그것이 비상식적인 내기일지라도.

"너 아니었으면 빠져나오지 못했을 거야. 사기 친 걸 제대로 들켰으니. 음…… 와줘서 고마워.”

막신은 헛되이 가방을 뒤지다가 포기하고서 코드를 눌렀다. 빗줄기가 퍼붓는 가운데 오가는 그들의 시선 속에 뭔가 전기가 흘렀다. 막신은 작크의 자조와 입에 물린 힘없는 담배에 매력을 느꼈다. 담백한 인정과 감사에는 더더욱.

그녀는 허리로 문을 밀자마자 안으로 달려 들어가 몸을 피했다. 작크는 빗물에 술이 깨는 걸 느끼며 물이 줄줄 흐르는 얼굴을 치켜들고서 순간을 즐겼다.

막신은 층계참에 이르러 열쇠를 찾아 아파트 문을 열었다. 작크는 유혹적인 향수 향을 따라 그녀의 자취를 좇았지만, 게임을 즐기는 여자가 몇 계단 아래의 그를 내려다보며 문을 쾅 닫았다.

“오케이…….”

작크는 다음 단계를 기다리며 마지막 계단에 털썩 주저앉았다. 그리고는 고장 난 에스컬레이터와 칠이 벗겨져 너덜거리는 벽 사이에 등을 대고 비스듬히 앉아, 호주머니에서 축축해진 카드를 꺼내어 카드 점을 치기 시작했다.

문의 경첩이 끼익 소리를 냈다. 막신이 다시 나타나 들고 있던 커다란 수건을 손님의 얼굴에 던졌다.

“오른쪽에서 두 번째 문이 욕실이야. 집 안에 들어오기 전에 신발 벗어. 마룻바닥 더럽히지 않게 조심하고.”

그녀가 다시 사라졌다.

작크는 매력이 점점 유독해지는 집주인이 남긴 빈 공간을 멀거니 바라보다가 수건으로 머리의 물기를 턴 뒤, 물을 먹어서 서로 달라

붙은 카드들을 어렵사리 쳤다.

"하트 퀸."

작크는 카드를 뒤집었다. 빙고. 그는 싱긋 웃으며 주머니에 카드를 도로 넣고 일어섰다. 따듯한 샤워를 할 준비가 됐다.

그는 발판에 물을 뚝뚝 떨어뜨리며 흠뻑 젖은 가죽 부츠를 벗고는 프로의 눈으로 휑뎅그렁한 장소를 살폈다. 실내 분위기의 무언가에 멈칫거려졌다. 불편할 정도로 깨끗하고 장식도 단출했다. 취향과 특성이 묻어나지 않는 것은 아니었다. 이케아의 아무 감흥 없는 천편일률적 인테리어와는 거리가 멀었다. 집 안의 집기들이 최소한으로 절제돼 있어서 모델하우스에라도 와 있는 기분이었다. 마치 막신이 이 집에 사는 것이 아니라 스치듯 잠깐씩 들르는 것 같았다고 할까. 게다가 작크가 그녀에 대해 알아내고자 애쓴 지난 이틀 동안 그녀에게서 느껴진 것도 그거였다. 스치는 기분.

아닌 게 아니라 그녀는 또 사라졌다.

"재미있을 것 같아, 이 게임."

작크는 욕조에 나른하게 드러누워 목욕장갑으로 두 눈을 꾹꾹 누르며 이 완벽한 이완의 순간을 음미했다.

"레드, 아니면 화이트?"

작크는 소스라치며 몸을 일으켰고 그 바람에 욕조의 물이 밖으로 범람했다. 그는 막신이 건네는 톡톡한 수건으로 알몸을 가렸다.

"뭐라고?"

"레드 와인이 좋아, 아니면 화이트 와인이 좋아?"

작크는 성기 앞에 부채처럼 활짝 핀 손과 수건을 가져가 궁지를 모면했다. 그는 '욕조에 거품 소금 입욕제라도 뿌릴걸' 하고 생각하며 대답했다.

"화이트 와인이 딱이겠어."

"레드 와인밖에 없어."

막신이 부르고뉴 레드 와인인 뉘 생 조르주 프르미에 크뤼가 든 잔을 건네며 말했다.

'사람을 갖고 노는군.'

수건 가리개 해제. 막신이 느닷없이 이제껏 가려졌던 것을 붙들고 키스했다. 우선은 가장자리가 살짝 젖혀진 입술 끝으로, 이어서 한껏 열정적으로. 욕실 온도로 이미 뜨거워진 작크가 과열되었다. '드디어!' 그는 숨을 크게 들이쉬었다. 신사 노릇이라면 신물이 난다, 이제 그의 야수적인 면을 보여줄 터. 그는 여자의 어깨에 팔을 둘렀고, 짐작보다 더 가냘픈 그 어깨를 잡아 욕조로 끌어당겼다. 막신이 뜻밖에 저항하며 그의 품에서 몸을 빼냈다. 그 바람에 작크는 도로 물에 빠졌고 타일 바닥도 다시 한번 흥건해졌다. 200℃로 달구어진 실내의 열기와 욕망에 불을 붙인 여자 도박사로 인해 뜨거워진 그는 부르고뉴 와인 한 모금을 꿀꺽 넘기며 그녀를 응시했다.

"첫 베팅이야, 이제 네 차례."

여자의 놀림에 슬슬 열이 오르기 시작한 작크는 욕조 가장자리를 붙들며—넘어지면서 얼굴이 깨져 수중 에로티시즘의 희망을 모조리 날려버리고 싶지 않았다— 벌떡 일어났다. 알몸과 함께 그녀를 은근히 우쭐하게 해주는 발기 상태가 거침없이 드러났다. 막신은 눈앞의 헌물을 보며 짓궂은 미소와 함께 눈을 빛냈다.

"찬물 샤워 좀 해야겠는걸."

말을 마친 그녀가 욕실에서 나가버렸다.

"이런 빌어먹을……."

작크는 으르렁거리며 이를 갈았다. 온탕이 급속히 냉탕으로 변하며 발기도 가라앉았지만 여자가 시동을 건다면 다시 그녀를 따를 터였다. 그러나 그가 좋아하는 건 포커였지 반복되는 요요가 아니었다.

좌절감에 짜증이 치민 작크는 목욕 가운을 걸치고서 머리를 털며 욕실을 나왔다. 남성적 카리스마 비슷한 걸 재확인시키기 위해 의도적으로 발소리를 쿵쿵 내면서.

"나도 게임이라면 두 팔 벌려 환영이야. 하지만 이제 너도 슬슬 같이 해야 하는 거 아냐, 안 그래?"

"아니, 혼자 해야 할 것 같은데?"

발정 난 수컷이 암컷을 찾아 돌진하다가 멈칫했다. 그는 자신의 짝짓기에 이의를 제기하는 어린아이의 목소리에 놀라 화석이 되었다. 거실엔 발육 부전인 듯한 잠옷 차림의 남자아이가 멍청한 예능 프로그램이 흘러나오는 텔레비전 앞에 앉아 있었다. 일곱 살짜리 장이 호주머니에 손을 넣은 채 달관한 표정으로 고개를 까딱거렸다—적어도 작크에겐 그렇게 느껴졌다—.

"어, 음…… 막신은 어딨니?"

"나갔어."

아이가 텔레비전에서 눈을 떼지 않은 채 대답했다.

"아? 혹시 무슨 말한 거 없어?"

"그냥, 나간다고."

"넌, 넌 그럼……."

막신 동생? 부모님이 이혼한 후 막신이 격주 주말마다 돌보는? 아니면 설마 아들이거나 그 비슷한 유의 고약한 장난, 엥?

장이 살짝 성가시다는 얼굴로 그를 잠시 돌아봐 주고는, 다시 뇌 기능을 마비시키는 예능 프로그램에 빠져들었다.

"아니, 난 옆집 아들이야. 여긴 텔레비전 보러 온 거고. 우리 집엔 없거든."

"그래?"

작크는 성의 있게 대답했지만, 이웃집의 시청각 설비 문제까지 파헤치기에는 너무 지쳐 있었다.

"엄마가 싫어해서. 텔레비전은 뇌를 말랑말랑하게 만든대."

"틀린 말씀은 아니다. 텔레비전 같은 건 조심해야 해, 정신 건강에 위험하거든."

작크는 자신을 이 이상한 집에 끌어들인 정신 나간 여자를 찾아 집 안을 휘 둘러보며 스스로도 무슨 소린지 모를 말을 주워섬겼다.

"어떻게 알았어? 맞아, 난 환자야. 그래서 치료를 받는 거고."

뜬금없는 고백에 놀란 작크는 섬세하지 못했던 것에 죄책감을 느꼈다.

"아? 미안해. 심각한 건 아니겠지?"

"조금. 난 영재야. 사람들은 자기들보다 더 똑똑한 데서 오는 고통을 모를 거야. 약간은 난쟁이 집에 온 거인이라고 보면 돼. 여기저기서 부딪치거든. 난 다른 사람들의 어리석음에 부딪치는 거고. 그러니까 병을 고치기 위해서 뇌를 말랑말랑하게 만들어야 돼. 평범해지려면……."

작크는 동정을 거두고, 과연 언제쯤 생트안트 병원에 전화를 걸게 될 것인지 자문했다.

"그래, 잘한다, 아주 잘한다. 막신은 언제 돌아오니?"

영재가 아슬아슬하게 건방지려다 마는 한결같은 달관한 어투로 말을 이었다.

"역시, 저 전형적인 반응. 그 상투적인 대답으로 난 우리가 똑같지 않다는 걸 다시 한번 깨달았어. 아저씬 그걸 숨기기 위해 빈정거리면서 대답한 거야. 그러니 평생을 아저씨 같은 사람들과 부딪치며 살아가야 할 일곱 살짜리 어린애가 대체 어떻게 신경쇠약증에 걸리지 않을 수 있겠냐고?"

작크는 두 눈을 비비며, 아이의 따귀를 착착 두 대 올려붙이고 싶은 충동을 애써 억눌렀다. 욕실 에로티시즘의 한때가 이미 너무 멀게 느껴졌다.

"오케이, 알았다, 꼬마야. 그 모든 게 정말 흥미롭구나. 그런데 난 여기 막신 때문에 와 있는 거거든. 그러니까……."

"나갔다니까."

"알았다."

"혹시 클로저• 이번 호의 가십란을 봤어? 되게 웃겨. 우리가 모르는 사람들에 대한 쓸데없는 것들을 엄청나게 많이 알게 돼."

• 연예 주간지.

책임 있는 어른의 의무감을 느껴서라기보다는 어린아이의 당돌함에 인내심이 좀먹힌 작크가 일갈했다.

"젠장 대체 무슨 소리니? 우선 네 나이에 이 오밤중에 여기서 뭐 하는 거고? 가서 자야 하는 거 아니니?"

"이제 두 시간만 있으면 학교 가야 돼."

순간 책임 있는 어른이 시공간적 괴리 속에서 얼어붙었다.

"뭐? 지금 몇 신데?"

"새벽 6시 15분."

작크는 수영장에서 부듯가 5번지로 이어지는 포커 게임에 빠져 있는 동안 시간 개념을 잃었다. 게다가 에로티시즘의 전망에 들떠 아예 시간 자체를 잊고서, 이제는 초등학생의 신경쇠약증에 대처해야 하는 처지가 되었다.

밖에서 웬 수선스런 여자의 목소리가 악몽을 자각한 그의 의식 속을 뚫고 들어왔다.

"장! 그만 와서 학교 갈 준비해야지. 막신네 있는 거 다 알아! 당장 집으로 돌아와!"

장이 눈알을 굴리며, 어른의 잔소리에 신물이 난 청소년의 불평을 흉내 낸 비명을 흘렸다.

"으아아아아아아, 싫어! 엄마다! 도저히 못 참겠어……."

장은 말을 행동으로 옮겼다. 요컨대 소파에서 튀어 올라 그대로 창문으로 뛰어내렸다.

"안 돼!"

작크는 자살하는 아이를 삼킨 창문 쪽으로 한달음에 달려갔다.

벼락같이 일어난 봉변이었다. 세상에, 여기서 한 치의 망설임도 없이 뛰어내리다니. 작크는 처음부터 정신적으로 미심쩍어 보이던 아이의 심각성을 깨닫고 정신병원에 연락해야 했다고 생각했다.

"젠장, 꼬마야! 안 돼! 왜 그런 짓을……."

그는 창문으로 고개를 내밀다가 커튼에 가려진 사다리를 발견했다. 사다리가 아파트 건물에 걸쳐져 있었다. 그가 얼떨떨한 채로 말을 이었다.

"……했니."

단어가 놀람 섞인 한숨 속으로 사그라들었다. 머리 위에서 쇳소리가 들렸다. 장이 사다리를 타고 두 개 층 위로 기어 올라가고 있었다. 작크는 안도의 한숨을 내쉰 뒤 버럭 고함을 쳤다.

"망할, 거기 있었구나……. 기다려!"

그는 아이를 잡으러 가면서 이제껏 살면서 건물 벽을 타고 올라가 본 적이 한 번도 없었다는 것을 깨달았다. 여명이 밝아오기도 전에, 목욕 가운까지 걸친 채로는 더더욱.

"꼬마야, 기다려!"

작크는 매우 개인적인 부위가 드러나지 않도록 한 손으로 목욕 가운을 여미면서 사다리를 오르기 시작했다. 미끄럼 방지를 위해 철망으로 제작된 사다리의 계단에 맨발을 디딜 때마다 아릿한 통증이 느껴졌다.

"젠장, 여긴 다 미친 것들뿐이구나."

작크는 추격에 박차를 가했지만 너무 늦었다. 아이가 한 창문으로 곡예사처럼 미끄러져 들어가 그의 코앞에서 문을 쾅 닫았다.

"이런 맹랑한 놈, 온통 꾀죄죄해진 거 봐라. 가서 목욕해야겠다."

작크는 고개를 쳐들었다. 위에서 막신이 하늘에서 강림하기라도 한 듯 건물의 처마 끝 코니스 장식에 앉아 멀리 지평선의 실날같은 여명을 응시하고 있었다. 작크는 세상 끝까지라도 가겠다는 각오로 원정을 이어가 마지막 계단을 올랐다. 일곱 번째 하늘•까진 아니어도 어쨌든 7층이었다.

막신이 다른 잔에 뉘 생 조르주 와인을 채워 작크에게 건넸다.

"내가 올 걸 알았나 봐."

"난 늘 알아."

작크는 품질이 우수한 프르미에 크뤼 등급 와인 한 모금을 넘기며 전망을 감상했다. 뜬금없는 신비주의자 행세였지만 여자의 분위기를 만드는 능력에 감탄하지 않을 수 없었다.

"어렸을 때 걸핏하면 지붕 가장자리를 걷곤 했어. 애들이 인도 가장자리에서 잘하는 짓이잖아. 마치 절벽이라도 걷는다는 듯……."

막신은 추억에 잠기며 눈을 감고 말했다. 작크는 막신이 회상하는 틈을 타서 그녀의 블라우스 깃을 따라 탐욕스런 시선을 미끄러뜨렸다. 새벽의 서늘함에 딱딱해진 가슴이 부드러운 새틴 위로 뾰족하게 솟았다. 그는 손을 뻗어 보드라운 천 위를 어루만지고 싶은 충동을 억눌렀다.

"……그러면서 떨어질지도 모른다는 상상을 하는 거잖아. 나도

• 기독교에서 구분한 하늘의 단계 중 하나로 신이 있다고 여겨지는 가장 높은 하늘을 가리킨다.

똑같았어. 다만 난 진짜로 떨어질 수도 있었다는 것만 빼면."

"그래서 여기 사다리가 있는 거야? 네가 떨어지지 못하도록?"

"아니면 네가 나를 찾아 여기까지 올라올 수 있도록?"

초대일까, 도발일까? 연어 살구색 목욕 가운에 폭 싸인 작크로서는 스스로가 이렇게까지 섹시하지 않게 느껴지기도 드물었다. 하지만 그가 그야말로 부적절한 의상 속에서 감추려고 노력하는 욕망만큼이나 유혹도 다시 시작되었다. 창문을 뛰어넘기 전에 옷을 갈아입지 않은 자신을 각목으로 후려치고 싶었다. 작크는 성욕이 강했다. 예민한 소재의 블라우스를 거침없이 잡아 뜯고서 여자의 가슴을 한 입 가득 입에 문 뒤, 코니스 위에서 그대로 안는 상상을 할 정도로. 하지만 여차하면 추락할 수도 있는 위험한 위치라는 것은 차치하고라도, 안락하지 않을 터였다. 울퉁불퉁한 바닥보다 푹신한 침대가 좋았던 작크는 섹스를 관능에 양보했다. 이미 그의 밤은 충분히 험악했다. 작크는 저항할 수 없을 정도로 육감적인 막신에게 키스하기 위해 다가갔다. 하지만 그의 정복 대상은 이번에도 몸을 빼내며, 그가 탐내던 입술에 와인 잔을 가져갔다. 눈앞에 바쳐진 키스보다 와인의 향미를 택한 것이다. 작크는 동작을 멈추고 냉각 회로를 가동시켰다.

"네가 떨어지지 못하게 하려는 게 맞았네."

"이미 얘기한 대로 거래를 제안하고 싶어. 발루랑 짝을 이룬 너희 듀오가 꽤나 인상적이었거든. 침착하고, 지략도 겸비했고, 블러핑도 적절하고, 위험을 감수할 줄 알지만 무모하지 않고. 장점이란 장점은 다 갖췄어. 수영장에서 널 보며 확신이 들더라고."

작크는 와인 잔을 단숨에 비운 뒤, 태도를 바꿨다.

"계속해 봐."

"알렉상드르 콜베르. 한 판에 50만 유로. 장소는 아직 나만 아는 비밀이고."

'콜베르를 공격한다고? 미쳤군.' 작크는 데데의 이야기를 떠올리며 생각했다. 그는 두 사람의 잔에 와인을 채워 병을 탈탈 비웠다. 뉘 생 조르주 프르미에 크뤼가 예식도 없이 바닥났다. 낭만주의는 잃었지만 대신 집중력은 얻었다.

"너도 포커 재주가 비상하던데, 왜 굳이 나야?"

"발루랑 너, 둘이서 이길 수 있어서. 난…… 음, 난…… 그냥 너무 연루돼 있어서 안 된다고 하자."

"너무 연루돼 있다고?"

막신은 석연치 않은 시선 속으로 숨어 들어가 문을 닫고 굳게 봉쇄했다.

"50만 유로는, 어디서 구할 건데?"

"그것도 내가 마련해. 넌 네 몫을 나한테 빌리면 되지."

"그래서 내가 얻는 건?"

"소득의 50퍼센트. 돈은 내가 내는 거니까 넌 아무 위험도 없어."

"알렉상드르 콜베르는 가공할 도박사에 힘 좋은 정치인이야. 그쪽으론 명성이 자자하다고. 장난이 아닐 거야."

"거짓말하진 않을게, 작크. 게임이 끝나면 다 잊고서 얼마간 이 나라를 떠나 있어야 할 거야. 너도 그가 어떤 인물인지 안다니 영향력이 어떤지 잘 알 거야. 지더라도 해를 끼칠 수 있어."

"왜 그런 위험한 일을 하려는 건데?"

"그건 네가 상관할 바 아닌 내 일이고……."

작크는 생각을 곱씹듯, 와인을 넘겼다.

"나한테 돌아오는 게 25만 유로란 말이지, 응?"

"은퇴할 정도는 아니지만 그 돈이면 특히 현금이면, 모로코나 멕시코에선 왕자처럼 살 수 있지. 사건이 잠잠해질 동안은 말이야. 겁나?"

"아니, 난 포커를 사랑해."

그 정도 사이즈의 적수라니, 생각만으로도 몸이 근질거렸다. 게다가 100만 유로의 4분의 1은 피를 끓게 하는 숫자였다. 승부욕, 작크는 그것을 꿀꺽 받아 삼켰다. 따라서 천만에, 그는 겁나지 않았다. 외려 투지로 활활 타올랐다.

막신, 그녀는 몸을 떨었다. 수영장에서 부둣가 5번지 미행까지 그 모든 우회를 거쳐 마침내 이 제안까지 도달했다. 50만 유로는, 큰판이다. 어마어마하다고까지 할 수 있다. 하지만 막신에겐 다른 목적이 있다. 작크는 막신이 몸을 떠는 것이 한기 때문인지 감동 때문이지 자문했다.

"추워. 들어가자."

'한기 때문이었군.'

막신은 재빨리 사다리를 타고 내려가 자신의 아파트 창문으로 껑충 뛰어 들어갔다. 작크는 들뜬 기분으로 그녀를 따라갔으나 끝까지 그녀를 흉내 낼 틈도 없이 코앞에서 창문이 닫혔다. 막신이 안에서 그에게 키스를 보내며 전화하겠다는 시늉을 해 보이고는, 옷을 벗으며 멀어졌다. 발치에 떨어진 새틴 블라우스를 마지막 흔적으로 그녀는 침실로 사라졌다. 작크는 절망과 당혹감 사이에서 숨이 턱 막힌 채, 몇 시간 전부터 그가 달려들려 했던 여자, 이제는 그가 홀로 잠들도록 바깥에 세워둔 여자의 창문을 마주하고서 알루미늄 판 위에 못 박힌 듯 서 있었다. 그는 이제야말로 둘이서 짐승처럼 절정에 이를 것이고, 그것은 강렬하며 더럽고도 미치게 좋을 것이라 기대했는데 말이다.

다만 그가 알았더라면…… 막신과 섹스가 어떤 관계인지…….

혼자 들썩이는 남근에 작크는 로리를 떠올렸다. 그녀에게 전화해 볼까 생각했다. '그래, 그거야, 멍청아. 새벽에 살구색 목욕 가운 바람으로 들이닥쳐서 후딱 볼일만 보려고 하면 로리가 기관총을 들어 환영해 줄 거다.'

"그래……."

작크는 우스꽝스러워진 채로 얼마간 멀거니 서 있다가, 사다리를 타고 내려가기 시작했다. 어쨌든 조금은 바보가 된 기분이었다. '날 비웃을 사람이 아무도 없다는 게 그나마 다행이군'이라고 생각하는 찰나, 사다리 밑에서 포켓몬을 추격하는 한 무리의 아침형 게이머들이 눈에 들어왔다. 그들이 한 손으로 목욕 가운을 부여잡은 채 자기들을 향해 다가오는 그를 힐끔거렸다. 어색한 기운. 상황에 따른 침묵…….

작크가 될 대로 되라는 심정으로 침묵을 깨뜨렸다.

"안녕……."

"안녕하세요……. 이 날씨에 따뜻하진 않겠어요."

"응. 안 따뜻해."

예의상의 인사말이 오간 뒤, 노출증인 듯한 남자는 경악한 게임 너드들이 지켜보는 가운데, 하루가 시작되느라 부산한 거리로 나가 택시를 잡았다. 그리고는 운전기사에게 카드 마법도 생략한 채—목욕 가운도 마법에 유리하지 않았다—, 목적지에 도착하면 큰 거 한 장을 주겠노라고 약속하며 택시에 탑승했다.

게임 오버.

아프리카 미용실의 호객꾼들이 경쟁적으로 손님을 끄는 대낮의 거리. 그 소음이 거리에서 작크의 아파트까지 올라왔다. 하지만 그가 사는 동네인 샤토도만큼이나 어수선한 아파트에서 죽은 듯이 잠든 그를 깨우지는 못했다. 그는 침대 겸용 소파에 문어처럼 사지를 활짝 벌린 채 축 늘어졌다. 여전히 목욕 가운 차림이었고 숨결에서는 역한 내가 풍겼으며 펠트 슬리퍼를 신은 채로 뻗어 있었다. 전화벨이 울렸다. 자동 응답기. 단속적인 잡음과 함께 흘러나오는 안내 메시지. "네, 작크 맞아요. 재밌거들랑 메시지 남기세요. 확인 따위는 절대 안 합니다."

비틀린 여인의 목소리가 낡은 스피커를 통해 독백으로 원망을 쏟아내기 시작했다.

〈메시지 한번 친절하게도 남겼네. 휴대전화는 도무지 받질 않으

니 이 번호로 전화하는…….〉

그는 비몽사몽한 동안에 생각했다. '젠장, 제니퍼잖아.' 그가 간간이 잠자리를 하다가 연락을 끊은 천박한 라틴계 날라리였다. '까맣게 잊고 있었네.' 일시적인 섹스파트너를 지나치게 늘린 나머지 관리하기에 역부족이 되었고, 그러다보니 이렇게 집에서 역으로 관리당하는 일이 생겼다.

〈……거잖아, 이렇게 유선으로! 혼자만 20세기에 처박혀 있는 거야, 뭐야? 여자들을 대하는 꼴을 보면 중세 시대라고 해야 하나…….〉

작크는 쿠션에 머리를 묻은 채로 힘겹게 잠에서 깨어나며 중얼거렸다.

"으…… 젠장, 제니퍼, 귀찮게 굴래."

〈너 뭐야, 자기 편할 때만 전화하는 인간이야, 응? 그럼 난, 난 그동안 어떡할까? 알아서 섹스토이로 해결하고 있으면 될까? 하기야 섹스토이는 믿을 수나 있지…….〉

그는 한 손을 뒤로 휘저어 망할 응답기가 입을 다물도록 부수려고 했다. 여자의 한탄이 그가 왜 그녀와 관계했는지를 상기시켰다. 엉덩이가 가히 핵폭탄급이었다. 하지만 껌보다도 더 들러붙고, 질투심까지 강했다.

〈기막혀서, 이거 실화야, 지금 날 유령으로 만들고 있는 거 맞아? 다른 년한테 정신이 팔린 거지, 그런 거지?〉

'그래, 그것도 심각하게…….'

"꽤 수다스럽구나, 네 애인."

작크는 소스라치며 벌떡 일어났다. 볼은 베개 자국이 선명하고 두 눈은 퉁퉁 부었다. 그는 수염이 거뭇한 얼빠진 표정의 흐릿한 시선으로 거실을 휘휘 둘러보았다. 막신이 재미있다는 얼굴로 그를 내려다보고 있었다.

"젠장, 놀랐잖아……."

그는 뇌를 제자리로 돌려놓으려 애쓰며 말하다가, 정확히 해둘 필요성을 느꼈다.

"애인 아니야……. 그런데 대체 여기서 뭐 하는 거야?"

〈난 너한테 잘 보이려고 섹시한 속옷까지 사놨는데. 아무래도 이제껏 날 창녀 취급한 거 같으니까 영수증을 보내야겠어…….〉

제니퍼는 누가 듣든지 말든지 악착같이 악다구니를 쏟아냈다.

막신은 악다구니 사이로 대답했다.

"데리러 왔어. 우리 투자금을 찾으러 가야 하잖아."

"뭐라고? 그건 그렇고, 여긴 어떻게 들어왔어? 문이 잠겼을 텐데."

"난 머리핀이 있거든. 이 거친 세상에서도 약간의 여성성을 발휘하면 모든 문이 열리게 돼 있지."

〈……하여간 남자들은 죄다 똑같아! 도무지 말이 통하지 않는 소통 마비 환자들이라니까!〉

길들여지지 않은 심술쟁이가 전화를 끊어버렸다. 작크는 관자놀이를 주물렀다.

"와우! 잠에서 깨자마자 여자들이 여기저기서 난리네."

"골났구나, 그렇지?"

"난 아침형 인간이 아니거든."

"벌써 오후 한 시야."

막신이 커튼을 활짝 열어젖히자 술이 덜 깬 부스스한 작크의 얼굴로 감당하기 힘든 환한 빛이 쏟아져 들어왔다.

"자, 일어나. 커피 만들어놨어."

작크는 침대 겸용 소파에서 뛰어내렸다.

"뭐, 대체 언제부터 여기 있었던 거야?"

"너한테 샤워 좀 해야겠다는 걸 말해줄 만큼 충분히 오래."

옷을 차려입고 곱게 화장한 막신은 꾸물거리고 싶지 않았다. 어서 건설적인 용건으로 넘어가고 싶었다. 작크는 놀랐으면서도 거들먹대고 있지만 밤새 쓰레기차에서 뒹군 주정뱅이 몰골이었다.

"아차, 발루!"

불현듯 자크가 외쳤다. 간밤의 기억이 기관총이 난사되듯 희미한 두통을 뚫고 떠올랐다. 콜베르, 거래, 무너진 섹스의 희망, 무엇보다 친구와의 다툼이.

그는 벌떡 일어나 진을 꿰입었다.

"차 갖고 왔어?"

막신이 작크가 갑작스럽게 서두는 것에 놀라며 대답했다.

"응. 샤워 안 하고 나갈 거야? 진심으로 얘기하는데 냄새가 고약해, 작크."

"시간이 없어. 발루한테 가야 해."

"뭐라고? 하지만……."

"가면서 얘기할게."

시트로엥 BX가 파리의 우뚝 솟은 아파트 앞에 급정거했다.

"여기서 기다려."

작크는 막신을 내버려 둔 채 쏜살같이 달려 나갔다.

그는 사과의 말을 전집 세트로 공들여 궁리하며 두 계단씩 경중경중 뛰어 올라갔다. 숨이 턱에 차서 원룸 아파트 안으로 돌진한 그의 눈에, 폭풍이 휩쓸고 지나간 듯 난장판이 된 실내 풍경이 펼쳐졌다. 발루는 흔적도 없었다. 작크는 침착하게 근처 종합병원에 차례로 전화를 돌렸다.

"이봐, 장총에 취미가 있나 봐. 네 친구 말이야."

작크가 미처 닫지 못한 문으로 들어온 막신이 양손에 산탄총을 들고 있었다.

작크도 놀라며 대답했다.

"못 보던 거야. 어디 있었어?"

"매트리스 위에."

"차에서 기다리라고 한 것 같은데."

"내가 네 말에 얌전히 복종할 거라고 생각했어?"

작크는 전화를 끊었다. 근처 병원들의 응급실에도 발루의 자취는 없었다. 그렇다면 가볼 곳은 단 한 군데, 발루가 좋아하는 장소였다.

막신이 매료당한 표정으로 산탄총을 이리저리 살폈다. 작크가 도발했다.

"왜, 사용해 보고 싶어?"

"아니. 난 무기 없는 문제 해결을 좋아해."

"증오도, 폭력도 없이?"

막신이 검어진 시선으로 대답했다.

"어, 그래. 그래서 말인데 우린 할 일이 있어. 잊지 말라고."

"우선 발루 건부터 해결해야 돼."

"혹시 사정이 여의치 않으면, 다른 파트너를 찾아도 돼."

"왜 갑자기 서두르는 거야?"

"오늘 아침에 브로커한테 연락을 받았거든. 콜베르가 판을 수락했어. 이틀 뒤야."

"아…… 그렇군."

"난 이 순간을 오랫동안 기다려 왔고, 준비가 됐어. 혹시 내가 잘못 선택한 거라면 지금이라도 얘기해, 말을 갈아타야 하니까."

작크는 막신의 손에서 총을 빼내어 침대에 던졌다.

"아니, 아니. 하지만 발루 없이 그렇게 큰 공사는 못 하니까 일단 발루부터 찾고. 내가 어디로 가면 되는지 알 것 같으니까."

돌발 상황을 해결하는 데 급급해진 막신은 시트로엥 BX를 기준 속도 이상으로 밟았다. 작크는 빈티지라기에는 고물에 가까운 차를 이리저리 뜯어보았다.

"50만 유로를 구할 수 있다면서, 이런 디자인과 안락함에 대한 모욕을 타고 다닌다고?"

"내가 좀 감상적이거든."

발루의 아파트에서 총을 발견한 것에 신경이 날카로워진 작크는 담배 연기를 길게 내뿜었다. 그는 계기반을 살폈다.

"재떨이 어딨어?"

"없어."

"뭐, 없다고?"

막신은 재떨이가 있어야 할 텅 빈 공간을 가리켰다.

"옵션을 다 선택하진 않았거든. 재떨이보단 내장 GPS가 낫잖아."

막신이 농담을 던지자, 작크는 한숨을 내쉬며 손잡이를 돌려 수동으로 창문을 내린 뒤 밖에다 담뱃재를 털었다. 막신은 부조종사의 지시대로 차를 몰아 한 창고 주차장에 도착했다. 그녀가 간판을 읽었다.

"프랭키 복싱 클럽? 여기 맞아?"

"오래 안 걸려."

작크는 저마다 똑같은 탐욕스런 시선으로 그를 뒤따르는 미인의 옷을 상상으로 벗기는 복서들에게 인사하며 발루를 찾아 연습장 안을 이리저리 거닐었다. 수컷의 호르몬이 팽배할 대로 팽배한 내부 공기에 숨이 막힌 막신은 최대한 눈에 띄지 않게 한쪽 구석에 자리 잡았다. 작크는 코치를 찾아갔다.

"잘 지냈어요, 프랭키. 발루 못 봤어요?"

퉁퉁하고 다부진 작달막한 사내가 턱으로 링을 가리켰다. 발루가 임무가 과해 보이는 비실비실한 스파링 파트너와 훈련 중이었다. 그는 글러브 뒤로 자꾸만 숨는 가련한 상대를 좌우로 조종하는 데 몰두한 나머지, 그의 전 친구가 탈의실 쪽으로 몸을 돌려 그의 이름이 쓰인 캐비닛을 여는 걸 보지 못했다.

2유로짜리 동전이 음료 자동판매기의 동전 투입구를 통해 데굴데굴 굴러 들어가 에너지드링크 한 병을 토해냈다. 막신은 가까이

다가오는 한 복서의 탐색하는 시선을 받으며 짐짐한 음료를 삼켰다.

"제가 도와드릴 일이 있을까요, 예쁜 아가씨?"

"아니, 됐어요. 감사해요. 사실 어렵긴 했어요, 그래도 제가 결국 자판기 작동법을 알아냈으니 염려하지 마세요."

"지금 재치를 부린 건가?"

여자가 자기를 놀렸다는 걸 알아차리지 못할 만큼 바보는 아닌 복서의 어조가 날카로워졌다.

막신은 여성스런 방법으로 갈등을 피했다.

"실례지만 여자 화장실이 어디 있는지 알려주실 수 있으세요?"

"여자 화장실 따위 없어요. 여긴 남자 화장실뿐이라고."

복서가 자동판매기를 어깨로 밀며 한 손으로는 벽을 짚었다. 그 바람에 막신은 벽 모서리에 갇힌 포로가 되었다. 그녀의 코앞에 바짝 다가온 복서의 겨드랑이 냄새가 그가 이미 상당 시간 훈련 중이었다는 것을 확인시켰다. 막신은 상대의 약점—미련한 마초이즘—을 간파해, 피할 수 없는 반격을 가했다.

"그럼 화장실에 쓰레기통이라도 있었으면 좋겠네요. 생리 중인데 생리대를 변기에 버리고 싶진 않아서요. 막힐 수도 있잖아요."

더블 콤비네이션. 혐오스런 월례 문제의 펀치를 맞은 그가 로프에 부딪쳤다. 그의 남성호르몬 냄새가 정말이지 불쾌했던 여자가 그에 상응하는 공격으로 그를 보내버렸다.

"외람되지만 그럼 탐폰 자판기도 없을까요? 탐폰이 다 떨어져서요."

욕지기를 느낀 복서가 벽을 짚은 손의 근육을 풀었다.

"우에에에엑. 염병할, 역겨워. 하여간 여자들이 독해지면 더 더럽다니깐!"

"프레도, 그만 여자분 좀 숨 쉬게 해드려!"

글러브를 손에 든 작크가 연습장에 다시 나타나 복서에게 고함을 쳤다.

"그래, 네가 상대해라. 아무래도 상태가 안 좋은 여자 같아."

"그렇겠지, 아마 시궁창 속의 쥐라도 네 겨드랑이 냄새를 맡으면 기절할 거다."

작크가 글러브를 끼며 받아쳤다.

이 모든 시시덕거림이 재미있지 않은 막신은 인내심을 잃었다.

"자, 작크, 너랑 노는 게 꿀맛이 아닌 건 아니지만, 우리가 할 일이 이것뿐은 아니잖아."

"5분만 시간을 줘."

"그래. 네가 가져, 작크. 난 상한 여자는 질색이라."

복서가 일고의 가치도 없는 헛소리를 끝맺기도 전에 여자의 손이 그의 고환을 움켜쥐었다. 막신의 표정이 변했다. 그녀는 손아귀 하나로 120킬로그램 거구의 몸이 꺾이게 했다. 숨이 턱 막힌 프레도는 섣불리 몸을 움직였다간 남성적 특징을 영구적으로 잃을지도 모른다는 두려움에 꼼짝도 하지 못한 채 천장만 바라보았다. 그의 신중한 태도는 옳은 판단이었다. 하지만 판단이 좀 더 빨랐더라면 좋았으리라.

"난 고깃덩이가 아니야. 그러니까 상하지도 않았고. 네 유머가 슬슬 거슬리기 시작하네."

프레도가 퓹, 실소를 터뜨렸다. 고통이 편도선까지 올라왔다.

작크는 구경거리로 시선이 일제히 쏠린 연습장의 나머지 인물 군상들과 같이 몸이 굳었다. 프레도는 다시 고환이 흔들리자 살을 찌르는 손톱을 느꼈고, 그를 신사까지는 아니더라도 좋은 남자로 교육시키기 위해 수년 동안 쓴소리를 해댔던 엄마의 말을 듣지 않은 것을 후회했다.

"그리고 난 누구의 소유도 아니야. 알아들어?"

막신은 손에 쥔 것을 거칠게 한번 잡아당긴 뒤 손아귀를 풀었다. 해방된 프레도가 입을 헤 벌린 채 양손으로 음낭을 감싸며 땅바닥에 쓰러졌다. 짧은 바지 속이 은근슬쩍 불안해진 다른 복서들이 행여 아가씨의 심기를 건드릴세라, 돌아서서 가정교육을 잘 받은 자기들끼리 얼굴을 치고받았다.

작크는 괜찮은지 확인하는 의미로 고개를 끄덕였다. 막신이 작크로서는 처음 보는 굳은 얼굴로 역시 고개를 끄덕여 보였다. 작크는 주의 사항을 명심했다. '앞으로 막신 앞에서는 성차별적 발언을 하지 않기. 농담으로라도 하지 않기.'

작크는 이런 바른 생각으로 링에 올라 발루의 스파링 파트너에게 헤드기어를 넘겨주고 자리를 양보해 달라는 신호를 보냈다. 발루가 그를 찌를 듯 노려보았다. 발루는 작크가 연습장에 발을 들인 이후로, 은연중에 그를 시야 안에 확보하고 있었다. 작크도 이를 알고 있었다. 그는 친구를 외울 정도로 잘 알았다. 당연히 발루는 그를 엄중히 감시하고 있었고, 이제 그는 지옥의 15분을 보낼 터였다.

하지만 가장 친한 친구를 위해 못 할 일이 무엇이겠는가?

예컨대 몸을 일으킨 높이가 1미터 95센티미터에 네 발을 땅에 디딘, 높이는 46센티미터이고 근육은 불끈 솟았으며 앞다리로는 몰이해의 벽을 당장이라도 쳐부술 기세인 곰이 도사리고 있는 우리 안으로 들어가는 일 따위 말이다. 발루는 글러브 낀 두 손을 탕탕 마주치며 도발했다. '자, 덤벼, 친구. 얘기 좀 해보자고. 들어와.'

막신은 발치에 뻗은 머저리를 타 넘어 문제의 경기장으로 다가갔다. 두 친구를 잘 아는 다른 복서들도 장관이 보장된 경기를 참관하기 위해 잠시 휴식했다. 그들 모두 이 경기의 일분일초도, 가령 눈썹이 찢어지는 것 하나까지도 놓치고 싶어 하지 않았다.

두 선수가 제자리에서 가볍게 뛰다가 링 위를 돌았다. 발루는 150킬로그램의 무게를 감안하면 놀라우리만치 풋워크가 사뿐했다.

"저 여자랑 같이 온 거야? 이젠 둘이 꼭 붙어서 안 떨어지기로 했어? 결혼식은 언제 해?"

발루가 두 번의 훅을 정통으로 날렸다. 작크는 헤드기어에도 불구하고 타격이 컸다.

"질투하지 마, 그래, 어젠 내가 바보같이 굴었어. 변명의 여지가 없어, 용서해 줘. 그런데 아까 네 집에 갔더니, 침대에 내가 찾는 너는 안 보이고 대신 산탄총이 있더라. 어떻게 된 일인지 설명 좀 해줄래?"

다시 두 번의 훅이 날아왔다. 작크는 그중 하나를 피했다. 네 명의 복서들이 그를 응원했다. 내기가 한창이었다.

"크라코를 날려버릴 거야."

"뭐라고?!"

작크는 어퍼컷과 맞먹는 충격을 받았다. 이번엔 왼쪽에서 진짜 어퍼컷이 들어왔고 그 여파로 그는 로프에 가 부딪쳤다.

"젠장, 아주 제대로 지랄을 하는구나!"

"그 반대야. 난 이제야 눈을 떴어. 도덕을 바로잡기 위해 싸울 거야."

"마피아를 상대로 가미카제•를 하면서?"

발루는 친구의 얼굴을 연속으로 공격하는 것으로 물음을 확인시켰다. 훅, 훅, 가드. 작크는 로프에 기댄 채 궁지에 몰려 친구의 분노를 받아냈다.

"그치들 창문에서 강간을 구경하며 개입하지 않는 우리가 그치들보다 더 나빠."

발루는 작크에게 야간 원정 내용에 대해 고백한 터였다. 작크는 어쨌든 친구가 얼간이들에게 화를 풀어서 기분이 나아진다면 나쁠 게 없다고 판단했다. 다만 일이 틀어져 커질까 봐 두려웠다. 그는 버릇대로 친구가 엉뚱한 망상에 사로잡히면 신나는 사기극을 약속하며 친구의 주의를 환기시키곤 했다.

"오케이, 오케이, 알았어. 이제 내 얘기를 할게. 저 여자가 우리한테 일 하나를 제안했어. 우리 몫이 25만 유로야. 판이 커. 한동안은 푹 쉴 수 있는 돈이지. 조용하게. 너랑 나랑 둘이서만."

"아니. 게임은 끝났어. 난 행동을 할 거야."

발루가 작크의 복부에 폭격을 퍼부었다. 작크는 몸을 웅크린 채

• 제2차 세계대전 때 폭탄이 장착된 비행기를 몰고 자살 공격을 한 일본군 특공대.

양 팔꿈치로 복부를 막으며 소나기가 지나가기를 기다렸다. 그는 친구를 조종할 수도 타락시킬 수도 없겠다고 느끼며, 예민한 현을 연주하기로, 예민한 부분을 건드리기로 마음먹었다. 진심을 다해서.

"바보같이 굴지 말고, 크라코는 잊어. 제발 날 위해서 그렇게 해줘. 만에 하나 크라코 일당이 널 제거하기라도 하면 난 못 견딜 거야."

빈정거림 없이 진솔하게 마음을 여는 친구라니? 일기에 써야 할 만큼 드문 경우였다. 발루가 말랑해졌다. 펀치가 덜 폭력적으로 변했다.

"넌 나한테 친구 이상이야. 가족이라고. 널 잃으면, 모든 걸 잃는 거야. 그게 어떤 감정인지 너도 잘 알잖아. 안 그래?"

작크가 이제껏 누구에게도 결코 해본 적이 없는 사랑 고백에 가까운 선언이었다. 멋진 연주였다. 현이 아름답게 울렸다. 발루에게 가족은 신성한 무엇이었다. 펀치의 폭풍우가 멎었다. 소나기가 지나갔다. 작크는 감히 코를 삐죽 내밀어 친구를 살피며 가드를 내렸다. 발루가 다가와 위협적으로 친구를 살핀 뒤 형제애의 흔적에 뭉클해져서 친구를 와락 부둥켜안았다. 작크는 유일한 친구의 단단한 흉부에 눌려 숨이 막혔다. 짧지만 강렬한 포옹이 끝나고, 회담이 재개되었다.

"언젠데?"

"이틀 뒤. 지금 자금을 가지러 갈 거야. 자세한 얘기는 저녁에 만나서 나눌까?"

발루가 무지막지한 레프트 펀치를 날렸다. 작크는 링에 납작하게 뻗었다.

"여덟 시에 데리러 와."

작크는 링에 죽은 듯 누워 있었다. 내기를 벌인 복서들이 지폐를 교환했다. 발루가 이로 글러브를 끄르며 링에서 내려와 지폐를 압수했다.

"화해하는 친구들을 두고 내기하는 건 경우가 아니지."

막신이 여전히 케이오 상태인 작크의 생사 여부 확인을 위해 링으로 올라갔다. 코치가 짖어댔다.

"이봐요. 거기서 뭐하는 거요? 당신 말이야, 내 링에서 하이힐은 금지라고."

"링에 시체가 있어요. 당신도 관련이 있지 않나요?"

"작크가 죽었다고? 저 능구렁이, 잠만 잘 자는 거 안 보여요? 별거 아니요. 그놈은 조심해야 된다고. 어찌나 거짓말을 잘하는지, 나중엔 자기도 자기가 하는 말이 정말인지 안다니까요."

하지만 작크는 살아 있는 어떤 기미도 보이지 않았다.

막신이 물었다.

"확신해요?"

"어……."

코치도 의심하기 시작했다. 이윽고 무덤 속에서 들려오는 목소리가 살아 있는 죽은 자에게서 울려 나왔다.

"매정하네요, 프랭키."

작크가 링에 핏자국을 남기며 힘겹게 몸을 일으켰다. 그는 쓰러지지 않도록 팔꿈치로 몸을 지탱하며 허리를 펴고는 막신에게 퉁퉁 부어오른 한쪽 눈을 찡긋해 보였다.

"됐어. 프랭키를 속였어."

프랭키는 동정심이라곤 없는 아버지 같은 눈으로 작크를 살폈다.

"낯짝 좀 보자, 내 새끼."

진단. 헤드기어를 착용했음에도 불구하고 발루가 얼굴을 손상시키는 데 성공했다.

"오케이. 정말 많이도 얻어터졌구나. 가서 샤워하고 와, 내가 도로 예쁘게 만들어줄 테니."

작크가 막신을 돌아보며 피투성이 얼굴로 미소를 짓다가 오만상을 찌푸렸다.

"아아아아아아, 드디어 바라고 바라던 샤워를 하게 됐어."

그는 코치를 자기편 삼았다.

"아저씨는 나한텐 정말 아빠예요. 내가 냄새가 좀 나나 봐요."

"응, 맞아."

작크는 절뚝거리며 탈의실로 향했다. 막신은 감탄해야 하는 건지 경악해야 하는 건지 모르면서도 한 가지는 확신했다. 저 남자가 쓸 만하다는 것. 발치에 튄 침이 그녀를 순간의 마법에서 현실로 되돌렸다.

"미안해요. 이런, 빗나갔네."

프랭키가 교묘하지 않은 악의를 드러내며 침을 흘렸다. 그가 대걸레를 가져와 침을 닦으며 여자의 하이힐을 슬쩍 더럽히는 것을 잊지 않았다. 그녀가 여자는 이곳에서 환영받지 못한다는 걸 깨닫지 못했을 경우에 대비해서.

"자, 그만 마차에 가서 기다리시죠, 공주님. 공주님의 매력적인 왕자님은 내가 돌볼 테니까."

격이 다르군. 이 프랭키란 작자는.

막신은 더할 수 없이 도도한 표정을 지어 보였으나, 프랭키의 말을 순순히 따랐다. 쇼는 끝났다.

오후 3시 35분. 낮잠 시간. 적어도 한적한 거리를 보면 그렇게 믿겨졌다. 주위에 고양이 한 마리, 닭• 한 마리도 얼씬거리지 않았다. 다음에 이어질 사건의 전개에는 최적의 조건이었다.

막신은 호화롭고 위압적인 건물 외관이 동네를 초라해 보이게 만드는 은행 건물 앞에 차를 세웠다.

"은행? 정말?"

마침내 말끔해진 뒤 붕대를 두른 작크가 물었다. 쌈박하진 않았으나 적어도 악취를 풍기진 않았다.

"뭘 기대했는데?"

"어디 헛간이나 숲속 깊은 곳의 다 쓰러져 가는 집에 현금이라도

• 프랑스어에서 구어로 '경찰'이라는 뜻도 있다.

숨겨둔 줄 알았지."

"아니야. 보다시피."

"50만 유로를 은행에서 현금으로 찾겠다고? 날 바보로 아는 거야?"

"아니. 부족한 금액만."

막신은 재킷에서 크롬강 권총을 꺼내어 글로브박스에 넣었다.

"실은 계획보다 널 일찍 만나서 자금 사정이 급해진 거야. 이제껏 포커로 45만 유로를 모았거든. 게임 비용을 충당하려면 5만 유로가 부족하지."

그녀는 기다란 갈색 머리 가발을 쓰면서 말을 이었다. 가발의 앞머리가 이마를 덮었고, 테가 두꺼운 검은 선글라스가 눈을 가렸다. 간단한 몇 가지 액세서리만으로도 순식간에 변장이 가능했다.

작크는 미혹과 아연실색 사이에서 갈피를 잡지 못했다.

"그 변장으로 CCTV를 피해보겠다고?"

"아니, 그저 수사망을 비틀어보려는 거야. 너도 알잖아, 내가 비트는 걸 좋아하는 거."

"설마 지금 날 은행털이에 끌어들이려는 건 아니겠지?"

"어떻게 알았어? 나랑 거래했잖아, 안 그래? 우선은 콜베르를 상대한 다음 멕시코로 잠적해서 감쪽같이 잊히자고. 첫 마가리타는 내가 쏠게."

막신이 작크의 입술에 살짝 키스했다.

"내가 안에 있는 동안 도망치려면 치든가. 단, 그 경우 네 25만 유로랑은 영원히 작별하는 거야."

막신은 신중해진 작크를 뒤로한 채 빙글빙글 회전하며 건물 입구로 향했다.

그녀는 도시의 구석진 골목에 위치한 건물을 선택했다. 대도시의 안전과민증은 좀도둑들의 임무를 어렵게 만든다. 따라서 그녀는 이런 종류의 난입을 위해서는 도시 변두리의 이름 모를 곳이 적당하다고 생각했다. 이곳의 금융기관들은 납세자들의 돈으로 넘쳐나지만 변두리의 단조로움에 고요하게 묻혀 있어, 보다 수월하게 덮칠 수 있었다.

창구엔 젊은 남자 은행원이 앉아 있었다. 이제 막 스무 살이 되었을까? 엄마의 치마폭에서 갓 벗어난 듯, 어색한 동작에 양복 차림새는 비뚜름한 데다 바짝 면도한 얼굴은 솜털이 보송보송했다. 그야말로 이상적인 표적이었다. 막신은 몇 사람 뒤로 줄을 서서 투자 관련 안내서를 읽으며 기다렸다.

마침내 차례가 왔다. 은행원의 젊은 목소리가 그녀가 어림짐작한 미래의 희생자의 나이를 확인시켰다.

"어서 오세요, 어머님."

막신이 정정했다.

"어머님 아니에요."

그가 서둘러 대답했다.

"죄송합니다, 손님."

"현금으로 5만 유로가 필요해요. 제가 직접 가져갈 거예요."

"어, 음…… 혹시 미리 신청하셨나요? 그 정도 현금은 48시간 이

전에 신청하지 않으시면 인출해 드릴 수 없어서요."

"아니요, 하지만 선생님께서 재량을 살짝 발휘하실 수 있지 않나요?"

"죄송합니다, 어머니이이…… 아니, 손님. 그건 불가능합니다. 일단 손님 계좌를 확인해 보겠습니다."

은행원이 긴장한 손가락으로 키보드를 두드리며 물었다.

"계좌번호가 어떻게 되시죠?"

"아, 난 이 은행에 계좌가 없는데요."

막신이 해맑게 웃으며 대답했다. 은행원이 동요하기 시작했다.

"네?"

"계좌가 없다고요. 잠깐만요……."

은행원 생각에 제정신이 아닌 듯한 고객이 핸드백을 뒤지는 듯싶더니 엄지손가락 두께의 통통한 유리 약병 두 개를 꺼내어 창구에 올려놓았다.

"보세요, 난 몇 주 못 살거든요. 좀 낙천적인 의사들은 몇 달도 내다보지만요. 발음하기도 힘든 바이러스에 감염됐어요. 원래 학문이란 게 그렇잖아요. 발음하기 어렵지 않으면 그럴 듯해 보이지 않는 거. 그 그럴 듯해 보이는 것들이 내 몸에 잔뜩 도사리고 있어요. 혹시 젊은 선생님은 세균학에 대해서 좀 아시나요?"

"어…… 아니요……."

은행원은 계속해서 친절하게 응대해야 할지 아니면 보안 요원을 불러야 할지 갈피를 잡지 못했다.

눈앞의 정신이상자가 계속해서 떠들었다.

"오늘 날엔 정말 놀라운 일들이 많다니까요. 가령 나만 해도, 내 피가 그나마 서서히 응고돼서 몇 달이라도 더 살 수 있는 거거든요. 뭐, 결국엔 죽겠지만요."

"유…… 유감입니다."

"어디 나만 하려고요. 이름이 어떻게 되시죠?"

"마튜예요."

"이봐요, 마튜, 난 남은 날 동안 멋진 여행을 하다 죽고 싶거든요. 그러니 당신이 내가 말한 5만 유로를 내주기만 하면, 이런 말은 하기 싫지만 여기 있는 사람들 모두 무사할 거예요."

당황한 은행원이 해결책을 찾으려고 했다. 고객을 위해, 또 그를 위해.

"전…… 전 죄송합니다, 어머님. 전……."

막신은 그의 말에 아랑곳없이 계속해서 대사를 읊었다.

"아, 참, 이 작은 약병엔 내 피를 갉아먹고 있는 세균들이 담겼어요. 내가 연구원이라서 직접 제조했죠. 그래서 감염된 거고요. 실험하다가 실수로 그만. 어쨌든 그거야 크게 상관없고요, 지금 중요한 건, 만일 내가 이 약병들을 떨어뜨리면 여기 있는 사람들도 죄다 나랑 똑같은 처지가 된다는 거예요. 사실 난 크게 상관없지만요."

막신은 손가락 끝으로 창구 탁자에 놓인 약병들을 튕겨서 쓰러뜨렸다. 은행원이 절박한 시선으로 보안 요원의 시선을 끌기 위해 노력했다. 막신이 이 눈짓 구조 신호를 알아차렸다.

"누가 됐든 알릴 생각은 안 하는 게 좋아요. 그들이 개입하기 전에……."

막신은 손톱 끝으로 약병 하나를 밀었다. 약병이 탁자 가장자리를 향해 데굴데굴 굴러갔다. 은행원이 비명을 억눌렀다. 막신이 탁자를 벗어나 바닥에 떨어지려는 약병을 아슬아슬하게 붙잡았다.

"마튜, 여기 근무한 지 얼마나 됐죠? 한 달? 기껏해야 여섯 달? 게다가 정규직도 아닐 거고요."

"3개월 계약으로 근무하는 거예요."

"최악이네. 그렇게 최저임금을 받고 일하다가 두 달이 지나면 감사 인사도 보너스도 없이 쫓겨나겠죠. 지금 그런 회사를 위해 목숨을 걸겠다는 거예요? 따지고 보면 당신 돈도 아니잖아요. 여기 돈은 다 보험 처리가 돼요. 걱정 안 해도 된다고요. 난 당신을 공격하려는 게 아니라, 우리가 합법적으로 도둑맞은 돈으로 유지되는 시스템을 털려는 것뿐이에요. 자, 알았으면 이제 서둘러요. 안 그러면 분위기가 험악해질 테니까."

은행원은 덜덜 떨면서 금고를 열어, 꼼꼼한 은행 직원답게 액수를 정확히 셌다. 평화주의자 은행 강도는 엉뚱한 논리로 은행원에게 그의 행동이 지극히 정상적이라는 걸 설득시켰다.

인내심을 잃기 시작한 막신 뒤의 고객이 시끄럽게 발을 구르며 압박을 가하자, 그녀가 예쁘게 미소 지으며 그를 달랬다.

"거의 다 돼가요. 죄송합니다."

고객이 다시 신문에 코를 박더니, 전날 하락한 채로 막을 내린 파리 증권거래소 주가지수를 확인하며 노발대발했다.

은행원이 막신에게 지폐 다발이 든 봉투를 건네며, 약병을 갖고 노는 막신의 손가락을 흘금거렸다.

"감사해요. 친절하게 대해주셔서."

"아닙니다."

막신이 자리를 뜨려다가, 무언가 생각난 듯 돌연 은행원을 되돌아보았다.

"아! 실례가 안 된다면 신용카드 케이스 하나만 주시겠어요? 제 건 이제 너덜거려서요."

"아…… 네, 그럼요."

순진한 은행원이 서랍에서 새 케이스를 꺼내어 훔친 돈이 든 봉투 위에 얹었다. 막신은 그 모든 걸 배낭에 쑤셔 넣으며 말했다.

"감사해요. 저…… 혹시 이 안내서도 제가 가져가도 될까요?"

"네, 네, 그건 무료인걸요."

은행원의 시선이 비행하며 보안 요원이 있는 쪽으로 신호를 보냈지만 관제탑이 응답하지 않았다.

막신은 안내서를 반으로 접으며 말했다.

"아, 잘됐네요. 이제 한 가지 고백할게요. 실은 제가 거짓말을 했어요."

가련한 청년의 얼굴에서 핏기가 가셨다.

"이 두 약병 중 하나에만 바이러스가 있어요. 어느 건지 골라보세요."

막신 뒤의 고객이 큰소리로 한숨을 푹푹 내쉬며 자기가 짜증났다는 것을 알렸다.

"얼른요, 뒤에 손님이 안달이 났네요."

사색이 된 은행원이 오른쪽 병을 선택했다. 막신이 왼쪽 병을 집어 들었다.

“좋아요, 이제 내가 나갈 때까지 기다려요. 어쩌면 이번에도 내가 바이러스가 든 병을 가졌을지 모르니까 허튼짓은 안 하는 게 좋을 거예요. 경찰이 오면 상황을 그대로 설명해요. 그럼 당신한텐 아무 일 없을 테니까. 그런 다음에 약국에 가서 렉소밀을 사서 드세요, 수면제예요. 약효가 끝내준다는 걸 알게 될 거예요. 그럼 좋은 하루 보내세요.”

은행털이범이 탁자에 약병을 굴렸다. 치명적인 팽이가 뱅그르르 돌다가 탁자 가장자리에서 아슬아슬하게 멎었다.

“자, 자, 그만하면 충분히 시간을 잡아먹었소!”

아무래도 짜증을 폭발시켜야겠다고 마음먹은 뒷손님이 창구로 돌진했고, 그 바람에 탁자의 약병이 떨어졌다. 시간이, 은행원의 심장처럼, 슬로 모션으로 똑딱거리기 시작했다. 이윽고 약병이 땅바닥에서 박살이 났다. 산산조각으로. 은행원은 바이러스에 감염될지 모른다는 불안으로, 구조대가 올 때까지 과연 얼마나 더 숨을 참을 수 있을지 자문했다. 화가 머리끝까지 치민 고객이 난사하는 욕설의 폭격도 그의 귀에는 더 이상 들리지 않았다.

은행 밖의 삶은 정상적인 리듬으로 똑딱거렸다. 작크는 시동을 켜놓은 채로 운전석에 갇혀 있었다.

막신이 경쾌한 발걸음으로 은행에서 나와 BX의 트렁크를 열더니 금고에 배낭을 던지고는, 조수석에 앉으며 자랑했다.

“아주 젊은 남자 직원한테 응대받았어.”

"알려줘서 고마워."

"너도 안 가고 기다려 줘서 고마워."

"고백하자면 위태위태하게 불을 갖고 노는 너의 방식이 마음에 들어."

"우리가 철창에서 대화를 이어가길 원하지 않는다면, 일단 달려."

"이 보라니까."

작크는 클러치를 밟았다. 막신이 결론지었다.

"발루가 엔칠라다•를 잘 먹으면 좋겠는데."

• 토르티야에 고기, 치즈, 채소를 넣고 돌돌 말아서 매운 소스를 발라 구운 후 치즈 등을 뿌려 먹는 멕시코 음식.

BX의 바퀴 아래로 동네들이 연달아 바뀌었다. 어떤 총성도, 사이렌도 울리지 않았다. 도주자들은 이제 범퍼의 번호판만 위조하면 소굴로 무사히 돌아갈 수 있을 터였다. 작크는 솔직히 기계 조작의 즐거움을 느끼지 못한 채—이런 송아지를 데리고 스포츠카처럼 몰기란 불가능하다— 덜덜거리는 시트로엥을 몰았다. 은행털이 과정이 전혀 섹시하지 않았다면, 그 주체인 그녀는 작크를 뜨겁게 달궜다.

"자주 있는 일이야?"

막신은 가방과 선글라스를 쓰레기봉투에 욱여넣으며 대답했다.

"처음이야. 이렇게 간단할 줄 알았으면 진즉에 열심히 해볼 걸 그랬어."

"좀 덜 위험한 방법으로 기금 마련을 할 수도 있는 거 아닐까. 안 그래?"

막신은 좌석 등받이를 젖히고 차가 가는 방향과 반대로 앉았다. 그녀는 글로브박스에 등을 기대고서 좌석 등받이에 발을 얹은 채 발톱에 매니큐어를 칠하기 시작했다. 이 색다른 자세 덕분에 그녀와 운전자는 서로 눈을 마주치며 대화할 수 있었다.

"내가 진즉에 도박사인 줄 알아봤지."

"맞아. 난 도박사야."

"그렇다면 적어도 여기서 후퇴하진 않겠군."

작크는 이 말이 그녀뿐만 아니라 그 자신에게도 해당된다는 걸 직감했다. 막신이 발톱을 후후 불며 대답했다.

"그리고 무시할 수 없는 보너스가 있지. 네가 내 공모자가 된다는 거. 이제 내가 쓰러지면 너랑 같이 쓰러지는 거야."

이 짓궂은 장난기와 여성미가 혼합된 매력이 운전대를 잡은 남자의 집중력을 흐트러뜨렸다. 그는 도로에 주의를 기울이지 않은 채 되는 대로 클러치를 밟았다.

"그럼 우리 둘 다 균형을 잃은 한 걸음을 내딛게 되는 거라고 할 수 있지."

막신이 작크의 주위로 거미줄을 치고 있었다. 그는 속지 않았다. 이 모든 것 뒤에 무언가가 있었다. 그가 포커에서 이긴다면, 그들 둘 다 승자가 되리라. 하지만 결과의 가치는 다를 터였다. 보상도 마찬가지일 것이고, 그렇다면 얘기는 사뭇 달라진다. 이제 그녀가 패를 꺼내놓을 때였다.

"아까 네가 벌인 한탕은 아주 재밌었어. 하지만 이젠 네가 왜 겨우 포커 한판 하자고 경찰까지 등지는 건지 설명해 줘야겠어. 대체 그 콜베르란 작자한테 무슨 원한이 있는 거야?"

막신의 손이 미끄러지면서 매니큐어가 시트에 쏟아졌다. 그녀는 이 사고를 대답을 회피하는 데 이용했다.

"브라보, 장하다. 매니큐어가 여기저기 난리 났어."

"네 입으로 그랬잖아, 이 게임을 위해 오랫동안 준비해 왔다고. 그런데도 넌 끝내주는 도박사면서 직접 나서려 들지 않아."

"그래서?"

"돈 때문이 아니잖아."

막신은 침묵의 장막을 쳤다. 매력이 단단히 들러붙는 매니큐어와 반대로 증발해 버렸다.

"넌 멘털이 흔들릴까 봐 두려운 거야. 멘털이 나가면 그땐 세상에 제일가는 도박사가 와도 소용없으니까. 그대로 끝장이고, 구렁텅이겠지."

"난 거래를 제안했어, 작크, 정신분석이 아니라."

"넌 그 작자한테 뭔가 개인적인 감정이 있어. 그게 뭔진 몰라도 네 눈에 이글거리는 불꽃을 보면 이번 일이 돈과 아무 상관없다는 걸 알 수 있지. 그보다는 피 냄새가 난다고 할까. 그러니 대답해. 대체 너한테 콜베르가 누구야?"

막신이 동요했다. 언젠가 드러내야 할 패라는 건 알고 있었다. 다만 도전에 찬물을 끼얹을까 두려워, 너무 일찍 뒤집어 보이고 싶지 않았다.

"아버지야."

작크의 눈을 똑바로 쳐다보는 막신의 눈이 이렇게 말하고 있었

다. '여기서 더 파봐. 목을 확 졸라버릴 거니까.'

이 새로운 사실로 그간의 모든 것이 명확해졌다. 그들의 계획된 만남부터 거래, 그리고 동기와 관건까지. 작크는 운전 중이라는 걸 잊었다.

찰나의 순간.

BX가 경로를 이탈하며 맞은편 차선을 살짝 침범했다. 시야를 가리는 대형 트럭을 위험하게 추월하던 아우디 TT가 시속 150킬로미터로 그들에게 돌진하고 있었다. 경적 소리, 타이어가 끼익하는 소리. 순식간의 일이었다. 작크가 성질 급한 운전자의 으깬 토마토 같은 꼴사나운 얼굴을 보며 화들짝 놀라 차의 방향을 튼 그 모든 것은.

그는 반사 신경이 뛰어났지만, 차가 고물이었다.

BX가 마치 막신의 멘털처럼, 갓길로 이탈하더니 구렁텅이로 날아갔다.

작크는 이제껏 핀볼 게임엔 그리 큰 흥미를 느끼지 못했다. 규칙이 지나치게 단순하고, 전술적 측면에서도 도전할 만한 것이 많지 않은 데다, 승부가 나지 않는 판도 있으며, 게임이 끝나도 희열이 전혀 느껴지지 않았다. 반면에 BX는 핀볼 게임에 신바람이 났다. 아마 빈티지 성향이 잘 맞는 듯했다. 범퍼를 이리저리 부딪치며 꿀렁거리더니 경사진 언덕을 데굴데굴 굴렀고, 그렇게 결국 납작하게 우그러진 고철덩이가 되어 골짜기 아래로 처박혔다.

틸트, 게임 종료!

BX가 수압프레스처럼 휜 채로 웅덩이에 떨어졌다. 앞 유리창은 바닥에 처박히고, 옆구리는 언덕에 부딪쳐 걸쳐졌으며, 후면은 L자로, 다른 쪽 옆구리는 V자로 구부러졌다. 아르귀스•에 올리면 한 푼의 가치도 인정받지 못할 터이나, 반면에 현대미술관에는 자리가 있을 수도 있었다.

이 작은 수풀 구석에서 침묵이, 응당 누려야 할 권리를 되찾았다. 다만 새들의 지저귐과 여기저기서 무너져 내리며 조화롭게 덜커덩거리는 기계음들만이 간간이 그 권리를 침해했다. 그리고 몸뚱이가 뭉그러진 작크의 들릴 듯 말 듯한 목소리도.

"젠장…… 빌어먹을 얼뜨기 운전사 놈이…… 날 일찍 보내버렸

• 자동차 매매 전문 주간지.

네…….”

우그러진 강판 곳곳의 구멍을 통해 차 안으로 스며든 불빛 덕분에 두 탑승자는 어둠에 파묻히지 않을 수 있었다. 작크는 여전히 안전벨트를 맨 상태로 형체가 무너진 의자에 깔린 채 고개가 꺾였고, 막신은 뒤틀린 몸의 절반이 뒤로 넘어갔다. 그녀의 한 팔이 뒤로 말려 손으로 작크의 볼을 눌렀으며, 허벅지는 운전자의 입 근처에 놓였다. 그야말로 인간 오리가미••였다.

두 탑승자는 이 꼬깃꼬깃한 고철덩이 속에서 꿈쩍도 하지 못했다. 피는 흐르지 않았다. 적어도 출혈의 위험은 없는 듯했다.

작크가 두 눈을 감은 채로 정신 나간 열병 환자처럼 웅얼거렸다.

“열세 살 이후로는 사고를 모르고 살았는데…….”

“닥쳐, 작크. 뼈 개수를 세고 있었는데 너 때문에 헷갈렸잖아.”

“혈액에 알코올이 한 방울도 안 섞였는데…… 이게 무슨 날벼락이람…….”

“그 입 안 다물면, 내 손으로 죽여버린다.”

대화가 그들의 심장박동과 조화를 이뤘다. 요컨대 차분했다. BX가 민들레 뿌리 사이에서 데굴거리기를 멈추자 그들의 심장박동도 느려졌다. 그들은 예상과 달리 놀랍게도 자기들이 죽지 않았다는 것을 깨달았다.

작크는 두 눈을 떴다. 그의 숨결이 닿을 정도로 가까이 있는 막신의 허벅지가 눈에 들어왔다. 찢긴 바지 사이로 난자된 상처들이 드

•• ‘종이접기’라는 뜻으로 일본의 전통 놀이이다.

러났다. 십여 개의 흉터 중에 몇몇은 채 아물지도 않았다. 작크는 움찔했지만 아무 말도 하지 않았다. 당장은.

"많이 안 다쳤어?"

"응, 괜찮아. 근데 잘 못 움직이겠어. 넌?"

"난 아무래도 약지가 부러진 것 같아. 난감하네. 당구 큐대의 균형을 그걸로 잡는 건데."

작크는 정신을 바로잡기 위해 고개를 움직이다가 실수로 그의 앞에 매달려 있는 탑승자의 손에 볼을 비볐다.

"부비 부비 할까?"

비록 우그러진 차 안이었지만, 무해한 농담으로 분위기를 누그러뜨릴 수 있다면야…….

"작크, 난 손가락 하나도 까딱할 수 없어. 그러니까 타올라도 진정해. 허벅지에 닿는 네 숨결만으로도 이미 충분히 버겁거든."

분위기 이완 실패.

"나도 꼼짝도 안 했어. 네가 나한테 와서 붙은 거라고."

작크는 혼자 농담하고 혼자 히죽거렸다. 옆구리가 결렸다. 그가 BX보다 더 나은 상태인지 확실치 않았다. 막신, 그녀는 웃고 싶은 기분이 아니었다.

"혹시라도 네가 이 상황을 이용한다면, 맹세컨대 사고에서 살아남은 걸 후회하게 될 거야."

작크는 안전벨트 버클에 손을 뻗치려 했으나 관절이 뒤엉켜 여의치 않았다.

"난 안전벨트를 끄를 수가 없어. 네 손이 그 근처에 있는데 혹시 버클에 손이 닿아?"

"어디?"

"왼쪽에. 오른손을 이용해."

막신은 손을 몇 센티미터 옮겨 위로 뻗는 데 성공했다.

"위치를 알려줘."

"오른쪽으로…… 조금 더……."

막신의 손이 작크의 허벅지를 더듬었다. 거의 가랑이 근처였다. 막신의 손이 멈칫하며 멀어졌다.

"미안…… 고의가 아니야……. 난 그저…… 보이질 않아서……."

"아냐, 아냐, 더 가. 내 다리를 기준 삼아 올라가. 그 끝에 버클이 있으니까."

"여기?"

막신의 손이 발사 상태에서 회복하고 싶어 하는 작크의 물건을 더듬었다.

"아니, 반대쪽."

"미안."

당황한 막신이 반대 방향을 더듬었다.

"여기? 여기? 안 만져져. 여긴가, 응?"

"모르겠어. 좀 더……."

안전벨트가 풀렸다. 작크의 머리가 난도질된 허벅지 사이로 떨어졌다.

"당장 나오지 못해!"

"미안. 우연이야."

아무 잘못이 없는 작크가 어쨌든 죄책감을 느끼며 해명했다.

"세상에 우연이란 없어."

작크가 몸이 천 갈래로 찢기는 고통을 참으며 막신의 허벅지에서 가까스로 머리를 빼내자, 그녀가 그 즉시 다리를 오므렸다. 그녀의 두 다리에 힘이 들어갔다. 침입이라면 질색이다. 그뿐이다.

작크의 머리가 허공에서 대롱거렸다. 목이 결렸을 때 효과적일 듯했다. 병원에서 검진받기에도 그만일 듯했다.

"미안하지만 내가 머리를 좀 기대도 될까?"

상황으로 미루어 막신이 태도를 누그러뜨리는 것 외에 달리 방법이 없었다.

"물어봐 줘서 고마워……. 그렇게 해."

작크는 뻐근한 목을 마침 옆에 있어준 막신의 허벅지에 기댔다. 허벅지에서 기분 좋은 향이 느껴졌다. 관능의 한순간. 이것만 해도 감지덕지다.

막신은 몸을 이리저리 비틀며 뒷문을 열어보려 했으나 허사였다.

"꼼짝없이 갇혔어."

차분한 현실 인식. 비관 없는. 적어도 아직은 그렇다. 막신은 노력을 포기하고서 머지않아 구조대가 오리라고 생각했다.

"정말 가열하게도 박았다. 차가 완전히 우그러졌잖아."

"그래도 우린 무사하잖아."

"이 BX, 내가 정말 아꼈는데."

"이 고물을?"

"잘만 앉아 있었으면서."

"그건 그래. 안락한 쪽으로는 얄짤없어도 말이야."

붙들 곳을 찾던 작크의 손이 막신의 복부를 스치자, 그 즉시 막신의 손이 그의 손을 쳐냈다.

"내 배야, 작크."

"미안해."

"움직이지 마. 그게 낫겠어."

한적한 시골구석에서 청중들의 시들한 반응에 지친 새들이 지저귐을 멈췄다. 작크가 바통을 이어받아 휘파람으로 '아주 작은 걸로도 행복할 수 있지'를 노래했다. 그들이 여전히 옹색한 자세로 통조림이 돼 있는 걸 감안하면, 아름다운 낙천성의 증거가 아닐 수 없었다. 이 과도한 긍정주의가 막신의 신경에 거슬리기 시작했다. 30분 전부터 참아온 방광이 경보를 보내는 만큼 더더욱. 소방차의 사이렌은 여전히 울리지 않았다. 시트로엥 BX가 고속도로에서 보이지 않는 곳으로 추락하려는 호사스런 생각을 해냈고, 그들이 날아오르는 걸 목격한 운전자가 아무도 없었다. 막신은 그들이 무인도에 표류된 것과 같은 상황이라는 걸 충격적으로 깨달았다. 방광을 해방시키고 싶은 간절한 욕구, 자기가 뮤지컬 배우라도 되는 줄 아는 작크, 이 모든 것에 신경이 곤두섰다.

막신은 차문을 어깨로 밀었지만 허사였다.

"힘을 아껴."

"오줌 마려워, 작크."

청소년기 이후로 막신은 감정을 숨기는 연습을 했지만 방광이 커다란 난관에 봉착하자, 태연히 묵상 중인 작크에게 한 양동이의 타바스코 핫소스를 삼키게 할 수도 있을 것 같았다.

"내가 이러는 건 널 위한 것이기도 해. 이대로 얼마나 오래 버틸 수 있을지 나도 모르겠거든. 우리가 언제 여기서 탈출할 수 있을지도 알 수 없고."

"상황이 아무리 절망적이어도 다 빠져나가게 돼 있어. 그러니까 그깟 일상적인 문제로 안달복달하지 말라고."

"이대로 그냥 쌀 순 없어. 넌 날 한참 잘못 알고 있구나."

"잘못 아는 정도가 아니라 전혀 몰라."

"그래서 걱정돼?"

"그보다는 경계된다고 해두자. 그 허벅지의 상처들은 웬 거야?"

"너랑 상관없는 거야."

막신은 다시 문을 어깨로 밀었으나, 아무리 애를 써도 꿈쩍도 하지 않았다.

"으아아아아아악! 아무도 없어요? 여기 사람 있어요! 사람이 아직 살아 있다고요, 관심들 좀 가져봐요!"

"아무도 못 들어."

"소리도 크지 않은데, 당연히 못 듣겠지. 해탈한 수도승 흉내 그만 내고 클랙슨 좀 울려봐."

"내 견갑골이 몇 시간 전부터 클랙슨을 누르고 있는 중이야. 고장인 것 같아."

"염병."

"열받았구나."

"됐어, 그만해."

막신은 등을 벽에 댄 채, 더 정확히는 강판 차문에 댄 채, 서서히 냉정을 잃으며 뜨거워졌다. 그야말로 분화구였다.

"내가 널 따르려면 네가 날 내팽개치지 않을 거라는 확신이 있어야 하잖아. 그런데 그게 열받는다고?"

"그거랑은 아무 상관없어."

"아니, 다 상관있어. 네 아버지는 위험한 인물이야. 난 그 사람과 싸울 아무 이유가 없고. 널 믿지 못하면, 함께할 수 없어."

"난 그저 오줌이 싸고 싶을 뿐이야, 오케이?"

"그럼 싸. 그래서 열이 가라앉는다면."

작크의 코앞에 권총이 들이밀어졌다. 글로브박스에 있던 권총. '이건 또 언제 집어 들었지?' 작크는 막신의 은행털이 재능을 참관한데 이어 이번엔 마술사 기질을 발견했다. 그는 입을 다물었다. 막신은 실수로 발사하기 십상인 불편한 자세로 그를 위협했다.

"날 존중하는 걸 잊지 마, 작크."

"그래, 당연한 반응이야. 몹시 개인적인 얘기니까 그렇게 동요하는 거겠지. 그러니 당연히 작전도 아주 위험해질 공산이 크고. 난 여기서 빠질래. 그럼 너도 살고, 나도 살 수 있겠지."

같은 시각, 빨간 트럭이 언덕 꼭대기에 정차했다. 이전엔 자동차로 불렸던, 골짜기에 처박힌 우그러진 고철덩이를 자르기 위한 장비를 장착한 소방관 네 명이 트럭에서 내렸다.

소방서장이 말했다.

"이크, 처참하겠구먼."

"즉사하지 않았을까요."

철제 장비와 위풍당당한 침착함으로 무장한 불의 전사들이 사건 현장으로 느긋하게 다가갔다. 그들은 최악의 화염 속을 떨지 않고 누비고 다니며, 침착하게 시체들을 파내는 데 익숙했다.

구조대의 도착을 까맣게 모르는 생존자들은 서로를 죽일 수도 있는 총 하나를 사이에 두고 대치 중이었다.

"날 함부로 판단하지 마, 작크, 절대."

"판단한 적 없어. 그저 사실을 말하는 거야."

막신이 방아쇠에 손가락을 댔다.

"네가 외롭게 자위하는 그 알량한 자신감으로 자신은 뭐든 다 잘한다고 생각하겠지. 네가 그러지만 않는다면 그때 내 문제에 대해 함께 얘기해 보자. 그 전에 우선 네가 왜 그토록 네 거짓말을 믿는 건지, 왜 그토록 허세를 떠는 건지 스스로에게 한번 물어봐. 넌 명백한 사실에 직면하지 않기 위해, 스스로 강하다고 믿는 거야. 바로 네가 아무 감정도 느끼지 못한다는 사실을 회피하기 위해. 왜냐하면 네 삶은 허상이거든. 속이 텅텅 비었지. 남들을 속이면서, 네가 엄청 센 것 같지? 하지만 네가 속이는 건 너 자신이야."

명중. 막신은 신경 줄이 팽팽해지긴 했어도, 정확히 조준하는 데는 아직 아무 문제없었다. 무엇보다 가장 약한 곳을 조준하는 데는.

상처 입은 작크는 가장 건설적이지 못한 말로 반박했다.

"닥쳐!"

"나한테 명령하지 마!"

막신이 이 우그러진 고철 지옥에서 참아보려고 애쓴 지 수 시간째였다. 이젠 늦었다. 회음부와 동시에 입이 풀려버렸다. 두려움과 수치심 때문에, 비밀을 밝히고 싶지 않았었다. 이제 그녀는 막다른 길에 이르게 된 방광으로 인한 굴욕감 때문에 모든 걸 내려놓는 중이었다.

"감히 날 건드려?"

소방관들이 표류하고 있는 고철덩이 주위로 흩어졌다. 그곳에서 분노한 여자의 억눌린 고함이 터져 나왔다.

"그 머리 당장 치우지 못해!"

"아직 사람이 살아 있다!"

소방서장이 외쳤다.

"어서 들것 가져와! 스테판, 당장 와서 이 차 좀 잘라봐!"

젊은 소방관이 무기력에서 깨어나 고철 덩어리로 달려들었다.

"앗! 부인! 말씀하실 수 있으세요?"

작크의 목덜미에 느껴지는 축축한 천이 그들이 너무 멀리 갔음을 일깨웠다. 결단코 그가 바라던 상황이 아니었다. 그는 어조를 누그러뜨렸다.

"막신, 괜찮아. 그냥 액체가 조금 흐른 것뿐이야. 진정해, 괜찮아."

막신에겐 아무 소리도 들리지 않았다.

"세심한 척하지 마, 개자식아. 너무 늦었어."

젊은 소방관의 목소리가 강철의 갈라진 틈을 타고 들어가 그들에게 닿았다.

"거기 몇 분이나 계신지 말씀해 주실 수 있으세요?"

막신이 좌석에서 부르르 몸을 떨자, 방아쇠에 얹힌 손가락도 덩달아 떨었다.

"현재는 둘이지만, 서두르지 않으면 한 명은 당장 세상을 하직할 수도 있어요!"

젊은 소방관이 회전하는 톱을 들고서 BX에 기대서면서 자세를 잡았다.

"얼른, 급해요!"

다른 소방관이 손으로 메가폰을 만들어, 좀 전까지만 해도 그가 아시 파르망티에•가 돼 있을 거라 예상했던 생존자들을 향해 외쳤다.

"문에서 멀리 떨어져요. 차체를 자를 거거든요."

"물론이죠. 그동안 난 산책 좀 다녀올게요."

으스러진 강판 틈새로 억눌린 목소리가 대답했다.

소방서장이 명령했다.

"서둘러. 여자가 헛소릴 한다!"

톱이 차체가 갈라진 틈을 파고들었다. 톱날의 전기 불꽃이 이미 전기가 흐르는 긴장 속에서 꼼짝도 하지 않는 사고 희생자들 앞에서 타닥거렸다. 마침내 소방관들이 BX의 한쪽 문을 여는 데 성공했다. 막신이 너무 오랫동안 갇혀 있던 짐승처럼 불쑥 뛰쳐나왔다. 젊은

• 다진 소고기와 으깬 감자를 혼합하여 오븐에서 익힌 요리.

소방관이 기력을 잃고 늘어져 있으리라 예상했던 희생자의 원기 왕성한 출현에 소스라쳤다.

"거기, 저리 비켜요!"

다른 소방관이 이 기적의 생존자를 잡기 위해 뒤를 쫓았다.

"부인, 저랑 같이 가세요. 제가 상태를 살펴드릴게요."

"아, 난 그냥 잊어줘요, 오늘은 정말 이만하면 충분히 거지 같은 하루를 보냈으니까!"

막신은 대답하고는, 톱을 든 다른 소방관을 돌아보며 명령했다.

"당신, 당신은 이 트렁크 좀 열어줄래요? 찾을 게 있어요."

"하지만 전……."

얼이 빠진 젊은 소방관은 톱날이 허공에서 돌고 있는 것도 잊은 채, 다음 수칙에 대해 생각했다. 하지만 인정해야 했다. 수칙에 맞게 진행되는 것이 거의 없다는 걸. 막신이 한층 더 단호하게 명령했다.

"이 망할 트렁크 좀 열라니까요!"

다섯 살짜리 어린애가 된 기분인 젊은 소방관은 빰이라도 얻어터질까 두려워 명령에 복종했다.

그의 상관은 다른 구조대원의 도움을 받아 두 번째 생존자를 강철 감옥에서 끌어내며, 다른 소방관 동료들한테 얘기해도 절대 믿지 못할 기적이라 생각했다.

"상태가 어떠세요, 선생님?"

"아픕니다. 아무래도 약지손가락이 골절됐지 싶어요."

'뇌손상인가?' 희생자의 차분한 어투에 소방서장이 진단을 내렸다. '아니면 그냥 날 놀리는 거?'

시트로엥의 후면에선 젊은 소방관이 마분지로 제작된 금고의 배를 가르고 있었다. 막신이 갈라진 배를 부욱 찢어 지폐 다발이 든 배낭을 움켜잡았다.

"고마워요, 안녕."

막신이 문화인으로 남기 위해 감사를 표한 뒤 떠나려 했다.

이제껏 저토록 제멋대로인 교통사고 희생자를 본 적이 없는 젊은 소방관이 반발했다.

"우리하고 가서 검사받으셔야죠, 부인!"

당황한 소방관이 상관 쪽으로 고개를 돌리며, 예상 밖의 활력으로 언덕을 기어오르는 생존자를 가리켰다.

"서장님, 저 여자분이 도통 제 말을 듣질 않아요……."

어떤 장애에도 가로막히지 않은 채 막힘없이 고속도로로 올라간 막신은 손을 흔들어 트럭을 세운 뒤—이 방면으로는 늘 그녀만의 비결이 있다— 그녀를 어안이 벙벙한 구조대원들로부터 멀리 데려가 줄 33톤짜리 차 안으로 들어갔다.

작크는 땅바닥에 주저앉아, 강철 지옥에서 몇 시간을 보낸 그를 환영해 주는 부드러운 풀잎을 엉덩이로 감미롭게 느끼며 옆구리를 주물렀다. 설명에 갈급한 소방관들이 그를 에워쌌다. 언제든 가장 단순한 것이 최고의 지략이다.

"신경질이 뻗쳐서 저래요. 아시잖아요, 여자들이 다 그런 거."

소방서장이 평가했다.

"성질머리가 보통이 아니시군요, 선생 부인은."

작크는 여자가 떠난 빈자리를 바라보며 생각에 잠겼다.

"이건 정말인데요, 저 사람한테는 정신적으로 정상참작의 여지가 있어요."

아파트로 달려 들어간 막신은 불을 켤 여유도 없이 소파 뒤로 돌진하여 운동 가방을 휙 낚아챈 다음, 안에 있던 운동복을 비우고는 드레스룸으로 향했다. 이어서 천장에 매달린 전구의 사슬을 잡아당겨 불을 켠 뒤, 밀폐된 공간에 겨우 자리 잡은 발판을 기어올라 선반 꼭대기의 두툼한 서류들 뒤에 가려진 채 쌓여 있는 신발 상자들을 꽉 끌어안고서, 넘어지지 않도록 주의하며 발판을 내려왔다. 그리고는 바닥에 주저앉아 신발 상자들의 내용물을 비웠다. 카펫 위로 검은 비닐 봉투에 든 지폐 다발들이 쏟아져 내렸다.

막신의 전리품들.

그녀는 협소한 드레스룸에 쭈그리고 앉아 희미한 실내등 불빛을 받으며 몇 해에 걸쳐 거둬들인 수확물을 가방 속에 집어넣었다.

평생 동안 기다려 온 순간이었다. 평생 동안, 이 순간을 믿어왔다.

추락 사고가 계기로 작동했다. 그녀는 우연을 믿지 않는다. 그녀는 운을 믿는다. 그리고 조짐을. 차가 추락했을 때 조짐이 확실했다. 그간 너무 오래 물러나기만 했다. 이제 그 순간이 성큼 뛰어 눈앞에 있었다.

"어딜 가려고?"

가방 속에서 멈칫했던 막신의 손이 벨트에 끼워둔 권총으로 옮겨갔다. 막신은 목소리가 난 쪽을 향해 총을 겨눴다. 하마터면 창문가에 앉아 막신을 염탐하던 가련한 꼬마 장의 머리 위쪽으로 총알을 날릴 뻔했다.

막신은 정신을 추스르며 방아쇠에서 손가락을 거뒀다.

"깜짝이야. 장, 그렇게 불쑥 나타나지 말라고 몇 번을 얘기해."

"아줌마가 보고 싶었어."

"그래, 이제 봤으니까 됐지. 그리고 사다리로 다니지 좀 마. 문이 있잖아. 그리로 출입하라고 달린 거잖아."

사다리 사용의 정통성 여부보다는 이웃이 숨긴 비밀에 훨씬 관심이 많은 아이에게 꾸중은 먹히지 않았다.

"왜 가방을 싸는 거야? 어디 가?"

"떠날 거야, 며칠 동안. 처리할 일이 있어."

"나도 따라가면 안 돼?"

막신은 뒤도 돌아보지 않고서 가방을 마저 싸는 데 전념했다.

"어린애는 못 가는 데야, 미안해."

"내가 아줌마가 상대하는 대부분의 어른들보다 더 어른스럽다고 그랬잖아."

막신은 한숨을 내쉬었다. 그녀는 이 아이를 좋아했다. 아니, 사랑했다. 마치 있어본 적도 없는 남동생처럼. 언젠가부터 둘 사이에 습관이 자리 잡았다. 장이 문으로든 창문으로든, 혹시 가능하면 쥐구멍으로든 상관없이 내킬 때, 요컨대 자주, 사실 늘, 그녀를 만나러 오는 것이. 아이는 밤이 되면 잠이 들기 전에, 고독과 하락한 경제력 때문에 신경이 곤두선 이혼한 엄마의 치마폭을 벗어나, 재미난 이야기를 들려주는 더 포근한 품에 안겨 있다 가곤 했다. 아이에게 자신이 겪었던 일화들을 들려주는 유모의 입장에서도 손해 보는 거래가 아니었다. 아이는 막신이 쓰레기 같은 인간들로 넘쳐나는 세상에서 폭발하지 않을 수 있도록, 인간의 온기를 주입해 주었다. 포커 테이블 주변을 배회하며 게임의 열기 속에 하루하루 인간적인 감정이 메말라 가는 그녀에게 인간의 온기 1그램은 코카인 한 줄보다 더 시급했다.

장은 똑똑하고 예민하고 재미있는 아이지만, 무엇보다 엄청나게 성가셨다. IQ 195로, 부푼 머릿속에 일단 한 가지 생각이 떠오르면 도무지 그 생각을 포기시킬 수 없었다. 혹시 따귀를 호되게 한 대 얻어맞는다면 모를까. 아니면 총을 맞든가. 어쨌든 아이를 떼어내기 위해 총을 쏠 순 없으니, 막신은 대화를 시도했다.

"맞아, 넌 정말 어른 같아, 똑똑한 걸로는. 하지만 경험 면에서는 아냐."

"경험을 쌓으려면 집을 나가야지. 그러니까 날 데려가 줘, 막신. 만약 내 나이에 맞지 않는 일들이 있으면 난 옆방에 있을게. 하지만 나도 마냥 일곱 살이고 싶진 않아. 올해 방학엔 눈싸움을 한 게 다라니까. 방귀 대회가 얼마나 재밌는지 알아? 스카우트 캠프에서 아주 끝장을 봤는데…….”

막신은 가방의 지퍼를 닫으며 풋 웃음을 터뜨렸다. 이런 순간에도 그녀에게 웃음이 나게 하는 이런 맹랑한 꼬마라니.

“안 돼. 내가 가는 데가 그리 교육적인 데가 아냐.”

“옳은 길이 뭔지 알기 위해서는 그릇된 길도 가봐야 하잖아, 안 그래? 그렇지 않으면 차이점을 어떻게 알아?”

장이 다시 한번 증명해 보이는 고집불통의 태도에 막신은 설득을 포기했다. 아이를 난간에서 집어던지지 않는 한, 떼어낼 수 없을 터였다. 따라서 그녀는 임의대로 대화를 중단했다.

“집으로 돌아가, 장. 엄마가 걱정하신다.”

“제발, 날 버리지 마……. 아줌마만은 제발.”

180도의 반전. 아이의 말투가 애원조로 돌변했다. 장은 장난을 접어두고 진정한 절망감을 드러냈다.

“장? 괜찮아?”

“날 데려가 줘, 막신. 제발. 날 저 집에…… 엄마랑…… 버려두지 마.”

‘엄마’라는 단어가 힘겹게 내뱉어졌다. 들릴 듯 말 듯. 목소리엔 공포가 서려 있었다. 막신이 장을 알게 되고 처음으로 장은 공포를 가리기 위해 빈정거림 뒤에 숨지 않았다. 그녀가 방어를 위해 허세를 부린다면, 장, 이 아이는 비대한 IQ로 벼린 재치 있는 말대꾸에 의존했다. 하지만 그들의 길이 갈리려는—아마도 영영 갈릴 것이고 아이는 이를 감지했다— 이 순간에, 궁지에 몰린 아이가 가면을 벗고 벌거벗었다.

일체의 수식이 없는 순수한 구조 신호가 막신의 가슴까지 전달됐다. 영재 아이는 명석한 두뇌에도 불구하고 SOS를 보내기 위해 절망감을 표현할 적절한 단어를 찾지 못했다. 바로 지척에서 몇 달을 살면서도, 그녀는 아무것도 눈치 채지 못했다. '어떻게 그렇게까지 장님일 수 있었지?'

이번엔 그녀의 어조가 변했다.

"장? 엄마가 너한테 뭘 어떻게 했니? 나한텐 얘기해도 돼, 나한텐. 얘기해 봐."

현란한 말발과 기교적 논리의 달인이 침묵했다. 동공이 허공에서 흔들리더니 수치심 속에, 설명할 방도가 없지만 삶이 부도덕한 상황 속에서 엉망이 되어버린 걸 아는 아이의 수치심 속에 잠겼다.

막신은 아이의 볼에 손을 얹고서, 세상에서 가장 조심스럽게 말했다.

"우리 꼬마, 나한텐 얘기해도 돼."

영재가 말없이 티셔츠 끝자락을 잡아 걷어 올렸다.

막신의 숨이 멎었다.

이윽고 그녀는 멈췄던 숨을 내쉬며 내뱉었다.

"미친년!"

장은 오스만식 계단을 내려가며 하릴없이 몸을 흐느적거렸다. 막신이 분위기를 누그러뜨리려고 노력하며 아이를 잡아당겼지만 소용없었다. 아이의 시선에서 무언가가 변했다. 빛이 사라졌다. 장은 비밀을 발설한 자신을 원망했다. 자기를 데리고 집으로 가고 있는 여자가 낯설었다. 그녀가 두려웠다.

그가 티셔츠를 걷어 흔적을 보여주자 막신은 드러나지 않게, 그러나 어쨌든 감지되는 경기를 일으켰다. 그녀는 입술을 깨물며 장을 꼭 끌어안았다. 한참 동안. 하지만 아이가 불안하지 않도록 지나치게 오래 끌지는 않았다. 그녀는 숨이 막혔다. 아이가 이를 지적하자 곧 사과했지만, 아이는 숨 쉴 공기를 찾는 그녀의 시선을 느꼈다. 그 시선이 둘 곳을 몰라 방황했다. 그녀의 눈에서 아이에게는 영원처럼 느껴지는 순간적인 불꽃, 광기가 일었다. 막신이 권총을 찾아 무장했다. 아이는 입을 연 것을 즉시 후회했다.

"엄마를 다치게 하려는 건 아니지, 응?"

"그냥 얘기만 할 거야. 걱정하지 마. 네 엄마랑 나랑, 어른끼리 얘기하고 이해시킬 게 있어. 하나도 나쁘게 안 해."

막신은 아이를 안심시키려 했지만, 대화가 무해할 거라고 안심하기엔 지나치게 신경질적으로 권총을 연신 두드렸다.

그녀가 굳게 잠긴 문 앞에서 말했다.

"뭐, 왜 열쇠가 없니?"

"없어. 난 사다리로 다니거든. 내가 그리로 다니는 걸 좋아하는 거 알잖아……."

"그래, 알지, 알아!"

장은 그녀가 이해하리라고 생각한 것이 후회스러웠다. 비밀은 그냥 그대로 두었어야 했다. 참을 수 있었다. 그다지 끔찍하지 않다, 가끔씩 얻어터지는 건. 악의는 없다……. 어쨌든…… 그렇게 고조되다가 멈추면…… 막신의 품으로 도피하면 그만이었는데…….

그런데 이젠…….

아이의 구조 신호에 아이가 엄마 대신으로 생각했던 여자가 자신의 트라우마로 응답했다. 구분 없이. 아이는 이를 느끼고, 그 고통의 수용에 한발 물러났다.

"난 집에 들어갈게. 아줌마는 그냥 가. 괜찮을 거야."

막신은 이 문 뒤에 무엇이 있을지 알지 못했지만, 어쨌든 그냥 닫힌 채로 둔다는 건 있을 수 없었다. 장을 이 문 뒤로 혼자 보내는 건 더더욱.

"겁내지 마. 그냥 얘기만 할 거야."

"약속해?"

막신은 아무 대답도 하지 않았다. 아이의 피부의 흔적을 다시 보면서 매질을 상상했다. 경련이 일었다.

"난 사회복지원에 가고 싶지 않아."

'애가 당황스럽게 똑똑하구나.' 막신은 도를 넘은 어머니를 죽이는 장면을 머릿속에서 몰아내기 위해 고개를 설설거리며 생각하고는, 이를 악물며 말했다.

"약속해."

장은 머리핀으로 자물쇠를 여는 구원자에게 감탄하며, 자신이 아직 배울 게 많고 뭔가 배울 사람으로 그녀를 지목한 것이 옳았다고 생각했다. 문이 열렸다. 장은 자주 도망쳤던 집 안에, 두려움이 밴 한 발을 들였다. 심장이 멎었다. 늘 그렇듯.

그들 앞에 겉으로는 여성스럽고 부드럽고 무해해 보이는 40대 여자가 나타났다. 어느 집에나 살고 있을 법한 한 가정의 평범한 어머니. 다만 그녀는 외출복 차림으로 싸구려 접이식 침대에서 잠들어 있었다. 발치엔 병나발을 분 듯한 진 술병 두 개가 굴러다녔다. 알코올중독자—알코올성 코마가 뻔했다—의 무릎은 토사물로 젖었고, 입가에도 토사물 한 줄기가 흘러내린 채 굳어 있었다.

막신은 욕지기를 참았다. 장, 이 아이는 익숙한 나머지 아예 코가 마비된 듯했다.

"아빠가 집을 나가고부터 마시기 시작하더니, 직장을 잃은 뒤로 더 심해졌어. 그래도 전엔 싸구려라도 포도주를 마셨는데. 난 술에 대해선 아무것도 모르지만 엄마가 돈이 없으니까 진열대 맨 아래 칸에 있는 플라스틱 병들을 고르더라고. 이젠 독한 술만 마셔. 아마 통장 잔고를 센 지도 오래됐을 거야."

입구의 작은 탁자엔 아이의 의심을 강화하는 미납 고지서며 독촉장이며 관리인의 안내장들이 쌓여 있었다. 궁지에 몰린 엄마는 만취하는 것 외엔 출구를 찾지 못했다.

"언제부터 엄마가 널 때렸니?"

"날 때렸다고는 말할 수 없어."

"장, 언제부터야?"

"술 마셨을 때만 그래."

"그걸 물어본 게 아니잖아."

"3년 전에 아빠가 집을 나가고 나서부터."

막신이 이 건물로 이사 온 건 8개월 전이었고, 몇 층 위에서 벌어지는 일에 대해선 의심조차 하지 않았다. 아이가 걸핏하면 창문으로 넘어오는 건, 그저 지적으로 덜 자극적인 집에서 잠시 탈피하는 것이리라 생각했다. 실은 그는 험악한 분위기에서 탈피한 거였다. 건방지다며 올라가는 손찌검에서, 술독에 빠진 엄마의 가혹한 매질에서. 운명의 비탈이 아이를 학대의 골짜기 속으로 굴러가게 했다.

장은 나락에 빠진 모친을 정당화하고 싶어 했다. 실직의 무게, 애정적, 사회적, 지적 결핍으로 인한 방황. 그의 모친은 절망적인 삶을 마주할 힘을 내기 위해 알코올에 입을 댔다가 아예 그 속에 빠져 피폐해졌다. 그리고 태어난 죄밖에 없는 아들이 그 대가를 치르게 되었다. 그녀는 낮에는 다정할 정도로 나긋했다가 해가 떨어지면 알코올 도수와 분노가 쌓여 손이 매서워졌다. 장은 처음엔 침대 밑에 숨거나 서랍장 뒤에 바짝 붙어 숨었다. 막신의 품을 찾기 전까지는.

모친은 아침마다 망할 두통과 막심한 죄책감을 느끼며 깨어났다. 장도 처음엔 손상된 간에서 올라오는 끈끈한 침 냄새를 마구 풍기는 뽀뽀로 점철된 사과를 믿었다. 그러다가 사과에 빈정거림이 섞이며 매질이 가혹해졌다.

"일부러 그러는 건 아니야. 엄마는 그냥 슬픈 거야. 그뿐이야."

'얘가 엄마를 변명해 주는군.' 막신은 치미는 화를 억누르며 생각했다. 이해하지 못하면서도 가해자를 사랑하고 그 모든 것에도 용서하고 싶은 희생자의 생존본능과도 같은 이해하려는 노력. 어쨌든 엄마가 아닌가.

"내가 똑똑하니까 엄마는 내가 자기를 비웃는다고 생각해. 자기를 위에서 내려다본대. 난 그렇지 않은데, 그냥 이해하고 싶은 건데⋯⋯ 엄마는 날 원망해⋯⋯."

장의 얼굴이 일그러졌다. 촉촉하고 동그란 두 눈이 짭짜름한 눈물방울을 쏟아냈다.

"내 잘못이 아닌데……."

막신은 총을 등에 꽂고서 피보호자를 얼싸안았다. 토사물 냄새가 불편한 데다 중단된 도주도 다급했던 그녀는 주변을 휘 둘러보며 손목시계를 확인했다. 서둘러 도망가야 했다. 장이 고백했을 땐 맹목적이 되었었다. 복수가 눈앞에 다가왔다는 생각에 이미 흥분 상태였던 바, 아이가 던진 문제를 다른 이의 상처로 자신의 상처를 치유하기 위한 구실로 덥석 받아들였다.

장의 시선이 무기로 향했다.

"엄마를 죽이는 거 아니지, 그렇지?"

"아냐, 우리 꼬마. 하지만 엄마가 다시는 널 때리지 않았으면 해."

"날 아줌마랑 같이 가게 해주겠다는 뜻이야?"

장은 토사물 위에 널브러진 엄마가 가까이 있음에도 불구하고, 해맑은 아이의 표정이 되어 반색했다.

"스웨터랑 팬티 좀 챙겨. 빨래는 못 해주니까."

막신은 지금 엄청난 실수를 하고 있는 건 아닌지, 긴급한 일을 제쳐두는 건 아닌지 자문했다. 여기에 장을 보태는 건, 짐을 짊어지는 것이었다. 일단 아버지 문제가 해결되면, 그땐 이 아이를 어떻게 할 것인가? 그녀가 아이에게 제공하는 건 일시적 휴식, 잠시 잠깐의 한숨 돌리기에 불과했지, 어떤 경우에도 근본적인 해결책이 아니었다.

그래, 모든 일엔 다 때가 있는 법이지. 그녀는 우선 행동하기로 결심했다. 지금으로써는 아이의 상처를 참을 수 없었다. 행동하지 않고 엄마에게 아이를 버려둔다는 건 있을 수 없는 일이었다. 그럴 수 없었다. 그 모든 일을 겪은 그녀는. 막신은 일곱 살짜리 아이를 구하기 위해 잠정적인 유혈 복수극에 빠져드는 것을 스스로에게 허용했다. 무엇이 문제란 말인가?

막신이 행여 분별을 찾을 세라 두려워진 장이 냉큼 침실로 달려갔다.

"아싸! 5분만 기다려."

아이가 사라지자 막신은 휴대전화를 꺼내 모친의 그다지 반짝이지 않는 상태를 사진으로 남겼다. 그리고 수첩을 꺼내어 핵심 사항만 휘갈겼다.

〈내가 다 알게 됐어요. 며칠 동안 장을 데리고 떠나요. 잘 돌볼게요. 증거를 남기려고 댁의 모습을 사진으로 찍어뒀어요. 댁 아들의 몸에 있는 멍 자국도 증거로 남겨둘 거고요. 사회복지원에 보낼 서류들에 확실한 자료들이 되겠죠. 되는 대로 소식 전할게요. 알코올 중독 치료센터에 가서 치료받으세요! 아니면 내가 연락할 거고, 그때 삼키게 될 약에선 청산가리 향이 날 거예요!〉

막신은 몰골이 엉망진창인 아이 모친의 손에 메모지를 흘려 넣으며, 자신이 어떤 구렁에 다시 발을 들이고 있는 건지 자문했다. 그녀는 유년 시절의 트라우마를 해결하기 위해 집을 떠났는데, 이제 다시 자신의 품에 들어온 꼬마의 트라우마에 집착하고 있었다. 그 동시성이 실로 충격적이었다. 도박사인 그녀는 필연적으로 미신을 믿었고, 여기서 어떤 징조를 읽지 않을 수 없었다.

그게 긍정적인 것인지는 두고 볼 일이다.

밤 9시 30분. 작크는 아직 연락이 없다. 발루는 친구에게 다시 한 번 버림받자, 인내심을 벽장에 넣어두고 그의 기분에 걸맞은 장비를 꺼내 들었다. 검은색 옷들과 복면과 장갑을. 아무래도 그가 친구의 기억에서 유령보다 더 흔적도 없이 증발한 듯했다. 고스트 독(ghost dog)•처럼. 침대에 나란히 놓인 산탄총과 자동 권총이 그가 채비를 마치기를 기다리고 있었다. 발루는 살상 무기를 결코 좋아해 본 적이 없다. 하지만 크라코비츠를 죽이기 위해선 주먹 하나만으론 충분치 않을 터였다. 겹겹으로 보호받는 인물이었다.

초인종이 울렸다. 끈질기게. 성가시게.

• 2000년에 개봉된 짐 자무쉬의 영화 제목. 제목과 동명인 주인공 고스트 독은 타깃을 귀신처럼 해치우고 연기처럼 사라지는 정체불명의 킬러다.

발루는 복면을 뒤집어쓰고서 무기를 손에 쥔 채 외시경을 통해 문밖을 살폈다. 초췌해진 작크가 복도의 창백한 불빛을 받으며 악착같이 초인종을 누르고 있었다. 발루는 자신의 차림을 잊고서 문을 열었다.

"뭐야, 무슨 일이야. 가장무도회라도 가?"

복면이 단호하게 받아쳤다.

"상관 마. 열쇠는 어쩌고?"

"길에서 잃어버렸어. 얘기가 길어."

발루는 총을 침대에 던지고 복면을 벗더니 채비를 계속하러 갔다. 작크가 언성을 높이며 친구의 뒤를 따랐다. 권투 시합에 은행털이에 자동차 추락 사고까지, 하루가 길고도 길었다. 그가 좀처럼 녹슬지 않는 쿨한 태도를 잃은 걸 십분 이해할 수 있는 상황이었다.

"오, 발루, 대답해. 대체 그 변장은 뭐냐고? 설마 크라코비츠를 향한 복수심에 여전히 불타고 있는 건 아니겠지?"

"맞아. 난 내 원칙이 있고, 뭔가 말을 했으면 지켜야 되는 사람이야."

"무슨 뜻이야?"

"8시에 만나자고 했잖아. 기억 안 나?"

"뭐!? 그래, 한 시간쯤 늦었다. 그렇다고 퍼니셔•• 차림으로 나가겠다고? 망할, 발루, 널 내가 정신병원에 다시 갖다 놔야겠구나, 응?"

작크는 약장을 샅샅이 뒤져 신경안정제를 찾았다. 분노한 미치광

•• 마블코믹스의 다크 히어로로 '악을 뿌리 뽑겠다'는 응징자.

이만큼이나 그를 위한 것이기도 했다.

발루가 투덜거렸다.

"내가 시계처럼 정확한 사람인 거 몰라?"

"그럴 만한 사정이 있었어."

"어, 그래? 어디, 까봐."

발루는 장갑 낀 손을 허리춤에 얹고서 이 거짓말쟁이의 변명을 기다렸다. 그는 작크를 충분히 잘 아는 만큼 거짓 알리바이를 경계했다.

"사고를 당했어. 골짜기에 처박힌 박살난 차에서 날 죽이려고 날뛰는 독사 같은 여자랑 갇혀 있다 겨우 살아 나오는 길이야."

발루는 진술의 유효성을 가늠하고자 잠시 피해 상태를 살폈다. 아닌 게 아니라 친구는 못과 철사가 가득 든 세탁기에서 방금 나온 듯, 몸의 곳곳이 멍 자국으로 얼룩덜룩했다.

"괜찮아질 거야."

"어서 옷 입어. 막신을 찾아야 돼."

"아니, 작크. 너무 늦었어. 난 결심했어. 이번엔 내 생각을 절대 바꾸지 못할 거야."

다행히도 발루가 한 가지 생각에 꽂혔을 때 주의를 다른 데로 돌릴 수 있는 유일한 사람이 바로 작크였다.

"들어봐, 네가 싫어하는 그 여자 말이야. 어떤 일을 당했는지는 몰라도 트라우마가 엄청난 것 같아. 그 트라우마가 바로 콜베르랑 관련이 있고."

"어째서?"

"그 여자 아버지거든. 그 작자에 대해 내가 소문을 들은 것도 있고, 딸이 복수심을 불태우는 걸로 봐서 뭔가 더러운 일이 있었을 것 같아. 어느 수준인지는 몰라도 여자가 흉하게 망가졌더라고. 이 정도면 네 기준에 들어맞지 않아, 안 그래?"

발루는 망설였다. 그는 자신의 원칙 속에서 흔들렸다. 작크가 여세를 몰아 끝내기 펀치를 날렸다.

"나랑 거래하자. 우선 콜베르부터 손보는 걸로. 게임은 내일모레야. 25만 유로를 챙긴 뒤, 스텝 투에 착수하자. 둘이서 크라코비츠를 해치우자고."

작크는 침대 위의 산탄총을 집어 들어 보여, 어린애처럼 두 눈을 반짝이는 친구를 더욱 신나게 만들었다.

"정말이야?"

"정말이야. 스텝 쓰리는 둘이서 프랑스를 떠나는 거야. 멀리 떠나서 기약 없는 휴가를 즐기자."

"고작 25만 유로로? 난 네가 셈 하나는 기똥차게 하는 걸로 알았는데."

"태양을 즐기면서 길을 가다 보면 등쳐 먹을 얼간이들은 늘 있는 법이야."

물론, 작크는 거짓말을 했다. 거짓말 속에서 살아온 인생이지만, 이번엔 선의의 거짓말이었다. 그는 마피아 두목에게 덤벼들 만큼 미치지 않았다. 지금으로서는 친구가 복면의 응징자가 되겠다는 망상에서 벗어나게 하는 것이 급선무였다. 일단 주머니가 두둑해지고 각자의 손에 칵테일이 들렸을 때, 친구의 관심을 보다 세속적인 것으로 돌릴 수 있기를 바랐다. 그렇게 되면 적어도 두 사람의 목숨은 붙어 있을 테니까. 그는 발루가 세상 끝까지라도 그를 따르리라는 걸 아는 바, 그것을 이용하고 대가도 치를 셈이었다.

"오케이. 계획은?"

"가면서 설명할게."

"빨간색 옷, 파란색 옷?"

"총이나 챙겨."

팬티 세 장에 티셔츠 두 장과 짝이 맞지 않는 신발 한 켤레를 챙겨 집을 나온 지 한 시간 뒤에, 장은 음식물과 생선 냄새를 풍기는 거실에 와 있었다. 인테리어도 냄새만큼이나 소화하기 힘들었다. 축구 경기가 무음으로 흘러나오는 텔레비전 화면까지 침범한 레이스 덮개, 전원 풍경이 배경인 사기 인형, 판지 칸막이에 걸린 십자가, 기름에 전 벽에 걸린 금테 액자의 교황 사진. 그럼에도 장은 이 포르투갈인 경비의 소박한 거실에서 편안한 기분을 느꼈다. 왠지 모르게 마음이 놓였다.

너덜거리는 가죽 소파의 팔걸이는 아직 멀쩡한 등받이에 부응하기 위해 갈색 스카치테이프로 수습돼 있었다. 장은 이 소파에 앉아, 옆에 있는 부엌에서 흘러나오는 욕설과 웃음의 합창에 구애받지 않고 닌텐도 DS 게임에 열중했다.

방수 앞치마로 인해 더 부해 보이는 오동통한 오십 대 가량의 부인이 쟁반에 콜라와 감자칩을 받쳐 들고 부엌에서 나왔다. 인심 좋은 집주인 마리아가 손님에게 간식을 가져온 것이었다. 그녀는 쟁반을 아이 앞에 놓더니 소파에 털썩 앉았고 그 바람에 소파와 함께 아이까지 출렁거렸다. 그녀가 노래하는 듯한 어투로 감탄했다.

"어머나, 게임기를 가져왔니? 잘했구나. 무슨 게임이니?"

"테트리스라고 하는 거예요. 작은 벽돌들을 쌓아서 벽을 만들어야 돼요."

장은 게임에서 눈을 떼지 않은 채 대답했다. 마치 납작한 뇌전도 그래프가 흐르는 작은 화면에 정신을 빼앗긴 좀비 같았다. 적어도 진지하기는 했다.

화면을 마주한 아이의 심드렁한 목소리에 익숙한 마리아는 개의치 않았다. 그녀가 경비로 있는 아파트엔 그런 아이들 천지였다. 그녀는 어조를 한층 더 높여 살갑게 의견을 보탰다.

"아주 재밌어 보이는구나."

"아니요. 시시해요."

좀비의 거만한 말투에 놀란 마리아가 순간 멈칫했으나, 조금의 호의도 잃지 않았다.

"그래도…… 그런 걸 하려면 머리가 굉장히 좋아야 할 것 같아, 아니니? 아이고, 나 같으면 한 층도 못 쌓겠다. 그런데 벽을 만들려면……."

뇌를 둔화시켜 줄 모르모트를 늘 찾고 있던 장은 어안이 벙벙하리만치 어리석은 말에 흥미가 솟구쳤다. 아이는 얼굴이 환해지며 게임기를 꼈다.

“아줌마가 훌륭한 연구 대상이 될 수 있을 것 같아요. 어디, 오늘 하루를 어떻게 보내셨는지 얘기해 보세요. 반나절은 미용실에서 보내셨겠죠, 그렇죠?”

“맞아, 어떻게 알았니?”

“파마가 반짝거려서요. 좋아요, 좋아요, 아주 좋아……. 자, 그럼 이제 미용사와 어떤 수다를 떨었는지 얘기해 보시겠어요?”

장은 첫 오이디푸스 케이스 환자와 마주한 프로이트처럼 들떠서 물었다.

마리아가 이 이상한 아이에게 자신의 얘기가 무슨 소용일지 확신하지 못한 채로, 미용실에서 얻어들은 최근의 가십들에 대해 나열하는 동안, 바로 옆 부엌의 분위기는 점점 달아오르고 있었다. 메리야스 바람에 반바지를 입고 콧수염을 기른 포르투갈인 카를로스가 막신과 포커 게임 중이었다. 카를로스만큼이나 다부진 그의 세 친구들도 테이블에 동석했다. 테이블엔 맥주병의 시체들이 층층이 쌓였다. 그야말로 웅장한 맥아의 대량 학살 현장이라고 할까. 막신은 지중해산 담배와 저렴한 시가의 뿌연 연기가 뒤섞인 숨 막히는 공기 속에서 욕탕에 든 물고기처럼 활개를 쳤다.

그녀가 카드를 내보였다.

“퀸 트리플.”

이베리아 수컷들이 구시렁거리며 카드를 내던졌다.

“운이 너무 좋은 거 아냐, 막신.”

막신이 사과했다.

"죄송해요, 카를로스."

불평은 할지언정 저열한 선수는 아닌 이 투덜이 카를로스에게 막신은 깊은 애정을 느꼈다. 그녀는 파리로 도피한 이후로, 기름에 절어 끈적거리는 이 부엌에 포커를 치러 오곤 했다. 이곳에 오면 마음이 편했다. 가족과 내 집에 있는 기분이라고 할까. 보호받는 기분 말이다. 막신은 카를로스가 지는 걸 보는 것이 썩 달갑지 않았다. 그래서 더러 그가 판을 싹쓸이할 수 있도록, 그녀를 크게 원망하지 않고 계속해서 게임을 청할 수 있도록 속임수를 쓰기도 했다. 하지만 오늘 밤, 그녀는 이겨야 했다. 새 차가 필요했다.

"여전히 차를 팔 생각이신 거죠?"

채무자가 막신의 질문이 암시하는 바를 해석하기 위해 뜸을 들인 후 대답했다.

"어? 음, 그렇지. 왜? 관심 있어?"

"네, 아주요. 제 BX가 박살이 났거든요."

"그래서?"

"제가 지금 얼마를 땄죠?"

카를로스는 셈의 복잡성에 비해 그리 길지 않은 시간 동안 고민하다가 똑 부러진 여자가 원하는 바를 알아차렸다. 그는 호주머니를 뒤져 차 열쇠를 꺼냈다.

막신이 장난기 없이 조심스럽게 물었다.

"기름은 만땅이에요?"

"어제 넣었어. 하지만 네가 딴 게 그만큼은 아니야. 한 판 더 해야 돼."

"시간이 없어요. 그리고 솔직히, 외려 제가 고물을 철거해주는 거 아니에요?"

이런 당돌한 녀석. 카를로스는 막신의 귀를 잡아당기고 싶었다. 그는 이 아이를 친딸처럼 아꼈다. 부성적 본능으로 아이가 필요로 하는 것에 주의를 기울여 왔다. 마치 딸이 크는 걸 원치 않는 아빠의 마음이라고 할까. 막신이 둥근 포마이카 스툴•에서 일어나 작달막한 포르투갈인의 훤한 이마에 키스했다. 당황하고 감동한 그의 얼굴이 즉시 불그레해지며 콧수염이 바르르 떨렸다. 막신은 나머지 선수들에게도 인사했다.

"페드로, 마누엘, 리카르도, 전 이만 가볼게요."

세 도박사들도 막신의 매력에 빠져 착하고 귀여운 헤벌쭉한 미소로 화답했다.

"난 저 애가 아무리 돈을 많이 따도 밉지가 않다니까."

마냥 예쁜 애에게 월급의 반을 털린 페드로가 말하자, 카를로스가 윽박질렀다.

"잔말 말고, 패 돌려. 난 이번 판에서 만회할라니까."

막신은 거실로 들어가 정신분석가와 그의 연구 대상 간의 열띤 대화를 중단시켰다.

"장, 가방 챙겨. 가자."

마리아는 집 앞에 쓰레기를 갖다 놓기 전에, 낭비벽 남편의 게임 성적에 관심을 보였다.

• 등받이와 팔걸이가 없는 서양식 작은 의자.

"어떻게 됐어?"

"죄송해요, 마리아. 또 잃으셨어요."

막신이 진심으로 난처해하며 대답했다.

"어쩌겠어? 신께서 돌려주시겠지……. 아니면 할 수 없고."

막신은 이 태평한 농담에 미소 지으며, 인정이 넘치는 여주인을 살갑게 끌어안았다.

"전 이제 가볼게요. 꼬마 숙녀도 잘 있죠?"

"그럼, 그럼. 이번에 시험을 아주 잘 봤어. 다음 주에 식사하러 와, 알았지?"

"다음 주엔……."

막신은 내뱉다가 멈칫했다. '내가 과연 프랑스에 있을까? 여전히 살아 있긴 할까……?'

"시간이 될지 모르겠어요. 전화드릴게요."

"근데 우리 집 양반은 이번엔 뭘 또 잃었나?"

"르노5요."

"아, 다행이네. 좌석이 영 불편했거든. 그 차에만 앉으면 좌골신경 고문이 따로 없었다니까. 이제 진짜 가, 더는 안 붙잡을게."

장이 마리아를 머리부터 발끝까지 검사하듯 시선으로 훑었고, 이를 눈치 챈 막신이 아이에게 기본적인 예의를 상기시키기 위해 뒤통수를 가볍게 쥐어박았다.

"마리아, 카를로스는 제 말을 안 들어요. 그러니까 제 대신 꼭, 돈내기 좀 그만하라고 말씀하세요. 정말이지 포커에는 소질이 없는 분이거든요."

"걱정하지 마. 늘 자기보다 하수들을 귀신같이 찾아내는 양반이니까. 그리고 너한텐 부러 져줬을 거야. 네가 자기 차를 가져가는 게 신이 나서."

감탄이 절로 나는, 남편에 대한 믿음이었다. 당부가 소용없었다.

"네……. 어쨌든 잘 감시하세요."

"약속할게."

여자들이 인사 키스를 나눴다. 그런데 마리아는 왜 이게 마지막인 것만 같은 기분이 들었을까? 설명할 길은 없었다. 그저 불길한 예감이라고 해두자. 그녀는 다음 날 남편한테 로또 복권을 사다 주러 복권 판매소에 가기 전에 교회에 들러서, 막신을 위해 양초에 불을 붙이며 기도할 터였다. 마리아는 그런 여자였다. 단순한 동시에 성녀였다.

파란색 문이 달린 빨간색 르노5가 이 차의 까다로운 모터가 허용하는 시속 75킬로미터의 속력으로 아스팔트를 집어삼켰다. 어슴푸레한 헤드라이트로 잘 보이지도 않는 시골길들이 느긋하게 행렬했다. 차 안에서는 장이 경멸이 역력한 표정으로 카를로스에게서 우려낸 전리품의 실내를 뜯어보고 있었다.

"이런 쓰레기를 따내기 위한 거였으면 많은 돈을 걸지도 않았겠네."

운전석의 막신은 컴컴한 길과 어두운 생각 사이에서 훤히 보기 위해 노력했다.

"어쨌든 굴러가잖아. 이 차에 바라는 건 그게 다야."

장이 마리아를 떠올리며 말했다.

"근데 그 아줌마, 그 아줌마는 완벽하더라. 진짜 진짜 특별 케이스. 나 정말 두 시간 동안 뇌를 전혀 쓰지 않았어."

막신은 총명과 오만 사이에서 흔들리는 언뜻 유감스런 경향을 보이는 아이를 돌아보았다. 아이에게 단연 우선적인 개념, 즉 올바른 인성을 기르게 하기 위해 그때그때 바로잡아줄 의무를 느꼈다.

"그거 아니? 너보다 덜 똑똑한 사람들을 무시하면 안 된다는 거. 마리아 아줌마는 비록 노벨 물리학상 수상감은 아닐지 몰라도 인정 많은 분이야. 네 태도에 대해 다시 생각해 보는 게 좋을 거야. 앞으로 어쩌면 밤새 원자력에 대해 이야기 나눌 수 있는 사람들을 만나게 되겠지. 하지만 그러고 나서 아침이 되면 세상에 그토록 혼자일 수 없는 기분을 느끼게 될 거야. 그럴 때 마리아 아줌마의 미소를 보면, 더는 아무 의문도 들지 않는단다……. 때론…… 그렇게 아무 의문도 들지 않는 게 얼마나 좋은지……."

특출하게 명민한 장은 당황하며 자기의 잘못을 깨달았다.

"사실 난 자주 혼자라고 느껴."

"응, 알아……."

막신은 아이가 마음 상하지 않도록 훈계에 상냥한 미소를 곁들였다. 아이의 반응으로 미루어, 훈계는 효과적이었다.

"잘못했어."

막신은 모성적 동작으로 아이의 머리를 쓰다듬었다. 더는 아무 말도 보태지 않았다. 아이가 알아들었다.

"나한테 기분 나빠셨을까?"

"마리아 아줌마가? 장난하니? 절대 그렇지 않아."

막신은 속세에 잔류한 성모 마리아의 모습을 떠올리며 얼굴이 환해지는가 싶더니 이윽고 그보다 훨씬 덜 성스러운 다른 어두운 기억 속으로 빠져들게 하는 컴컴한 길에 다시 정신을 집중했다. 장은 그 급격한 감정의 기복을 통해 자신이 이해할 수 없는 어떤 불안을 감지했다. 그는 명석한 두뇌에도 불구하고 어쨌든 일곱 살짜리 어린아이였고, 모든 걸 이해할 무기를 갖추지 않았다. 하지만 앞으로 배워갈 터였다.

"막신? 우리 어디 가는 거야?"

"포커 게임 하러."

"왜 이렇게 멀리 가는데?"

"특별한 게임이라서."

"뭐가 특별한데?"

"내 마지막 게임이 되길 바라거든."

나시옹 지역. 주택가. 이 늦은 시각에 문을 열어놓은 유일한 상점인 작고 소박한 술집 앞에 번쩍거리는 검정색 픽업트럭 도요타 툰드라가 정차한다. 발루가 운전석에서 기다리고 있다.

작크는 술집 바에 팔꿈치를 괴고서 불법 게임의 소식통인 데데를 구워삶는 중이었다. 도시 안에서 벌어지는 게임에 관한 한 데데가 모르는 게 없었다.

데데는 쉬즈를 홀짝이며 말했다.

"아, 그래, 알겠다. 그 귀염둥이 아가씨 말이지. 만만치 않은 독사야."

작크가 속으로 한탄했다. '어느 정도까지 독사인지 아저씨는 절대 모를걸요.'

"혹시 오늘 밤엔 어디서 출몰할지 아세요?"

"기다려 봐. 전화 몇 통 돌려볼 테니."

데데가 화장실 옆의 공중전화 부스로 들어갔다. 그는 술집에서 공중전화를 이용하는 유일한 사람이었다. 아마 술집에서뿐만이 아니라 프랑스 전체에서 유일할 터였다. 주인은 가장 소중한 단골을 위해 공중전화를 없애지 않고 남겨두었다. 굴복하지 않기보다는 지난 시절을 그리워하는 멜랑숑 지지자•로서, 그가 가장 좋아하는 노동조합원 단골손님을 강제로 디지털 전화로 전환하게 하는 건 가슴 찢어질 노릇이었기 때문이다.

작크는 정보를 기다리는 동안 술을 주문했다.

"J.T.S. 브라운이요."

"그게 뭐요?"

뼛속까지 프랑스인으로서, 설사 위스키 브랜드일지라도 자기 업소에서 영어를 쓰는 걸 탐탁지 않아 하는 술집 주인이 물었다.

오늘 날 바텐더들의 문화적 소양 결여에 놀란 작크는 선반에 진열된 술병들의 라벨을 훑다가, 생맥주와 질 나쁜 럼 사이에서 단순한 선택을 했다.

"쉬즈 두 잔이요."

데데가 담배꽁초를 입에 문 채 다시 바에 와 앉았다. 그가 성냥을 긋다가 부러뜨렸다.

• 장 뤽 멜랑숑 지지자. 멜랑숑은 극좌파인 '굴복하지 않는 프랑스당' 대표로, 2012년과 2017년 대선에서 사회당과 공산주의당을 아우르는 좌파의 대안으로 떠오르며 돌풍을 일으켰고, 2022년 대선에도 출마를 선언했다.

"데데!"

술집 주인이 데데의 입에 물린 담배를 가리키며 지적했다.

"젠장, 그 거지 같은 환경법으로 사람 좀 그만 괴롭혀."

주인이 항변했다.

"법을 내가 만들었냐고."

"어쨌든 법을 지키고 있잖아. 왜 정부가 시키는 거라면 벌벌 떠느냐고. 난 당신이 마크롱 놈을 못 견뎌 하는 줄 알았구먼."

"응, 마크롱은 인정 못 해. 하지만 이 법은 마크롱이 대통령이 되기 전에 만들어진 거야."

"뭐야, 그럼 사르코지나 시라크 때에? 우파 정부 때 만들어진 거라도 마찬가지지. 달라질 건 아무것도 없어, 이 더러운 배신자야."

"그래, 그래, 내가 앞잡이다. 어서 쉬즈나 마셔, 서비스니까. 대신 담배는 나가서 피우라고."

진정한 프리마돈나인 데데는 눈요기감이 되어 기분이 상한 공산당원 역할을 완벽하게 해냈다.

"당신이 최고야, 나의 제제."

작크는 스툴에서 균형을 잡고서 쉬즈를 삼키며 손목시계를 슬쩍 확인했고, 이것이 그의 정보원의 눈을 피해가지 못했다.

"급해 보이는군, 친구. 그렇다면 오래 붙들지 말아야지. 나한테 한 잔만 더 사. 그럼 정보를 팔아넘길 테니."

'못 말리는 데데.'

데데는 주문과 함께 잔을 비웠다. 알코올중독자가 정보를 흘렸다.

"카를로스한테 있대. 네 독사 말이다."

"카를로스요? 포르투갈인들 패거리의 그 카를로스?"

"그래, 알아?"

"이름만요. 한 테이블에 앉아본 적은 없어요."

"아쉬울 거 없어. 카를로스와 그 패거리들은 카드 쪽으로는 실력이 형편없거든. 하지만 좋은 친구들이야. 내가 가끔씩 함께 이런저런 은밀한 공작을 벌이기도 했는데, 그 방면으로는 솜씨가 좋아. 네가 찾는 귀염둥이가 카를로스한테 자주 들르나 봐. 거의 입양한 딸 수준이래. 그런데 이제 거기도 없어. 그 애도 급하게 떠난 것 같더라고."

"몇 시에 떠났대요?"

"자정쯤?"

"혹시나 해서 말인데, 어디로 갔을지 짐작 가는 데가 없을까요?"

작크는 술이 떨어지지 않도록 야금야금 정보를 흘리는 이 불한당 데데의 속셈을 훤히 들여다보며 물었다.

"나 목마른 거 안 보여?"

작크는 풋 웃음을 터뜨렸다. 그는 데데에게 애정이 있었다. 다시 한 차례 술이 돌았다. 작크는 어쨌든 취하지 않게 조심했다. 조사를 마친 뒤에 길을 떠나야 했다.

"지금 거기 가봐야 카를로스밖에 없어. 카를로스가 독사한테 고물을 팔아넘겼대."

"네? 그걸 아는 게 나한테 무슨 소용인데요?"

"르노5 빨간색이야. 차문은 파란색이고."

드디어 오늘 밤에 들은 것 중에 가장 구체적인 정보가 등장했다.

작크가 평가했다.

“그 정도면 눈에 안 띄진 않겠네요.”

“그렇지? 시티즌 밴드•를 가동해 봐. 그런 고물차에 그런 예쁜 독사면 추적하기 어렵지 않을 거야. 원한다면 예쁜이가 마지막으로 발견된 장소도 얘기해 줄 수 있어, 왜냐하면 너니까, 네가 나한테 후하니까. 그래서 말인데…….”

데데가 문장 끝을 흐리며 서스펜스를 남겼다. 그리고 암묵적인 의미로 한쪽 눈을 찡긋거렸다. 작크는 바에 놓아둔 동전에 동전을 더 보탰다. 데데가 말이 더 잘 나오도록 쉬즈를 한 모금 넘긴 뒤, 탐욕스럽게 헤벌쭉거리며 털어놓았다.

“비에르종 옆 A71 고속도로야.”

“고마워요, 데데. 아저씨 없었으면 전 정말 어찌 해야 했을까요.”

“이하 동문.”

데데가 팔꿈치를 들어 올리며 화답했다.

작크가 아연 바 탁자에 탁 소리를 내며 지폐 한 장을 내려놓았다. 데데가 그가 좋아하는 대로 탁자 밑에서 구르며 이 밤의 막을 내릴 수 있도록 하기 위한 작은 보너스였다.

작크는 좌중에게 인사하고는, 육중한 트럭에서 그를 기다리는 동료한테 갔다.

발루가 물었다.

“어디래?”

• 개인용 무선통신의 일종으로, 개인용 주파수대 또는 그 라디오를 가리킨다.

"A71 고속도로. 비에르종 방향."

"그걸로 네 여친을 어떻게 찾아?"

"르노5 빨간색이야. 파란색 문에. 시티즌 밴드 가동할게."

빌루는 차의 시동을 걸었다. 사륜구동의 모터가 온 동네가 울리도록 부르릉거렸다.

작크가 내기했다.

"십중팔구, 세 시간 이내로 찾을 수 있어."

"두고 보자고."

그로부터 세 시간 이내로, 초라한 호텔에 주차한 막신은 음산한 방의 똑같은 싱글베드 두 대 중 한 대에 장을 누이고 더러운 이불을 덮어주면서, 아이에게 우리를 둘러싼 세상이 늘 반짝거리지 않는다는 걸, 나아가 솔직히 음울하다는 걸 배울 기회라고 자위했다. 법적으로는 분명히 저촉될 행위의 꺼림칙함을 이와 같은 핑계로 씻어버린 도망자는 유괴한 아이의 이마에 모성 어린 입맞춤을 했다.

"어서 자. 내일 또 길을 떠나야 하니까."

"이야기 하나 들려줄 수 있어?"

"오늘 밤엔 내 두뇌가 그럴 여력이 있는지 모르겠다."

"내가 영재라고 해서 아름답고 단순한 이야기들을 안 좋아하는 건 아니야."

막신은 영재 아이의 빛나는 언변에 그가 아이이고 그래서 단순하며 동화도 즐길 수 있다는 걸 왕왕 잊었다.

"그래…… 미안해. 어떤 얘길 들려줄까?"

"아줌마가 살아온 얘기 같은 거, 아줌마가 어떻게 지금의 아줌마가 됐는지, 뭐 그런 거."

가짜 어린이 동화를 가장하여 여주인공의 수수께끼를 밝혀보려는 영재의 전략이었다. 막신은 어떻게 대답해야 좋을지 갈피를 잡지 못했다. 그녀는 자신의 트라우마와 충돌하며 천사 같은 아이의 트라우마로 이어질 진실과 동요 사이에서 갈등했다. 어떤 해결책도 적절해 보이지 않았다. 따라서 사이드 테이블 서랍에서 먼지 낀 성경책을 꺼내어 자신의 임무를 떠넘겼다. 그녀는 마침 이름만으로도 사도들의 말씀을 읽을 준비가 된 장•의 손에 성경책을 안기며 말했다.

"자, 이걸 읽어. 바보 같은 이야기가 가득하지만 교훈적이긴 하니까 배우는 게 있을 거야."

장은 한숨을 내쉬며 손으로 책을 훑었다.

"어휴, 막신, 이건 벌써 읽었어."

"성경을 읽었다고?"

이 지구상에 성경이나 꾸역꾸역 읽고 앉았을 만큼 할 일 없는 어린애가 있었단 말인가? 게다가 그 고역을 어린애에게 부과한 것은 다름 아닌 그녀였다.

"그렇다니까."

"끝까지 다?"

• 프랑스어로 '장'은 '요한'을 의미한다.

"그렇다니까. 대체 날 뭘로 보는 거야?"

지식인이 거의 역정을 냈다.

난처해진 막신은 하늘로 눈을 치떴다. 어쨌든 아이에게 전화번호부를 들이밀 수는 없는 노릇이었다. 아니, 괜찮을까? 그래, 괜찮을 수도 있다. 아이가 머리를 벽에 세게 부딪쳤다면 말이다.

"그럼, 다시 읽어. 다시 읽고서 나한테 요약해 줘. 난 아주 유명한 가르침들밖에 모르거든. 솔직히 믿기지도 않고."

웅장한 강연 준비를 위해 천재의 신경세포가 풀가동을 시작했다.

"그럼 내가 한 장을 통째로 들려줄게. 아주 생생히 기억나거든."

"됐어, 그만 자."

막신은 누수된 곳을 접합하던 도중에 배수관이 터지자 아예 수도를 차단해 버리는 배관기사처럼, 쏟아지려는 아이의 장광설을 틀어막았다.

"네가 머리는 어른처럼 똑똑할지 몰라도 몸은 아직 어린이야. 이제 그만 쉬어야 돼."

막신은 이와 같은 훈계로—오, 얼마나 책임감이 투철한지— 열정적인 두 시간짜리 신학 강의를 피하며, 천재의 입은 물론 코까지 이불을 덮었다. 그녀는 마지막으로 애정 어린 손길로 아이를 토닥거린 뒤, 외출할 채비를 했다.

버려진 아이가 불안에 떨며 반발했다.

"어디 가는 거야? 설마 나 혼자 내버려 두는 거 아니지, 그렇지?"

학대받는 아이 유괴범이 죄책감에 사로잡혀 주춤했다.

"금방 올 거야. 안내데스크 아줌마한테 잘 말해놓을 거니까 염려

마. 자, 이제 어서 자야 돼."

막신은 불을 끈 뒤 방에서 나왔다. 양심의 가책으로 가슴이 따끔거렸다. 상황으로 미루어 그녀도 좋은 엄마가 될 수 있을지 확신할 수 없었다.

모텔의 여자 지배인이 확실한 의사표시로 막신의 우려를 확인시켜 주었다. 그렇다, 그녀는 314호실에 미성년자가 보호자 없이 혼자 있다는 사실을 기록해 두긴 하겠으나 일절 책임을 지지 않을 터였다. 아니다. 약소한 지폐 한 장이면 안내데스크에 접수된 이 부탁의 부도덕성을 눈감아 주기에 충분했다.

막신은 지배인에게 기름칠을 한 뒤, 어둠 속으로 사라졌다.

걸어서.

그녀는 이 초라한 호텔을 우연히 선택한 것이 아니었다. 호텔 맞은편에 위치한 그리 삐까번쩍하지 않은 술집의 전광판이 '24시간 영업'이라는 글자로 깜빡거리는 걸 염두에 두었다. 일반인들에게 적합하지 않고, 도박판이 있다는 암시였다. 막신이 머리를 비우기 위해 필요한 모든 것 말이다.

더불어 주머니는 채우기 위해.

'황소를 잡을 땐 뿔을 잡아서.'[•]

간판만 봐도 모든 것이 뻔했다. 간판 밑엔 아마 술집 주인의 사촌쯤 될 듯한 재능 없는 화가가 그렸을, 상호와 크게 관련 없는 그림이 그려져 있었다. 요컨대 한 카우보이가 암소에 올라타 엉덩이를 때리고 있는 그림이었다. 로데오가 웬 말이란 말인가.

막신은 양방향 여닫이문을 밀치고 안으로 들어갔다. 마룻바닥에 들러붙은 맥주 냄새와 정제형 변기 세정제의 유칼립투스 향으로 어설프게 가린 화장실의 지린내가 뒤섞인 냄새가 막신의 콧구멍을 공격하며, 예감을 확신시켰다. 웰컴 파 웨스트(Welcome Far West), 서부 개척 시대 입성 환영.

• 프랑스어로 '정면 돌파'라는 관용적 의미이다.

파리 북부 앙바자 지역의 술집을 남성적 분위기가 지배했다. 한 무리의 여성 종업원들이 몇몇 매춘부들과 함께 여성스러움이라면 탈의실에나 버려둔 한두 명의 여자 술꾼들의 지원을 받아 여성적 분위기의 할당량을 채웠다.

막신의 더할 나위 없는 섬세한 감수성이 그녀의 등장과 함께 장내에 찬물을 끼얹은 듯한 침묵을 불러일으켰음은 두말할 필요도 없겠다. 심지어 음악마저 멈춘 듯했다. 근 30년 동안 업그레이드 없이 45개 레코드만이 주구장창 돌고 있는 주크박스의 전원을 누군가 끄기라도 한 것처럼, 지칠 줄도 모르고 '아임 스틸 러빙 유(I'm still loving you)'를 반복하던 스콜피언스의 후렴구를 중간에 뚝 끊어버리기라도 한 것처럼. 천만에, 그렇지 않았다. 그저 느낌일 뿐, 음악은 계속해서 연주되고 있었고 스콜피언스도 계속해서 흐느끼고 있었다. 사내들은 힐끔거렸고, 막신은 전진했다. 무엇보다 수군거리는 지적질에, 빈번히 성차별적이며 대부분 무례하면 무례했지 절대 호의적이지 않은 지적질에 주의를 기울이지 말아야 했다. 정신을 집중하기.

병을 컵 삼아 맥주를 하나씩 들고 마시던 한 무리의 오토바이족이 무리 중 하나가 던진 고등학생 유머에 느끼하게 낄낄거렸다. 막신은 웃음소리를 듣지 않았다. 듣고 싶지 않았다. 오토바이족들은 흥미 없었다. 그들은 그녀가 사냥하는 종류의 야수들이 아니었다.

낯선 여자가 그녀가 들어선 순간부터 그녀에게서 시선을 떼지 않고 있던 바텐더의 맞은편 바에 착석했다. 당연히 그녀 같은 여자가 눈에 띄지 않을 수 없었다. 이 지역에서 이방인들은 환영받지 못했으나, 그게 여자라면 얘기가 달랐다. 그들도 여자한테는 환영하는 태도를 보일 줄 알았다.

“콜라 한 잔 주세요.”

“이 시간엔 술만 팔아요.”

바텐더가 이쑤시개를 씹으며 더러운 행주로 컵을 닦다가 말하고는 낯선 여자가 너무 편안해하지 않도록, 예의란 게 무언인지 배울 수 있도록 꼬나보았다. 특히 이곳을 제집처럼 여기지 않게 해야 했다. 수준 높은 공동체에게 받아들여지려면 규칙을 준수할 줄 알아야 하는 법이다.

“좀 봐줘, 길루. 내일 엄마 손 잡고 학교에 가야 할 텐데, 코가 비뚤어져서야 쓰나.”

높이 솟은 키만큼이나 체격도 우람하고, 정육점 주인 같은 손에 나무꾼 티셔츠를 걸친—반면에 틀니는 시급히 치과에 가서 새로 맞춰야 할 수준이었다— 가스파르가 맥아에 절어, 담배며 알코올이며 악취를 풍기는 입 냄새로 확인된 불량한 구강 위생으로 썩어나간 이가 드러나도록 실실거리며 막신과 바텐더의 대화에 끼어들었다. 하지만 성급한 판단은 금물이다. 가스파르는 루저라기보다는 길가의 불한당이었다. 정확히 막신이 찾는 종류의 사내. 그녀는 함정이 보다 교묘하도록 숲에서 길을 잃은 순진한 도시 여자 연기를 했다.

“그럼 있는 것 중에서 제일 약한 걸로 한 잔 주세요.”

바텐더가 싸구려 중에서 그나마 제일 고급인 레드 와인 한 잔을 바에 내려놓았다.

“내가 세련된 숙녀분인 걸 애초에 알아봤수다.”

막신은 보기에도 짐짐할 것 같은 와인을 맛보았다.

"포도주보다 여자를 더 잘 아시나 봐요?"

바텐더와 그의 하수인이 그들에게 벌어질 일에 대해선 상상조차 하지 못한 채 술잔을 비워댔다. 요컨대 먹잇감이 밀렵꾼들을 낚게 되는 일 따위 말이다. 막신은 술집 안쪽에 있는 방에서 포커 테이블을 보았다.

"저기서 카드 게임을 하나 봐요?"

가스파르와 바텐더가 암묵적인 동의의 시선을 교환하는가 싶더니 덩치가 막신에게 길을 열어주었다.

"밀 본•이요. 들어가서 착하게 부탁하면, 구석에 앉아서 구경하게 해줄지도 몰라요."

낯선 여자가 바에 지폐 뭉치를 올려놓았다. 두 남자가 비릿한 너털웃음을 터뜨렸다.

가스파르가 다섯 명이서 술집 분위기만큼이나 끈적끈적한 포커 게임 중인 테이블로 미래의 희생자를 데려갔다.

"바스티앙, 여기 학생 하나 데려왔어. 친구가 없다며, 너희랑 같이 게임을 하고 싶다고 해서."

막신은 해적 무리에게 다가갔고 그 즉시 우두머리를 알아보았다. 양 볼이 움푹 팬 얼굴에 상어의 일그러진 미소와 카리스마, 그에게 부족한 건 갈고리뿐이었다. 바스티앙이 광기가 이글거리는 눈으로

• 프랑스어로 '천 킬로미터'란 뜻으로, 1954년에 개발된 자동차 레이싱 카드 게임이다. 7살부터 즐길 수 있다. 막신을 놀리려는 의도로 던진 말이다.

막신을 올려다보았다.

"할 줄 안대?"

첫인상이 들어맞았다. 시선만큼이나 비틀린 목소리, 진정제인지 환각제인지 마취제인지 모를 약의 남용으로 추락을 가까스로 모면하며 광기 위에서 아슬아슬한 줄타기를 하는 곡예사의 목소리였다. 목숨이 유지된, 아니 그보다는 유예된 폭발물, 악명 높은 술집들에 분포된 시한폭탄들.

가스파르가 두목에게 지폐 다발을 보이며, 젊은 여자 뒤에서 빈정거리는 얼굴로 여자의 등을 다독였다.

"그럴 거야."

바스티앙이 생긴 대로 험악한 신사가 되어 정중하게 의자를 가리켰다.

"앉으쇼."

손님이 기만적인 인사치레에 순순히 따르며 오직 순진함만을 방패 삼아 상어들 속에 자리 잡았다.

"포커인가요?"

"허허, 아가씨한텐 아무것도 감출 수가 없네요. 할 줄 알아요?"

"어렸을 때 언니랑 같이 할머니한테 배웠어요. 할머니 댁에 가면 브리지 게임•을 하던 카드가 있었거든요. 전 카드가 너무 좋아요. 이기는 조합이 뭔지만 알려주세요."

이 어이없는 순진함을 소화할 얼마간의 시간을 흘려보낸 뒤, 상

• 4명의 참가자가 함께하는 팀전 카드 게임.

어들이 더없이 쾌활한 웃음을 합창으로 터뜨렸다. 바스티앙이 연속적인 폭소에 결려오는 옆구리를 부여잡았다.

"우! 하! 하! 이기는 조합! 아, 염병, 이런 개그는 또 처음일세."

그가 눈물을 훔치며 여종업원에게 주문했다.

"미셸! 위스키 한 잔! 여기 숙녀분한테!"

바 뒤에 있던 여자는 한 마디 한 마디마다 욕설같이 등골이 오싹해지는 이 목소리에 복종했다. 막신은 기분이 휙휙 돌변하는 바스티앙의 특성을 기억해 두었다. 정서불안. 그녀는 위험한 냄새를 감지했다. 바스티앙, 그는 신선한 피 냄새를 감지했다.

"고맙지만 전 와인이 있어요."

"이 테이블에선 위스키를 마셔요. 일종의 사회적인 규칙이라고 할까."

바스티앙이 주는 건 무조건 받아야 한다. 예의는 이제 끝이고 권위만이, 나아가 위협만이 남았다. 막신은 상어들이 탐내는 질 나쁜 고기가 이제 곧 대령되리라는 걸 예감했다.

피 구경이 보장된 밤이었다.

한 시간 뒤. 막신 앞에 다섯 개의 빈 잔이 놓였다. 그녀보다 일찍 술 파티를 시작한 해적들의 얼굴이 둘로 보이는 건 시간문제였다. 분위기가 후끈해졌다. 테이블이 달아올랐다. 바스티앙이 연거푸 승리했다. '다시, 또다시, 이건 시작에 불과해. 그래, 그래.' 시대에 뒤떨어진 주크박스에서 프란시스 카브렐•이 울부짖었다. 바스티앙은 약해지는 법 없이, 여자를 호되게 가르쳤다. 흡사 볼기짝을 때리는 것 같았고, 그도 이 표현을 불쾌해하지 않았으리라.

막신은 취기로 해롱거렸다. 위스키를 죽 들이켜더니 미셸을 향해 빈 잔을 들어 보였다. 종업원에게는 상황이 뻔히 보였다. 낯선 여자에게 어서 달아나라고 저자들을 조심하라고 얘기하고 싶었지만, 그러라고 월급을 받는 것이 아니었다. 이 술집의 단골은 해적들이었다. 그들이 남기는 팁은 자잘했고 그들의 더럽고 두툼한 손은 곳곳을 더듬었지만, 어쨌든 그들은 이곳에서 소비를 했고 그것이 사장이 바라는 전부였다. 미셸, 그녀가 바라는 전부는 일자리를 지키는 것이었고. 비록 하찮은 일일지라도, 이 지역에선 그나마 드물었다. 이 늦은 시각에 이 술집에 들어와 헤매는 낯선 여자만큼이나. 따라서 종업원은 양심에 자물쇠를 채우고 방황하는 가련한 여자의 빈 잔을 다시 채웠다.

관대한 왕자 바스티앙이 가련한 희생자에게 동정심을 드러냈다.

"이보쇼, 우리가 또 아주 후레자식들은 아니거든요. 아가씨 돈을 있는 대로 탈탈 털진 않을 거라고. 이만하면 우리도 두둑해졌으니, 아가씨도 이제 그만 아스피린이나 두 알 삼키고 가서 주무슈."

대체 누가 해적들은 관대할 수 없다고 했던가?

"바스티앙…… 무슨 그런 섭섭한 소릴……. 닥치고 카드 돌려."

막신이 알코올이 밴 흐릿한 시선으로 바스티앙을 바라보며, 취기

• 프랑스 대중 가수.

로 인해 꼬부라지는 혀로 똑바로 발음하려 애썼다. 어쨌든 좌중의 모두가 그렇게 믿었다. 그 모든 것이 연기였기 때문이다.

"오케이. 대신 어디 가서 우리가 억지로 카드 게임을 시켰다는 소리는 마쇼. 당신을 보니까 밤새 길거리에서 짧은 치마 차림으로 이리저리 동동거리고 다니는 여자들 생각이 나네. 사람 솔깃하게 해놓고, 응, 지퍼가 들썩거리게 해놓고서 막상 달려들면, 자기들은 이런 걸 생각한 게 아니었다며 '귀찮게 굴지' 말라고 징징대는 여자들 말이오."

"내가 카드 돌리라고 했지, 바스티앙. 그리고 예를 들어도 어디서 그런…… 네가 준 위스키만큼이나 의심스런 맛이 나는 예를 들고 있어."

가련한 여자가 다 죽어가면서도 또 요구한다? 그렇다면 어쩔 수 없었다. 바스티앙은 패를 돌렸다. 해적들은 베팅했다. 막신도 따랐다. 흥겨운 게임이 금발 머리•• 죽이기로 돌변했다. 두목이 신바람이 나서 그가 즐겨 꺼내드는 일화를 주절거렸다.

"내가 바르셀로나 부근을 어슬렁거리던 시절에 한 여자를 알게 됐거든. 그 여자가 밤새 카드를 쳤다고. 가진 걸 다 걸었지. 정말이지 갖고 있는 걸 탈탈 털어서 베팅했어. 다 잃었는데도 계속했지. 자긴 잃을 게 없다고 생각한 거지. 그래서 정말 알거지가 됐어. 다음 날 해변에서 마주쳤는데 갓난애를 품에 안고서 징징거리며 다니더라

•• 동화 「금발 머리와 곰 세 마리」에서 곰들이 집에 없는 동안 곰들의 집에 들어가 마음껏 집을 누리는 어리석은 금발 머리 여자에 비유한 말이다.

고. 이제 믿어져? 가진 걸 다 걸고 포커를 치는 애 엄마라니, 경멸도 아깝지……."

"50 더."

막신은 손톱만큼의 흥미도 보이지 않은 채 선언했다.

그녀는 여전히 알딸딸한 얼굴이었다. 적어도 바스티앙은 그렇게 생각하면서, 게임의 페이스를 잃지 않은 채 추가로 베팅했다.

"포커는 정신이 제대로 박힌 여자들을 위한 게임이 아니라고."

자신이 전능하다고 믿으며 자기들의 성기와 칼을 당당히 전시하는 남자들이란. 이자는 곧 생각을 고쳐먹을 터였다. 전세를 역전시킬 때가 되었다. 바스티앙은 여자가 구렁에 빠졌고, 절대 다시 기어오를 수 없으리라 여겼다. 그는 미끼를 물었다. 이제 막신으로서는 대어를 낚는 일만 남았다. 그동안 알코올의 희생자 연기를 하면서, 사기 작전을 차근차근 진행해 왔다. 그녀는 상황을 완벽하게 통제했다. 바스티앙은 천을 베팅했다. 그녀를 인형 주무르듯 다룰 수 있다고 믿었다. 추락은 가장 참혹할 터였다.

'악마의 꼬리를 잡아당겼다 이거지.' 두목은 생각했다. 다행이다, 그도 흥분되니까. 더욱이 악마 역할을 그가 맡았으니 말이다.

"고백하자면 비록 내가 당신네 여자들이 풍기는 섹시한 향에는 환장을 한다 해도 말이지. 카드가 돌 때 풍기는 그 섹시한 향, 음, 좋고말고……."

바스티앙이 음탕한 침으로 번질거리는 입술 사이로 '세에에에에에엑시'라는 단어를 내뱉었다. 어린이의 뇌척수액 앞에서 졸도할 정도로 기뻐하는 한니발 렉터와 진배없다고 할까.

"안 그래? 응, 친구들?"

해적들이 감자튀김 포장마차보다 더 기름진 목소리로 두목에게 "응"을 합창했다. 막신은 토할 것 같았다. 그녀는 다이아몬드 에이스를 손에 꼭 쥔 채, 구역질을 참았다. 게임이 끝날 때 이 괴로움을 크레이프 뒤집듯, 그대로 되돌려 줄 터였다.

"막신, 잠이 안 와."

장이 잠옷 차림으로 그녀의 등뒤에서 어리바리한 얼굴을 드러냈다. 아이가 습관대로 호텔 지배인의 지시를 어겼다. 요컨대 창문을 타 넘었다. 1층 방의 이점이라고 할까. 늑대가 없는지 살피러 숲에 간 김에 카드 게임을 하는 빨간 모자를 찾으러 가기 위해 사다리를 탈 필요가 없었다.

막신은 아이에게 달려가 무릎을 꿇고서, 보다 멀쩡한 목소리로 이상이 없는지 살폈다. 아무도 이를 눈치 채지 못했다. 초저녁부터 술을 푸기 시작해서 싸구려 위스키의 공격에 점차 영향을 받기 시작한 바스티앙조차.

"장, 여기서 뭐하는 거니? 왜 호텔에서 나온 거야?"

두목이 성가시게 굴었다.

"여사님이 아가랑 같이 오셨네. 여, 친구들, 귀엽지 않아? 잠들기 전에 볼기를 토닥거려 줘야 하는 모양일세."

장이 주둥이에서 악취를 풍기는 참견꾼을 돌아보며 돌직구를 날렸다.

"아가하고 일곱 살짜리 아이를 구분하지 못하겠거들랑 정신병원에나 가. 가서 내 보기엔 확실히 항문기에 고착된 것 같은 그 정신이

상 문제를 분석해 보는 게 좋겠어."

"뭐라는 거니, 코흘리개야?"

알코올과 암페타민•으로 열이 오른 바스티앙은 예의범절을 가르치기 위해 비수 같은 미소로 얼굴을 일그러뜨렸다. 마주한 상대의 나이를 판단할 필터가 더는 없었다. 막신이 화약고에 반짝이는 순진함의 불씨를 뿌리러 온 아이를 서둘러 수습하며 폭발을 막았다.

"아무 말도! 아무 말도 안 했어! 이리 와, 장, 가서 자자."

막신이 보따리에 아이와 가장한 패배를 싸 들고 도망치려 했다. 사기극이 모래성처럼 허물어졌다. 장이 그녀의 블러핑을 망쳐버렸다. 위험한 자들을 함정에 빠뜨릴 때는, 부수적 피해의 위험이 없는 지대인지 살펴야 하고, 아이는 그중 하나이다.

"그래, 어서 가서 애새끼나 재워. 내가 뭐래, 여자들은 포커에 껴주면 안 된다니까. 애를 재우고 있으면, 내가 가서 네가 감히 나한테 부탁하지 못한 즐거움을 안겨줄게. 알았지, 예쁜이?"

막신에게 도전장을 던지지 말아야 하는 예민한 영역이 있는데, 바스티엥이 지금 막 그곳에 뛰어들었다. 기폭제라고 할까.

장이 유모를 향해 귀여운 얼굴을 쳐들었다.

"나 저 아저씨 얘기 계속 듣고 있으면 안 돼? 되게 바보 같아 보이는데. 내 치료에 확실한 도움이 될 것 같아."

막신이 아기 천사의 코를 잡아당긴 뒤 어깨에 한 손을 올렸다.

"그런 소리 그만해. 넌 아프지 않아."

• 필로폰의 주성분인 각성제.

그러고 나서 막신은 바스티앙을 돌아보며 부릅뜬 눈으로 죽일 듯 노려보았다.

"아니, 우린 여기 계속 있을 거야. 오늘 밤 너한테 아주 중요한 걸 가르쳐 줄 거거든. 뭔가를 배울 나이는 아닌 것 같지만, 어떤 배움엔 또 나이가 따로 없으니까."

두목이 심드렁하게 받아쳤다.

"더 이상 돈도 없잖아. 술도 세지 않고. 두 잔째에 맛이 가더니 게임을 아예 놔버렸더구먼."

"어디 그런지 시험해 봐."

'술이 취한 거야, 죽고 싶은 거야?' 좌중이 자문했다. 바스티앙, 그는 따지지 않았다. 술잔을 가지고 놀며 여자 술꾼의 헛소리보다 술잔이 훨씬 재밌는 척했다.

"나는 딸 게 하나도 없잖아."

"있어! 여성혐오자인 네 친구들 앞에서 네가 거절하지 못할 제안을 하나 할게. 내가 지면, 나와 하룻밤을 보낼 수 있어. 네 장난감이 돼주겠다고. 다른 여자들한테 하듯 나한테 할 수 있어. 네가 개처럼 다루면서 즐겁게 해준다고 생각하는 여자들 말이야."

막신이 좌중의 이목을 집중시켰다. 바스티앙은 여성미 넘치는 갈보의 절망적인 선동을 믿지 않았다.

"내가 지면, 네가 나랑 즐기고?"

"아니, 네가 지면, 옷을 벗어. 옷을 죄다 불태우고 이 술집에 있는 여자들 한 사람 한 사람에게 사과해."

이번엔 해적들과 바에 앉았던 손님들보다, 종업원들이 귀를 쫑긋거렸다.

"안 속아. 내가 이겨도, 내 뜻대로 안 할 거잖아."

"이 모든 증인들 앞에서 내 게임 빚을 부인할 순 없지 않겠어? 열 판 승, 오케이?"

거드름쟁이 여자한테 휘둘리는 유의 남자가 아닌 바스티앙은 바지 속이 들떠서 미래의 희생자를 탐색했다. 게임의 끝이 그에겐 발기의 시작이었다.

"네가 원한 거야."

그들은 중단된 게임부터 다시 이어갔다. 막신이 말했다.

"네가 내 화를 돋웠어. 질질 짜게 해줄게."

바스티앙이 누런 이를 드러내며 낄낄거리는가 싶더니, 미친 듯한 폭소를 거만하게 한바탕 터뜨리며 항문에 기관총이라도 박힌 듯 엉덩이까지 들썩거렸다.

막신이 선언했다.

"다이아몬드 에이스."

바스티앙이 웃음을 삼켰으나, 한 번에 그쳐지지 않았다. 그는 상대의 기세등등한 손을 확인하며 믿기지 않는 사실을 인정해야 했다.

"내가 1승."

판이 다시 시작되었다. 바스티앙은 획획 돌아가는 소용돌이 속에서 가쁜 숨을 내쉬었다. 판이 가속화되었다. 카드가 또 다시 돌고, 또 다시 싹쓸이. 똑같은 판결.

게임의 주도권을 쥔 여자가 카드를 탁탁 치며 말했다.

"내가 5승."

폭발 직전의 화산인 바스티앙이 부글거렸다. 객석 끝자리까지 탄내가 느껴졌다. 엇비슷한 판들이 이어졌다. 막신이 연달아 승리했다.

"너 같은 인간들한테는 어떤 방법이 제일 좋은 줄 알아? 바로 묶어놓고서, 너희가 다른 여자들한테 한 짓 그대로 다른 놈이 너희들 엄마한테 하는 걸 보게 하는 거야. 그때야 비로소 너희가 한 짓이 얼마나 저열하고 졸렬한지 알게 되겠지."

좋은 청자라기보다는 좋은 화자에 가까운 바스티앙은 누군가의 말을 가만히 듣고만 있는 걸 좋아하지 않았다. 그게 훈계일 때는 더더욱.

"닥치고 게임이나 해."

"스트레이트."

그를 시궁창으로 보내버리는 모욕적인 따귀 한 대. 막신은 불을 가지고 놀았으나 목적은 단 한 가지였다. 그에게 대가를 치르게 하는 것. 그녀는 더는 자제하지 않을 터였다. 아홉 번째 판에서 불운한 사내가 웃음을, 하이에나의 웃음을 되찾았다.

"풀 하우스. 나인 트립스에 잭 페어. 오, 오!"

"킹 스트레이트."

막신이 심장박동의 변화 없이 하이에나의 웃음에 찬물을 끼얹었다. 바스티앙이 잉걸불을 내뱉었다.

"사기 쳤지, 막신."

"스무 명의 증인이 두 눈 뜨고 지켜보고 있는데 속임수라고. 어디 증명해 봐."

독재자의 굴욕에 속으로 쾌재를 부르던 미셸이 증인으로 나섰다.

"속임수 따위 없었어요."

"넌 가서 변기나 박박 문질러. 네가 잘하는 건 그거밖에 없으니까!"

종업원이 잠자코 모욕을 삼켰지만 꿈쩍도 하지 않았다. 그녀는 결과를 기다렸다. 그리고 확실한 교정을 바랐다.

뜨거운 분위기임에도 냉정을 유지하고 있는 막신이 평가했다.

"어쩜 그리도 우아하게 말하는지. 내가 9승이야. 카드 돌린다."

바스티앙이 제동을 걸었다.

"아니, 난 너 못 믿어."

그가 게임 주도자의 손에서 카드를 낚아채더니 가르파르에게 건넸다.

"네가 돌려."

이 어투, 막신은 이 어투를 너무 잘 알았다. 광기가 분노와 짝짓기할 때의 어투. 가스파르가 복종했다. 베팅하고, 선언하고. 똑같은 라운드, 똑같은 타령. 현기증을 이겨내고, 구역질을 이겨내고…….

"자, 막신, 뭘 가졌어?"

"내가 이긴 걸 알잖아. 자, 옷 벗어."

바스티앙은 듣지 않았다. 원치 않았다. 그가 목청껏 악을 썼다.

"뭘 가졌냐고, 막신?!"

낯선 여자는 사형수의 팔에 치명적인 약물을 주입하는 사형집행인처럼, 살인적으로 침착하게 카드 두 장을 뒤집어 보였다.

"원 페어. 그리고 이걸로도 날 이길 수 있는 패를 네가 가지지 않왔다는 건, 네가 더 잘 알 거야."

지금 막 거세된 황소. **'황소를 잡을 땐 뿔을 잡아서'**에 모인 사람들 전원이 숨을 멈췄다.

"옷 벗어! 그리고 좀 전에 네가 더러운 말을 토해낸 여성분부터 사과를 시작해!"

바스티앙이 테이블 가에 있던 술병의 밑바닥을 쳐서 깨뜨렸다. 그가 깨진 유리병으로 위협하기도 전에 막신이 권총을 코밑에 바짝 들이댔다.

"살살 해, 아저씨. 대체 왜 그러는 거야? 더 이상 통제가 안 돼? 혹시 조기 사정 하는 그런 부류야?"

여종업원 중 하나가 장의 눈을 가리며, 어린이에게 부적절한 장면에서 한 발짝 물러나도록 자기 쪽으로 끌어당겼다. 클래식 음악이나 몬테소리 추종자가 아닌 막신이 이 예방 차원의 행동을 제지했다. 자기식의 교육, 즉 매운맛 교육을 위해.

"아니, 그러지 마세요. 그냥 보게 두세요. 이 아이를 위해서도 저치들같이 되지 않기 위한 최선의 방법일 테니까요."

종업원은 당황하며, 하기는 억압적인 남성 문제에 관한 한 국가 교육 프로그램이 아직 효과를 입증하지 못했으니 낯선 여자의 의견이 타당하다고 생각했다. 그녀는 오늘의 수업에 다소 어리둥절해하는 학생의 시야를 해방시켜 주었다.

바스티앙이 막신을 협박했다.

"여기서 성한 채로 나가지 못하게 해줄게."

"아니, 성하지 못하게 되는 건 네 자존감일 거야. 벗어, 빨리. 잘 시간이야. 나 졸려."

해적들은 자기들이 개입해야 할지 말아야 할지 갈피를 잡지 못한 채로 상황을 관망하다가 솔직한 만장일치로 꼬리를 내리고 있기로, 그러기 위해 거리를 두기로 결정했다. 바스티앙은 잘난 지배적인 수컷으로서 거드름을 선택했다. 그가 가슴을 쫙 펴며 깨진 유리병을 휘둘렀다.

"이러고 싶지 않았는데."

막신이 정확한 동작으로 그의 손에 들린 깨진 술병을 쏘았다. 바스티앙이 짓밟힌 치와와의 깨갱거림에 가까운 비명을 밀어냈다. 깨진 술병을 놓친 그의 손에서 피가 흘렀다.

"참고로 알려주자면 난 술이 아주 세고, 그래서 손가락도 떨지 않아. 싹 다 벗어."

사수가 패자의 이마를 겨냥했다. 그녀의 검지 손톱 끝이 방아쇠에 닿았다.

"무엇보다 소신을 가져."

두목은 당황하지 않았다.

"증거 있어? 그걸 어떻게 알아? 넌 여전히 술에 전 쓰레기야."

"닥쳐."

차갑고, 단호한, 감정이 실리지 않은 목소리.

그가 주장을 밀어붙였다.

"술에 전 쓰레기."

막신은 총을 2도 가량 기울여 바스티앙의 이마에서 2센티미터 떨어진 곳을 쏘았다. 탄환이 그의 뒤쪽 벽에 걸려 있던 멧돼지 머리의 입속에 박혔다.

"닥쳐."

차갑고, 단호한, 감정이 실리지 않은 목소리.

자존감이 땅에 떨어진 바스티앙이 옷을 벗기 시작했다. 결국 팬티만이 남자 그는 장난이 속옷에서 멈추기를 바라며 조커를 꺼냈다.

"막신이 싹 다 벗으라잖아."

장이 끼어들었다. 아이는 어른들의 성질을 돋울 절묘한 타이밍을 선택할 줄 알았다.

아이의 순진한 즉흥성에 누그러진 막신이 어머니의 미소를 지었다. 당연히 그녀는 나쁜 엄마였으나, 죄책감은 내일로 미룰 터였다.

바스티앙이 이를 갈며 스트립쇼를 끝냈다. 그는 알몸이 되었지만 웃음거리로 전락하고 싶지 않았던 바, 자신의 물건을 전시하며 당당한 척했다.

"그래, 수탉처럼 굴든가. 이제 암탉들을 찾아다니며 사과해."

바스티앙이 당당한 태도를 잃지 않으며, 재밌어하면 했지 전혀 겁내지 않는 종업원들을 돌아보더니 그들의 코앞에 대고 트로피라도 되는 양 생식기를 흔들어댔다.

"숙녀분들, 천하의 갈보님들……."

총성. 바스티앙이 소스라쳤다. 그의 발에서 두 발가락 옆 마룻바닥에 구멍이 뚫렸다. 욕설을 내뱉기 위해 막신을 돌아보려는 그의 얼굴 바로 앞에서 연기가 피어오르는 총구가 보였다.

"너 지금 영원히 다리를 절 뻔했어. 그 잘난 자존심이 얼마짜린데 그래? 인정할 건 인정하는 게 좋을 거야."

바스티앙은 밸을 꾹 삼키고서, 불쌍하게 고개를 숙였다.

"내가…… 숙녀분들, 내가…… 잘못했어요……. 걸핏하면…… 올바르지 못하게 굴어서……."

여자들이 가련한 남자를 보며 기꺼이 미소 짓다가 어느 순간 마음껏 웃음을 터뜨렸다. 우수한 학생인 바스티앙은 좀 전에 그가 모욕한 종업원을 돌아보았다.

"미셸, 좀 전에 심하게 말해서 미안해. 네가 잘하는 게 한두 가지가 아닌데 말이야."

종업원 무리가 이 비장한 사과에 억제하지 못하고 폭소를 터뜨렸다. 웃음이 술집 전체를 감염시켰다. 바스티앙은 굴욕감을 느꼈다. 낯선 여자는 여전히 무기를 거두지 않았다.

"장, 호텔로 돌아가. 나도 십 분 뒤에 갈 테니까."

"나도 똑똑히 봐야 한다며."

영화를 끝까지 보고 싶은데 클라이막스에서 잠자러 가게 생긴 아이가 투덜거렸다.

"그만하면 충분히 봤어. 나머지는 아이들은 못 보는 거야."

이 마지막 암시가, 분노에 차서 아무 말도 귀에 들리지 않던 바스티앙의 관심을 끌었다. 강하게.

"뭐야? 또 뭐가 남았는……."

"넌 닥쳐. 두 손 번쩍 위로 올리고. 내가 잘 볼 수 있게."

바스티앙은 복종했다. 이제는 고분고분 말을 들으며 대체 이 미치광이가 그에게 겪게 할 무슨 모욕이 남았을지 불안해했다.

"장, 시키는 대로 해. 미셸, 죄송하지만 저 애 좀 데려다주시겠어요? 우린 맞은편 호텔에 묵고 있어요."

낯선 여자를 영원히 존경하게 된 미셸이 고개를 끄덕인 뒤, 당황한 장을 데리고 나갔다. 지금 이 상황을 공부로 치자면 아이가 막신의 수학 강의를 방정식까지만 보게 하기 위함이었다. 일단 아이를 대피시킨 사수가 다시 독재자를 상대했다. 표정이 돌변했다. 그녀의 얼굴이 어두워지며 이글거렸다.

"여자인 게 어떤 건지 생생히 배우게 해줄게."

그녀가 총으로 가스파르를 가리켰다.

"너, 너도 아까 보니 언어가 그리 섬세하지 못하더라고. 저 걸레자루 집어 들어. 바스티앙, 넌 여기 엎드려뻗치고."

두목의 동공이 안와에서 마구 흔들렸다. 막신이 권총의 공이치기를 세웠다. 금속의 철컥 소리가 장면에 집중한 관객의 침묵 속에서 울려 퍼졌다.

"장난하는 거 아냐."

장은 꿉꿉한 침대에 앉아 막신을 기다리느라 목이 빠졌다. 막신과 헤어지고 나서 삼십 분 남짓 동안, 호텔방에서 혼자 괘종시계의 문자반을 분 단위로 세는가 하면 술집에서 벌어지고 있을 일을 상상하면서 막신을 기다렸다.

자물쇠에 성급하게 꽂히는 열쇠 소리가 들렸다. 막신이 황급히 방으로 들어와 청바지에 총을 꽂으며, 부랴부랴 짐을 챙겼다.

"일어나. 오늘 밤에 여기서 못 지내."

굳은 목소리가 아이를 얼어붙게 했다.

"그 아저씨들 잘 배웠어?"

"아주 똑똑히. 특히 우는 걸 배웠어."

탑승자들을 재빨리 실은 르노5가 타이어가 찢기도록 전속력으로 밤길을 달렸다. 막신은 도로와 백미러에 초조한 시선을 번갈아 두면서, 그녀가 벌준 사내와의 거리를 벌려나갔다.

장이 조심스럽게 입을 뗐다.

"막신?"

"왜?"

"좀 전에 속임수 썼어?"

"그냥 상황을 내 상식에 맞추기 위해 손을 좀 썼다고 해두자."

"왜?"

"왜냐하면 세상일이란 게 늘 선하게 흘러가도록 생겨먹지 않았거든. 여기서 '선하다'는 건 성경적인 정의야. 그래서 가끔씩 도덕적인 결말을 위해 운명을 좀 인위적으로 만들 필요가 있단다. 모순적이긴 해도 내가 정한 규칙이 아니야."

"그럼 아줌마가 그 술집에서 도덕을 가르친 거야?"

"어떤 의미로는, 그래……."

막신이 떠나고 술집에 도착한 작크와 발루는 미셸에게 정보를 캔 결과, 그들이 간발의 차이로 도망자를 놓쳤음을 확인했다. 발루가 뿌듯해하는 친구의 손에 백 유로를 올려놓았다. 작크의 장담이 맞았다. 미셸이 소란스런 소리가 새 나오는 옆방과 얼마간의 거리가 있는 그들의 테이블에 미지근한 맥주를 갖다 놓았다. 옆방에서는 명실상부 개싸움이 벌어지고 있었다. 바스티앙이 자기보다 두 배나 큰 가스파르의 멱살을 움켜잡더니 그야말로 미친개처럼 자신을 강간한 자를 후려쳤고, 그 서슬에 놀라 아무도 그를 말리지 못했다.

"야, 이 개놈의 자식아! 이거 놔! 저놈 내가 죽여버릴 거야!"

바스티앙은 존엄 비슷한 거라도 되찾길 바라며 바지를 다시 꿰입었다. 그는 가스파르를 난타했다. 가스파르를 죽이고 싶었다. 그래야만 했다. 진정하기 위해서, 기억을 지우고 씻어버리기 위해서. 그렇지 않으면 절대 굴욕감에서 회복할 수 없을 터였다.

밖에선 미셸이 새 얼굴인 두 손님에게 안쪽 방에서 벌어지고 있는 난투극에 얽힌 사연에 대해 상세히 늘어놓았다. 그녀는 존경이 어린 과장을 보태 조금의 디테일도 놓치지 않고서 어느 이방인 여성의 활약상을 설명했다.

"나도 스스로 강하다고 자부하면서 살았거든요."

다른 차원의 여자를 목격한 여종업원이 말했다.

"거기 비하면 난 새발의 피예요. 네…… 그 여잔, 그 여잔 끝내주는 전사예요."

이 무훈은 발루에게는 막신을 다른 시각으로 볼 기회였다. 그는 섹시한 여자의 외양 속에 숨겨진 균열을 상상하며, 호주머니 속의 호루라기들을 떠올렸다. 작크는 여자가 본모습을 숨기고 있다는 걸 이미 알고 있었다. 그는 알면 알수록 그녀에게 빠져들었다.

적지 않은 수의 해적들이었으나 바스티앙을 말리기에는 역부족이었다. 분노로 기운이 열 배는 뻗친 야수가 나무꾼의 얼굴에 대포 같은 펀치를 날렸다. 정면으로. 가스파르는 뒤쪽 테이블로 날아갔고 그의 무게에 눌린 테이블이 와르르 무너졌다.

증인들 중 한 명이 울부짖었다.

"그만! 그만하면 값을 치렀어! 그만하라고!"

미셸이 고함이 들려온 쪽을 돌아보더니 스스로에게 말하듯 낮은 소리로 읊조렸다.

"머저리들, 교훈이 톡톡히 됐겠지."

바스티앙이 자신이 앉았던 의자 밑에서 야구방망이를 꺼내 들었다. 소문이 흉흉한 술집에 암약하는 도박사의 편집증적인 신중함이라고 할까. 그는 손이 닿는 곳에 적을 위축시킬 무언가를, 혹여 위축시키는 것으로 성이 차지 않으면 빌어먹을 머리통을 부숴버릴 무언가를 상비해 두었다.

"가까이 오지 마, 쥐새끼들아! 너희 중 한 놈도 말리는 놈이 없었어! 단 한 놈도! 저기 저 갈보들도 마찬가지고!"

바스티앙이 야구방망이를 풍차처럼 휘두르며 짖어댔다.

질겁한 여종업원들이 카운터 뒤에서 몸을 움츠렸다. 그가 입에서 게거품을 흘리며 눈에는 살기가 등등해서 여자들에게 다가갔다.

"재밌어서 죽는 줄 알았지, 엉? 내가 너희 친구 년을 다시 데려와서 어떻게 하는지 보여줄게! 그때도 그렇게 재밌을지 어디 두고 보자고!"

미셸이 얼어붙었다. 작크가 그녀한테 물러나라는 신호를 보내고는 계산하기 위해 카운터로 갔다. 발루가 뒤쪽을 감시하며 친구를 따랐다.

"얼마죠?"

바텐더가 앞니에 이쑤시개를 끼우고서 대답했다.

"15유로요."

바텐더 길루는 이 두 이방인이 마음에 들지 않았다. 어릴 때 세례를 받은 이후로 성당에 발도 들이지 않았지만, 이 두 놈은 그다지 가톨릭적으로 보이지 않았다. 그는 이들이 술집에 발을 들인 이후로 카운터 밑에서 22 롱 라이플 탄약이 장전된 장총을 꺼내놓았다. 만일의 경우에 대비해서. 그들이 말썽을 일으킬 걸 미연에 방지하기 위함이었다. 이 덫을 발루도 작크도 놓치지 않았다. 작크는 예의 바르게 술값을 치르며 안쪽을 향해 외쳤다.

"거, 불과 오 분 전까지만 해도 질질 짜던 인간치고는 목소리가 너무 큰 거 아냐?"

작크는 바라던 바를 얻었다. 즉, 암페타민 흡입과 인간의 창자를 물어뜯고 싶은 충동이 뒤섞여 경련을 일으키는 턱과 광기로 벌건 눈을 한 바스티앙의 관심을.

"뭐라는 거지, 저 곧 시체가 될 놈이?"

작크가 동전을 다시 세며 대꾸했다.

"똑똑히 들었잖아."

바스티앙이 농담꾼을 리드보• 조리법식으로 짓이길 태세로 어깨를 돌려 야구방망이를 휘두르며 다가왔다. 작크는 그를 무시한 채 경망스러운 동작으로 잎담배를 마는 데 몰두했다. 발루는 이 기뇰 인형극••의 담담한 관객이 되어 오락을 즐겼다. 그나프롱이 죽일 듯이 으르렁거렸다.

"실력 있는 치과 의사를 알고 있는 게 좋을 거야."

"어, 알아. 주소 알려줄게."

바스티앙은 가장 멋진 자세로 야구방망이를 휘둘렀다. 여전히 감히 그의 화를 돋우는 후레자식의 얼굴을 박살 낼 파괴적인 스윙이었다. 하지만 방망이는 담배 종이의 가장자리를 핥아 마무리하며 입에 무는 작크의 코앞 몇 센티미터 앞에서 정확히 멎었다.

놀란 모두의 머릿속에 순간이 사진처럼 저장되었다.

타자의 날렵한 자세 그대로 동작이 제지된 바스티앙은 어안이 벙벙했다. 발루의 손이 야구방망이를 움켜쥐었다. 대체 이 사내는 어떻게 날아드는 방망이를 맨손으로 제압하고도 손이 박살 나지 않을 수 있었을까? '인간이 아니네.' 하지만 바스티앙은 그리 오래 머리

• 송아지 췌장 요리.

•• 프랑스의 전통 손가락 인형극. 주인공 기뇰의 이름을 따서 기뇰 인형극이라 불린다. 기뇰과 함께 그나프롱, 마들롱이 중심인물이다.

를 굴리는 호사를 누릴 수 없었다. 발루의 전설적인 어퍼컷이 턱으로 날아드는 바람에 10미터 뒤로 나뒹굴었기 때문이다. 복서가 손에 들고 있던 야구방망이를 카운터에 올려놓으며 눈을 살짝 깜빡여, 길루에게 덜덜 떠는 두툼한 손에 쥐고 있는 장총을 얌전히 건네는 게 이로울 거라는 신호를 보냈다. 복서의 강력한 펀치 시연에 움츠러든 바텐더가 다음엔 총알이 아니라 자신의 어금니가 발사될 것이 두려워 무기를 내려놓았다.

작크는 담배 연기 한 모금을 탁한 실내에 내뿜고는 말했다.

"내가 좀 좀스러운 건지 몰라도 한 가지를 빼먹은 게 영 걸려서 말이야. 그 여성분이 네 옷을 불태우려고 했다는데, 미처 그렇게 못한 것 같더라고."

바스티앙이 엎어진 의자들 한가운데서 힘겹게 몸을 일으키며 입술에 묻은 피를 훔치고는 졸개들 중 하나한테 명령했다.

"리통, 네가 저 원숭이 좀 손봐. 다른 놈은 그 뒤에 처리하자."

리통이라고 불린 해적이 털이 북슬북슬한 팔뚝 위로 소매를 걷어붙이더니 칼을 꺼내어 발루에게 향했다. 양 볼에 난 칼자국이 용맹한 투견임을 증명하는 다부진 사내였다.

작크가 말렸다.

"내가 댁이라면 그냥 가만히 있을 텐데."

작크가 바에 팔꿈치를 기댄 채 선반에 놓인 술병들의 주둥이를 겨냥하여 둥근 담배 연기를 내뿜는 동안, 술집 여기저기서 우당탕쿵쾅 소음이 일었다. 짧았지만 강렬했다.

"내 뭐래. 나 같으면 얌전히 있는다니까."

발루가 먼지 묻은 두 손을 탁탁 털었다. 리통을 발치에 쓰러뜨린 그를, 동료를 구하러 온 세 해적이 에워쌌다. 그들은 흑인을 박해하려 했으나 「왕좌의 게임」처럼 정작 전장에 널브러진 건 그들이었다. 흑인 골리앗과 재밌지 않은 유머를 구사하는 그의 동료에게 둘러싸인 바스티앙은 좀 전보다 훨씬 벌거벗은 기분을 느꼈다.

"미셸, 여기 석유통 좀 가져다주겠어요?"

작크가 주문했다. 이번엔 여종업원이 송곳니를 드러내며 조소할 차례였다.

"기꺼이."

젖은 아스팔트에 둘둘 말린 옷가지가 던져졌다. 그 위로 노르스름한 점액성의 액체가 쏟아졌다. 바스티앙은 순종적인 개가 되어 발치의 옷에 석유를 부었다.

알몸으로.

술집 주차장에 관음적인 손님들이 빽빽이 모여들었다. 쓰레기 무리가 망신창이가 된 두목을 에워쌌고 작크가 그 두목의 김이 피어나는 콧구멍에 총구를 들이댄 채, 담배를 한 모금 빨아들인 뒤 서늘한 밤공기에 푸르스름한 연기를 내뿜었다. 이윽고 그가 두목에게 담배를 건넸다. 바스티앙은 알아들을 수 없는 욕설을 구시렁거리며 추위로 이미 곱은 손으로 작열하는 담배를 낚아챘다. 그리고 르 봉 쿠엥• 에서 구입한 싸구려 베르사체 모조품 양복에 담배를 손가락으로 튕

• 인터넷 벼룩시장.

겨 떨어뜨렸다. 그 즉시 옷이 활활 불타오르며 바스티앙의 검지와 복수심도 달궜다.

"이제 그 여자는 잊어, 우리도 잊어버리고. 우리가 사는 이 지구촌을 오염시키는 쓰레기가 되지 않기 위해 노력하며 살란 말이야. 그걸 재활용이라고 해, 알아들어?"

작크가 오렌지색 불빛이 핥고 있는 얼굴로 말했다.

바스티앙은 여분의 욕설을 곱씹다가 그냥 삼켰다. 딱해라, 저 인간에겐 정말 소화하기 힘든 밤이 되겠군. 즉흥 바비큐에 초대된 여종업원들이 상황을 즐겼다. 돼지에게 부과된 형벌을 음미했다.

바스티앙이 욕 한 사발을 꿀꺽 삼키고 나자, 작크가 삼켜야 할 모욕 한 사발을 다시 들이밀었다.

"뛰는 거 좋아해?"

"뭐?"

삼십 분 남짓 뒤, 한적한 도로 한가운데서 알몸의 조깅 선수가 거대한 도요타의 헤드라이트 불빛 속을 액셀러레이터에 바짝 쫓기며 달렸다. 관절이 풀린 바스티앙이 고통스런 걸음걸음마다 갈지자를 그렸다. 기관지는 타는 듯했고, 자갈에 긁힌 발은 홧홧했으며, 심장은 목숨을 부지하기 위해 최선을 다해 헐떡거렸다. 그렇다면 창자는? 그것은 인내 중이었다. 증오심을 부추기며 달콤한 복수의 시간이 오기를 기다리고 있었다.

그동안, 그는 달렸다.

정당한 동기의 숭고함이 가학성으로 기운 발루는 헤드라이트 속에서 비틀거리는 부실한 토끼를 금방이라도 으스러뜨릴 기세로 위협하는 유쾌한 시간을 맛보았다.

작크가 계기판을 흘깃 보았다.

"5킬로미터."

"거리를 정했어?"

"정했어."

픽업트럭이 액셀러레이터를 밟으며 바스티앙을 추월했다. 탈진하여 머리가 멍해진 바람에 멈출 생각도 못하던 그는 사형집행자들이 마침내 자신을 해방시켰음을 깨닫고서 세 걸음을 더 내디딘 뒤, 양다리 각각 1톤의 무게로 무릎을 꿇으며 무너져 내렸다. 검게 탄 수년간의 니코틴이 쌓이고 추위로 과열된 허파가 산소로 부풀면서 들썩거렸다. 그는 캑캑거리는가 하면 헐떡거리고 침을 퉤퉤거리기를 수차례 되풀이한 끝에 마침내 숨을 내쉬는 데 성공했다. 한밤중에 홀로 젖은 포장도로에 주저앉은 바스티앙은 오열하기 시작했다.

발루가 백미러로 눈물범벅이 된 가련한 사내를 관찰하다가, 궁금한 주제를 도마에 올릴 적절한 순간이라고 판단했다.

"작크, 왜 이 모든 일을 하는 거야? 돈 때문은 아니잖아. 그건 너답지 않아. 그 많은 돈으로 대체 뭘 하려고? 포커를 그만두게? 그럼 너무 불행할걸. 널 흥분시키는 건 게임밖에 없으니까. 그럼? 대체 뭐지?"

"넌 대체 왜 노상 설명이 필요한데? 나도 몰라, 모른다고. 네 눈엔 그 여자가 놀랍지 않아? 난 그 여자가 놀라워."

"사랑에 빠진 거야?"

"바보구나."

작크는 감정의 철갑 속에 틀어박혔다. 이 철갑을 잘 아는 발루가 드릴로 쿡쿡 건드렸다.

"재밌네, 내가 아는 너는 감정을 못 드러내는 놈이었어. 여자들도 이젠 그러려니 하고. 헤픈 잠자리로 아무리 감정을 숨기려 해봤자, 나한텐 온종일 꽃다발을 보내잖아. 내가 널 잘 몰랐나 봐, 아무래도 네가 날 갖고 싶어 하는 걸로 거의 오해할 뻔했거든."

"뭐야? 어디 아파, 친구?"

"넌 날 위해서라면 기차에라도 뛰어들 놈이라는 거 잘 알아. 근데 그래봤자 뭐해, 우리 둘이 커플이 될 것도 아닌데. 우린 미래를 함께 가꾸지도 않을 거고 아이도 낳지 않을 거잖아."

"뭐야, 프리 스타일 랩 시작인 건가? 걱정된다, 걱정돼."

"돌려서 칭찬하는 거야. 며칠 전까지만 해도 우리 둘은 평화로웠어. 우리의 작은 배가 순항 중이었다고 할까. 그런데 별안간 그 여자가 나타나 상상을 넘어서는 폭탄을 던진 거야. 지금 네 행동은 비이성적이야. 그건…… 사랑에 빠졌을 때 하는 행동이라고."

"닥치고, 운전이나 해."

"화났네, 사랑이네."

결속 사이로 짬짬이 끼어드는 영원한 툭탁거림. 오래된 커플의 장수 비결.

심리치료사가 말을 이었다.

"그래도 이젠 안심이야. 수년 동안 여자들한테 못되게 구는 놈들을 작살내 오면서, 혹시 결국 너도 내 손에 끝나게 되는 건 아닌지 두려웠거든."

"그만하지? 날 깡패 취급하고 있잖아."

"깡패가 아니면 뭐야, 친구. 네가 바로 깡패야……. 그나마 절대 자제력을 잃지 않은 게 널 구한 거지. 어쨌든 널 쭉 지켜보면서 우울했다고, 친구. 내가 얼마나 우울했는지 넌 상상도 못 할 거야……. 혹시나 네가 여자들한테 해코지하는 걸 내가 목격하게 되는 건 아닌지, 네가 한 번이라도, 발가락 하나라도 선을 넘어서 내가 네 이빨을 몽땅 부수게 되는 건 아닌지 조마조마했단 말이야. 이건 진심인데 그렇게 되면 내 가슴도 부서질 거야. 그래도 네 이빨은 꼭 부수겠지만……."

가장 친한 친구가 자신을 쭉 지켜봐 왔다는 걸 아는 건 위안이었다. 비록 그래서 얼굴을 갈아엎게 될지라도 말이었다.

"그랬는데 며칠 전부터 네가 날 좋은 쪽으로 놀라게 하더라고. 아주 솔직히 말하면 난 우리가 마수에 걸려들었다고 생각했어. 25만 유로라니, 허황되잖아. 아무래도 크게 한 방 먹겠다 싶었지. 하지만 상관없었어, 왠지 알아?"

"내가 사랑에 빠져서?"

작크가 냉소적으로 대답했다.

"아니, 네가 좋은 남자같이 굴어서."

작크는 입을 다물었다. 스스로의 변화를 받아들이고 싶지 않았다. 그럼에도 발루가 옳다. 그 여자만큼은 고통받게 하고 싶지 않았다. 다른 여자들도 마찬가지였지만, 사실 상관없었다. 그는 자기 안의 악마를 자각했다. 도덕적이지 않은 것과 흉포한 건 다르지만, 백지 한 장의 차이일 뿐이다. 술집 구석에서 골라낸 여자, 하룻밤을 위한 여자를 그는 이용했다. 미래 없는 섹스. 혹여 무언가 있다면 그건 곡예를 공들여 준비하고 포르노 수준으로 즐기기 위한 것이었지 절대, 정말이지 절대, 감정의 공유를 위한 것은 아니었다. 그 모든 것엔 인간적인 것이 없었다. 오직 육체만이, 오직 살아 있는 동시에 죽은 기분을 느끼게 해줄 탐닉만이 있을 뿐.

고독의 심연.

막신한테는 달랐다. 그는 곧바로 그 이상을 원했다. 아이러니는 심지어 그녀와는 아직 잠자리도 하지 않은 관계라는 것이었지만. 알아서 이해할 일이다. 마초적 이기주의의 끝이라고 할까. 변화는 늘 두려운 것이다. 그의 정신분석가도 같은 의견이었다.

"시간이 좀 걸리긴 했어. 네가 과연 그럴 수 있을지 확신할 수 없었지만, 넌 해냈어. 좋은 남자가 됐다고."

"너한테 덕담을 듣다니 기쁘구나."

"그뿐만이 아냐, 친구. 넌 나의 관용도 얻었어. 내가 널 으스러뜨리지 않을 거거든. 정말 좋은 소식이지."

작크는 한 번의 설교로 영혼과 동시에 치아도 구제했다. 눈물이 핑 돌았다. 이 어찌 아름다운 우정의 증거가 아닐 수 있겠는가.

"네가 자랑스러워, 친구."

도요타 툰드라의 시티즌 밴드가 지지직거리더니 한 트럭 기사의 목소리가 울려 퍼졌다.

"커다란 늑대가 섹시한 개에게. D250 고속도로로 진입하는 램프

웨이•의 잘빠진 암평아리 한 마리. 빨간색 르노5, 파란색 문. 행로를 추적해 주기 바람. 완전 먹음직스러움."

발루가 GPS에서 D250 고속도로로 이어지는 다음 분기점을 찾아냈다.

"다시 시작이군."

"여기는 섹시한 개. 정보 접수. 암평아리가 방금 나를 추월했음. 맞아, 커다란 늑대, 대단한 만찬이야. 내가 얼른 즐겨야겠음."

발루는 구시렁거리며 볼륨을 줄였다. 교신 내용으로 미루어 그들의 미행이 유용해질 위험이 있었다.

조만간.

• 입체 교차 하는 두 개의 도로를 연결하는 도로의 경사진 부분.

방황의 시작. 막신은 차를 돌려 반대 방향 차선을 탔다. 과거로부터 도망치기 위해. 목적지에서 멀어지기 위해. 대면을, 콜베르와의 정면 승부를 피하기 위해.

그래서 그녀는 담배 가게 겸 술집과 보잘 것 없는 카지노를 전전하며 포커를 쳤다. 정신적인 준비를 하는 거라는 거짓말로 스스로를 다독였지만, 머리가 맑아지는 드문 순간엔 내심 멍청한 게임으로 머리를 둔화시키며 계획을 망치는 중이라는 걸 인식했다. 알코올중독자가 술로 위안을 얻는 원리라고 할까. 그녀는 용기를 북돋는 거라고 자위했지만 실은 그 반대였다. 요컨대 두려움을 키우고 있었다.

작크와 발루는 돈 냄새를 추적했다. 돈에는 냄새가 없다는 속담이 있지만, 어불성설이다. 지구상에 수 킬로미터 밖에서도 냄새를 풍기는 화학 성분이 있다면 그게 바로 돈이다. 유로든 달러든 엔이든 서아프리카 프랑이든, 지폐의 일러스트만큼이나 명칭도 제각각이나, 모든 돈은 똑같은 더러운 냄새를 풍긴다.

발루가 타이밍을 염려했다.

"게임이 오늘 밤에 있다고 하지 않았어?"

"그 부분은 거짓말이야. 정보원도, 정해진 날짜도 없어. 하지만 게임은 있지."

"어떻게 그렇게 확신해?"

"막신이 나한테 거래를 제안했을 때의 눈빛으로. 날짜는 지어낸 거야. 아빠한테 가는 데 약속은 필요 없지. 용기는 필요하겠지만."

아직 미지근한 포커 테이블에 기름칠하기. 고양이가 쥐의 흔적을 추적 중이다. 밀고가 여전히 통용되는 나라에서 현상금 사냥꾼들에게 장벽이란 별반 없다. 기름진 손에 쥐어주는 20유로짜리 지폐 한 장이면 장벽을 치우기에 거뜬하다.

"키는 170쯤 되고 밝은 갈색 곱슬머리에 눈빛은 제정신이 아닌 여자요."

"잘 모르겠네요."

고객의 정보를 흘리는 걸 가짜로 조심스러워하는 몇 번째일지도 모를 호텔 지배인이 추적자의 묘사에 고개를 저었다.

앞치마에 슬쩍 찔러 넣어지는 지폐. 위선적인 직업 정신을 가진 지배인이 자기가 근무하는 윤리적인 호텔 맞은편의 원형 광장을 가리켰다.

"D982 고속도로를 탔어요. 애 하나를 데리고 있고, 여기 오래 머물지 않았어요. 잠깐 샤워할 시간 정도? 그래도 하룻밤 방세를 냈어요. 저도 더 궁금해하지 않았고요."

빙고. 돈은 냄새를 풍긴다. 식욕을 돋우기 위해선 연기를 퍼뜨리면 그만이다. 혀가 풀리게 하기 위해서도.

남쪽으로 몇 지역을 지나친 곳의 한적한 마을. 유일한 방향 표지판엔 '모든 방향'이라는 글자가 쓰여 있다. 이곳이 아무 데도 아닌 만큼, 어디든 닿을 수 있다는 뜻이겠다. 이 마을의 터줏대감 격인 한 영업소. 환멸과 차가운 담배 향을 풍기는 마권 판매소 겸 술집.

막신이 포커 테이블에서 세 도박사에게 트리플을 내보인다. 발전된 세상과 단절되어 음울한 시골 마을에 떠밀려 온 표류자들. 그들 중 두 명이 아녀자가 그들의 재물을 강탈하는 걸 못내 마뜩잖아 한다. 땀과 맥주 냄새에 전 검은색 블루종을 걸친, 1980년대에 갇혀 빠져나오지 못하는 무뢰배들. 나머지 한 명은 로또와 경마와 긁는 복권들로 축적된 노름빚에 치인 노동자로 발끈할 힘조차 없어 보인다. 프랑스의 복권 산업은 이런 날건달들을 등쳐 먹으며 성장했다. 그들은 10유로쯤 대수롭지 않다고 여긴 결과, 월세를 잡아먹히고, 모자라는 생활비 충당을 위해 받은 대출 이자에 허덕인다. 오직 복권을 다시 한번 긁는 것만이 그들을 구하는 길인 악순환. 노동자는 이제껏 돈을 잃은 현실을 회피하기 위해 싸구려 술로 판단력을 마비시켜 왔고, 그건 오늘도 마찬가지였다. 이런 리듬이라면 그를 기다리는 건 결국 과다한 채무와 그것에서 벗어나기 위해 입속에 박히는 노루 사냥용 탄환이리라.

막신은 아무 오만 없이 승리에 빛나는 손을 펼쳐 보였다. 극도로 남자다워진 불량배들이 이를 모욕으로 받아들였다. 그들 중 하나가 갈보의 팔을 움켜잡은 그 즉시, 한 손가락이 부러질 듯 비틀리는 반격을 당했다. 둔탁한 뚝 소리에 이어지는 맥주에 전 비명으로 미루어 손가락 마디가 부러진 것이 확실했다. 그녀를 성가시게 하지 말았어야 했다. 이제 분위기가 험악해질 것이나, 막신은 이런 상황을 늘 무사히 모면했다. 알코올로 반사 신경이 둔해진 술꾼들이 자기들에게 무슨 일이 벌어지고 있는지 알아차릴 틈도 없이 막신이 권총을 들이댔다. 간단명료한 경고. 딱한 불량배들, 그들은 항의 한번 못 해보고 탈탈 털렸다. 그냥 자기들 소굴에서 뜨듯하게 엉덩이를 붙이고 앉아 맛 좋은 허브티나 홀짝거렸으면 좋았으련만.

다음 표적은 스트립 클럽. 막신이 차를 돌리기 전에 지나가며 간판을 봐두었다. '파란 악마.' 외부의 네온사인엔 삼지창으로 스트립걸의 볼기를 때리는 악마가 그려져 있었다. '취향 한번 완벽하군.' 막신은 육중한 방음문을 밀어, 콤플렉스를 내려놓는 호사를 누릴 수 있는 신전 속으로 들어가며 생각했다.

래커를 칠한 벽에서 반사되는 네온등 불빛으로 홀 안의 모든 얼굴과 몸이 똑같은 파란색 불빛으로 물들었다. 나신의 여자들이 천박한 실오라기들로 뒤덮인 엉덩이를 순결하게 흔들었다. 실리콘으로 가슴을 부풀린 다른 여자들은 폴 댄스의 봉에서 몸을 비틀며, 우아하진 않더라도 그들의 인체 어느 은밀한 구석에도 시선이 닿지 못하는 체조 선수의 자세를 취했다. 그럼에도 그리 식욕을 북돋지 않는 이 공연 앞에서 침을 질질 흘리며 목을 축이기 위해 줄을 선 기름진 황소들은 존재했다. '불쌍해라.' 막신은 한숨을 내쉬고는, 포커 게임을 제안할 인물들을 골라냈다.

자정을 알리는 종이 울렸다. 막신은 오늘의 숙소로 정한 음울한 호텔로 들어가 교활한 얼굴의 안내원을 지났다. 꺼림칙한 인간이었다. 그의 태도의 무언가가 석연치 않았다. 도박사의 본능이라고 할까, 경계심 말이다. 어쨌든 상관없었다. 내일이면 그 모든 것을 뒤로 할 테니. 막신은 교활한 얼굴에 대고 고개를 끄덕여 무언의 인사를 해 보이고서, 자신의 방이 있는 낡은 복도로 사라졌다.

그녀가 시야에서 사라지자마자 교활한 안내원이 며칠 전에 소박한 상인으로 위장하여 정보를 캔 사내의 전화번호를 눌렀다. 여자는 현상금이 걸려 있었다. 천 유로. 비수기에 이런 음산한 지역에 삽시간에 퍼지는 자질구레한 광고들 중 하나.

비음 섞인 목소리가 전화를 받았다. 밀고자는 현상금이 걸린 여자와 인상착의가 일치하는 손님이 체크인하고 난 뒤, 초저녁에 정체불명의 사내와 한 차례 통화하며 그가 코가 깨졌거나 독감에 걸렸나 보다라고 생각했다.

"여보세요."

밀고자가 정보를 흘렸다.

"여자가 돌아왔어요."

"가겠소."

여자 영웅이 방향을 잃은 뒤로 계속 혼자인 장은 핏빛 양귀비 꽃밭 문양이 누렇게 변색된 벽지가 위압적인 호텔방의 협소한 침대에서 잠이 들었다. 자물쇠가 짤깍거리는가 싶다가 문이 끼익하더니, 털 빠진 카펫에 소리를 내지 않기 위해 조심하는 희미한 발소리가 들렸다. 자격 없는 엄마 대신이 신발을 손에 들고 발뒤꿈치를 올린 채로 걸어 들어와, 아이가 잠든 걸 멀리서 확인한 뒤 욕실로 꺾어졌다. 샤워기에서 물이 흐르기 시작했다.

물소리가 조잡한 저가 내벽을 뚫고 침실로 들어가 장을 잠에서 끌어냈다. 잠들었던 아이가 눈을 비비고는, 요즘 통 얼굴을 볼 수 없는 존재가 느껴지는 문 뒤에 등을 대고 앉았다.

"막신, 우리 여기서 뭐 하는 거야? 왜 요즘 볼 수가 없어?"

아이를 자신의 방황에 끌어들인 여자가 세면대 아래 주저앉아 물소리에 묻힌 울음을 삼키려고 무진 애를 썼다. 막신은 슬픔에 잠식당했고, 떨리는 손으로 자해 의식을 거행 중이었다. 메스의 칼날이 이전의 상처들과 비슷한 흔적을 만들었다.

"안 잤어, 우리 꼬마? 어서 다시 자, 시간이 늦었어."

"궁금한 게 생기면 잠이 오질 않아."

자해 이후에 으레 이어지는 어김없는 안도감. 오늘은 그게 통하지 않았다. 막신은 다시 살을 벴다. 더 세게, 더 깊게.

아이의 목소리가 고집을 부렸다.

"왜 대답 안 해?"

그녀는 늘 제때 멈출 줄 알았다. 선을 넘지 않았다. 광기로, 치명적 자해로 넘어가지 않았다.

지금까지는.

공포가 똬리를 틀었다. 막신은 아버지와 맞설 용기가 없었다. 절대 복수에 성공하지 못할 터였다. 그녀는 부서져 내렸다. 재생의 불가능 속에서. 막신의 흐릿한 시선이 멍해졌다. 칼날이 메트로놈처럼 규칙적으로 허벅지를 베고 있었다.

벽 저편에선 아이의 목소리가 들려왔다. 동요를 흥얼거릴 때 그러하듯 분명한 단어는 들려오지 않고, 소리만이 들렸다. 그 목소리가 막신을 잡아당겼다. 현실로, 제정신으로 이끌었다.

막신은 생존본능에 의해 메스를 든 손을 다른 손으로 제지했다.

"장……."

방황한 나머지 아이를 잊고 있었다. 자신이 아이를 구하는 거라고 믿으며 스스로에게 거짓말을 했다. 대체 어떻게 장을 이 광기에 끌어들일 수 있었단 말인가? 그 어린아이를. 자신이 직접 그 모든 걸 겪고도 말이다.

막신은 메스를 욕실 반대편으로 힘껏 던졌다. 의료 도구가 타일 바닥에 피를 흩뿌리며 튀어 올랐다. 잭슨 폴록•의 드리핑 기법••이 크림색 타일 고어 버전으로 재현된 것 같았다고 할까. 막신의 손이 가제로 상처를 누르자, 그 즉시 가제가 빨갛게 물들었다. 돌연 정확하고 의료적이고 숙고된, 날렵한 동작. 막신은 통제력을 완전히 회복했다. 그녀는 입속에 수건을 쑤셔 넣은 뒤 알코올 병을 열어 가제를

• 추상표현주의 양식의 액션 페인팅을 대표하는 작가.

•• 붓을 사용하지 않고 그림 물감을 캔버스 위에 떨어뜨리거나 붓는 회화 기법.

두른 상처에 뿌렸다. 숨죽인 울부짖음. 두 눈이 쓰디쓴 눈물을 토해냈다. 소독액이 그녀를 정화시키며 현실로 데려다주었다.

웅얼거리는 아이의 목소리가 또다시 들려왔다.

"더 이상 날 사랑하지 않아?"

생애 두 번째로 모성에 배신감을 느낀 장이 묻고 있었다.

어떻게 이 아이에게 이런 짓을? 죄책감으로 구역질이 났다. 막신은 피범벅이 된 입의 재갈을 뱉어냈다.

"무슨 소리야…… 사랑하지……."

막신은 볼 안쪽을 깨물며, 떨리는 목소리를 가까스로 진정시켰다. 이대로 끝내고 싶은 충동과 살아남아야 할 필요성 사이에서 갈피를 잡지 못한 채, 그녀는 다시 재갈을 물고서 바늘에 실을 꿰어 상처를 봉합했다. 입에선 순면의 맛을 느끼고 코로는 피 냄새를 맡으며 자신의 살을 꿰맸다. 한결같은 기정사실의 확인. 이 상처들은 아문다는 것, 반면에 아버지에게 받은 상처는 절대 그렇지 않다는 것.

막신은 헤모글로빈의 흔적을 싹싹 지워내고서 공포스러운 장면의 단서들을 숨긴 뒤, 목욕 가운으로 몸을 감싸며 욕실 문을 열었다. 장이 그녀의 발치에 무릎을 꿇으며 슬픔이 가득한 눈초리로 물었다.

"집을 떠나고부터 쭉 왜 그렇게 슬퍼해?"

막신은 몸을 웅크리며 장을 끌어안았다. 아이를 안심시키기 위한 것이었고, 그런 만큼 자기 자신도 안심시키고 싶었다.

"그만 자. 내일 아침에 일찍 일어나야 돼."

막신은 결심했다. 이 이상 더 자신에게 거짓말을 할 순 없었다.

"집에 돌아가자."

장이 창백해졌다. 집으로 돌아간다는 사실이 끔찍했다. 그는 막신을 다시 올바른 길로 접어들게 하고 싶었다. 그들 둘 다를 구원하는 길로.

"아빠를 만난다고 하지 않았어?"

"맞아. 그런데 그냥 돌아가기로 했어."

"아…… 왜?"

"왜냐하면…… 너무 무섭거든."

픽업트럭의 바퀴가 밤의 정적을 흐트러뜨리지 않고서 젖은 아스팔트를 달렸다. 발루는 입을 거의 다문 채로 '행복하기 위해선 거창한 게 필요치 않아'를 나지막한 휘파람으로 불었다. 작크는 도로를 주시하면서 무거워지는 머리를 손으로 받쳤다. 눈꺼풀이 스르르 내려갔다 올라가기를 반복했다. 무기력이 자리 잡았다. 긴장이 풀리고 주의력이 느슨해졌다. 막신의 종적이 옅어지면서 덩달아 추격자들의 의욕도 옅어졌다.

"이 여잔 대체 어디서 뭘 하는 거야? 이 근방을 이틀이나 돌았어. 근데 뭐야? 아무것도 없잖아?"

발루는 열의 없는 휘파람의 후렴구가 끝나자 투덜거렸다.

"준비가 안 된 거야. 장담컨대 막신 아버지는 여기서 멀지 않은 데 살아. 막신은 이 담판을 오래전부터 피해왔고, 그래서 의기소침해진 거야."

픽업트럭이 속력을 늦추지 않고서 한 호텔을 지나쳤다. 호텔 주차장에 주차된 파란색 문의 빨간색 르노5가 보였다. 발루는 트럭 뒤로 커다란 타이어 자국을 내며 급브레이크를 밟았다. 도로의 네 바퀴 괴물이 감시자처럼 도로를 가로로 점령하며 밤의 정적에 부르릉 소리로 흠집을 냈다. 차의 배기가스가 별 한 점 없는 새카만 밤하늘을 향해 하얀 연기를 뿜어냈다. 발루와 작크는 선팅이 된 차창 뒤로 정체를 숨긴 채, V8 엔진의 부르릉거림 외엔 다른 어떤 움직임도 없이 주차장을 주시했다.

친구의 무기력에 놀란 발루가 한 마디 했다.

"아니, 뭐 하는 거야?"

"뭐가, 뭐 하는 거야?"

연인을 눈앞에 둔 남자는 행동 개시를 미루면서 어떤 의욕도 보이지 않았다.

"긴장되는구나, 엉? 아, 그렇지. 끌리는 대로 잠깐 놀고 말 여자를 찾는 게 아니었지. 서로 간에 얽힌 게 있으니, 이번엔, 다 벗어 보여야 할 거야. 다만 여자가 보고 싶은 건 네 고추가 아니라 마음일 테지만."

"고맙다, 정말. 굉장히 도움이 된다."

발루는 친구가 약해진 걸 느꼈다. 처음 보는 모습이었다. 이 여행길은 진정한 입문의 길이었다. 발루는 요령부득의 입바른 소리가 역효과를 내지 않도록, 기관총을 어깨에서 내려놓았다.

"어, 아냐. 내가 농담이 지나쳤어. 자, 어서, 부끄러워하지 말고. 왜 바보처럼 목만 빼며 기다리고 있어. 틀림없이 막신도 뭔가를, 네가 찾아와서 얘기해 주기를 기다리고 있을 거야. 알잖아, 여자들은 어떨 땐 이상하다는 거. 얼굴은 우리 따위 당장이라도 믹서에 넣고 갈아버리고 싶어 하는 것 같은데, 알고 보면 완전 수줍어서 바라는 건 그저 우리가 입술 끝에 살포시 키스해 주는 거라는 거. 여자들과는 허락을 얻으면 잘 지낼 수 있어. 그게 여자들의 언어야. 일단 해독만 하면 그땐 일사천리로……."

문이 탁 닫히는 소리에 훈계자의 청산유수가 중단되었다. 그는 몸을 일으켜 복음을 새겨들은 어린양이 사랑의 제단 쪽으로 멀어져 가는 것을 지켜보았다. 발루는 자신의 놀라운 설득력을 자축하며 뿌듯해했다.

"네가 이제야 이 위대한 발루의 말을 알아먹는구나, 엉?"

작크는 단호한 발걸음으로 주차장을 돌아 호텔 입구로 가다가, 문득 방향을 180도 돌아 좁은 길가의 울타리로 향하며 스스로를 힐난했다.

"아무래도 넌 좀 혼나야겠다, 왜 너까지 그 망할 신경증에 빠져 허우적대는 거냐고. 내일의 섹스를 생각하며 웃어본 지가 대체 언제야?"

투덜이는 접시꽃들 앞에 버티고 서더니 다리를 벌리며 지퍼를 내린 뒤 소변을 보기 시작했다.

"글쎄, 입술 끝에 살포시 하는 키스가 너한테 가당키나 하냐고."

사위를 밝히는 유일한 가로등이 산책 나온 자의 호리호리한 그림자를 드러냈다. 그가 작크의 뒤로 다가와 말했다. 귀에 익은 목소리였으나 볼일을 보는 데 몰두한 작크는 알아차리지 못했다.

"혹시 불 있으슈, 신사 양반?"

"보시다시피, 제 손이 지금 놀고 있질 않아서요."

"과연 그렇군요."

그림자가 육식동물의 냉소를 그려 보였다. 작크는 그를 보지 못했지만 등뒤로 그의 이빨 전체가 빛나는 걸 느꼈다. 다음 순간, 무릎에 날카로운 통증이 느껴졌다. 바스티앙이 야구방망이로 가능한 한 가장 멋진 스윙을 날렸다. 작크는 여자를 찾는 데 눈이 멀고 정신이 팔려, 백미러 뒤로 보이던 다 죽어가는 편집증 환자를 까맣게 잊고서 경계심을 늦춘 결과 기세등등해진 놈한테 뒤통수를 얻어맞는 처지가 된 것을 자책했다. 자동 권총의 개머리판이 작크의 머리를 후려쳤다. 그는 자책과 멀어지며 블랙홀에 빠졌다.

그림자가 환호했다.

"그야말로 일석이조구먼. 이런 타이밍이면 크리스마스가 따로 없지."

작크의 머리가 좀 전에 그가 그 위에 얼굴이 파묻히리라고는 상상도 못한 채 소변을 보던 잔디에 떨어졌다. 그는 아직 죽지 않았기에, 그리 고무적이지 않은 예측을 할 수 있었다. 요컨대 이제 그는 무방비 상태로 뻗어 있고 발루는 그가 사라진 걸 알아차리지 못한 바, 아무 저항도 하지 못한 채 공포스러운 밴에 순순히 몸을 싣고서 불확실한 미래를 향해 달려나갈 터였다.

코는 붕대로 싸매고 양쪽 눈두덩은 시퍼렇게 멍이 든 가스파르가 복수심에 취한 두목이 도살장으로 끌고 갈, 아직 죽지 않은 고깃덩이를 차에 싣는 걸 도왔다. 그는 꽁꽁 묶인 작크를 뒷좌석에 밀어 넣고서 차문을 닫았다. 바스티앙이 시동을 걸며 졸개를 돌아보았다.

"자, 여기 호텔 지배인을 구슬릴 천 유로. 가서 막신을 데려와. 그동안 난 그넌 친구 놈 좀 달궈놓고 있을 테니까."

가르파르가 현금을 받아 챙기더니 말없이 고개를 끄덕였다. 복잡한 계획엔 거창한 수식이 요구되지 않는 법이다. 발루는 찢긴 금속 조각 펜던트를 짓주무르며 생각에 빠져 건물 맞은편에서 주위를 경계하고 있었다. 그의 친구를 포로로 붙든 수상한 밴이 그의 눈을 피해 반대 방향으로 달아났다. 바스티앙은 하수인이 호텔 입구로 걸어가는 동안 아가씨를 위한 초대장 대신 무기를 손에 쥐고서 꽁꽁 묶인 짐짝한테 계획을 알렸다.

"널 위해 서프라이즈 선물을 준비했어. 네 여친은 그다음에 끝낼 거야."

잠든 천사의 보드라운 숨결이 누런 양귀비 꽃밭 호텔방을 다독였다. 밤이 무탈하게 흘렀다.

지금까지는.

잠들기 전에 삼킨 콜라 두 캔으로 가득 찬 방광이 보내는 경고에 잠에서 깬 장은 이불을 빠져나와, 다시 한번 막신이 사라진 걸 발견했다.

아이는 도주가 끝날 때까지 자기를 보호할 길이 없어진 유모가 자기를 버린 것이라고 상상하며 이제 어찌 하면 좋을지 앞날을 고민했다. 체념하고서 용의 발톱으로 다시 돌아갈 운명을 받아들여야만 한다는 생각이 들었다. 장은 오래도록 부인해 온 자명한 현실 앞에서 벽에 머리를 찧었다. 그는 어른들의 세상의 덫에 갇힌 한낱 어린 아이일 뿐이었다.

어쨌든 신났던 이 도주 초기부터 불량한 환경에 노출된 영향인지, 장은 금기의 위반을 스스로에게 허용했다. 즉 원형 의자에 올라가 세면대에 오줌을 쌌다.

같은 순간, 명민한 아이보다 철학적 각성이 뒤처지는 가스파르가 코에 두른 붕대를 만지작거리며 호텔 복도를 어슬렁거렸다. 야구방망이를 손에 든 그의 철학적 질문은 막신이 그의 손아귀에 들어오면 숨이 붙어 있게 될 시한이 과연 얼마나 될지로 요약되었다. '아마 몇 초?' 그는 생각하며 발뒤꿈치를 들고서 방으로 다가갔다.

그 망할 년 때문에 그리 서둘러 바닥을 칠 필요도 없이 이미 남루한 그의 인생에서 최악의 밤을 보낸 터였다. 바스티앙에게 자신이 가한 성폭력이 머릿속을 떠나지 않았다. 강간을 하며 강간당하는 자의 충격을 함께 나누는 기이한 감정이란. 고통 어린 비명과 신음과 눈물. 장면이 되새겨질 때마다 더럽고, 토하고 싶었다. 그리고 가해자의 머릿속을 사정없이 공격하는 그 끝도 없는 반복적인 애원. "제발! 그만! 안 돼, 제발!" 두개골을 여는 수술이라도 해야 할 것 같은 메슥거리는 두통.

막신은 두 머저리 마초를 강간당하는 여자의 입장이 되게 하는 충격요법으로 두 마리 토끼를 동시에 잡는 데 성공했다.

거울 효과는 거기서 멈춘다. 피해자가 외상 후 강경증 상태의 침묵과 수치심 속에서 웅크리고 있지만은 않았기 때문이다. 반대로 추잡한 행동 뒤에, 공격당한 수컷은 골절된 코를 붕대로 싸매고서 아스피린 두 알과 암페타민 네 알, 그리고 반 리터의 위스키를 삼키고는, 테스토스테론이 넘쳐나는 90킬로그램짜리 싸구려 고깃덩이를 이끌고 훈계하기 좋아하는 여자를 야구방망이로 늘씬하게 다스려 생각을 고쳐먹게 할 태세였다. 나아가 팬티 속의 또 다른 방망이로 항문을 공격해 끝장내 주는 것도 나쁘지 않을 터였다. 받은 대로 돌려주기.

이와 같은 아름다운 이타적 생각 속에서 가스파르는 가느다란 철사로 자물쇠를 연 뒤 문을 반쯤 밀며 방 안으로 들어섰다. 야구방망이를 허공에 치켜들고 입에는 게거품을 물고서.

일곱 살짜리 사내아이가 바로 앞에 우뚝 서서 고개를 한쪽으로 기울인 채 그를 물끄러미 바라보았다. 마치 눈앞에 놓인 이 뼈다귀가 자기 것인지 아닌지 확인하려는 강아지 같았다고 할까. 욕실에서 나오다 방해를 받은 장이 천진한 얼굴로 침입자를 관찰했다.

"방을 잘못 찾았어요, 아저씨. 여긴 우리 방이에요."

가스파르는 술집에서 봤던 꼬마를 기억했으나 어린애는 당면한 위협이 아니었기에 꼬마의 운명은 잠시 보류해 두었다. 서프라이즈 효과를 망친 터라, 총알이 날아오기 전에 1초의 지체도 없이 겁 없는 여자의 머리통을 부수고 싶었다. 건장한 침입자는 구시렁거리며 어린아이를 밀치고는 침대로 달려가 그 위에 펼쳐진 빈 목욕 가운을 막무가내로 두들겼다.

"이거나 먹어, 더러운 갈보야!"

야수는 그의 먹잇감이 침대에 대충 던져놓은 목욕 가운 밑에 가려진 기다란 베개를 자신이 실은 거위털을 다지는 거라는 걸 인식하지 못한 채, 흠씬 두들겼다.

"그런 식으로 충동을 억제하지 못하면 안 돼요, 아저씨."

장은 인간의 어리석음에 관한 연구 및 해부를 통해 알게 된 지적인 치료법과 관련하여 특별히 흥미로운 실험 쥐의 행동 양식을 더 잘 분석하고자, 호기심 어린 표정으로 연구 대상에게 다가갔다.

최고의 증오를 담은 최고로 둔중한 스윙. 불 꺼진 방 안 곳곳에 베개의 거위털이 흩날렸다. 가스파르는 입을 벌린 베개를 보며 두 눈을 껌뻑거렸다.

"야, 꼬마, 너한테라도 존경심이 뭔지 좀 가르쳐야겠다."

그가 양귀비 꽃밭에 소년의 뇌척수액을 뿌리기 위해 몸을 돌렸다. 하지만 좀처럼 돌아오지 않는 친구가 걱정된 발루의 육중한 사각 어깨가 그의 시야를 가로막았다. 발루는 교활한 안내원에게 몇 가지 묻고는 장소를 탐색하던 중이었다. 거인의 가슴에 코를 부딪친 가스파르가 섬뜩한 예감에 불안한 시선을 들었고, 살기등등한 눈초리와 마주치자 움찔했다. 잿빛 곰의 품 안으로 깡충 뛰어 들어간 토끼라고 할까. 발루가 손마디를 우두둑 꺾으며 식은땀으로 축축해진 주먹코에게 뜨거운 숨결을 끼얹었다.

곧 천둥 번개가 치리라는 걸 예감한 장이 두 눈을 감으며 양쪽 귀를 틀어막았다. 구타가 쏟아졌다. 대단한 소나기였다. 폭우가 가라앉자 장은 양쪽 귀에서 손을 떼며 눈을 떴다. 유리구슬 같은 동그란 두 눈이 반짝거렸다.

검은 거인의 발치에 으깬 감자처럼 으스러진 깡패가 형체가 불분명해진 채로 뻗어 있었다. 한 손엔 여전히 야구방망이가 밀가루 반죽 밀대를 대신하여 들려 있었다. 그의 틀니를 손보려면 치과 의사로는 안 되고, 곧장 성형외과 의사한테 넘겨져야 할 성싶었다. 그래봤자 약간의 개선만을 기대할 수 있겠지만. 내부적인 손상은 장이 판단할 수 없지만 적어도 겉보기엔 레고처럼 해체되었다. 발루는 두 손을 탁탁 턴 뒤에야 비로소 자신 앞에서 공포가 아닌 호기심으로 굳어 있는 아이에게 관심을 가졌다.

"괜찮니, 꼬마야? 무섭지 않았어?"

"아니요."

발루는 혹여 커튼 뒤나 비데 밑에 다른 위험이 도사리고 있는 건 아닌지 확인하기 위해 방 안을 샅샅이 수색하기 시작했다.

"난 작크를 찾으러 왔어. 혹시 봤니?"

"작크가 누구예요?"

"내 친구. 서른 살이고 잘생겼어. 거만한 뺀질이 같지만 실은 좋은 놈이야."

"아, 네. 막신 아줌마네 집에서 봤어요. 며칠 전에. 최근엔 본 적 없고요."

"여기 안 왔니?"

"네."

"그럼 막신은?"

"나갔어요. 어디 있는지 몰라요."

이제 여기 없는 이들의 행방엔 관심 없었다. 새로운 세계가 열린 참이었다. 새로운 발견. 아이는 세상에 태어난 이후로는 정체성 탐구 속에서, 학대받은 이후로는 자기방어의 희망 속에서 길을 잃었다. 그랬는데 마침내 존재의 의미를 얻었다. 그를 구하러 온 거인이 '쿨(cool)'이라는 단어의 정의를 사전에 다시 써주었다.

"제 이름은 장이에요……. 아저씬 힘이 짱 세네요, 그렇죠? 저도 아저씨처럼 힘세지는 방법을 가르쳐 주실래요? 그리고 까매지는 방법도요. 어떻게 하면 까매지는지 가르쳐 주세요, 네?"

뜻밖의 간청에 당황한 발루가 자그마한 아이를 힐끔거리며 몇 킬로미터 밖에서 벌어지고 있는 일은 꿈에도 그리지 못하는 동안, 바스티앙은 휴가촌의 한적한 주차장에 밴을 세웠다. 결혼식에 참석한 이미 만취한 손님들로 북적이는 곳이어서 정말로 은밀한 장소는 아니었다. 하지만 바스티앙 또한 게임을 즐겼다. 그것도 가학적인.

그는 트렁크에서 전문가용 볼트커터를 꺼내어 예식 행사로 인해 문을 닫은 수영장 문의 자물쇠 고리를 조였다. 한 번의 단호한 동작으로 고문실의 문이 열렸다.

얼굴에 물이 뿌려진다. 죄수가 깨어난다. 작크는 통증을 느끼며 두 눈을 떴다. 무릎이 아릿했다. 그는 아픈 곳을 주무르고 싶었으나, 위급한 정도를 따지자면 겹쳐진 인대는 나중 문제라는 것을 재빨리 깨달았다. 두 손은 등뒤로 묶였고, 목은 끈으로 조여졌다. 마치 스튜가 될 준비가 된 사냥물처럼. 아니면 교수형에 처해질 준비가 된 사형수거나.

'상황이 아무리 심각해도 절망적이진 않다.'

그에게 체스의 기초를 가르쳐 준 친할아버지의 주장이었다. 작크는 매일 아침 이 문장을 되새겼다. 그의 삶을 요약할 수 있는, 질리지 않는 구절이었다. 하지만 현 상황으로는 할아버지가 옳았는지 확신할 수 없었다.

빠르게 장소를 살펴본 결과, 그는 새로운 사실을 추가로 발견했다. 바로 그의 목에 걸린 끈이 멀리서 들려오는 나지막한 음악의 그루브가 감지되는 구립 수영장의 샤워기 헤드와 연결돼 있다는 것. 이 끈이 그의 목을 조였다. 숨통을 조일 정도는 아니었으나, 깊은 불안에 빠뜨릴 정도로는 충분히.

"잘 잤어, 우리 강아지?"

고속도로의 조커가 무도회의 시작을 알렸다. 작크가 멀리서 찾을 필요도 없이 바로 게임이 벌어졌다. 그의 패는 형편없었고, 지원군 또한 없었다. 이제 목숨 부지는 시간문제였다. 어쩌면 몇 분 정도?

"네 여친보다 네가 먼저 걸려들 줄은 몰랐어. 내 축하연 계획에 조금 차질이 생겼지만 그게 뭐 대순가. 깜짝 손님을 위해서 메뉴의 순서는 얼마든지 조정할 수 있지, 안 그래?"

상황에 절망한 작크는 블러핑을 시도했다. 그는 잃을 게 없었다. 목숨을 제외한다면 말이다. 모든 것이 상대의 광기의 정도에 달렸고, 이제 바로 그걸 확인하게 될 터였다.

"내 호주머니에 주사위들이 있어. 6이 더블이면 날 보내줘. 만일 내가 지면……."

바스티엥이 포로의 얼굴을 천으로 감쌌다.

"시끄러."

그가 마치 얼굴의 윤곽을 그대로 드러내기라도 하려는 듯 천을 당겨 조였다.

"……그런 건 오늘 밤에 실컷 봤으니까, 닥쳐."

이 시적인 문구를 마지막으로 대화를 끝낸 그가 상의 안주머니에서 가죽케이스에 든 끝이 뾰족한 칼을 꺼냈다.

"숨을 참고 있어. 처음엔 약간 따끔할 수 있거든."

"뭐라고?"

파산한 도박사가 천에 가려진 포커페이스를 포기했다. 이 모든 연출로 미루어 최악의 상황이 예측됐고 두려웠다. 바스티앙이 포로의 떨리는 목소리에서 이를 간파하더니 즐거워했다. 범죄의 소지가 다분한 즐거움. 그리고 기꺼운 인정.

바스티앙이 사냥물의 복부를 찔렀다. 아주 깊지는 않게. 그는 사이코지만 살인자는 아니었다. 따라서 치명적인 상처는 입히지 않았다. 그저 즐기는 거였다. 상대의 고통을. 칼자국은 깊지 않았으나 고통스러웠다. 작크는 펄쩍 뒤로 물러났다. 그 바람에 등으로 수도꼭지를 눌렀고 샤워기에서 물이 쏟아져 그의 얼굴을 적셨다. 천이 젖어들었다. 물기를 흡수한 섬유가 압축되면서 얼굴 가리개 속에서 공기가 통하지 않아 호흡을 방해했다. 작크는 물을 맞으며 헐떡거렸다. 움찔움찔 경련이 일었다.

명예가 실추된 두목이 이 잔인한 놀이에 폭소를 터뜨렸다. 이 고문이 그가 즐겨 이야기할 일화에 추가될 터였다.

"우리 할머니가 할아버지의 곪은 발을 낡은 도끼로 절단하기 전에 이렇게 말씀하셨지. '아픔이 느껴져야 되는 거유, 안 그러면 당신이 살았는지 죽었는지 알 수 없을 테니까. 아픔이 느껴지는 한은 살아 있는 거유.'"

수도꼭지가 정가운데로 돌아왔다. 샤워기에서 흐르던 물이 멎었다. 작크는 허리와 수도꼭지가 닿지 않도록 간격을 유지하고 목을 조이는 끈이 팽팽해지지 않도록 유의하면서, 젖은 천의 성근 조직 틈새로 스며드는 공기를 마시려고 발버둥 쳤다. 놀이는 이제 시작되었건만, 그는 이미 기진했다.

"할아버지는 발을 절단하고 나서 끝내 돌아가셨지만, 우리 할머니는 아주 지혜로운 여성이셨어."

바스티앙이 그를 찔렀다. 작크는 펄쩍 뒤로 물러났고, 그의 등이 또다시 수도꼭지를 건드렸다. 한바탕 샤워가 다시 시작되었다. 길어질 위험이 있었다, 이 놀이는.

나아가 치명적이 될 위험이 있었다.

'길가의 돼지코.' 조용한 마을의 한적한 길모퉁이에 위치한 토속 음식점. 상호명에서 미루어 짐작되듯이 앙두이•와 족발 파네••가 주 메뉴이고, 때에 따라 도박장이 되기도 한다.

막신은 포플린 체크무늬 식탁보를 두른 테이블에 레드 와인 잔을 장식처럼 올려두고서 비교적 인상이 좋아 보이는 두 사내와 술렁술렁 포커를 치는 중이었다. 불 꺼진 궐련을 입에 문 풀루는 베레모를 쓰고 멜빵바지 작업복을 걸쳤고, 그와 떼려야 뗄 수 없는 단짝인 홀쭉이 베베르는 암소의 엉덩이를 솔질할 때든 토요일 저녁에 친구들과 포커를 치러 갈 때든 몸에서 절대 떼지 않는 고무장화와 파란 작

• 돼지 대창과 허브로 속을 넣어 만든 일종의 순대.

•• 빵가루를 입혀 튀긴 음식.

업복 차림이었다. 농사일이란 게 주말에도 휴식이 없지만, 더러 친구들과 시시덕거리며 어울리고 싶은 마음까지 막지는 못했다. 거기에 시골 쥐들과 어울리러 온 서울 쥐가 끼어 있다면, 돈이 없으려야 없을 수 없었다. 심지어 너무 많았다. 그들은 죄책감을 느꼈다. 이 자리가 젊은 여자에게 맞는 밥그릇이 아니라는 게 훤히 보였기 때문이다. 아닌 게 아니라 그녀는 앙두이 접시는 건드리지도 않았다. 홀쭉한 여자가 배를 채워야 했다. 그 김에 지갑까지. 그녀는 이제 걸 만한 것이 그리 많지 않은 듯했다. 멋쩍어진 풀루가 꽁초만 남은 궐련을 씹으며 말했다.

"점점 더 빨리 잃고 있어, 막신. 이젠 네 돈을 가져가기도 민망하다고."

"걱정해 주니 마음은 훈훈하지만, 난 잃는 게 좋아요."

막신은 트랙터 운전수의 거친 노동으로 자글자글해진 꺼칠한 손에 자그마한 손을 올려놓았다. 풀루는 그 부드러움에 감탄하며 일순 얼굴을 붉혔다. 그로서는 그런 부드러움, 그것도 여성의 부드러움은 자주 맛볼 수 있는 것이 아니었다. 무엇보다 그가 침대를 함께 쓰는 막틴한테서는 맛볼 수 없는 부드러움이었다. 두 여자는 이름이 비슷했고, 풀루는 낯선 여자가 자기소개를 했을 때 이 사실을 환기시키기도 했다. 하지만 막신의 시옷은 넉살만 좋아진 그의 늙수그레한 마누라와 달리, 신선하고 텔레비전에서 떠들 듯 섹시한 무언가가 느껴져서 그를 곧바로 설레게 만들었다. 하지만 나쁜 의도는 없었다. 풀루는 투박한 촌사람이어도 올바른 가치관을 갖고 있었고, 시골 신사임에는 변함이 없었다.

"뭔가 골치 아픈 일이 있는 거지, 엉? 여기 친구들하고 난 다 안다고. 우리 다 같은 생각이야. 저리 교육도 잘 받고 흔히 볼 수 없게 고상하고 귀여운 아가씨가 여기서 이래 우리랑 포커를 치고 있다니 이상하다 싶다고. 분명 머릿속이 뭔가 복잡한 게지. 마음이 복잡할 수도 있고."

"약간 그 둘 다예요……."

막신은 아버지를 함정에 빠뜨리는 데 도움이 될 손들을 얻었다고 생각했다. 불씨가 되살아난 멘털이 활활 타오르기 시작했다. 그녀는 이 모욕, 하수들에게 돈을 잃는 이 형벌을 스스로에게 부과하며 어긋난 십자군 원정에 종지부를 찍던 참이었다.

"……하지만 아저씨가 너무 감상적이 되셨네요."

막신은 풀루한테서 손을 거두어, 그가 은밀히 누리던 관능의 순간을 끝냈다.

"어서 카드 돌리고, 위스키나 한잔 주세요."

풀루는 싫은 내색 없이 막신의 주문을 이행하며 속으로 한숨을 내쉬었다. 그는 막신을 보며 막틴을 떠올리고는 자음 하나 차이로 그의 삶이 천국이 되었을 수도 있었다고 생각했다.

"잘 있었어, 막신? 다시 만나니 반갑네."

바스티앙이 술집까지 쳐들어와 아무도 권하지 않았음에도, 인사를 건넨 여자의 맞은편 빈자리에 앉았다. 이 무뢰한의 침입에 접대 정신이 고장난 풀루가 예의를 차렸다.

"거긴 다른 사람 자리요. 우린 더 이상 선수를 받지 않아요."

바스티앙이 테이블에 자동 권총을 올려놓았다. '피스메이커

(peacemaker)'라는 이름이 잘못 붙은, 서부 아메리카의 상징인 6연발 권총. 이래 봬도 그는 수집가였다. 이로써 대화가 끝났다. 풀루는 튀어나오려는 자신감을 억눌렀다. 그와 그의 친구 베베르, 그들 둘 다 벽난로 위에 걸어둔 장총을 떠올렸으나, 이제껏 암탉을 잡을 때 외엔 다른 용도로 사용해 본 적이 없는 바, 보다 평화로운 작전으로 방향을 틀었다. 즉 그들은 자기들 신발만 멀뚱히 내려다보았다.

바스티앙이 비아냥거렸다.

"괜찮구먼, 이 술집. 이 시간에 이 동네에서 포커를 치라고 문을 열어놓은 데가 여기밖에 없었겠지, 엥?"

포커 동료들이 거리를 두는 동안 막신은 무기를 앞세운 위협에 얼굴이 어두워졌으나, 그렇다고 해서 크게 당황한 기색을 내비치지도 않았다.

겉으로는.

왜냐하면 속마음은 달랐기 때문이다. '젠장, 권총!' 권총은 핸드백에 들어 있고, 핸드백은 옷걸이에 걸려 있다. 잘 보이는 곳에. 하지만 밀폐돼 있었다. 지퍼로 잠겨서. 따라서 손에 닿지 않았다. 코앞에 자동 권총이 있는 상황이니만큼. 다음번엔 보다 신중하리라. 혹여 다음번이 있다면 말이었다.

"호텔 프런트에서 날 찌른 건가?"

"너한텐 아무것도 숨길 수가 없구나."

"어쩐지 인상이 교활하더라니, 내 그럴 줄 알았지."

컬렉션용 자동 권총에서 그리 멀지 않은 곳에서 막신의 최신형 아이폰이 진동했다. 화면이 환해지며 **장**이라는 글자와 함께 젖니가 빠진 어린 천사의 귀여운 셀카가 떴다. 전화기가 계속해서 부르르 떨었다.

"안 받아?"

생존자에게 대단히 너그러운 바스티앙이 물었다.

"메시지 남기겠지."

"중요한 용건일 수도 있잖아."

아마 중요하리라. 나아가 심각한 것일 가능성도 있었다. 막신은 평소에 걱정하는 성격이 아니었으나, 장 또한 한밤중에 전화를 거는 성격이 아니었다. 다만 그녀는 상대해야 할 미치광이가 눈앞에 있었다. 당면한 위험이 우선이었다.

"날 찾는 데 오래도 걸렸네."

풀루는 목덜미를 타고 흐르는 식은땀이 엉덩이골까지 느껴지는 자신과 달리, 차분하기 그지없는 서울 쥐의 태도에 놀랐다. 감동적이지 않을 수 없었다.

"날 기다렸다는 뜻인가?"

여자의 차분한 태도에 풀루만큼이나 호기심이 동한 바스티앙이 물었다.

그들이 겪은 그 모든 분쟁으로 미루어 테이블의 자동 권총은 장식으로 놓인 것이 아니었고, 막신도 이를 인식하고 있었기 때문이다. 따라서 얼음같이 냉정한 막신의 태도에 의문이 일었다.

"널 그렇게 뒤에 내버려 둔 건 게임의 일부였어. 난 위험을 느껴야 살아 있는 기분이 들거든."

바스티앙이 테이블에 놓인 자동 권총을 움켜쥐었다.

"아직 살아 있는 기분이라니 나도 기쁘네."

풀루는 그리 영리하지 않았으나 바스티앙의 말이 암시하는 바를 이해했다. 마음 깊은 곳에서 개입해야 한다는 명령이 솟구쳤다. 그는 앞뒤 가리지 않고 즉시 이를 이행했으나 큰 확신은 없었다.

"이봐, 친구……."

막신이 일갈했다.

"끼어들지 말아요, 풀루. 우린 모르는 사이잖아요. 날 위해 목숨 걸 필요 없어요. 내가 그럴 가치가 있는 사람인지 아닌지도 알지 못하면서."

"그래도……."

용감한 기사의 무공을 비탄에 빠진 공주가 가로막았다. 그는 무력감을 느꼈으나 살아 있었고, 본의는 아닐지라도 안도했다. 그는 인간의 의무를 다했다. 그것은 당연하게도 고귀했으나, 자명하게도 무용했다.

바스티앙이 명령했다.

"얌전히 일어나서 따라와. 네 수호천사는 내가 맡고 있으니까. 네 대신 말이야."

막신의 등골이 서늘해졌다.

"애한테 손댔어?"

"아니, 큰 놈한테. 보호해 주는 검정 원숭이가 없으니 영 맥을 못 추더라고."

"작크? 작크한테 무슨 짓을 했는데?"

"아프게 해줬어. 널 잡으려고 호텔에 갔더니 너는 없고, 가스파르가 실력이 좋은 것만 확인했지 뭐야. 그래서 원숭이를 맡겼어."

"무슨 소리야?"

"따라와, 설명해 줄게."

상황이 막신의 생각보다 더 심각했다. 그녀는 바스티앙을 따라가면 끝장이라는 걸 알았다. 하지만 따지고 보면 악마를 따르지 않을 이유가 무엇이란 말인가? 메스 난도질을 끝내고, 과정을 앞당길 수 있을 터였다.

"오케이, 새로운 게임을 제안할게. 이건 정말 결정적인 거야. 난 음산한 주차장에서 복수당하고 싶진 않거든. 이 테이블에서 게임을 하든지, 아니면 죽든지."

바스티앙이 안면 근육을 실룩거렸다. 무언가 꿍꿍이를 숨긴 놀라운 간청. 그는 거기에 갈고리를 걸칠 것인가.

"내가 왜 네 말을 들어야 하는데?"

"왜냐하면 내가 5분 전부터 네 거기에 총구를 대고 있고, 난 여전히 게임이 하고 싶으니까……. 너한텐 다행히도 말이야. 아니면 벌써 방아쇠를 당겼겠지."

바스티앙은 허세를 떠는 여자의 표정을 유심히 관찰했다. 작은 행동 하나, 얼굴의 움직임 하나, 경련 하나에서 단서를 찾기 위해. 하지만 아무것도 발견되지 않았다. 그는 머리를 굴렸다.

"막 고민되지, 그렇지? 그래도 사실인지 확인할 순 없을 거야."

아닌 게 아니라 식당 입구에 걸린 간판에도 불구하고 바스티앙은 이게 꿀꿀이 소린지 멍멍이 소린지 알 길이 없었다. 주위의 손님들도 알 수 없긴 매한가지였다. 그들은 단지 숨을 죽이고 있었다. 서프라이즈 효과의 성공에 막신은 모두의 지지를 받으며 바스티앙에게 규칙을 제시했다.

"이제 그 총을 테이블에 내려놓고서 탄환을 비워. 그럼 내가 한 발을 넣을게. 단 한 발만. 러시안룰렛 알지? 난 다섯 번을 당길게, 넌 한 번만 당겨. 네가 질 확률은 거의 없는 거야."

"난 그런 게임은 안 해."

"넌 선택의 여지가 없는걸."

바스티앙이 화들짝 놀라며 등을 곧추세웠다. 무언가가 그의 허벅지 안쪽을 건드렸다. 서늘하고 딱딱하고 위협적이었다. 권총의 총신처럼. 막신이 그의 짐작을 확인시켜 주었다.

"느껴져, 내 총이?"

바스티앙은 침을 삼켰다. 뒤바뀐 정세가 마음에 들지 않았다. 그의 상대는 자살하려는 것 같다기보다는 미친 것 같았다.

"네가 다섯 번을 당기고 난 다음에 난 한 번만 당기는 거야. 여기 증인들도 있어."

"그래. 넌 운이 좋고 자시고 할 필요도 없어, 안 그래?"

막신의 시선 깊은 곳에서 알 수 없는 검은 빛이 번득였다. 마치 이 게임에 흥분되기라도 한다는 듯, 정말로 자신의 머리통을 날려버리고 싶다는 듯.

꼼짝없이 게임에 임하게 된 바스티앙이 숨죽인 증인들의 주의를 놓치지 않기 위해서 능숙한 동작으로 느릿느릿 탄환을 비웠다. 마침내 그가 권총과 여섯 발의 탄환을 테이블에 내려놓았다. 막신은 위협 중인 손은 테이블 밑에 그대로 둔 채 자유로운 다른 손을 꺼내어

총의 개머리판을 움켜쥐고는, 탄창을 열어 단 한 발의 총알을 미끄러뜨렸다. 그녀가 혼란에 빠진 포커 파트너에게 총을 건넸다.

"풀루? 탄창 좀 돌려주겠어요? 난 한 손이 자유롭지 않아서요."

"내가? 하지만 난……."

"부탁할게요."

오, 막신의 매력이란……. 풀루는 그녀에게 아무것도 거절할 수 없었다. 선량한 남자가 꺼끌꺼끌한 손끝으로 탄창을 마구 돌리다가 이내 죄책감에 사로잡혔다.

"막신, 그만둬. 이건……."

"쉬이이이이잇."

수도자처럼 평온한 막신이 중얼거렸다.

탄창이 허공 속을 돌았다. 죽음의 수레바퀴. 바스티앙은 축축해진 양 손바닥을 저고리에 문질렀다. 막신, 그녀는 약해진 어떤 기미도 내비치지 않았다. 그녀의 단호한 손짓에, 탄창이 움직임을 멈췄다. 권총이 준비를 마쳤다. 막신은 자신의 관자놀이에 총구를 댔다.

"네가 엄청 센 것 같아? 그럼 수를 세."

상대가 아연할 정도로 차분한 막신의 허세는 실은 허세가 아니었다. 결과에 상관없이 그녀는 승자였다. 첫 번째. 그녀는 머리에 방아쇠를 당겼다. 정직하자면 그녀도 번갈아 총을 당기고 싶었다. 그 경우 덜 창조적인 방법이었겠지만, 이런저런 핑계들과 결별하고 모든 트라우마를 한 번에 잠재우는 데는 효과적이었으리라. 두 번째, 행운이 그녀에게 미소 지었다. 그러니까 말이 그렇다는 얘기다. 탄환은 마지막 탄창에 있었다. 따라서 여섯 번째 발포 땐 탄환이 들어 있을 터였다. 이 마지막 탄환으로 어찌 할지는 그때 가서 그녀가 결정할 일이었다.

그녀의 손가락이 방아쇠를 감쌌다. 그녀는 입을 악물었다. 눈은 감지 않았다. 오히려 두 눈을 부릅뜨고서 바스티앙을 정면으로 노려보았다. 마치 죽음과 대결하는 듯한 결연한 눈빛이었다. 그녀는 방아쇠를 당겼다.

그녀의 손가락이 발작적 경련을 일으키며 당기고, 당기고……

또 당겼다.

탄창의 각 칸이 빌 때마다 그 충격으로 울리는 단속적인 공이치기 소리에 맞춰, 탄창이 발작적으로 돌아갔다. 그 소리가 거듭됨에 따라 탄환을 피할 행운도 엷어졌다. 다음 발포에 총알이 들어 있을 위험은 불가피했다. 눈물 한 줄기가 그녀의 볼에 검은 마스카라 자국을 만들었다.

풀루가 외쳤다.

“막신, 안 돼!!!”

다섯 번째.

모두가 숨을 죽였다.

이윽고 막신은 누구에게도 반응할 틈을 주지 않은 채, 기겁한 바스티앙 쪽으로 자동 권총을 돌려 어깨를 쏘았다. 유일한 탄환. 탄창의 마지막 칸. 여섯 번째 발포.

총알이 바스티앙의 어깨를 가로지르며 식당을 난장판으로 만들더니 들보에 박혔다. 바스티앙이 비명과 함께 쓰러지면서 식당의 집기들과 함께 바닥에 나뒹굴었다.

막신은 호흡을 가다듬으며 두 눈을 감았다. 1초가 지났을까. 그리고 깨달았다. 자신이 여전히 살아 있다는 것을. 그녀는 죽음을 따돌렸다.

이윽고 다시 눈을 뜬 막신은 테이블 밑에 총 대신 숨기고 있던 술병을 내려놓고서 얌전히 대기 중인 다섯 발의 탄환을 자동 권총에 장전했다. 그녀는 마침내 감정을 자유롭게 표출하며 바스티앙에게 달려들었고, 전혀 평화를 맺을 의도 없이 피스메이커를 그의 코앞에 들이댔다.

"작크한테 무슨 짓을 했는지 똑바로 말해, 그렇지 않으면 다음엔 네 어깨를 겨냥하지 않을 거야."

작크의 몸이 화장실의 여러 칸 중 한 칸에 뻗어 있다. 곳곳이 부어오르고 두 눈은 시퍼렇게 멍이 들었으며 별자리 같은 내출혈이 일어나 있다. 코는 뭉그러지고 복부의 칼자국은 응고된 피가 덮고 있다. 그는 변기에 좌초돼 있다. 세상에서 혼자.

벌거벗은 채.

조커에게 구타당한 기억이 서서히 되살아났다. 이어서 스멀스멀 올라오는 통증과 함께 발포까지. 작크는 목구멍에서 신음을 밀어냈다. 우선 오른손이 신호를 보내왔다. 손이 욱신거렸다. 총상으로 터져버렸기 때문이다. 다섯 손가락 다.

바스티앙은 제정신이 아니었지만 작크를 끝장내지는 않았다. 그가 원한 것은 복수이지 죽음이 아니었다. 도덕이란 없는 악당들한테도 명예의 규칙은 있다. "네가 날 욕보이면, 나도 널 욕보여." 바스티앙을 욕보인 건 막신이다. 여러 가지 의미로. 따라서 치명적인 보복은 막신을 위해 남겨두었다. 작크는 그 사이에서 세금을 치른 것뿐이었다. 상징적인 처벌이라고 할까. 바스티앙은 그의 오른손을 박살냈다. 도박사로서는 불행 중 다행인 것이 그는 왼손잡이였다. 더구나 진짜 사이코를 만나 아스팔트 시멘트 속에 묻힐 수도 있는 문제였다. 다만 오른손이 지랄맞게 아플 뿐이었다. 골절을 입은 약지가 갑자기 덜 성가셔졌다.

엄청난 기억의 양에 정리할 시간이 필요했다. 몸을 일으키는 것이 힘겨웠다. 작크는 으르렁거리며 옆구리를 세웠다. 육체가 고통 그 자체였다. 오른손만 박살 난 것이 아니었다. 놈은 그를 죽이지 않았으나 거의 죽인 것이나 진배없었다. 선택의 여지가 있다면 그의 상태로 미루어 곧장 묘지행을 택하는 것이 나을 수도 있었다. 코뼈가 부러져 코안이 막혔고, 손가락들은 피로 뒤덮였다. 찬란하지 않은 사용 상태로 미루어 보증금을 돌려받을 수 있을지도 미지수였다.

작크는 만신창이가 된 몸을 애써 잊으며 주위를 살폈다. 여긴 어디인가? 오감이 차례로 깨어나며 단서들을 집약했다. 그는 이제야 엉덩이에 느껴지는 바닥의 서늘한 감촉으로 자신이 알몸임을 인식했다. 이 사실은 안 그래도 모욕적인 밤에 한 겹의 모욕을 덧씌울 뿐, 그리 심각하지 않았다.

작크는 벽에 비치된 두루마리 휴지를 수 킬로미터 잡아당겨서 복부를 눌렀다. 상처에선 더 이상 피가 배어 나오지 않았다. 오늘 밤에 부족했던 행운과 달리, 지혈을 담당하는 혈소판만큼은 부족하지 않은 듯했다. 그는 말라붙은 혈액으로 얼룩진 배를 닦으며, 청소년 시절에 혈액을 기부하여 발루를 살려냈던 기억을 떠올렸고 이 추억으로 아주 조금이나마 기운을 되찾았다.

작크는 상처를 휴지로 둘둘 싸매며 화장실 벽의 낙서들을 훑었다. 장식적인 그림들, 오럴 섹스며 골든 샤워며 마취제 암거래를 부추기는 또 다른 서비스들의 제안과 전화번호들. 그야말로 혼이 담긴 낙서의 향연이었다. 이 변두리 문학과 비슷한 수준의 낙서 하나가 그의 관심을 끌었다. **너희 엄마 쿨하더라.** 거리낌 없이 드러낸 부모에 대한 사랑의 표현에 감탄이 절로 나왔다. '그리 추하다고만은 할 수 없는 세상이야.' 작크는 생각하며 피로 얼룩진 휴지를 변기에 던지고서 물 내림 버튼을 눌렀다. 물이 내려가지 않았다. 시뻘건 휴지가 변기에 둥둥 떠 있었다. 변기가 막혔다.

"더러운 세상."

작크는 화장실 칸을 벗어나는 위험을 무릅썼다. 옆방에서 음악과 웃음소리가 새 나왔다. 그는 발끝을 들고서 화장실 입구까지 살금살금 걸어가다가, 문득 거울에 비친 자신과 마주쳤다. 아름답지 않았다. 자동차 정비 기사가 폐차시키라는 말을 하기 전에 던지는 완곡어법. 머리부터 발끝까지 멍과 상처와 피로 얼룩진 꾀죄죄한 몰골. 과장되게 분장한 싸구려 공포 영화에서 빠져나온 듯한 좀비.

작크는 이 이미지를 무의식 깊은 곳에 쑤셔 박고서 전진했다. 문가의 '출구'라는 표지판 밑에 이른 그는 바깥의 동정에 귀를 기울이며 문을 반쯤 열고서 고개를 내밀었다. 결혼식 축하연. 이백 명 남짓의 하객들이 먹고, 마시고, 춤추고 있었다.

빌어먹을 연회장이라니.

"머리 한번 잘 굴렸군, 바스티앙."

취기가 역력한 두 남자가 비틀거리며 화장실로 다가왔다. 알몸 신세로 경찰서에 넘겨져 육체가 훼손된 경위를 올바로 설명하지 못한 끝에 보호 감호 처분을 받을 것이 두려워진 작크는 문을 도로 닫고서 좀 전에 갇혔던 화장실 칸으로 달려가 숨었다. 왜 똑같은 곳으로 들어온 것일까? 설명할 길이 없었다. 일종의 귀소본능일까. 그는 의식을 되찾으며 이곳, 현대인들의 동굴 벽화로 뒤덮인 이 소굴에서 안식을 느꼈고, 본능적으로 다시 이곳으로 도피했다. 아무 의미 없는 생각이었다. 그도 이를 인식했으나 뇌가 아직 풀가동하지 않고 있었다. 리부팅될 시간이 좀 더 필요했다.

작크는 물이 가득 찬 변기에 떠다니는 시뻘건 휴지를 보면서 이곳에 다시 들어온 게 좋은 생각이 아니라는 걸 깨달았으나 이미 늦었다. 신랑 측 들러리 두 명이 요란스럽게 화장실에 입성했다. 작크는 화장실의 한 칸에 갇힌 채 그들의 폭소를 들었으나 그들과 같은 기분을 느낄 수는 없었다. 낄낄거리기엔 단연 최고인 그들의 대화에도 불구하고 말이다.

"내가 저 결혼 오래 못 갈 거라고 얘기했던가. 신부를 내가 아주 잘 알거든. 글쎄, 어제도 내가 덮쳤는데 나한테 안기면서 한다는 말이……."

문장의 마지막은 구토에 묻혔는데 그 웩웩거리는 리듬의 전염성이 강해서 작크도 덩달아 속이 울렁거렸다.

밖에서는 DJ가 '우리 다 같이 망가집시다'를 건들거리며 연기하면서 그의 비장의 무기, 피할 수 없는 그루브의 LP 음반을 꺼내어 댄스 플로어에 불을 지폈다. 라 콩파니 크레올•이 화장실 옆 칸의 토사물 냄새가 밴 인생 찬가를 경쾌하게 부르기 시작하자, 첫 소절부터 집단적인 열광과 환호가 쏟아졌다.

새들이 웃음 짓네.
꿀벌들이 노래하네.
색을 덧칠하네.
찬란한 무지개에!

작크는 울분을 삭이며 눈을 부라렸다.
'슬슬 부아가 치밀어 오르는구먼, 저놈의 긍정적인 노래들…….'

• 크리올인(서인도 제도나 남미 초기 정착민의 후예. 또는 미국 남부에 정착한 프랑스나 스페인 정착민의 후예) 4인으로 구성된 프랑스 밴드로 1980년대에 선풍적인 인기를 끌었다.

'아, 이 부드러움…….'

황홀경의 풀루가 그를 얼싸안는 막신이 내뿜는 향수 향에 도취된 동안, 베베르는 **'길가의 돼지코'** 문턱에 서서 멀거니 자기 차례를 기다렸다.

"아저씨들이 맡아줄래요?"

"걱정 마, 더 이상 널 귀찮게 못 하게 할 테니까."

풀루가 막신을 안심시켰다. 막신은 수줍은 미소를 지어 보였다. 그녀는 이 두 인물을 잘 몰랐다. 이들에 대해 아는 게 전혀 없었지만 그들에게 이 임무, 막중하다면 막중한 이 임무를 맡겨도 좋겠다는 확신이 들었다. 믿는 친구한테도 기대할 수 없는 부탁이었다. 어차피 친구도 없었지만 말이다. 하지만 이 둘한테는 이제껏 겪은 것만으로, 의리를 기대할 수 있다는 걸 알았다. 막신의 아름다운 아몬드

빛 눈동자에 감사가 넘쳐흘렀다.

'오, 저 눈!'

기절 직전의 풀루가 아무것도 거절할 수 없는 이 암사슴의 눈빛에 녹아내렸다. 사냥꾼의 끝. 게다가 그는 한쪽 어깨를 다친 불한당을 피의자로 만들기 위해 음식점에 있던 다른 동료들과 함께 치밀한 알리바이까지 설계해 두었다. 즉 불한당이 카우보이 총을 들고 식당에 난입해 금고를 털기 위해 손님들을 위협한 것으로. "이해가 가죠, 경찰 양반. 우리가 총을 쏠 수밖에 없었던 이유가?" 정당방위. 총 솜씨가 늘 좋은 건 아닌 사냥꾼들이니만큼 핑계도 자연스러울 터였다. 음식점 단골들이 증언을 보강할 것이고, 시각이 다른 단 한 사람은 피의자 자신뿐이리라. 바스티앙의 교도소행은 따놓은 당상이었다.

외지 여자가 또 다른 지평선을 향해 어두운 밤 속으로 사라지기 위해 머리칼을 휘날리며 야생마에 올라타려는 순간, 그녀와 함께하는 순간의 몽환적 꿈에서 멀어진 풀루가 성가신 질문을 던졌다.

"좀 전에 왜 그렇게까지 한 거야?"

대답은 막신이 스스로에게 하는 말이기도 했다.

"내가 살아 있다는 걸 증명하려고요."

풀루는 자기 계발이라는 망상에 빠진 도시인의 막연한 대답이라고 생각했다. 하지만 막신 그녀는 자신의 생각의 흐름에 대해 확신하는 듯했다. 그녀는 충성스런 신하들을 향해 결연한 시선을 들어올렸다.

"난 이제 준비가 됐어요."

"널 다 이해할 순 없지만……. 알지, 동료가 필요하면 여기 테이블이 있고 언제든 넌 환영이라는 거. 다시 보게 된다면 반가울 거야."

"따뜻한 말씀이에요, 풀루."

막신은 그의 볼에 키스로 인사하고는—'아아아아아아아앗, 이 부드러움'— 르노5의 열쇠를 꺼내며, 섹시한 윙크를 곁들여 유대감이 담긴 마지막 미소를 지어 보였다. 이윽고 그녀는 공허감과 천국의 아취를 남긴 채, 밤의 어둠 속에 묻혔다. 순간의 장중함에 마취돼 있던 베베르가 사랑에 빠진 동료의 감흥을 투박한 말로 깨뜨렸다.

"이제 저놈 혼쭐내러 가야지?"

막신은 르노5 안장에 올라타 채찍을 휘두르며 5마력으로 거침없이 달리다가 화들짝 놀라며 큰 소리로 외쳤다.

"장!"

한시바삐 작크를 구해야 한다는 일념에 사로잡혀 아이의 전화를 까맣게 잊고 있었다. 막신은 서둘러 휴대전화를 집어 들어, 메시지를 확인할 새도 없이 전화부터 걸었다.

"여보세요."

아이폰 저쪽에서 아이의 목소리가 들려왔다.

"여보세요, 장? 무슨 일 있니? 좀 전에 전화했지? 안 잤어?"

"응, 발루랑 같이 있어. 엄청 큰 아저씨야. 엄청 까맣고 엄청 힘이 세. 나한테 왕 잘해줘. 아줌마를 두들겨 패려던 나쁜 놈도 무찔러 버렸어."

몇 구역 떨어진 곳에서 장은 도요타 툰드라의 거대한 시트에 몸을 묻고서 유물이 된 노키아—그의 모친은 애플의 낙후성을 경계하기도 했지만, 어쨌거나 거대 아이폰 제조업체의 폭리 수법에 놀아날 돈도 없었다—에 대고, '아이 유괴 경고'에 놀란 막신의 모성 본능에 당혹스러울 정도로 신이 나서 대답했다.

"무슨 소리니?"

270마력의 괴물을 포효하게 하던 발루가 막신의 금속성의 목소리를 간파하고는 아이에게 단호하게 손을 내밀었다.

"아, 드디어 전화를 거셨구먼! 나 바꿔줘!"

장이 코앞에 내밀어진 거대한 손에 휘둥그레진 눈을 깜빡거리며 감탄하고는, 자기보다 덜 스마트한 휴대전화를 그 손에 올려놓았다. 발루가 미니 전화기를 귀에 바짝 붙였다.

"어, 막신, 나 발루야. 꼬마는 내가 보살피고 있으니까 걱정 말고 너나 조심해. 너한테 망신당한 놈팡이가 널 뒤쫓고 있어. 그 친구 놈은 내가 박살을 내놨지만 호텔에선 꼬마를 데리고 도망치는 중이야. 박살 난 놈이 또 다른 졸개들을 이끌고 언제 얼쩡거릴지 몰라서."

"걱정 마, 다 해결됐으니까. 문제의 놈팡이가 더 이상 우릴 귀찮게 못 할 거야."

막신은 조수석에 놓인 권총을 힐금거리며 운전했다. 바스티앙의 자동 권총이 아니었다. 그건 증거품으로 풀루한테 맡겼고, 이건 그 모든 분쟁 동안 그녀의 바로 곁에서 잠자던 권총이었다. 핸드백 속에 고이 담겨 접근이 불가능했던. 이제 그녀는 이 총을 늘 손이 닿는 곳에 둘 터였다.

"뭐야, 놈을 만났어?"

"응, 내가 처리했다니까."

"그럼 작크는?"

발루가 떨면서 물었다.

"내가 어디 있는지 알아."

"어디야?"

발루의 어조가 굳어졌다. 그는 쿨한 남자였지만 형제를 보호하는 일에는 언제 불같은 분노를 뿜어내며 돌변할지 몰랐다. 나아가 피비린내 풍기는 분노를.

"작크한텐 내가 가볼게."

발루가 핸들의 주먹을 움켜쥐었다. 가죽 커버가 뿌드득 신음을 흘렸다.

"어디 있는지 말해!"

"찾으면 바로 전화할게, 날 믿어. 장한테 물어봐, 날 믿을 수 있나 없나……."

"아니, 망할, 난……!"

늦었다. 막신이 전화를 끊어버렸다. 발루는 창문으로 휴대전화를 던지려다 자제했다. 그는 애꿎은 핸들을 쾅쾅 두드렸고 그때마다 뿌드득뿌드득 신음이 새 나왔다. 발루의 으르렁거림에 픽업트럭이 흔들리며 장의 엉덩이까지 들썩거렸다. 장은 겁내지 않고서 짐짓 어른스러운 체하는 말투로 어린아이 같은 믿음을 내비쳤다.

"막신은 해결한다면, 해결하는 사람이야."

발루는 마치 새끼 곰처럼 구는 사람의 아이에게 회의적인 눈길을 돌렸다.

"네가 막신을 좀 아는데, 믿을 수 있단 말이지?"

“언제든. 좋아하는 여자라면 언제든 믿을 수 있어.”

기병이 도착하리라는 건 꿈도 꾸지 못한 채 작크는 화장실 변기에 얌전히 앉아 때를 기다렸다. 연회가 끝나야만 정신병원에 끌려가지 않고서 도주할 수 있으리라. 더 나쁘게는 경찰서에 끌려갈 수도 있었다. 어쨌든 그는 세면대를 몇 번씩 오가며 상처를 닦는 대담성을 발휘하기도 했다. 배불리 먹은 연회 손님들이 볼일을 해결하는 사이사이, 그는 반반한 외양을 회복했다. 반반하다는 건 말이 그렇다는 것이고 원 상태를 고려하면 대략적인 수습 수준이었다.

작크는 세면대에서 단장을 마치고 돌아오며 핸드 드라이어 위의 구급상자를 발견했다. 그는 상자 속의 90도 알코올로 상처를 소독하고, 입안도 헹궜다. 절망스런 상황에서 피부와 목구멍을 불태우는 두 감각 중에 어느 것이 더 못 견딜 노릇인지 고를 수 없었다. 둘 다 강력했다.

그는 다른 화장실 칸으로 거처를 옮겼다. 이번엔 물 내림 버튼이 작동하는지 확인했다. 자리가 한결 편해진 만큼 시간이 얼마나 흘렀는지도 알지 못했다. 그는 하염없이 기다렸다.

“며칠은 지난 것 같군.”

“그만 투덜거려. 이제 혼자가 아니니까.”

막신의 목소리. 놀리는 어투. 왈칵 안도감이 드는 아름다운 목소리. 그 은혜로움에 얼굴이 환해지면서도 작크는 도무지 믿기지 않았다. 순결하게 빛나는 여신의 손이 그를 어두운 생각의 터널에서 끌어냈다.

"막신."

"그래, 막신."

작크는 생각에 골몰한 나머지 막신이 들어오는 소리도, 옆 칸 변기에 앉는 소리도 듣지 못했다. 벽 하나가 그들을 갈라놓고 있었다. 쓰레기 같은 말들, 뒤로 내민 엉덩이와 팽창한 성기들과 점액질로 번들거리는 유방 사진들, 불건전한 장식들로 빼곡한 고해소. 마음을 열고서 마침내, 진실을 터놓기에 이보다 더 이상적일 수 없는 배경이었다.

"어때, 이래도 늘 내 출현이 시의 부적절한가?"

"무슨 소리, 그렇지 않지."

너덜너덜해진 왕자가 자신을 구하러 온 이른바 절망에 빠진 공주의 도착에 안도했다. 뒤바뀐 역할의 아이러니라니, 두고두고 새겨야 할 교훈이었다.

작크는 자신을 발견한 것이 발루가 아닌 막신인 것에 행복해하며, 겸연쩍은 미소를 지었다.

"내가 여기 있는 건 어떻게 알았어?"

"바스티앙이 나도 손을 보려고 했거든. 아무래도 내가 너보다 더 센 것 같지?"

"그런 것 같네."

작크는 경쟁자의 월등함을 인정하지 않을 수 없었다. 변기에 쭈그러진 자신의 처지와 사이코한테 승리한 그녀의 위풍당당함을 비교하며 감탄하지 않을 수 없었다. 이 깨달음은 또한 부수적으로, 몇 시간째 그를 잠식하고 있는 낙오자의 기분을 가속화했다.

"지금 어떤 상태야?"

"이보다 최악일 수도 있었어. 다행히 코가 조금 깨졌고, 옆구리 뼈 한두 개만 결려. 배가 칼에 찔리고 오른쪽 손가락이 죄다 부러졌지. 그래도 뭐, 괜찮아. 살아 있으니까."

부상된 부위를 열거하자 막신이 휘파람을 불었다. 부상자의 어조가 담담해서 앰뷸런스를 부르진 않았으나, 생각보다 더 심각한 상태인 듯했다.

"가장 곤란한 건, 그치가 상상력이 심각하게 부족하다는 거야."

이 암시에 호기심이 동한 막신은 변기에 올라서서 칸막이 너머로 옆 칸을 들여다보았다. 아담의 의상을 걸친 작크가 어디로든 숨을 곳이 없는 협소하고 난잡한 공간에서, 변기 등받이로 몸을 가린 채 멋쩍은 표정으로 손을 흔들었다. 막신은 입술을 깨물었지만 웃음이 새 나오는 건 어쩔 수 없었다. 작크는 비록 만신창이가 되었어도 매력적이었다.

막신은 제자리로 돌아와 고백을 이어갔다.

"그러네……. 내 잘못이야, 미안해."

"널 뒤쫓은 건 나야. 무슨 일을 당할지 알고 있었다고."

이번엔 관대한 후원자의 희생에 막신이 감동할 차례였다. 가면이 떨어졌다. 연극이 끝나고 진실에 자리를 내주었다.

"사실 난…… 그러니까 난 네가 너 이외의 모든 것에 관심이 없는 줄 알았어."

"내가 그렇게 생각하게 만들었는걸."

"아니야, 사고가 났을 때도 날 지켜줬잖아."

"날 봤어?"

'이런, 젠장, 브라보, 허세가 잘도 먹혔구나…….' 작크의 본심이 멍 자국처럼 드러났다. 사랑에 빠진 것이 분명했다. 사랑이 카드들을 흐트러뜨렸고 그를 레이더망에 걸리게 했다.

"내가 늘 얘기했잖아, 넌 패를 잘 못 숨긴다고."

막신이 그를 놀리며 미소를 짓는 것이 벽을 통해서도 느껴졌다. 작크의 자존심이 타격을 입었다. 심장도.

여자가 고양이 걸음으로 살금살금 화장실 옆 칸 문까지 걸어가, 손바닥으로 최대한 살살 문을 밀었다. 문이 꼼짝도 하지 않았다. '사용 중' 빨간불만 반짝거릴 뿐. 작크는 상처 입은 짐승처럼 몸을 감싸며 웅크렸다. 손기술이 뛰어난 막신에게는 빈약한 장애물이었다. 그녀는 머리핀을 빼내어 잠금장치를 해제했다. 고해성사에 빠진 작크에게는 아무 소리도 들리지 않았다.

"내가 널 믿을 수 없다고 했었잖아. 그때 든 생각이…… '내가 뭐라고 남을 평가하나?'라는 거였어. 네 말이 맞아. 난 혼자서 외로운 자위나 하는 인간이야. 내 삶은 아무것도 아냐. 난 거짓말로 세월을 보냈어. 그런데 넌…… 그래, 넌 나보다 훨씬 강해……."

만취한 두 젊은 여자가 요란하게 깔깔거리며 화장실에 들어왔다. 막신은 한 손가락을 입술에 대며 장난스런 윙크로 두 여자에게 침묵과 협조를 부탁했다. 취했지만 연대를 아는 여자들이 알아들었다는 듯 윙크로 화답하더니 킬킬거리며 사라졌다.

막신은 작크의 칸으로 들어갔다.

"조용히 해."

그녀가 속삭였다. 숨결이 뜨거웠다. 어투가 바뀌었다. 감각적으로. 작크는 아무 말도 하지 않았다. 다만 그녀를 응시했다. 막신이 한 발 앞으로 나아가 작크의 얼굴을 손으로 감싸며 자신의 복부 쪽으로 천천히, 끌어당겼다.

'이 향기…….'

마치 3세기처럼 느껴지는 사흘 전, 작크는 우그러진 차 안에 온종일 갇혀 이 황홀한 향을 맡으면서도 깊이 음미할 순 없었다. 그런데 이제 마침내 제공된 복부에 코를 박고서 그 향을 마음껏 누리고 있었다. 그는 그토록 원하던 여자의 허리로 손을 뻗었다. 그는 출발했다. 멀리. 아주 멀리. 이 구역질 나는 요강에서 천리만리 떨어진 곳으로. 그의 여자의 관능과 천상의 향기에 완전히 도취된 채.

그토록 기다렸던 순간, 또한 그토록 피해왔던 순간이기도 했다. 이유를 말하자면 막신은 이제껏 당연히 애인들이 있었고, 스킨십이 원만했던 적이 드물었다. 아니, 결코 없었다고 할 수 있었고, 그런 연유로 막신은 돈을 지불하는 편을 택했다. 적어도 금전적 관계인 한은 남자들이 거절당해도 성을 내지 않았다. 어떤 밤들은 행위가 그럭저럭 고통스럽게라도 치러졌다. 행위. 의학 용어.

혹여 최선으로 기계적이나마 쾌락의 기미를 느낄 때가 있었다 해도 막신은 전혀 기쁘지 않았다. 오늘 밤은, 달랐다. 배 속에서부터 그것이 느껴졌다. 그녀는 몸과 마음을 열었다. 새로운 감각이었다. 자신의 몸한테도, 자신한테도 혐오감이 들지 않았다. 상대가 두렵지 않았다. 그녀는 작크를, 작크의 갈비뼈를 감쌌고, 무엇보다 그의 선의를 꿰뚫었다.

"천천히, 천천히 해."

막신이 그의 귀에 속삭였다. 그녀는 자신을 내려놓았다, 포기했다. 암묵적인 시선 속에서 허세 가득한 도박사들은 더 이상 거짓말을 하지 않았다. 그녀는 연약했고 이를 그에게 드러냈다. 그를 믿었고, 그에게 주의하라고 부탁했다.

작크에게 평소 섹스란 거침없고 거친 것이었다. 헐떡임과 점액질의 교환, 그 이상도 그 이하도 아니었다. 관능, 그는 그것을 종종 부인했다. 그의 취향으로는 충분히 강렬하지도 거세지도 않았다. 그는 폭격하는 것이 좋았다. 공유도 흥취도 없는 단순한 왕복운동, 빠른 숏에 이어지는 아찔한 하강. 그 모든 생략 탓에 그는 바람둥이로 전락했고, 발루가 이를 경고한 바 있었다. 오늘 밤, 그는 알몸이다. 이렇게까지 알몸인 적이 없을 만큼 모든 것을 벗었다. 그녀를 덮치지 않고, 사랑할 것이기 때문이다.

그리 오래되지 않은, 며칠 전만 해도 그는 자신의 알몸에, 그 형태에, 그것이 내포하는 모든 관능에 혐오감을 느꼈으리라. 그가 엄청나게 나약해진 이 순간에 그가 절대 놓치지 않는 건 바로 그녀의 시선이었다. 막신 또한 익사하지 않기 위해 그의 시선을 붙들었다. 그가 숨결로 그녀를 붙들어 주었다.

"걱정 마, 절대 널 안 놓을 거니까."

작크는 신중의 신중을 기해 막신의 옷을 벗겼다. 그녀의 허벅지가 드러났다. 피가 배어난 반창고들과 새로운 상처들. 그는 아무것도 묻지 않는 품위를 발휘했다. 차 사고를 당했을 때 그녀를 참호로 밀어 넣은 것은 여자가 아닌 도박사를, 그의 미래의 동업자를 테스트하기 위한 것이었다.

그는 극도로 조심하며 그녀 안으로 들어갔다. 그녀는 처음으로, 나쁜 기억에서 멀어지며 삽입을 침입으로, 더 나쁘게는 파열로 느끼지 않았다. 그녀는 비명을 지르지 않았다. 통증을 느꼈으나, 작크의 목소리가 그녀를 지상에 붙들어 맸다. 그가 무슨 말인가를 속삭였고 그녀에겐 들리지 않았으나, 그 부드러움에 그녀는 안도했다. 그것에 매달렸다.

이제껏 그녀에게 일어나지 않았던 일이 벌어졌다. 통증이 사라졌다. 아울러 공포도. 그녀의 육체가 느슨해졌다. 숨 막힘이 사라졌다. 고통의 자리에 쾌락이, 이해가, 욕망이 자리 잡았다.

작크는 모든 키스와 애무를 낱낱이 누렸다. 귓가에 느껴지는 막신의 숨결, 그는 이토록 에로틱한 소리를 결코 들어본 적이 없었다. 그녀의 복부의 떨림, 그의 팔뚝을 움켜잡는 그녀의 손.

"천천히……."

그녀가 되풀이했다. 그에게. 그리고 자신에게.

그들은 키스했다. 서로를 원했다. 아물지 않을 상처가 날 만큼. 게임의 나날들, 추적, 암묵적 동의, 허세, 유혹, 전희. 그들은 흥분하지 않았다. 그들은 폭발했다.

그의 박살 난 손이 욱신거렸다. 벌어진 상처가 쑤셨다. 키스할 때마다 골절을 입은 코가 아렸다. 그럼에도 작크는 설렜다. 난생 처음으로.

막신 그녀는 물에 빠졌다가 구조되어 호흡을 되찾은 여자처럼, 사랑을 나눴다.

연중무휴로 24시간 영업하는 주유소의 카페. 망망하고 고독한 고속도로를 표류하는 메두사호의 뗏목•에 손을 내미는 무인도. 막신의 소식을 기다리는 동안 꼬마를 즐겁게 해주어야 할 의무를 느끼는 발루에게는 정확히 오아시스였다. 손님이 한 명도 없었다. 오직 음울한 표정의 종업원들만이 주위의 무엇에도 관심을 기울이지 않은 채 바닥과 튀김 머신을 닦고 있었다. 이 또한 이런 황량한 장소의 이점이었다. 거구의 흑인이 새벽 2시에 잠옷 차림의 꼬마와 디저트를 먹으러 와도 아무도 의심스런 눈초리를 보내지 않았다.

• 1816년 프랑스 해군 군함 메두사호가 세네갈 정복 출정 중에 난파됐을 때 구명보트를 못 탄 나머지 사람들이 탈출을 위해 만든 뗏목. 이 뗏목에 오른 사람들은 구조되기까지 표류하는 보름 남짓 동안, 기아와 질병과 폭우에 시달리다가 급기야 광기와 식인 행위에 이르는 등 그야말로 생지옥을 경험한다. '극한 상황'의 비유적 표현.

장은 커다란 아이스크림을 삼킨 뒤, 호텔방을 나서면서부터 시작되었던 환자의 정신분석을 이어갔다.

"왜 자살하고 싶은 건지 얘기해 봐, 아저씨. 나한텐 얘기해도 돼."

대답할 엄두가 나지 않는 질문. 그럼에도 발루는 자신이 다시 한 번 꺾이리라는 걸 알았다. 그가 구해준 이후로 꼬마가 그를 구슬렸고, 왜인지 그도 꼬마에게 모든 걸 털어놓고 있었다. 이제껏 살아온 삶이며 금기, 숨기는 것, 어두운 구석까지. 꼬마에겐 무언가가, 일종의 힘이 있었다. 상대가 모든 것에 마음의 빗장을 걸고 있다는 것을 알고, 그럼에도 마음을 열 수밖에 없도록 만드는 힘. 아니, 열 수밖에 없는 건 아니었다. 그도 동의했으니까. 왜일까? 꼬마는 자질이 있었다. 상대의 신뢰를 쉽사리—왜냐하면 술수나 노력이 없으니까— 얻는 자질이. 상대에게 진심으로 관심을 기울였고, 따라서 상대의 말을 경청했다. 그러니 말을 할 수밖에. 발루도 예외 없이 그렇게 하고 있었다. 이미 몇 시간째.

"살아 있다는 걸 느끼려고."

"모순적이네."

"나도 내가 논리적이라고는 한 적 없어. 이건 트라우마에 관한 얘기라고. 트라우마에 논리 따위는 없어."

"트라우마라고? 그 단어가 나왔단 말이지. 그렇다면 아저씨가 그거에 대해 너무 많이 얘기했거나, 충분히 얘기하지 않았거나 둘 중 하나야. 난 후자에 비중을 두고 싶어."

'이 녀석 봐라…….' 발루는 귀빰을 한 대 날려줄까, 아이스크림을 두 개 더 시킨 뒤 상담을 이어갈까 망설였다.

"애들한테 할 얘기가 아냐."

"아, 난 맨날 애들한테 못 할 얘기만 들어, 그게 나의 가장 큰 문제라고. 게다가 우린 이미 몇 시간 동안 나이에 상관없이 얘기했잖아. 이제 와서 가릴 필요 없어."

꼬마가 놀라운 모방 실력을 드러냈다. 마치 구원자를 만난 순간부터 그를 흉내 내기 위해 그의 특징적인 버릇과 태도만을 포착하여 연구한 것처럼. 이 초능력자의 외형적 행동 양식을 낱낱이 파악하여 자기도 그가 되려는 것처럼. 진정한 학자 원숭이였다, 이 꼬마는.

'그래, 안 될 게 뭐야?' 곰팡내 풍기는 음울한 카페에서 바보처럼 썩고 있느니, 차라리 기회를 틈타 한바탕 대청소하며 시끄러운 냄비들을 창밖으로 던져버릴 일이었다. 일곱 살짜리 어린애에게 그 모든 얘기를 쏟아내는 건 윤리에 어긋날 것이나, 이 시간에 DDASS•에서 출동할 위험은 없을뿐더러, 그를 심판할 사람도 아무도 없을 터였다. 발루는 거대한 허파가 담을 수 있는 최대치의 공기를 들이마신 뒤, 무거운 가방을 비우기 시작했다.

"8월이었어. 정확히는 8월 12일. 가족끼리 휴가 여행을 떠났거든. 아빠랑 엄마랑 두 형들이랑. 다들 들떠 있었지, 왜냐하면 7월에 휴가를 떠났던 사람들이 즐기고 돌아오는 동안 우린 크레테이 솔레이 쇼핑센터나 어슬렁거리면서 바보처럼 얌전히 시간을 죽이고 있었는데, 이제 우리가 해변에 갈 차례가 된 거니까. 우린 휴가철의 고속도로를 느긋하게 달리다가, 리옹 출구에 이르러 차가 막히는 바

• 지역 사회복지 및 보건위생센터.

람에 두 시간을 흘려보냈어. 그 뒤로 아빠가 속력을 냈지. 차가 오랫동안 쉬었으니 달려줘야 한다면서. 우린 라디오에서 외쳐대는 테크노트로닉을 따라 '펌프 업 더 잼(pump up the jam)'을 열창했어. 그야말로 차 안에서 축제가 벌어진 거야. 그런데 아빠가 갑자기 심근경색을 일으키더니 즉사했어. 아빠가 돌아가셨는데도 우린 그것도 모르고 바보처럼 목청이 터져라 노래만 불러댔으니 그것만으로도 불행인데, 전속력으로 달리던 터라 아빠가 미처 속도를 줄일 새가 없었어. 엄마가 상황을 알아차렸을 땐 차가 이미 급회전을 하고 있었지. 앞에서 달려오던 유조차가 우리의 불행에 쐐기를 박았어. 그림까지 그려 보이진 않을게. 넌 충분히 똑똑하니까. 난 혼자 살아남았어. 그 다음은 죄책감, 부당한 기분, 고독 등등……. 그런 식으로 가족을 잃으면 삶의 방향을 잃게 돼. 이젠 내가 왜 사는 게 그저 그런지 이해하겠지?"

"그러네, 정상참작의 여지가 있네."

장은 어떤 따듯한 연민의 표시도 내비치지 않았다. 기이하게도 발루 또한 상냥한 위로의 경향을 띠지 않는 이 대화에 편안해졌다. 이 일을 이토록 덤덤하게 이야기할 수 있다면, 어쩌면 회복 절차가 그의 생각보다 더 빠를 수도 있었다. 어쩌면 강간범들을 무찌른 것이 플라세보 효과를 일으킨 것일까. 그렇다면 자가 처방의 효력이 증명된 것이었다.

"한 가지는 확실하네."

장이 입가를 뒤덮은 초콜릿 크림을 훔치며 말했다.

"뭐가?"

발루가 이 요물이 자기한테서 또 무얼 끄집어 내려는 꿍꿍이인 건지 궁금해하며 물었다.

"죽은 사람은 절대 운전하면 안 된다는 거."

아이의 능청에 속은 발루가 퉁방울눈을 껌뻑껌뻑했다. 이해하는 데 시간이 걸렸다. '무슨 뜻인지 알고 하는 말이야, 이 바보?' 이윽고 그가 천둥 같은 폭소를 터트렸다.

걸레질을 하던 종업원이 아동유괴범의 가능성이 있는 수상한 작자에게 음울한 얼굴을 잠깐 돌렸다가 하던 노동으로 다시 돌아갔다. 그 모든 게 자기와는 상관없다고 생각하며 초과 근로 보상 휴가 전까지 며칠이나 남았는지 다시 세면서.

발루는 껄껄거리다가 숨이 막힐 지경이었다. 즐거움의 눈물이 그의 검은 볼에 반짝이는 물고랑을 만들었다. 그가 테이블을 주먹으로 내려쳤다. 동그란 바닐라 아이스크림이 식도락가 아이의 그릇에서 공중세비를 했다. 발루는 웃음을 그치려고 애쓰며 말했다.

"백번 맞는 말이다! 도로교통공단에서 캠페인이라도 벌여야 하는 건데, 무인 감시카메라로 우릴 괴롭힐 게 아니라!"

그는 말을 맺기도 전에 다시 낄낄거렸다. 아이의 귀여운 킥킥거림이 동반된 제어되지 않는 미친 듯한 웃음이었다.

"으하하하! 길가에 이런 표지판이 있다고 생각해 봐. **'잠깐, 죽었다면 운전하지 마시오!'** 으하하하, 돌겠네, 엄청나다!"

발루는 웃음의 폭포 속에서 수해 동안 반복돼 온 우울을 방출했다. 5분 남짓 지속된 솔로 콘체르토 끝에, 그는 뇌졸중 환자 같은 종업원들이 경찰을 부르기 전에 조심해야 한다고 생각하며 웃음을 바이올린 케이스에 고이 넣어두었다.

"아, 정말 돌아버린다……. 맞는 말이야, 맛 좋은 스테이크 맞네."•

"무슨 소리야?"

살짝 어리둥절해진 장이 물었다.

"아무것도 아냐. 그나저나 넌 정말 보통 애가 아니구나."

장은 초콜릿으로 얼룩진 냅킨을 내려놓으며 뽐내듯 가슴을 쭉 폈다. 냅킨만큼이나 상의도, 나이를 숨기려는 두 배의 노력에도 불구하고 또한 그 나이만의 재주로 더럽혀져 있었다.

"어, 맞아. 막신도 늘 하는 소린데, 나보다 더 유치하고 덜 남자다운 어른들을 봤대. 그것도 아주 많이."

발루는 함박웃음을 지었다. 귀여웠다, 이 꼬마 신사가.

"넌 정말 막신이 좋은가 보구나."

장은 아이스크림에 다시 정신을 팔았다. 가슴 속에 무엇이 들었는지 보기 위해 흉곽을 파헤치는 환자한테 그러하듯 발루의 마음을 열기 위해, 관심을 다른 데로 돌렸다.

"막신은 거짓말을 하지 않는 눈을 가졌거든. 뭐, 그래도 우리가 이루어질 수 없는 관계라는 건 알아. 현실을 직시해야지, 나이 차가 스물다섯 살이나 되니까. 내가 사춘기를 지나 남자다워지고 적금도 부을 수 있을 때까지 기다려 달라고 할 순 없잖아. 그건 안 되지, 너무 복잡해."

발루는 성숙하면서도 진심 어린 대답에 어안이 벙벙하여 꼬마를

• '웃음이 보약이다' 같은 의미의 '웃음이 맛 좋은 스테이크이다'라는 프랑스 격언.

곁눈질했다. 이 정도로까지 자신에게 솔직할 수 있다니, 발루로서는 숙연한 기분마저 들었다. 정말이지 알수록 괜찮고, 알수록 감탄스러웠다, 이 아이는. 어떻게 이토록 짧은 시간 동안에 그의 삶에서 필수불가결한 자리를 차지할 수 있었단 말인가? 설명할 길은 없었지만, 명백한 사실이었다.

"넌 정말로 희한한 녀석이구나."

"아저씨 이름은 왜 발루야?"

"그건 작크가 장난처럼 부르는 거고, 진짜 이름은 바질이야. 내가 자꾸 자살하려고 하니까 작크가 날 발루라고 불러."

"난 무슨 관계인 건지 모르겠네. 왜?"

"그건……."

발루는 한숨을 내쉬며 주변을 염탐했다. 아무 염려 없었다. 종업원들은 열의 없이 바닥을 청소할 뿐 그들에게 관심 없는 듯했다. 걱정을 던 발루는 대답을 대신하여 노래를 부르기 시작했다.

"행복하기 위해선 거창한 게 필요치 않아……."

이 마법의 순간에 장의 얼굴이 환하게 빛났다. 발루가 손으로 자기의 이마를 탁 쳤다.

"돌겠네. 내가 왜 이런 얘기를 너한테 늘어놓고 있는 거니?"

"왜냐하면 그러는 게 좋으니까."

장은 다섯 개째 아이스크림의 혈당 공격으로 위장이 뒤죽박죽이었으나 이곳에 발루와 함께 있는 기쁨을, 자기도 새 친구를 얻었다는 기쁨을 표출했다.

발루는 빙긋 웃었다. 디즈니가 옳다, 천 번 만 번

작크는 화장실의 변기에, 막신은 작크의 무릎에 앉아 몸을 포갠 채, 두 사람은 충만해졌다. 막신은 작크의 머리칼을 어루만졌고, 작크는 막신의 목을 쓰다듬었다.

그가 여자의 뜨거운 목덜미에 키스하는 사이사이 중얼거렸다.

"멕시코에 좀 있다가 라스베이거스로 가도 돼. 그러고 나서 섬에 가서 휴양하자. 그쪽엔 사기 칠 부자들이 늘 득시글거리니까."

막신은 작크의 입이 닿을 때마다 그 감각을 음미했다. 축제가 곧 끝나리라는 걸 알기에 순간을 누렸다. 가능한 한 모든 쾌락을. 끝이 다가오기 전에.

"난 그 전에 마쳐야 할 마지막 게임이 있어."

작크는 어느 순간부터 이 반전을 짐작했다. 총상에도 불구하고 그 손으로 막신을 능숙하게 어루만지며 시간을 최대한 늦추려고 애졌으나, 막신이 머지않아 방향을 틀 것이고 그가 그녀의 마음을 돌릴 수 없으리라는 걸 알았다. 궁극의 목적은 피할 수 없었다. 그녀는 부친과 정면으로 맞설 것이고, 그 사실은 더 이상 비밀이 아니었다. 막신을 겪어본 바, 작크는 그녀가 목표를 끝까지 밀어붙이는 성격이라는 걸 알았다.

"내 그럴 줄 알았지……."

출정의 시간이 돌아왔다. 따라서 그도 심판자의 복장과 그에 걸맞은 입담을 다시 갖춰야 했다.

"그래, 내가 아직 어디 나설 몰골은 아니지만, 상대하러 가자, 네 아버지란 작자한테."

"아니, 작크. 오랫동안 도망만 다녔지만, 이 게임은 내가 직접 해야 해."

막신은 희생자의 두려움을 넘어섰다. 자신의 사형집행관인 아버지와 맞설 준비가 됐다. 작크는 남자로서 자기 여자를 구원하려는 의욕이 꺾였으나, 막신의 의사를 존중했기에 무참해진 자존심을 넣어두었다.

"오케이, 그럼 혹시 일이 잘못될 경우에 대비해서 난 같이 가기만 할게."

그의 배려에 감사하고, 그의 보호가 아닌 단순한 존재감에 안도한 막신이 말없이 미소를 지어 보였다. 상대에게 현기증이 일게 하는 서글픈 미소.

막신이 쓸쓸한 목소리로 말했다.

"고마워."

여전히 알몸인 남자가 말했다.

"우선 내가 여기서 나갈 방법을 찾아야 돼."

"차 트렁크에 바스티앙의 옷이 있어."

"내가 옷이 필요할 줄 어떻게 알았어?"

"이 밤의 주제를 보아하니, 그럴 것 같았지."

"놈을 네 사람들한테 맡겼다고 했지? 풀루라고 했던가? 그 양반이 경찰한테 넘긴다고? 놈이 벌거벗고 있으면 경찰이 수상하게 여기지 않을까?"

"그 반대야. 알몸으로 음식점을 털러 들어가다니, 손님들 입장에선 더더욱 정당방위인 거지, 안 그래?"

"놈한테 너무 모진 거 아냐."

"화를 자초한 건 그놈이야."

작크는 후추 소스를 곁들인 버섯 순대를 먹으러 온 사냥꾼들에 둘러싸여 어깨엔 총상을 입은 채 페니스를 덜렁거리고 있을 또 다른 얼간이를 생각하며 낄낄거렸다. 막신에게 보호자 따위는 필요 없다는 방증이었다. 그녀는 혼자서도 아무 문제없이 곤경에서 벗어났다. 그와는 달리. 그녀가 전사에서 간호사로 전향하면서 그에게 각인시킨 아픈 사실이었다.

"우선 네 상처를 치료해야 돼."

"그럴 수 없어. 병원에 가면 바로 경찰서행이야. 게임 전에는 그건 너무 위험해. 신중해야 한다고."

"그래도 살아 있긴 해야 할 거 아냐. 오다가 문을 연 약국을 봤어. 그쪽으로 돌아가자."

남루한 영웅의 두 번째 좌절. 하지만 그는 사랑에 빠졌고 너덜너덜해졌기에, 도움을 받아들이고 변기의 왕좌에서 내려오는 데 만족했다.

막신은 장애인 전용 구간에 차를 주차한 뒤—탑승자의 심각한 부상 상태로 보아 범법 행위라고 할 수 없었다— 약국으로 들어가 처참해진 친구의 상처를 봉합하는 데 필요한 물품을 구입했다.

주유소 화장실의 창백하지만 따뜻하고 아늑한 불빛을 받으며—이 둘만의 밤에 반복적으로 등장하는 섹시한 장소— 막신은 연회장에서 박해를 당한 남자의 응급조치에 착수했다. 터질 듯 꽉 찬 약국 봉투에서 온갖 종류의 위생용품과 구급약 등 내용물을 세면대에 쏟아냈다. 신체가 절단된 전쟁 부상자를 치료하기 위해 약국을 싹쓸이했다고 해도 과언이 아니었다.

"우와, 이게 다 나한테 필요한 거야?"

"셔츠 벗어."

작크는 유혹을 하듯 눈썹을 들썩거리면서 스트리퍼의 몸짓으로 단추를 끌렀다.

간호사가 경고했다.

"2분 뒤엔 그렇게 까불지 못하게 될 거야."

카사노바 흉내쟁이가 해명했다.

"긴장된 분위기 좀 풀어보려고 그런 거야."

"아, 난 전혀 긴장 안 했는걸."

막신은 핸드백을 뒤져 권총과 같은 크롬 재질의 휴대용 술병을 꺼냈다. 극한 상황에 대비한 물건들까지도 멋진걸. 그녀는 시술을 받을 환자에게 마취제 대용물을 건넸다.

"마셔. 통증을 더 잘 넘길 수 있을 거야."

"정말이지 대단한 선견지명이군."

"경험이 많다고 해두자."

작크는 병 속의 액체를 한 모금 삼켰다. 특급 위스키. 이 여자는 삶을 즐길 줄 안다. 보호할 줄도. 여자가 상처에 식염수를 부었다.

"뭐 하는 거야?"

"상처를 닦아내는 거야."

"아…… 소독하는 게 아니고?"

"해야지, 닦아낸 다음에."

막신은 베타딘액에 솜을 적셔 작크의 몸의 혈종과 찢긴 부위에 도포했다. 작크는 막신의 살뜰한 손길에 몸을 맡겼다. 아이러니하게도 그는 살면서 가장 로맨틱한 밤을 보내고 있었다. 그렇다고 해도 간호사의 능숙함이 눈에 들어오는 건 어쩔 수 없었다. 수년간 다져온 경험인 듯했다. 그는 암시적으로 웅얼거렸다.

"노련하네……."

막신은 그가 예민한 주제에 접근하고 싶어 한다고 느꼈다. 그는 그녀의 허벅지 안쪽을 본 터였다. 그녀는 그와의 섹스를 받아들이면서, 자신에 관한 많은 걸 드러내야 한다는 것을 받아들였다. 섹스 이상으로 그녀의 비밀의 일부를 드러내기를. 이제껏 누구한테도 말해본 적 없었다.

"그래, 상처를 한두 번 꿰매본 게 아니야."

작크는 막신을 바라보지 않은 채 팔을 쓰다듬었다. 그녀가 말할 준비가 됐다면 자기는 언제든 들을 거라는 의미였다.

"열네 살 때부터 허벅지를 베기 시작했어……."

막신은 바늘이 살을 통과하자 말을 멈췄다. 작크가 움찔거렸다. 한쪽 눈이 일그러졌다. 막신이 살을 꿰매는 동안, 위스키 한 모금씩은 절대 불필요하지 않았다.

"아마 극단적인 방법이라고 생각될 거야. 하지만 고통이 심할 때, 그게 안전핀 역할을 했어. 고통을 차단해 주고, 내가 미쳐버리는 걸 막아줬지. 모순돼 보이겠지만, 효과적이었어."

"그렇게 어렸을 때부터……? 시발점이 뭐였어?"

"엄마의 자살…… 아니, 그게 이유는 아니야, 그건 결과니까."

작크는 막신의 경우가 더 비극적이리라 짐작하면서도 공통적인 불행을 들추는 위험을 무릅썼다. 기회를 틈타 자기 이야기를 하려는 것이 아니라, 다만 그들이 똑같은 상처를 입었고, 그래서 그가 그녀를 더 잘 이해할 수 있다는 걸 알려주고 싶었기 때문이다.

"우리 엄만 내가 다섯 살 때 돌아가셨어……."

막신이 그를 올려다보며 진정한 공감의 미소를 지어 보였다.

"그랬구나."

그럼에도 그녀의 슬픈 시선은 이렇게 이야기하고 있었다. '네 경우와는 얼마나 거리가 먼 얘기인지, 넌 상상도 하지 못할 거야…….' 물론 그녀가 아무리 비교하고 싶어도, 어머니를 여의는 건 상황에 상관없이 비극일 터였다. 그럼에도…….

첫 번째 상처가 봉합됐다. 능숙한 솜씨였다. 작크는 거의 아무것도 느끼지 못했다.

작크는 사연을 파고들었다.

"뭣 때문에 그러신 거야? 엄마가 아이를 포기할 정도로 고통스러운 일이라면 그건……."

막신이 작크를 가로막았다. 이 부분은 직접 밝히고 싶었다.

"나 때문이야……. 나 때문에 그렇게 한 거야."

막신으로서는 인정하기 쉽지 않은 말이었다. 작크가 술병을 건넸고, 막신은 그것을 받아 마셨다. 그녀의 시선이 비위생적인 화장실 바닥으로 도망쳤다. 허심탄회한 고백을 위한 장소로 이 옹색한 수술방을 택하다니 묘하다는 생각을 하지 않을 수 없었다.

"너 때문에?"

막신은 작크한테 놀랐다. 그를 처음 보았을 땐, 날이 잘 벼려진 도박사만이 보였다. 그녀는 이제 사려 깊은 섬세한 남자를 발견했다. 이 카드는 미처 읽지 못했다. 행복한 발견이었다.

"내가 거짓말한 게 아니라는 걸 알게 됐을 때…… 내가 관심을 끌려고 꾸며낸 게 아니라…… 정말로 강간당했다는 걸 알게 됐을 때……."

난폭하고 오싹한 고백이었다. 막신은 화롯가에서 패치워크•라도 완성하듯 작크를 수선하기를 멈추지 않았다. 마치 갈가리 찢긴 피부를 꿰맞추며 자기 자신도 정리하는 듯했다고 할까.

"그 일이 일어났을 때 엄마는 스키장에 있었어. 인생이 한가한 가

• 수예에서 크고 작은 헝겊 조각을 모으는 기법. 또는 그런 작품.

정주부의, 자질구레한 일상에서 벗어나기 위해 부유한 친구들끼리 떠나는 주말여행 같은 거. 부유한 우울증 환자 친구들과의 여행을 삼 년 내리 거절한 끝에 떠난 거였지. 특권층의 세계에 들어가게 되면 친구가 많지 않거든. 완전히 고립되지 않으려면 지겹더라도 그런 종류의 초대를 마냥 거절할 수는 없지……. 다만 타이밍이 좋지 않았어."

막신의 손이 굳었다. 동작이 부정확해졌다. 그 때문에 작크는 더 따끔거렸지만 불평하지 않았다.

"몇 주가 흐른 뒤에야 엄마한테 사실을 털어놓을 용기를 낼 수 있었어. 수치스러웠거든. 그 일이 일어난 '방식'을 생각하면 무엇보다 겁이 났고…… 몹시 두려웠지……. 내 고백이 끼치게 될 영향이…… 엄마한테나, 나한테나…… 아버지의 반응이……."

한동안 말들이 막신의 목에서 막힌 채 나오지 못했다. 속에서 쓴물이 올라와 식도가 뒤틀렸다. 욕지기가 났다.

"내가 하도 겁을 내서, 엄마가 내 말을 믿지 못했던 걸까? 아니면 그 일이 있어났을 때 내 곁에 있어주지 못했다는 죄책감 때문에 믿기를 거부한 걸까? 어쨌든 우리가 사는 집에서 버젓이 일어난 일이니까. 엄마가 없어서 개입하지 못하고…… 날 보호해 주지 못했을 때……."

막신은 입술을 깨물었다. 그녀는 입을 다물었다. 작크는 막신의 속눈썹 밑으로 흐르는 눈물을 손등으로 닦아주었다. 막신이 동정을 거부하며 정신을 가다듬더니 다시 상처를 기워나갔다. 더는 손도 떨지 않았다.

"내가 얘기했을 때 엄마는 듣고 싶어 하지 않았어. 아빠를 비난했지만, 책임을 추궁한다기보다는 아빠의 입장이, 변명이 듣고 싶었던 거지. 상황이 나한테 불리해졌고, 아빠가 날 나무랐어. 소리를 지르는 게 아니라, 점잖게 타이르는 척했지. 마치 흔한 청소년기의 반항이라는 듯……. 그때 내가 느낀 그 빌어먹을 억울함이란……. 탁자에 가위가 있었어. 저걸로 내 배를 찌른다 해도 이보다 덜 아프겠단 생각이 들었지……. 난 계속 반박했어. 따귀가 한 대 날아왔지. 두 대였던가? 잘 기억나지 않아. 감히 어떻게 그런 '잡스런' 말을 꾸며낼 수 있냐고 그러더라고, 아버지가. 잡스런 말……. 난 자기 세계에 갇힌, 쉽지 않은 아이였어. 이후 단박에 반항기의 청소년으로 분류돼 버렸지. 관심을 끌고 싶어서 저러는 거야, 이게 아버지의 주장이었어. 바보 같은 주장이지만, 고전적이고 변명의 여지가 없었지."

막신은 마지막 바늘을 꿰매고서 작크의 배에 붕대를 둘렀고, 그러면서 시침핀으로 작크를 찔렀다.

"아야……."

"엄살은."

칼로 자해하는 여자의 입에서 나온 말이었기에 대수롭지 않은 놀림도 준엄하게 느껴졌다. 작크는 조금은 바보가 된 기분이었다. 오늘 밤, 그는 다양한 수준의 바보가 된 기분을 느끼고 있었다.

"난 이틀 동안 방에 틀어박혀 나오지 않았어. 먹지도, 씻지도, 말하지도 않았지. 거실 탁자에서 갖고 온 가위와 함께. 엄마랑 아버지가 방문을 부수고 들어왔을 땐 방 안이 핏자국으로 어지러웠어. 많은 양은 아니었고, 딱 입원할 정도로만. 엄마가 날 믿으려면 그 정도는 해야 했지. 현실을 부정하는 것에도 한계는 있으니까. 인정하는 것에도. 엄마는 그럴 힘이 없었어. 현실에 맞설 힘이."

막신은 병에서 정제약들을 털어 손바닥에 올렸다. 거의 기계적인 이 동작들에 의지하여, 그녀는 무너지지 않고 이야기를 이어갈 수 있었다. 작크를 수선하는 데 집중하며, 자신의 감정에 함몰되지 않을 수 있었다.

"이거 먹어."

"뭔데?"

"소염제, 진통제, 항생제 등등 뭐든 억제해 주는 모든 것들. 마셔."

간호사의 명령. 작크는 막신이 건넨 약들을 수돗물과 함께 군말 없이 삼켰다.

"병원에 있을 때 엄마가 자살했다는 걸 알게 됐어. 아버지가 알려줬지……. 난 모든 걸 잃었어. 엄마, 자유, 그리고 이성도."

막신은 총상을 입은 손에 부목을 대어 붕대를 둘렀다.

"고소는 안 했어?"

"열네 살에? 더 이상 엄마도 없고 계속…… '그 집'에 살면서?"

막신은 바늘보다 더 날카로워졌다. 이 핀잔에 작크는 서둘러 해명했다.

"아니, 그런 게 아니라…… 나중에 말이야……."

막신이 누그러졌다.

"미안. 그 집에서 나와 고소를 할 수 있는 합법적인 나이가 될 때까지 기다렸어. 하지만 유죄 판결이 떨어지는 강간 사건이 몇이나 되게? 그것도 그렇게 오래된 사건일 땐? 내 얘기는 끔찍한 농담이 돼버렸어. 경찰들이 내 얘기를 들으며 재밌어했지. 게다가 난 불행히도 예쁘기까지 했으니까. 때로 예쁜 게 불행이 되기도 해. 내 고소에 비아냥거리는 경찰들을 보면서 소용없는 짓이라는 걸 깨달았어. 망할 고소장에 사인조차 하지 않았지."

막신은 찢긴 광대뼈를 마지막으로 소독하고서, 눈썹 위에 반창고를 붙였다.

"아버지가 대가를 치렀으면 해. 법으로는 내 힘이 닿지 않으니까 포커로. 그게 아버지를 벌할 수 있는 내 유일한 무기야."

작크는 막신의 핸드백의 벌어진 틈새로 비어져 나온 권총을 집어 들었다. 이제껏 그는 인내와 이해심을 보였으나, 그가 사랑하게 된 여자—발루가 옳았다, 대개 그러하듯—의 이야기가 극단적인 방법을 쓰고 싶은 충동을 부추겼다. 오늘 밤, 그는 처음으로 심판자 친구의 처벌 욕구를 이해했다.

"나한테 더 간단한 방법이 있어."

"아냐, 작크, 그러지 마."

"너 대신 내가 맡을게. 걱정하지 마."

"그런 문제가 아냐. 내가 바라는 건 아버지가 사실을 인정하는 거야, 죽는 게 아니라."

"왜?"

"왜냐하면…… 날 강간한 건 아버지가 아니거든."

"뭐라고……? 그럼……?"

막신은 신중하지만 단호한 손짓으로 질문을 막았다. 그녀는 더는 그를 쳐다보지 않은 채 외과 시술 도구들을 정리하는 데 몰두했다.

"차차 알게 될 거야, 나랑 함께 가면."

작크는 거울에 자신의 모습을 비쳐 보았다. 대략적이긴 했으나 이만하면 거의 깔끔한 원상 복귀였다.

이제 더는 고백의 시간이 아니었다. 행동할 때였다.

"당연히 함께 가야지."

회복된 작크와 막신은 고속도로변의 주유소 카페에 들어갔다. 영재의 그물에 걸린 가련한 발루를 구원하기 위해 깜짝 출현을 하려던 그들은 진지한 대화가 한창인 두 도망자의 그림에 어리둥절했다.

발루가 말하고 있었다.

"……애가 태어나면 이름을 '작크'라고 지으려고. 요즘은 그럴 꿈에 점점 더 부풀고 있어."

"어, 작크를 지켜주는 데 온 신경을 집중하고 있으니 자연히 들 수 있는 생각이야. 아저씬 깡패 두목처럼 굴지만, 사실 문제는 아저씨가 하고 싶은 건 바로 아빠라는 거야. 괜찮아, 그럴 수 있어. 생체시계 때문이니까."

발루는 숙고하다가—'으음, 그럴듯한 논리야'— 인간의 존재론적 문제를 어린이 만화 잡지 픽스 매거진의 수수께끼보다 더 쉽게 해결하고 난 뒤 하품을 하는 잠옷 차림의 꼬마를 관찰했다.

"넌 정말이지 나이보다 훨씬 어른이구나."

장이 마침내 거인의 심장을 녹이고야 말았다.

"다행히도 이제 아저씨한텐 내가 있어."

넉 다운. 발루는 이 아이가 좋았다. 아이를 절대 지옥 같은 집으로 돌려보내지 않을 터였다.

"새 친구랑 죽이 척척 맞는구나."

작크가 살짝 질투하며 말했다.

"이야, 드디어 진짜 친구가 나타났구먼!"

별명에 걸맞게 어느 때보다 더 곰을 닮은 발루가 외치고는, 아이의 작은 어깨에 두터운 손을 얹으며 말했다.

"장, 이 친구한테 인류애가 뭔지 좀 가르쳐 줘라."

이어지는 이 화기애애함에 마음이 평온해진 막신이 작크의 가슴에 머리를 기댔다.

"그래도 요즘 부쩍 온순해진 것 같긴 하다만."

발루가 손을 내민 아이의 손바닥 위에 5유로짜리 지폐를 올려놓으며 말했다.

막신이 경악한 엄마의 어조로 물었다.

"뭐 하는 거야?"

장이 대답했다.

"두 사람을 두고 5유로 내기를 했거든. 내가 둘이 잘될 거라는 데 걸었고, 이겼어."

"뭐라고? 아니…… 어린애하고 돈내기를 하다니, 정신이 있어, 없어, 발루!"

책임감을 느낀 엄마 대신이 역정을 냈다.

'자기는 어떻고, 누가 누구한테 뭐라는 건지.' 이렇게 생각한 발루가 짐짓 시치미를 떼며 해명했다.

"얜 어린애가 아니라 천재야."

작크도 역정을 냈다.

"뭐야, 그럼 넌 내가 잘못된다는 데 걸었다는 거야?"

곤란해진 발루가 말했다.

"그게…… 확신이 안 들더라고. 여자들한테 소극적인 네 태도로 봐서는……."

"그럼 계속해서 2층에서 뛰어내리시든가. 내 인간관계 문제는 나중에 다시 얘기하고."

장이 추잉 껌(chewing gum) 상자에서 발루의 펜던트를 꺼내어 아더 왕의 검처럼 머리 위로 휘두르며, 작크의 독설을 간단히 물리쳤다. 놀란 작크가 자살하기 좋아하는 친구를 돌아보며 어깨를 추어올렸다. 발루가 말했다.

"내 뭐래, 이 녀석은 천재라니까."

뿌연 밤안개를 뚫고 높이 솟은 유령 같은 실루엣. 숲속 한가운데 서 있는 라 샤트르 지역의 대저택. 웅장하고 위압적인 건물이 철책과 성벽에 둘러싸여 부유함을 과시하며 호기심 어린 구경꾼들을 기죽이거나 성가신 탐색자들을 만류한다. 혹은 강압으로 해명을 얻어내는 호전적인 혈육의 공격을 차단하거나. 이 밤은 집주인에게 다른 밤보다 특별히 더 보호가 필요하리라. 전쟁이 준비되고 있었고, 이 전쟁은 가차 없는 혈전이 될 터였다.

적군이 저택 가까이 다가가고 있다. 트로이의 목마가, 헤드라이트를 끄고서 큰 길을 느리게 달리는 툰드라 픽업트럭의 외양을 하고 있다. 이윽고 트로이의 목마가 철문 앞에 캐터펄트•를 세운다.

• 성(城)을 공격하기 위하여 만든 고대 그리스 로마 시대의 투석기.

차의 시동이 꺼진다. 막신, 작크, 발루, 장이 어둠 속에서 미동도 하지 않는다. 공격 명령은 막신이 내린다. 준비될 때, 용기가 날 때. 그러기 위해선 용기를 끌어모을 시간이 필요하다. 그동안 지휘관에게 경의를 품은 연합군은 침묵으로 지지하며 그녀를 바라보고 있다.

시간이 초 단위로 흐른다. 이윽고 분 단위로.

기다림이 길어지면 돌격의 폭발력이 휘발된다. 막신이 끝내 결심하지 못할까 봐 염려된 작크가 할 수 있는 한 가장 사려 깊은 어조로 감히 침묵을 깨트린다.

"준비됐어?"

"잠깐만."

막신이 방패를 들어 올렸다. 사기 진작을 위한 예열 과정 중이다. 그간의 삶, 유년 시절, 그녀를 여기까지 이끈 모든 것들, 악의 근원을 끌어모아야 한다. 이 결전의 원인, 그녀의 두려움의 이유. 그녀를 창자까지 얼어붙게 만드는 이 두려움. 형벌 같던 과거의 기억을 불러일으키는 건, 이 전쟁을 이끄는 데 절대적이다. 분노가 점차로 막신을 지배하며 그녀가 들어가 웅크리고 있던 마지막 방벽을 무너뜨렸다. 구역질이 옅어지고 죽고 싶은 충동이 멀어지면서, 책임자에게 대가를 치르게 하겠다는 갈망이 자리 잡았다.

"준비됐어."

어둠 속에서도 막신의 동공에 어린 핏발이 작크에게 전해졌다. 그녀가 발산하는 긴장감은 그로서는 겪어보지 못한 것이었다. 오늘 밤, 막신은 모든 걸 잃을 수 있었다. 돈뿐만이 아니라, 영혼까지 걸려였다.

막신은 뒷좌석의 발루와 장을 돌아보았다.

"너흰 여기 있어."

발루가 물었다.

"정말 내 식대로 처리 안 해도 되겠어?"

"안 돼!"

작크가 막신 대신 단호하게 대답했다. 친구가 한창 대청소 기간인 것을 아는 바, 피바다는 피하고 싶었다.

막신의 발치엔 그녀가 집에서부터 끌고 다니던 운동 가방이 얌전히 놓여 있다. 그녀는 가방을 들고서 차문을 닫았다. 선선한 밤공기가 공중에 떠다녔다. 기분 좋은 상쾌함. 막신은 숨을 들이마시며 머리를 비웠다. 하지만 다 비우진 않았다. 분노는 간직해야 하니까. 작크는 담배 한 대 생각이 간절했으나 라이터 불이 감시카메라에 잡힐 것을 저어하여 단념했다. 공격자들이 철문에 접근했다. 작크가 철제 손잡이를 잡고서 힘주어 밀었다.

"잠겼어."

"뭘 기대한 거야? 아버지는 자기 신변 보호에 철저한 사람이야."

"초인종 누를까?"

"그럴 필요 없어."

막신은 핸드백에서 기다란 철제 열쇠를 꺼냈다.

"스페어 키를 간직하고 있었어? 똑똑하네."

"다시 올 생각이었으니까."

그 목소리에 깃든 어둠에, 작크는 오싹함을 느꼈다. 막신은 자물쇠에 열쇠를 밀어 넣고는 심호흡을 한 뒤, 열쇠를 돌렸다. 철문이 끼익 소리를 내며 열렸다. 수 헥타르의 프랑스식 정원과 야생의 숲이 펼쳐졌다.

"내 유년 시절의 정원이야."

"굉장하다."

"내 감옥……. 제일 끔찍한."

작크는 위로의 뜻으로 막신의 어깨에 손을 올려놓았다. 핏발 선 막신의 눈이 주춤했다. 그녀는 잠시 약해졌으나, 자식의 분노가 다시 그녀를 잠식했다. 그녀는 어깻짓으로 연인의 동정을 뿌리쳤다.

"정말 끔찍했지."

그렇게 막신은 환상적인 배경에도 불구하고 목가적인 것과 거리가 멀었던 과거의 반추를 끝내고 돌진했다. 경기 전, 선수의 멘털이 완벽하게 벼려졌다. 거기에 어떤 방심의 여지도 흘려 넣지 말아야 했다. 지극히 사소한 걸림돌도 패인이 될 수 있었다. 따라서 작크는 입을 닫고서 막신을 묵묵히 뒤따랐다.

저택으로 이어지는 길이 과하게 길게 펼쳐졌다. 손님에게 이 장소의 주인의 부와 중요성, 무엇보다 우월성을 각인시키려는 의도가 명백했다. 이 과도함은 오만불손과 거리가 멀지 않았다. 작크는 콜베르가 부자라는 건 알고 있었으나, 그 권세의 규모를 이제야 실감했다.

현관문이 가까워 오자, 운동 가방을 움켜쥔 막신의 손에 힘이 들어갔다. 작크는 막신이 열쇠를 꺼내길 기다렸으나, 이번엔 아니었다. 그녀는 초인종을 눌렀다. 어느 순간부터 자신의 세계에 심각하게 몰두한 나머지, 동행자를 더는 바라보지 않고 있었다. 고통의 세계. 그

세계에 간헐적으로만 끼어들 수 있을 뿐인 작크는 검은 야수의 소굴에 들어가기 전에, 막신이 자신에게 접속하기를 바라면서 그녀에게서 시선을 떼지 않았다. 하지만 막신은 현관문에 시선을 고정했다.

빽빽한 숲에 묻혀 둔탁하게 들려오는 문 안쪽의 발소리가 가까워지고 있었다. 타일 바닥에서 뚜걱거리는 구둣발 소리가 점점 커지며, 점점 위압적이 되었다. 막신은 숨을 멈췄다.

작크는 만일의 경우에 대비해서 바지 속에 끼워둔, 깨끗한 재킷으로 가린 권총에 성한 손을 갖다 댔다. 다행히 선견지명이 있는 것인지, 픽업트럭에 비치해 둔 갈아입을 옷들이 있었다. 총탄의 흔적이 없는 말끔한 양복. 어쨌든 장인어른을 만나기에 보다 번듯한 복장이었다.

구불구불한 철 세공과 목조각으로 장식된 웅장한 나무 문이 열렸다. 삐걱거리지 않는 경첩이 이 집의 견실한 관리 상태를 증명하며, 정적을 늘였다. 집사가 모습을 드러냈다. 그의 얼굴에 놀란 표정이 떠올랐다.

“잘 지냈어요, 에드가르?”

“안녕하세요, 막신 아가씨.”

집사가 격식을 갖춰 허리를 숙이며 인사했다.

“아버지에게 내가 만나고 싶어 한다고 전해주세요. 포커 테이블 준비해 주시고요.”

작크는 어안이 벙벙했다. 막신이 아가사 크리스티 양념을 뿌린 귀족 캐리커처에서 나온 듯한 하인에게 자연스럽게 이야기하고 있었다. 마치 그녀 자신도 슬프게도 그 캐리커처의 일부인 듯이.

집사가 우물거렸다.

"그건…… 저는……."

"에드가르, 부탁해요."

막신이 주인의 권위적인 어조로 명령하자, 에드가르가 저택의 여주인에게 자연스럽게 복종했다.

"알겠습니다, 막신 아가씨."

집사가 반 회전으로 몸을 틀며 두 사람에게 길을 열어주고는 2층의 주인에게 알리러 갔다. 그는 광활하게 펼쳐진 거실 중앙의 끝도 없는 대리석 계단을 엄숙하게 올랐다. 작크는 자신의 피보호자에게 집중하려고 했으나 장소의 휘황찬란함에 주의를 빼앗겼다. 대리석 석상들, 거장의 그림들, 족히 8미터는 됨직한 금사로 수를 놓은 벨벳 커튼. 그러니까 이게 소녀의 놀이터였단 말이지.

그리고 고문실이기도 했고.

막신은 온몸이 오그라드는 기분이었다. 분노가 엄습하는 고통과 싸우고 있었다. 슬픔으로 목이 옥죄었다. 악문 입술로 욕지기가 치밀었다. 막신은 턱이 으스러지도록 입을 앙다물었다. 분노를 최대한 소환해야 했다. 아버지가 도착하리라. 당장이라도. 강해져야 했다. 그가 그녀의 슬픔을 보아서는 안 될 터였다. 분노, 그것을 방출해야 했다.

"막신, 대체 무슨 변덕이 난 거냐?"

이 목소리…… 수년 동안 들어보지 못했던 목소리……. 하지만 그녀는 이 목소리를 잊어본 적 없었다. 이 목소리가 매일 밤, 매일 낮, 빌어먹을 매초, 그녀의 머릿속을 맴돌았다. 너무나 차갑고, 너무

나 거만하고, 너무나…… 가부장적인 목소리.

작크는 붉은색과 금색의 산누에고치실로 만든 질 좋은 나이트 가운 끈을 여미며, 하얗고 웅장한 대리석 계단을 내려오는 사내를 알아보았다. 신문에 실린 사진은 그의 카리스마를 다 담지 못한 거였다. 60대로 보이는 콜베르는 상대를 위축시키는 위엄을 발산하고 있었다.

"시간이 몇 신줄 알아? 에드가르한테 미리 연락조차 하지 않고서. 에드가르가 네 방을 준비하기는 하겠지만……."

막신은 듣지 않으려고 애썼다. 피를 빨아 먹히지 않으려고, 선수를 빼앗기지 않으려고. 그녀는 가방을 열어 그동안 모아왔던 재산을 바닥에 쏟아내고는, 쩌렁쩌렁 울리는 분노를 토해냈다.

"50만 유로야. 아버지하고 게임하려면 필요한 금액, 맞지? 그러니 카드 꺼내. 한판 하자고."

작크는 발치에 흩어진 지폐 다발에 두 눈을 껌뻑거렸다. 몇 십만 유로가 그의 발에서 튕겨나가며 널브러졌다.

'우와, 어쨌든…….'

콜베르, 그는 흡 하고 경멸의 실소를 터트렸다.

"너 이 녀석, 넌 정말 못 말리는 아이로구나. 변한 게 없어. 16년 동안 깜깜무소식이다가 오밤중에 예고도 없이 불쑥 쳐들어와서는 포커를 치자며 거액을 쏟아내다니. 대체 바라는 게 뭐냐? 내가……."

막신은 고개를 설설 저으며, 그에게 휘말리지 않고 자신의 계획을 이어갔다. 그녀는 그의 말을 잘랐다.

"그리고 게임을 감독할 공증인이 필요해. 50만 유로야, 아버지. 이

걸 마다하진 않겠지? 아버진 그럴 사람이 아니잖아."

반항아가 자존심으로 부푼 아버지의 시선에 도발적인 시선을 꽂았다. 그의 약점. 막신은 불명예의 모욕을 못 견디는 선수의 자존심을 알았다. 특히 딸한테 받는 모욕은. 게다가 목격자까지 있었으니 말이다. 콜베르는 예스와 노 사이에서 향방을 가늠했다.

"거기 젊은이는 누구?"

빙고. 귀족이 생각할 시간을 벌기 위해 예의를 차리며, 타박상을 입은 손님에게 질문했다. 작크 역시 집주인에게 썩 맘에 드는 손님이 아니었고, 그는 이를 숨기지 않았다. 그는 결단코 평민을 좋아해 본 적이 없다.

"막신의 수호천사인데요."

"저런, 미신과 포커는 썩 좋은 궁합은 아니오."

콜베르가 야유했다.

'젠장, 이 작자, 천년 묵은 능구렁이로구먼.'

작크는 여전히 무기에 손을 얹은 채로 우호적인 대화는 이것으로 끝이기를 바랐다. 막신과 아버지의 대결. 그는 비열한 술수를 감시하는 역할을 스스로에게 부여했으나, 개입하지는 않을 터였다.

침묵이 길어졌다. 두 결투인 사이에 팽팽한 시선이 오갔다. 라 샤트르 지역의 오케이 목장•이라고 할까. 머리 위로 거의 맹수의 으르

• 'O.K. 목장의 결투(Gunfight at the O.K. Corral)'는 1881년 10월 26일 수요일 오후 3시경 미국 애리조나 준주 툼스톤에서 30초 동안 벌어진 무법자 카우보이들과 법 집행관들 사이의 총싸움이다. 서부 개척 시대를 통틀어 가장 유명한 총격전으로 꼽힌다.

렁거림이 들리는 듯했다. 아니, 실은 부엉이 울음소리였다.

콜베르가 침묵을 깼다. 마치 금이 간 크리스털이 대리석 바닥에서 깨지는 듯했다.

"좋다……. 이보단 훈훈한 재회였으면 했다만, 네 녀석이 그렇게 나오니 어쩔 수 없지."

막신은 이를 악물었다. 겨우 숨만 쉴 수 있을 정도로. 아버지가 미끼를 물었다. 그가 집사에게 일렀다.

"에드가르, 드 고르 변호사를 불러요."

오직 게임만을 위한 방. 모든 아이들의 꿈. 모든 중독자들의 환상. 당구대—당연히 프랑스식—, 크랩스*, 블랙잭, 체스, 룰렛, 다트 등 기술이 필요한 모든 돈내기 게임의 종합 선물 세트였다. 명칭이나 규칙은 아무래도 좋았다. 게임에 취할 수만 있다면.

물론 이 도박 천국의 왕좌는, 포커 테이블이었다. 피복을 새로 한 고무 쿠션이 부드러웠다. '단순한 합성고무라기엔 부드러워도 너무 부드럽네.' 작크는 손끝으로 표면을 훑으며 생각했다.

막신이 독방의 죄수보다 더 굳은 표정으로 알려줬다.

"친칠라야."

작크는 막신이 그에게 본분을 상기시키기 위해, 즉 장난감 가게

---

* 카지노에서 일반적으로 많이 하는 주사위 게임.

에 온 아이마냥 굴지 말라는 주의를 주기 위해 한 말인지, 아니면 자기 아버지의 비틀린 여러 단면을 해석할 수 있는 단서를 흘리려고 한 말인지 헷갈렸다. 짐승의 털을 짧게 깎아 쿠션을 씌운 포커 테이블이라……. 쿠션의 부드러움을 극대화하기 위해 산 짐승의 가죽을 벗기다니, 성정을 알 만했다. 피를 좋아하는 것이었다. 그리고 고통을. 아니면 작크는 이렇게 말하고 싶었다. 그저 허울 좋은 개자식이거나.

막신과 작크는 가구 없는 널따란 방에 덩그러니 놓인 테이블에 앉아 양초 불빛—인공적인 불빛은 허용되지 않았다. 콜베르는 관례와 분위기 연출을 좋아했다—을 받으며 늦어지는 공증인이 도착하기를 기다렸다.

게임 준비를 하러 간 집주인이 자리를 비운 가운데 길어지는 기다림은 형벌이었다. 바보가 아닌 아버지가 그들을 고의적으로 기다리게 만들었고, 작크는 이 전략을 알아차렸다. 긴장을 유지하는 최고의 방법은 초조함을 유발하는 것이다. 아울러 짜증까지. 상대의 멘털을 흩뜨리는, 실패 없는 작전. 작크는 막신이 앞에 놓인 카드와 지폐 다발을 초조하게 만지작거리는 걸 곁눈질하면서, 그녀가 부친의 작전에 말려들었다는 걸 알아차렸다. 그는 그녀의 경쟁력을 떨어뜨리지 않으면서 폭발이 임박한 지뢰의 뇌관을 제거하기 위해 충고했다.

"아버지한테 말려들지 마. 멘털을 지키고, 집중력을 유지해."

막신은 묵묵부답이었다. 무엇보다 주위를 두리번거리지 말아야 했다. 이 방엔, 추억이 너무 많았다. 감상에 빠지지 말아야 했다. 그녀는 말을 삼켰다. 봇물처럼 터져 나오려는 원한을 억제했다. 모든 도관이 터지지 않도록, 홍수를 이루지 않도록. 무엇보다 그건 막아야했다. 분노가 흘러넘치지 않게 하기. 운하를 만들기.

"내가 옆에 있어. 내가 널 놓지 않을 거야."

작크는 돌연 한없이 작아 보이는 막신의 손을 자신의 손으로 감쌌다. 생명이 빠져나간 손을.

'젠장, 얼음장이 돼버렸네.'

손에 피가 돌지 않았다. 마치 시체의 손 같았다.

막신은 처음엔 작크의 손을 느끼지 못하다가, 덜덜 떨리는 자신의 손을 통해 전해지는 온기를 점차로 느끼면서 손을 벌려 든든한 동반자의 손을 감싸 쥐었다. 아주 꽉. 그녀는 살며시 눈을 감았다.

'분노, 분노를 유지하자.'

"뭐 좀 마시겠나들?"

알렉상드르 콜베르가 모습을 드러냈다. 한껏 멋을 냈다. 잿빛 머리칼은 기름을 발라 한 치의 흐트러짐 없이 뒤로 넘기고, 수염은 말끔하게 깎아 턱이 보송보송했으며, 더할 수 없이 고상한 향수 향을 풍겼다. '그런데 옷은 왜 안 갈아입은 거지?' 작크는 의문이었다. 귀족이 자신의 인상적인 등장을 연출했고, 사실인즉슨 멋졌다. 하지만 나이트 가운 차림은 여전했다. 매우 개인적인 것이 걸린 이런 내기에 보다 적합한 다른 옷을 걸칠 수도 있었으련만. 스리피스 양복이라든가 와이셔츠라든가, 하다못해 조깅복이라도 이보단 더 적절했으리라. 그런데도 굳이 산누에고치실 나이트 가운을 고집한 건 딸의 얼굴에 침을 뱉기 위해서였다. 자기가 이 게임을 대수롭게 여기지 않으며, 딸을 얼마나 경멸하는지를 드러내려는 것이었다.

콜베르가 흰담비 털 실내화를 게임장에 들여놓자마자 막신은 반복적인 마인드컨트롤에서 빠져나와 의자에서 벌떡 일어났다.

"공증인은?"

"거실에 있다. 걱정 마라, 아가야. 곧 들어오니까."

콜베르가 거만을 떨며 차분하게 대답했다.

'벌써부터 이렇게 날을 세우면 오래 버티지 못할 텐데.' 걱정스러워진 작크가 막신의 손을 다시 잡으려고 하자 막신이 신경질적인 동작으로 이를 뿌리쳤다. 아버지와 한 공간에 있다. 감상은 끝났다. 적대감만을 남긴 채 일체의 감상에 장벽을 두르기 시작해야 했다.

콜베르가 바 뒤로 가서 세심하게 세공된 자그마한 크리스털 잔에 술을 따랐다.

"아무것도 안 마셔, 정말?"

막신은 대답하지 않았다. 흙빛이 된 어두운 시선이 대변자였다. 작크도 막신에게 동참했다. 즉 침묵을 지켰다. 콜베르가 컬렉션급 술병들이 진열된 유리장을 열었다.

"수호천사도 사양인가? 정말? 생산 연도가 훌륭한 아주 기막힌 코냑이 있다오."

'아오, 개자식, 자랑질은.' 작크는 기꺼이 맛보고 싶었다. 그는 코냑이라면 사족을 못 썼고, 콜베르의 코냑은 틀림없이 굉장할 터였다. 하지만 작크는 경멸적인 손짓으로 관대한 척하는 제안을 거절했다. 까맣게 잊고 있었지만 그 손이 하필이면 부상당한 손이었고, 작크는 비명을 지르지 않기 위해 입술 안쪽을 깨물어야 했다.

막신은 불편해질 정도로 침묵을 늘리며 아버지의 취조하는 듯한 시선을 받아냈다. 콜베르가 흐뭇한 미소를 지으며 술잔을 입술로 가져갔다.

"그래, 딸아, 그동안 넌 뭐가 됐니? 지난 16년 동안 통 소식이 없었으니 말이다."

"이야기는 관둬, 아버지. 난 포커를 치러 온 거야."

"여전히 건방지구나. 안타까운 일이다. 넌 보다 나은……."

공증인이 아버지가 자식에게 한창 실망감을 표출 중일 때 끼어들더니, 자신의 호흡 과다로 불편한 분위기가 깨진 걸 의식하지 못한 채, 과장된 어조로 자기소개를 했다.

"기다리시게 해서 대단히 죄송합니다. 아무래도 저 계단 때문에 이제 곧 제 심장박동기도 소용없게 되지 싶습니다. 드 고르 변호삽니다, 반갑습니다."

얼굴이 시뻘게진 공증인이 두툼한 손을 작크에게 먼저 내밀었다—레이디 퍼스트는 어디로 간 것인지—. 막신이 이어서 자신에게 내미는 드 고르의 손을 굳은 손으로 마주 잡으며, 작크보다 먼저 자신을 소개함으로써 형평성을 바로잡았다.

"막신이에요. 막신 콜베르."

이 성(姓)을 말하며 막신은 입술을 깨물었다. 집을 떠난 이후로 이 성을 이름과 나란히 붙여본 적 없었다. 지어낸 성인 '다이아몬드'로 살아온 지 16년째였다. 그녀는 이 성이 예쁘다고 생각했고, 아버지의 성과 자신을 더는 동일시하지 않았다. 하지만 오늘 밤은 이 법률가 앞에서 본명을, 합법적인 이름을 말해야 했다.

"대단히 반갑습니다."

공증인이 직업적으로 불가피한 과도한 예절을 차리며 말한 뒤, 작크를 돌아보았다.

"선생님께서는요?"

콜베르가 끼어들며 비아냥거렸다.

"저 애 수호천사요."

"하, 하, 하, 무척 재밌군요."

공증인이 두 눈까지 진심으로 웃으며 말했다.

보아하니 그는 아직 이 모임의 심각성을 인지하지 못한 듯했다.

"다시 한번 여쭙는 걸 용서하십시오. 허나 저를 이 자리에 부르신 상황으로 미루어 제겐 이 자리에 모인 모든 증인의 이름을 기록해야 할 의무가 있어서요."

작크는 못마땅했다. 이런 상황까지는 예측하지 못했다. 하지만 숨을 곳이 보이지 않으니 신분을 밝혀야 했다. 그는 입술을 삐죽이며 마지못해 말했다.

"샤를리에, 자크 샤를리에예요."

그 또한 더는 본명을 말하는 데 익숙하지 않았다. 이 이름은 그에게 엄마를 떠올리게 했다. 엄마와 엄마의 장애를. 심각한 건 아니었고, 엄마는 혀가 짧아서 그의 유년 시절 내내 그의 이름을 왜곡했다. 엄마가 세상을 떠난 뒤에 그는 엄마에 의해 변형된 이름을 간직하기로 결심했고, 그렇게 자크는 작크가 되었다. 이 변형으로 원래의 이름 교체 이유, 요컨대 엄마의 혀가 짧다는 사실도 변조되었다.

막신은 분노 조절에 집중하느라 이를 문제 삼지 않았으나, 그녀의 연인은 명확히 해두지 않을 수 없었다.

"하지만 다들 작크라고 불러요."

콜베르가 킬킬거리며 그들 맞은편의 루이 15세풍 의자에 고귀한 엉덩이를 밀어 넣었다. 공증인이 고개를 끄덕이며 이 마지막 설명은 개의치 않고서, 공식 문서에 두 사람의 본명을 기록했다.

"좋습니다, 다들 시간을 잃고 싶지 않으신 걸로 사료됩니다. 게임에 걸린 돈이 상당한 만큼, 게임의 감독을 위해 저를 부르신 거겠지요. 두 분이 불편하지 않으시다면, 카드 분배 또한 제가 맡도록 하겠습니다."

드 고르가 필요 이상으로 미소를 지어 보이며 카드를 집어 들더니 치기 시작했다. 막신이 흥분하기 시작했고, 모두들 이 사실을 알아차렸다. 특히 아버지가.

"막신, 아가야, 넌 사랑하는 내 딸이란다. 평소 같으면 이런 게임은 절대 수락하지 않았을 것이나, 네가 보인 오만방자함은 벌을 받아 마땅하니 어쩔 수 없구나. 이건 상당한 금액이야. 이후에 살아갈 일은 대비가 된 거겠지?"

콜베르는 자식을 모욕하며 흐뭇해졌다. 이 아이를 지배하고 싶고, 몰락시키고 싶었다. 늘 하던 대로. 막신은 핸드백 속의 권총을 꺼내어 자신을 낳아준 사람의 머리에 쏘고 싶은 충동을 가까스로 물리쳤다. 그녀는 복수할 것이나, 그런 식은 아니었다. 모든 것이 법의 테두리 안에서 이루어져야 했다. 합법적으로. 하지만 아버지가 그녀의 신경을 지나치게 긁는 일 또한 없어야 했다. 비록 아버지가 그러면서 속으로 쾌재를 부르리란 건 알지만. 어쩌면 권총을 차에 두고 왔어야 했으리라. 그 편이 유혹을 덜 받았을 터였다. 그녀는 다시 충동을 느꼈다가, 이내 생각을 접었다.

"어서 배포하세요, 변호사님."

드 고르 변호사가 카드를 탁탁 쳐서 둘로 가르고는 배포했다. 작크는 통통한 손가락들의 기민한 움직임에 탄복했다. 높은 사람들의 세계란 어쨌든 괴이했다. 카지노 딜러급의 공증인까지 있었으니 말이다.

물론 그 전에 공증인은 막신의 출자금을 세는 걸 잊지 않았다. 그에 상당하는 칩을 교환해 주기 위함이었다. 드 고르가 딜러로서 은행 역할도 병행했다. 이 명칭의 기관들이 그러하듯 그의 투명성도 의심해야 마땅하나, 어쨌든 그가 50만 유로의 지폐 뭉치들로 빵빵해진 운동 가방 형태의 금고의 안전을 책임졌다.

콜베르, 그는 판돈 지불 능력이 의심되지 않는 바, 드 고르는 그에게는 담보금을 요구하지 않고 막신의 출자금에 상당하는 칩을 내주었다. 우리 사회의 경제 시스템이 어떻게 작동하는지를 보여주는 냉정한 한 단면이었다.

모든 준비가 완료되었다. 공증인이 게임의 시작을 알렸다.

"2만 유로부터 출발하겠습니다."

기겁한 작크가 입에서 새 나오는 헉 소리를 억눌렀다. 보통은 그가 게임이 끝날 때 챙겨 나오며 만족스럽게 여기는 금액이었다. 그런데 여기선 시작하는 금액이라니. 두 선수가 눈썹 하나 까딱하지 않고서 베팅했다. 테이블이 4만 유로로 이미 부글거렸으나 아직 차가웠다. '젠장, 이놈의 집안에선 보통이 보통이 아니구먼.'

게임이 시작되었다. 콜베르는 두 장을, 막신은 한 장을 내려놓았다. 토실토실한 은행가의 손이 공중을 날아다니며 새로이 카드를 배포했다.

콜베르는 날카로우면서도 표 나지 않는 재빠른 시선으로 자신의 패를 확인한 뒤 카드를 내려놓았다. 이 남자는 기계였다. 어떤 감정이나 표정 변화도 보이지 않는, 인간적인 면이 철저히 배제된 기계.

막신, 그녀는 손에 들린 패를 분석하는 데 좀 더 시간을 들였다. 이윽고 어떤 감정도 내비치지 않은 채 카드들을 뒤집어서 내려놓더니 그 위에 손을 얹고서 아버지의 베팅을 기다렸다. 손에서도 아무 떨림도 감지되지 않았다. 콜베르도 이건 인정해야 하는데, 그녀는 품위 넘치게 베팅했다.

"5만."

딸이 값을 올렸다.

"5만 받고, 10만 더."

그런 식으로 게임이 이어졌다. 소박하게 성냥으로 대체되었지만,

개당 최저임금에 달하는 칩들이 테이블 중앙에 쌓여갔다. 그것들이 더는 평범한 성냥으로 보이지 않았다.

"그동안 자신감이 많이 생겼구나, 딸아. 난 널 이보단 약한 아이로 알았는데 말이다."

"변호사님, 여기 이분께 게임과 관련된 이야기만 하라고 주의 좀 주시겠어요?"

공증인이 직권을 이행했다.

"콜베르 의원님."

"알았어요, 알았어, 변호사님. 딸아, 네가 가져가는 이 15만 유로, 이건 내가 널 한번 보려던 거야. 물론 네 게임 방식을."

작크는 콜베르가 자식이 사활을 걸고 임하는 게임을 빈정거리며 건성으로 대하는 태도를 보면서, 공장 문을 닫게 해놓고서 해고 노동자들에게 스톡옵션이니 긴축 재정이니 마진이니 해외 이전이니 경영 자금이니 떠들며, 그들이 이해할 수도 없고 이해하고 싶지도 않은 핑계 아닌 핑계들을 갖다 붙이는 저 후안무치한 정치꾼들을 떠올렸다. 권력자들은 명백하게 의식하면서 피해자들이나 그들의 주장을 노골적으로 무시하고, 그럼으로써 대충 체면을 차린다. 정확히 콜베르가 딸한테 시전하는 작태였다.

"풀 하우스, 2 트립스에 5 페어."

막신은 부친의 도발에 말이 아닌 카드로 응수했다. 그녀가 인상적인 조합의 카드들을 펼쳐 보였다. 넘어서기 어려운 패였다. 그래도 그녀는 거짓 예의상, 부친의 반응을 기다렸다. 부친의 농간에 넘어가지 않는다는 걸 보여주고, 팽팽한 경쟁 관계를 형성하기 위함이었다. 그녀는 품위로는 한 수 위이고 싶었다.

콜베르가 미소 지었다. 그는 자기 패를 완벽하게 읽더니 조용히 내려놓고는 경쟁자에게 자기가 속이기 쉬운 사람이 아니라는 걸 알리기 위해, 몇 초간 시간을 더 끌면서 긴장감을 유지했다. 이윽고 그가 상대에게 과장되게 경쾌한 몸짓으로 베팅 금액을 가져가라는 신호를 보냈다. 막신이 손톱만큼의 만족감도 내비치지 않은 채 당연한 그녀의 몫을 거둬들였다.

작크는 자칫 버릇이 드러날 뻔했으나 그건 불가능했다. 즉 신경이 날카로워졌음에도 약지와 새끼손가락이 골절된 관계로 두 손가락을 비비지 못했다.

콜베르가 테이블 아래 달린 서랍을 열었다. 작크는 수호천사다운 반사 신경으로 바지에 꽂아둔 권총에 손을 가져갔다. 맞은편의 개자식이 첫 판부터 숨겨둔 무기로 장난이라도 칠라치면 바로 총을 뽑아 들 수 있도록. 하지만 아무 일도 일어나지 않았다. 콜베르가 비밀 서랍 속의 마호가니 상자에서 꺼낸 건 여송연 파이프—당연히 상아로 제작되었다—와 그에 어울리는 고급 시가였다. 그가 상아 파이프의 끝부분을 입으로 가져가며 물었다.

"괜찮을까, 우리 딸?"

"안 괜찮다고 한들, 안 피울 것도 아니잖아."

콜베르가 자기처럼 냄새를 풍기는 시가에 불을 붙였다.

"그렇지, 당연하잖아. 내 집에서 내가 피우는데."

그가 딸을 향해 기다란 연기를 내뿜었다. 짙은 연기구름에 휩싸인 막신은 기침을 참았다. 최대한 오래. 이윽고 더는 참지 못하고 쿨럭, 기침을 한 번 뱉어낸 그녀는 즉시 후회했다. 담배 연기는 막신에게도 불편하지 않았다. 그녀 또한 이따금 박하 담배에 빠져들었다. 하지만 아버지의 시가는 그녀의 존재가 기로에 놓인 이 순간을 점령했다. 공간이 시가로 포화 상태였다. 더는 참을 수 없었다. 단지 그것이 아버지의 것이었기 때문에.

"난 아버지 시가에 알레르기가 있어. 아버진 아마 그걸 잊었겠지만."

콜베르가 딸의 얼굴에 다시 연기를 내뿜었다.

"까맣게."

다정한 아버지. 정말로.

45분 뒤, 판이 거의 막바지에 이르렀다. 막신 앞에 높이 쌓인 칩더미가 상당한 양으로 늘어났다. 막신의 집중력은 조금도 흐트러지지 않았다. 그녀가 카드를 내려놓으며 도발하려는 의도를 섞어 선언했다.

"아버지의 투 페어에 미안하네."

그녀가 아버지에게 직접 건넨, 게임과 직접적으로 관련이 없는 말이었다. 승리의 선언이었고, 이번 판도 그녀가 공식적으로 이겼다. 이 신랄한 말을 시작으로 막신은 슬슬 짜증이 일기 시작한 아버지와 다른 형태의 대화를 이어갔다.

"오늘 말도 안 되게 운이 좋구나."

"아버지 말 그대로야. 말도 안 돼. 그런데 여기 계신 변호사님이 말이 되든 안 되든, 이 모든 게 행운만은 아니라는 걸 증명해 주실 수 있겠지."

드 고르 변호사가 근시 안경 너머로 인정하는 눈빛을 보이며 고개를 끄덕였다. 게임의 모든 과정이 규칙에서 벗어나지 않았다는 의미였다.

뾀쭘해진 그의 킹이 짜증의 표시로 미간에 주름을 모으며 카드를 배포하라는 신호를 보냈다.

맥박이 정상적으로 뛰었다. 통제 불능으로 빨라지지 않았다. 선수들은 서로를 쏘아보며 각기 가장 아름다운 위선적인 미소와 함께 게임을 이어갔다. 퀸 트립스를 가진 콜베르가 판을 키웠다.

"3만 더."

"3만 받고 2만 더."

그의 딸이 요동치는 경기에 끄덕도 하지 않고 받아쳤다.

"2만까지."

콜베르가 높아진 중시에 문을 닫으며 말했다.

막신이 투 페어를 내보였다. 이번엔 콜베르가 승리했다.

"마치 거울이라도 보는 듯하구나. 너와 나, 우리가 아주 많이 닮았어."

작크는 판돈을 계산했다. 전망이 낙관적이지만은 않았다. 접전이었다. 막신은 기술이 뛰어났지만 그녀의 부친도 무시하지 못할 무기들이 있었다. 프로로서의 경험과 많은 돈, 그리고 감정의 결여. 그는 두려운 적수였다.

게임이 계속되었다. 양초가 선수들의 신경 줄처럼 타들어 갔다. 성실한 하인인 에드가르가 방 안의 조명이 완벽하게 유지되도록 양초들을 수시로 교체했다.

술잔들이 비어갔고, 재떨이가 채워졌다.

머리칼이 다소 흐트러진 콜베르가 몇 개비째인지도 모를 시가에 불을 붙였다. 사려 깊은 집사인 에드가르가 창문을 열었다. 막신은 토할 것 같은 와중에도 이를 알아차리지 못했다. 그녀의 목소리가 약해지려는 기미를 숨기지 못했다. 베팅하며 던지는 말들이 공처럼 튀었다. 이제는 선수들이 카드를 내보이며 패를 설명하는 것조차 힘겨워했다. 그들은 베팅 사이사이, 겨우 숨만 헐떡일 뿐이었다.

막신이 공격을 감행했다. 패를 확인하고 말고 할 것도 없었다. 그녀는 아무것도 쥐고 있지 않았다. 콜베르, 그는 신중해졌다. 그는 조금씩 베팅하며 경기를 이어갔다. 판이 유독해졌고, 그는 출혈을 막고자 했다. 막신, 그녀는 혈관을 겨냥했다. 피가 흐르는 걸 보고 싶었다. 그녀는 크게 한 방 터뜨렸다. 용광로에 10만을 쏟아부었다. 블러핑의 예술은, 아무 패도 가지지 않았을 때 아무렇지 않은 얼굴로 판돈을 부풀리는 데 있었다.

"10만이란 말이지, 엥? 큰돈이야, 그리고……."

콜베르는 절반으로 줄어든 자신의 칩 더미를 힐끔 쳐다보았다. 블러핑에 대처하는 최고의 방법은 돈 걱정을 하지 않는 것이었다.

"그리고 난 부자란다. 좋아, 가보자, 딸아. 2만 5천 더."

막신은 생각조차 하지 않고서 아버지의 베팅을 받아쳤다. 같은 도전, 같은 금액으로. 10만 더. 담당 세무사한테 예고도 받지 않았는데, 난데없이 재산세 폭탄을 정면으로 맞은 격이라고 할까. 부친의 얼굴에서 위선적인 미소가 가셨다. 왜냐하면 돈은 모두에게 소중한 것이었기 때문이다. 특히 있는 자들에게는 더더욱.

막신은 진지한 얼굴로 어떤 우려도 내비치지 않은 채 판돈을 올렸다. 콜베르는 딸이 정말로 그럴 만한 패를 가진 것인지, 아니면 미쳐버린 것인지 더는 갈피를 잡지 못했다.

작크도 같은 의문이었다. 그의 관자놀이에 땀방울이 맺혔다. 그는 은밀하게 땀을 닦아내고 싶었으나, 티를 내지 않기란 불가능했다.

콜베르가 다이를 선언했다. 막신이 카드를 내려놓고서 판돈을 거둬들였다. 아버지가 딸이 가려놓은 패를 가리켰다.

"봐도 될까?"

"그럼, 여기 있어."

딸이 아버지에게 독이 든 잔을 건네듯 카드를 넘겼다.

콜베르는 보잘 것 없는 패들을 확인했다. 딸의 블러핑이 그의 허파를 관통하며 숨을 끊어버렸다.

"이런……."

이 말줄임표엔 경멸이 담겨 있었다. 아버지란 사람이 어떻게 이렇게 짧은 말로 딸에게 어떻게 그렇게 많은 말을 암시할 수 있는 것인지.

블러핑이 드러난 이상 연쇄 폭발의 가능성이 있었다. 콜베르는 정수리에 송골송골 맺히는 땀방울을 느꼈다. 그는 체면 불구하고 땀을 훔쳐냈다. 체면은 이미 깎였다. 작크도 이 막간을 틈타, 관자놀이의 땀을 몰래 훔쳐냈다.

적이 동요하며 방패를 내렸다. 막신도 적의 숨통을 끊을 마지막 한 방을 겨우 날릴 힘만이 남아 있었다.

아닌 게 아니라 거의 다 왔다.

마지막 판은 두 선수의 심장이 두방망이질을 치는 가운데 전개됐다. 심장 마비의 진원지가 위태로운 채, 막신이 승리했다. 아직 몇 개의 칩이 적 앞에서 굴러다녔다. 게임을 이어갈 수 있는 금액이 아니었다. 불량한 아버지에 불량한 선수이기까지 한 콜베르는 승리한 어린 딸에게 분노를 쏟아냈다.

"잘 싸웠구나, 딸아, 장하다. 이제 너도 50만 유로 이상을 가진 부자로구나. 그걸로 뭘 할 셈이냐? 어디 파리 교외의 부자 동네에 집이라도 사서, 네 서출들이 네 어미랑 똑같이 거꾸러지는 꼴이라도 보려는 게냐?"

"아니, 아버지한테 베팅할 거야."

첫 번째 폭탄.

"글쎄, 내가 너랑 또 게임이 하고 싶을지 잘 모르겠는걸. 네 건방이 슬슬 참을 수 없어지는구나."

딸의 계속되는 공격으로 그의 방벽이 무너졌다. 콜베르는 50만 유로를 잃었다. 낳아주고 길러줬더니 한밤중에 쳐들어와서는, 맙소사, 합법적으로 그의 돈을 우려낸 아이의 뺨을 당장이라도 올려붙이고 싶었다. 하지만 그렇다고 해도 도박에 길든 손가락이 근질거리지 않는 것은 아니었다.

"이 판은 아직 끝나지 않았어. 이걸 걸게!"

막신은 테이블의 백만 유로를 앞으로 밀었다.

두 번째 폭탄.

이 폭발에 작크는 소스라쳤다. '젠장, 대체 뭐 하자는 거지?' 감정 없는 완벽한 은행가인 드 고르, 그는 안경을 코에 바짝 올려붙이며 은행 문을 다시 열 기세였다. 콜베르는 아무 반응도 보이지 않았다. 여전히 경멸 어린 시선으로 딸을 노려보았으나 아무튼 시선만은 번득거렸다. 막신이 그의 흥미를 일깨운 거였다.

"손이 근질거리지, 그렇지? 돈이 없는 건 아니잖아. 날 혼내주고 싶잖아, 안 그래?"

막신이 옳았다. 아버지는 딸을 혼내주고 싶었다. 사인펜으로 카펫을 더럽혀 놓고서 부모를 인상 쓰게 만들어놓고 도리어 우거지상을 하는 아이를. 그 우거지상이 이렇게 말하고 있었다. '그래, 일부러 그랬어. 그래, 볼기를 맞아도 싸겠지. 하지만 그렇게는 못 할걸.' 이 상황에서 볼기는 백만 유로였다. 콜베르는 이 하찮은 계집아이의 볼기를 후려갈기기를 꿈꾸었다.

"그래…… 좋다. 안 될 게 뭐 있겠니? 재미있을 것도 같구나."

"단 내가 원하는 건 아버지의 돈이 아니야. 만일 아버지가 지면 서명을 해."

"서명? 이건 또 무슨 뜻인지?"

콜베르는 자기만큼이나 당황한 공증인에게 물었다. 드 고르가 어깨를 풀썩거리며 무력감을 드러냈다. 작크도 기겁하기는 매한가지였으나, 막신이 주도권을 잡은 듯한 정황만큼은 마음에 들었다. 막신은 오랫동안 계획해 온 작전을 펼치고 있었다. 멈추지 말아야 했다. 그녀는 체스판의 말들을 하나하나 움직이고 있었다. 킹을 완벽하게 포위해 나갔고, 단지 꼼짝 못하게 만드는 데 만족하지 않을 터였다. 그녀는 킹의 목을 치겠다는 굳은 각오를 했다.

막신이 봉투에서 서류 한 장을 꺼내어 아버지에게 건넸다. 호기심이 발동한 콜베르가 테이블로 몸을 숙여 서류를 낚아챘다.

"형식은 자유롭게 썼어. 하지만 내용은 알아볼 수 있을 거야. 이 서명이 과연 백만 유로의 가치가 있을까? 아버지가 과연 아버지의 운을 시험하게 될까? 아버진 아버지가 이길 수도 있다는 걸 알 테니까. 내가 아버지 돈을 갖고 이대로 떠나게 둘 수 없을 테니까. 어쨌든 그건 너무 모욕적이잖아!"

콜베르가 어안이 벙벙하여 서류를 읽더니 의자에 털썩 무너져 내렸다.

〈나 알렉상드르 콜베르는 법 앞에 다음의 범죄 사실을 인정합니다. 사건은 지금으로부터……〉

소녀는 아버지가 벌이는 포커의 밤이 싫었다. 이곳에 어슬렁거리는 사내들이 싫었다. 끈적거리는 사내들한테 둘러싸이는 게 싫었다. 끈적거린다는 건, 들러붙는다기보다는 느글거린다는 의미였다. 소녀는 그들과 마주치며 의식하지도 못한 채 그들을 도발했다. 소녀의 몸이 매력적인 여인이 될 가능성을 예고하며 부풀기 시작한 건 사실이었다. 하지만 열네 살의 소녀는 아직 갓 유년기를 벗어난 청소년일 뿐이었다. 통찰력이 순진함을 대체하면서 소녀는 거북한 추파에 깃든 음란성을 식별했다. 은밀하려고는 하나, 은밀하기 위한 노력을 전혀 하지 않는 저 추파들. 왜냐하면 이 신사 양반들은 이곳엔 점잖은 사람들만이 모여 있다고 생각했기 때문이다. 여기엔 불한당도, 미치광이도 없었다. 격이 있는 사람들끼리는, 서로 이해한다. 또한 서로를 지지하고, 보호한다. 모두들 꽃다운 젊은 여자를 알아보았다. 저마다 소녀의 미모에 찬사를 보냈다. 그들의 발언은 대개 암시적이었고, 더러 세련되기도 했으나 노골적으로 외설적일 때도 있었다. 하지만 그럴 때면 결속된 너털웃음으로 발언의 심각성을 해제하며 단지 농담으로 눙치기 일쑤였다. 물론 농담이고말고.

아버지도 역정을 내지 않았다. 왜 그러겠는가? 엑기스 중에서도 엑기스만 골라낸 수준 높은 모임이었다. 그도 딸이 한참 어리지만 벌써 매력적인 외양을 갖췄다는 걸 인식했고, 과도기에 들어선 딸의 실루엣으로 인한 난처함을 재미 삼을 권리가 있었다. "겉모습만 저렇답니다. 저래도 아직은 뭐가 불손한 건지 아닌지 일일이 가르쳐줘야 할 어린애일 뿐인걸요. 하기는 거리낌 없이 볼기짝을 두드려주던 시절이 그립기도 합니다. 허허허." 신사들이 이마까지 시뻘게져서 헛기침을 하는 가부장적인 아버지에게 박장대소하며 박수를 쳤다. 이어서 부계 공동체 사이에서 체벌이 권장되었다.

모두들 잠자리에 들려는 소녀에게 인사하고 싶어 했다. 숙녀와는 악수를 하지 않으니 인사의 의미로 하는 키스가 방법이었다. 키스 부위는 주로 이마나 곱슬곱슬한 앞머리였다. 어떤 이들은 위선적으로 점잖은 척하며 귀족의 손등 키스를 흉내 내기도 했고, 다른 이들은 도자기 같은 볼에 입술을 대는 볼 키스를 즐겼다. 청소년에게는 혐오스런 의무였다. 심지어 이 교양 있는 척하는 인간들 중의 하나는 슬쩍 입술 키스를 밀어붙이는 대범함을 보였다. 젊은 여자가 아닌 소녀에게 편안한 밤을 빌어주는 순수한 키스를 가장한.

소녀의 어머니는 이 장면의 증인이었고, 분개했다. 이제껏 그녀는 모든 걸 알면서도 호의를 유지했으나, 순진한 자식의 여린 입술에

털이 덥수룩한 시큼털털한 입술이 닿는 걸 본 순간, 좌중의 지위 고하에 상관없이 개입하지 않을 수 없었다. 아버지가 위압적인 눈길로 그녀의 난립을 좌시하지 않겠다는 뜻을 알렸다. 어머니는 딸을 가슴에 끌어안으며 이 순간적인 불상사를 덮었다. "시간이 늦었네요, 우리 막신은 이제 그만 자야 돼요."

이튿날, 아버지와 어머니 간에 간밤의 사건을 두고서 언성이 높아졌다. "그게 실수라고? 그건 이 가정의 가장을 무시한 태도야. 벌벌 떠는 아이한테 실수로 입을 내밀었다고?" 어머니가 손님의 외람됨을 비난해 봤자 통하지 않았다. 연대감이 투철한 아버지가 동족을 변호했다.

"시장님은 어디서나 존경받는 분이라고. 그런데 당신이 어떻게 감히 그런 분의 인격을 문제 삼는 거야?"

"당신 딸이야, 알렉상드르."

"그리고 여긴 내 집이지. 난 내 아내와 자식이 내 집에 오는 영광을 베풀어주는 지체 높은 손님들을 모범적으로 접대했으면 해."

대화 끝. 아니, 대화라고 할 수도 없었다. 대화라면 각자의 의견을 듣고 교환하는 것이 가능해야 할 터. 알렉상드르 콜베르에겐 결여된 자질이었다.

막신, 그녀는 아버지의 시각으로는 의견을 말하기엔 너무 어렸다. 그렇다고 해도 그녀가 손님들에게서 무언가 불건전한 의도를 포착하는 데는 지장이 없었다. 딱히 무어라 정의할 도리는 없었다. 그건 왕왕 그들의 탐욕스런 눈길이 그녀에게 얹힐 때 오싹해지는 등골의 서늘함이기도 했고, 그들의 번들거리는 피부와 꺼칠한 키스가 주는 역겨움이기도 했다. 그들이 키스하면, 더러워지는 기분이었다. 더럽혀지는 기분이라고 할 수도 있었다. 하지만 정확히 어떤 건지는 몰랐다.

적어도, 아직은.

막신은 측량할 길 없는 모든 영역에서 자기들의 풍요를 소란스럽게 게워내는 저 세상의 지배자들에게서 멀리 떨어진 자기 방으로 들어가 웅크리곤 했다. 경제, 정치, 영향력, 여자 등등 그들은 모르는 것이 없었다. 아버지는 이 회원들과—오, 얼마나 중요한 사람들인지 알아?—모임이 약속된 날 전날이면, 딸에게 어김없이 똑같은 타령을 늘어놓았다. 나무랄 데 없는 태도를 보이고 모범적인 젊은 여자, 정확히는 가축 품평회에 나온 한껏 치장한 짐승처럼 굴어야 했다. 심사 위원들에게 짐승이 얼마나 잘 길들여졌는지 보여주기 위해 순종적이고 고분고분하게.

"다들 행정관에 법관에 한가락씩 하는 유력 인사들이래." 어머니는 그녀의 뒤엉킨 곱슬 금발을 빗겨주며 이 말을 되풀이하여 주입했다. 그녀의 지원군이자 친구인 엄마조차—어쨌든 엄마와 막신은 사이 좋게 어울렸다—그녀에게 조신하게 행동하기를 촉구했다. 그녀는 아버지에게 자랑스러운 딸이어야 했다. 그가 저 잘난 사내들 앞에서 그녀를 트로피처럼, 경매에 나온 가치 있는 물건처럼 들어 올릴 수 있도록.

"난 아빠 친구들이 싫어."

"어떻게 그렇게 말을 하니? 다들 지위가 굉장히 높은 분들이야."

"아빠가 그 사람들만 있으면 날 인형이 된 것 같은 기분이 들게 한단 말이야."

"네가 자랑스러워서 그러시는 거야. 넌 아빠의 사랑스런 딸이니까."

빗질이 뒤엉킨 머리칼에 막히자 새 나오는 아이의 한숨. 엄마는 아이를 아프게 하지 않고서 빗을 빼냈다. 다정한 엄마였다. 막신은 엄마가 머리를 빗겨주곤 하던 아주 어린 시절부터 이 특별한 순간을 좋아했다. 아버지와 아버지의 친구들이 몰려드는 날 밤을 제외하고는. 그런 날 밤엔 엄마의 동작은 다정했으나 다른 날보다 긴장돼 있곤 했다. 무언가 조화롭지 않았다.

"그 사람들이 아빠가 경력을 쌓는 데 아주 중요하다는 걸 꼭 기억해 둬. 네가 그 사람들하고 있는 게 무슨 재미가 있겠니. 엄마도 알지만 조금만 노력해 줘. 아빠를 위해서가 싫으면, 엄마를 위해서라도 그렇게 해주렴."

애써 짓는 엄마의 미소에서 난처함이 느껴졌다. 어른의 예의범절의 무게가.

그날 밤, 막신은 의례적인 인사 의식을 마친 뒤 방으로 들어가 문을 잠갔다. 이중으로. 어머니가 주말 스키 여행을 터난 터라 마음이 약해진 청소년은 불안했다.

비록 더는 엄마의 치마 속으로 도피하지 않은 지 오래더라도, 그녀에게는 역겨운 시가와 코냑 내를 풍기는 저 수컷 무리 속에서 엄마의 존재, 무엇보다 여성의 존재가 절실했다. 막신은 부모에게 요구받은 대로, 세귀르 백작 부인•의 동화에 걸맞은 정숙하고 모범적인 아가씨 역할을 수행한 뒤, 자신의 방에 틀어박혀 이 모든 것이 지나가기를 기다리며 책을 읽었다. 문학이 제시하는 상상의 세계 속으로 도피했다. 오직 벽을 뚫고 들려오는 바깥의 소음만이 그녀를 현실 세계와 연결시켰다. 희미한 탄성과 탄식이, 완벽한 현실도피를 방해했다. 그녀는 소음에도 불구하고 결국 잠이 들었고, 깊은 잠에 빠지자 손에서 책이 떨어지는데도 깨지 않았다. 머리맡의 램프가 그녀의 진주 빛 목덜미를 비추었다. 그때였다. 자물쇠에 열쇠 돌아가는 소리가 들렸다. 두 번.

문이 끼익 소리를 냈다. 아버지가 후회하는 표정으로 방으로 들어왔다.

"자니, 우리 딸?"

그가 밤의 어둠 속에서 속삭였다.

막신이 몽롱한 채로 납덩이 같은 눈꺼풀을 들어 올리며 신음 소리 비슷하게 물었다.

"아빠?"

"응, 아빠야, 우리 딸."

"몇 시야?"

"좀 늦었어."

아버지의 발소리가 널판자를 깐 방바닥에서 삐거덕 소리를 냈다. 막신은 어둠에도 불구하고 아버지를 뒤따르는 다른 사람을 식별할

• 세계적인 프랑스의 동화 작가.

수 있었다. 아버지는 그녀의 방에 혼자 들어온 게 아니었다.

막신은 얼굴에 물벼락이라도 맞은 듯, 몸을 벌떡 일으키며 아주 어릴 때부터 애지중지해 온 애착 이불로 몸을 가렸다.

아버지가 그녀에게 일그러진 미소를 지어 보였다. 이제 그의 이마에 송골송골 땀이 맺힐 차례였다. 하지만 이 땀은 저 점잖은 체하는 사내들의 땀과는 아무 관계없었다. 아버지는 막신으로서도 정확히 알 수 없었지만, 당혹스럽든지 두려운 거였다.

"막신, 장 위베르 시장님이셔. 아빠와는 돈독한 사이니까 친절하게 대해드려라."

"뭐……? 대체 무슨 말을……?"

단어들, 단어들은 똑바로 발음할 수 있었으나 목소리가 공포로 갈라지며 성대가 울리지 않았다. 목구멍에서 어떤 소리도 새 나오지 않았다.

다른 발소리, 아버지의 것보다 더 둔탁한 발소리가 가까워졌다. 식인귀의 발소리. 막신은 복도에서 새어 드는 불빛의 역광 때문에 남자의 얼굴을 식별할 수 없었다. 그녀에게 몸을 숙인 아버지의 얼굴만을 머리맡 램프 불빛으로 겨우 알아볼 뿐이었다. 수치심으로 어두워진 그 시선을. 평소 완벽하게 빗어 넘긴 머리칼이 흐트러졌고, 손은 덜덜 떨었으며, 회피하는 시선이었다. 그토록 위풍당당하던 아버지가 위엄을 잃었다. 그녀로서는 한 번도 본 적 없는 아버지의 모습이었다. 이런 모습이 가능하다고 생각해 본 적도 없었다. 여전히 순진한 그녀의 의식 속에서 아버지는 늘 강하고 카리스마 넘치는 사람이었다. 무엇보다 그는 아버지였다. 어떤 식으로든 그가 타격을 입으리라는 건 상상조차 하지 못했다. 아버지란 어떤 경우에도, 바위와 같은 존재였다. 적과 위험 앞에서 그 뒤로 숨을 수 있는, 언제나 우리를 보호해 주는 바위. 하지만 그날 밤, 막신은 아버지의 시선 속에서 그녀를 빨아들이는 심연을 보았다. 바위가 빈껍데기로 변해 있었다. 아버지는 복사한 열쇠를 이용하여 식인귀를 딸의 방으로 들여보냈다. 식인귀에게 딸을 던져주었다. 집에서 헬리콥터로 두 시간 거리인 스키장에서 그녀의 어머니는 스키를 타며 보낸 긴 하루를 끝내고 휴식하고 있었다. 막신은 무섭다고, 도와달라고 울부짖을 사람이 아무도 없었다. 무시무시한 공포가 머리끝부터 발끝까지 엄습했다. 그녀는 도망치려 하지 않았다. 할퀴려 하지도 않았다. 다만 고개를 숙였을 뿐이었다. 그녀는 이 현실에서 도피하고자 기계적으로 까딱거리고 있는 미키마우스 자명종의 똑딱거리는 소리에 온 정신을 집중했다.

똑딱, 똑딱, 똑딱…….

미키마우스의 양옆으로 펼친 팔이 부자연스럽게 비틀렸다. 비록 그림 인물이라 하더라도 탈출구를 찾는 것 같았다고 할까. 곱슬머리 소녀는 비틀린 생쥐의 팔을 관찰했으나, 거기선 위기를 모면할 어떤 구실도 찾지 못했다.

똑딱, 똑딱, 똑딱…….

두툼한 손가락이 소녀의 턱밑으로 미끄러져 들어와 턱을 들어 올렸다. 그녀를 안심시키려는 듯.

적어도 상품을 확인하려는 것이 아니라면 말이었다.

어린 딸이 가냘픈 소녀의 목소리로 속삭였다.

"아빠, 이 사람한테 가라고 해."

아버지는 묵묵부답이었다. 시선을 다른 데로 돌리며 슬쩍 눈물을 훔쳤다. 이윽고 그가 일어섰다.

아이의 목소리가 채근했다.

"어서 가라고 해."

아버지는 이 방의 어둠 속에서 벌어지는 일이 현실이 아니기를 바랐다. 그는 뒤돌아보지 말아야겠다고 생각하며, 환한 복도를 향해 나아갔다. 따지고 보면 이 모든 것이 지나가 버릴 나쁜 순간에 불과했다. 그리고는 곧 나쁜 기억이 되어버릴…….

그에게는.

그녀에게는 그렇지 않았다.

"아빠……."

등은 구부정해지고 눈썹은 축 처진 아버지가 현실 부정으로 족쇄가 채워진 의식 속에서, 식인귀에게 딸을 버려둔 채 등뒤로 방문을 닫았다.

……똑딱.

그토록 길게 느껴본 적이 결코 없었던 복도 속으로 멀어져 가는 아버지의 귀에 들려온 건, 딸의 입에서 나온 울부짖음이 아니었다. 딸의 몸을 빠져나오는 영혼이었다.

"막신, 이 망할 년……."

서약서에 열거된 비방성 단어들에 감정이 상한 콜베르의 막말이, 아물지 않은 자식의 상처에 역설적으로 치료제가 되었다.

그가 서약서를 읽었다.

복수의 첫 단계.

작크는 서류의 내용에 대해 아는 바가 전혀 없었다. 콜베르는 서류를 큰 소리로 읽지 않았으나 대략의 윤곽은 파악했다.

막신은 부권이 훼손된 아버지에게 대답했다.

"난 매일 밤 악몽을 꿨어. 수면제 없이는 잠들 수가 없었다고. 그래서 메스 다루는 법을 손에 익혔지."

"잡스런 소리야, 그 모든 게 다."

'잡스럽다'라……. 그 표현은 여전했다. 아내를 자살로 이끌고 딸은 정신이상 직전까지 몰아간 저열한 행위를 자행한 아버지의 조롱.

막신은 똑같이 차갑게 빈정거리며 받아쳤다.

"그래, '잡스런' 소리겠지. 난 이제껏 아버지가 그 잡스런 짓에 대한 대가를 치르게 하기 위해 필요한 모든 것들을 미친 듯이 연마했어. 이제 아버지가 내 손에 붙잡힌 이상, 절대 놔주지 않을 거야."

자존심에 진정한 타격을 입은 콜베르가—왜냐하면 그의 관점으로는 그가 부당하게 공격당하는 거였기에— 분노로 이성을 잃었다. 막신이 바라던 바였다. 그를 덫에 걸리게 하고 싶었기 때문이다.

"그놈의 끝도 없는 원망을 이번에야말로 제대로 끝장내야겠구나. 이런 식으로 아비를 진창에 빠뜨릴 수 있다고 믿다니. 내 오늘 너한테 돈도 다 잃고 그 참을 수 없는 시건방도 다시는 못 떨게 해줄 테다. 드 고르 변호사, 내 딸이 또다시 이긴다면 내가 이 오물에 서명하겠다는 약속을 기록해 두고, 카드 배포하세요."

덫이 찰칵 닫혔다. 체스의 말들이 자리를 잡았다. 사형집행이 시작될 수 있었다. 막신은 수년 동안 이 순간만을 꿈꾸었다. 서약서. 서명 약속. 결투.

그에 따른 결과.

비록 기운이 달릴지라도 이제는 결투를 해야 했다. 그리고 이겨야 했다. 기회는 한 번뿐이었다. 오직 한 번. 여기서 이 표적을 놓친다면 그땐 그녀가 거꾸러질 터였다. 콜베르, 그는 합법적으로든 등 뒤에 총알을 박아서든, 절대 그녀를 놓지 않으리라. 강간 사건 이후에 그는 자신의 수치심을 외면하기 위해 딸에게 가증스럽게 구는 방법을 선택했다. 더러운 기분을 느끼지 않기 위해, 딸에게 잘못을 돌렸다. 번뇌 속에서, 잘못은 막신에게 있다고 믿기에 이르렀다. 당시 그는 이런 자신의 거짓말에 속아 아무 회한도 느끼지 못했다. 그리고 오늘 밤, 그는 딸을 기어이 때려눕히고야 말겠다는 생각뿐이다.

다시 한번.

막신은 두려웠다. 상대는 괴물이었다. 막신은 고개를 빳빳이 치켜들고서 정면을 바라보았고 가슴을 활짝 폈다.

보이지 않는 두 손은 바르르 떨면서.

선수들이 식을 새 없는 테이블에 다시 둘러앉았다. 엄숙한 침묵. 드 고르가 카드를 배포했다. 카드를 칠 때마다 나는 탁탁 소리 하나하나가 건물의 토대를 뒤흔들 기세로 방 안에 울려 퍼졌다.

막신이 배포된 카드를 부들거리는 손가락으로 낚아챘다. 콜베르는 크리스털 잔에 술을 다시 따르며 술병을 비웠다. 커다란 금반지가 깨지기 쉽고 섬세한 크리스털 잔에 짤깍 부딪쳤다. 그가 술잔을 단숨에 비웠다.

첫 패.

"세 장."

막신이 담담하게 말했다. 아버지도 이제는 감정 없이 이어받았다.

"나도 세 장."

공증인이 작크의 전문가의 시선 하에 카드를 돌렸다. 농간 따위는 없어야 했다. 그렇지 않으면 무기를 들 수밖에 없고 막신의 계획은 물거품이 되리라.

막신은 패를 확인했다. 잭 페어뿐이었다……. 이제껏 걸어왔던 이 모든 길, 감수했던 위험들, 위기들, 그 모든 것이 이 망할 잭 페어를 위해서였다니. 그녀의 삶이 가장 약한 패의 카드들을 덮고 있는 한 손에 달려 있었다. 카드로 복수하려 했는데 악마가 어깃장을 놓고 있었다. 막신은 두 눈을 감고서 침을 삼켰다. 이 부당함에 구역질이 났다. 눈물 한 방울이 막신의 창백한 볼을 타고 흘러내렸다.

"저런, 저런, 품위를 지켜야지! 포커에 감정을 드러내서야 쓰겠니!"

피로에 못 이긴 콜베르가 그만 권위적인 본성을 드러내는 걸 어쩌지 못했다. 전쟁. 막신은 폭발했다. 판은 이미 결정되었다. 그녀가 아버지의 낯짝에 침을 뱉듯 진실을 토해내는 걸, 막을 수 없었다.

"그렇고말고, 아빠! 아빤 절대 감정을 드러내지 않으니까! 그래서 아빠가 그렇게 강한 거야. 상관없어, 블러핑만으로 포커를 하는 건 아니니까. 중요한 건 손에 뭘 쥐고 있느냐지. 감정 따위, 아무 상관없어!"

"그럼 보여봐라."

막신은 공증인이 서류 가방 속에 고이 보관한 서약서의 종잇장처럼 부들거리면서 테이블의 카드들 중 두 장을 뒤집었다.

잭 페어.

초라하기 그지없는 망할 잭 페어.

막신은 숨을 헐떡거렸다. 마찬가지로 긴장했던 콜베르가 안도의 뜻으로 미간을 찡그리며 중압감에서 벗어났다. 승리의 기미가 보였다. 그가 3 페어를 보이고 나서 세 번째 카드를 보였다.

트립스.

작크는 아픔도 느끼지 못한 채 부상당한 약지와 새끼손가락을 비볐다. 막신이 울음을 터뜨렸다. 콜베르가 심호흡을 하며 이미 쓰러진 적의 목을 비틀었다.

"미안하구나, 딸아. 어쩌겠니, 다 그러면서 배우는 거란다."

"아아아아아아아아아아하하하하하하하하하하!"

이제껏 쌓아온 전사의 분노가 적의 방벽을 무너뜨렸다. 이제 검을 높이 치켜들고서 왕을 향해 마지막 돌격을 감행해야 했다. 오직 한 가지 생각만으로. 바로 왕의 목을 베겠다는 생각.

막신은 몸을 일으키며 다른 카드 한 장을 테이블에 올려놓았다.

세 번째 잭.

트립스.

마법과도 같은 승리였다.

"……세상일이란 게 그렇더라고. 마냥 좋게 흘러가지만은 않아. 여기서 '좋다'는 건 성경적인 정의에서 그렇다는 거야. 그래서 때로는 정신 건강을 위해, 운명을 조금은 믿어볼 필요도 있는 것 같아. 역설적이지만 어쩌겠어, 내가 정한 규칙이 아닌걸."

이 복음은 막신이 바스티앙을 처벌하고 나서 장에게 들려준 것이기도 했다. 그녀가 다시 한번 운명의 목을 비틀어 바로 조정한 지금, 똑같은 가르침이 준비돼 있었다. 어떤 길이든 상관없었다. 도착지에서 그녀의 당연한 몫을 얻을 수 있다면. 바로 처벌을.

막신은 믿기지 않아 하는 아버지의 눈앞에 승리를 거머쥔 손을 흔들어댔다.

"나쁜 놈! 나쁜 놈! 이거 보이지?! 아주 잘 보이지?! 이건 기억할 거야, 그렇지?! 늘 날 맘대로 할 수 있다고 생각했지?! 내가 고분고분하다고 생각했을 거야! 그런데 난 고분고분하지 않거든, 멍청아!"

콜베르는 무너졌다. 공증인이 고객의 나머지 패를 살폈다. 아무것도 없었다.

막신이 입가에 침이 고인 채로 포효했다.

"서명해, 당장! 이 빌어먹을 종이에 서명하란 말이야! 아버지가 서명하면 내가 이걸 세상에 공개할 거야! 알아들어, 이 추잡한 멍청아?! 내가 얼마나 고분고분한지 똑똑히 보여줄게! 서명해!"

콜베르는 체면을 지키려고 애쓰며 정치인의 가면을 다시 썼다. 현장에서 덜미를 잡힌 정치인은 값을 치를 수밖에 없다. 그도 알지만, 법망을 빠져나가려는 발버둥은 쳐야 했다.

"막신, 우리 딸, 진정해라. 네가 쓴 이걸 좀 봐라……. 아니, 이게……."

"서명해!"

감정적인 접근이 성공하지 못하자 콜베르는 비양심적이고 뻔뻔한 태도를 취했다.

"난 이 서류에 서명 못 한다! 다 거짓말이니까! 어쨌든 너무 과장했잖아! 너도 잘 알 거다!"

"서명해, 쓰레기야!"

막신은 울부짖고는 공증인을 공략했다.

"변호사님이 서명하게 하세요! 그러려고 여기 온 거잖아요! 어서 서명하게 해요!"

공증인은 부패한 정치인 동맹자를 배신해야 할지 망설였다. 작크가 테이블 밑에서 그의 발을 차서 주의를 끌었다. 드 고르는 작크의 무릎에 고이 놓인 채 자신을 향하고 있는 권총을 보았다. 데데가 작크에게 경고한 바 있었다. "그놈들은 자기가 곧 법이라고." 그래서 작크는 만일의 경우에 대비했다. 이 저속한 자들이 45구경 권총 맛을 보기를 원할 경우에 대비하여 수비를 강화했다. 정의의 올바른 편에 머물기 위해.

타락한 것보다 비겁한 게 먼저인 공증인은 대세의 방향이 기운 것을 느끼고 태도를 바꾸어, 법의 대변자로서 타고난 냉정한 어투로 막신에게 화답했다.

"콜베르 의원님, 부탁드립니다."

드 고르 변호사가 서류의 십자가에 못 박힌 아버지에게 펜을 내밀었다. 콜베르가 격분하여 펜을 뿌리쳤다.

"당신은 내가 여기에 서명을 할 수 있다고 생각하는 거요? 내 정치 인생에 어떤 처참한 파문이 일지 잘 알면서?"

이어서 그는 딸을 돌아보며 협상을 시작했다.

"막신, 그래, 우리 얘기를 하자꾸나. 날 용서해라, 내가……."

막신은 그를 노려보았다. 그녀는 분노로 물들고, 슬픔에 잠식당했다. 남은 건 진실뿐이었다.

"뭐 때문에, 아빠? 내가 왜 아빠를 용서해야 하지? 내가 어렸을 때 날 두고 내기를 건 걸? 아빤 어떻게 아빠가 용서가 되는 건데? 하룻밤이니까, 하룻밤쯤 아무것도 아니니까? 내가 밤새 강간당한 그 하룻밤은? 그런데 그렇지 않아. 왜냐하면 아빠 친구 장 위베르는 부실한 인간이었어도, 열네 살짜리 어린 여자애한테는 흥분했거든. 이건 진실인데 발기가 멈추질 않았어. 거기에 다양하게 즐길 방법을 찾는 데는 어찌나 상상력이 풍부하던지."

사건의 진상. 건전한 정신을 가진 누구에게도 추악하고, 있을 수 없는 일. 진실. 막신의 진실. 변태성욕자의 손에 망가진 그녀의 유년 시절의 진실. 도덕의 경계를 넘어선 탐욕스런 아버지의 야망에 꺾인 유년 시절의…….

작크는 막신이 콜베르와의 관계를 밝힌 이후로 최악을 상상해 왔다. 그 지경의 복수심을 불태울 만한 가장 처참한 트라우마를 유추했다.

하지만 이건 아니었다.

그는 최악의 쓰레기들이 거리낌 없이 극악을 부리는 더러운 노름판을 보았다. 현기증 나는 빚더미 속에서 파멸하는 노름꾼들을 보았다. 그들이 망치로 머리를 맞거나 바이스로 얼굴이 조이는 것으로 대가를 치르는 걸. 노름빚을 받아내기 위해서라면 진정한 잡역부가 되는, 변질된 노름으로 뼛속까지 썩은 악당들. 그들은 돈을 받아낼 괴상한 아이디어들을 끝도 없이 떠올렸다. 음산한 장면 연출에 검열이란 없었다. 도덕이 부재하는 더러운 게임. 작크는 그런 작태를 필요 이상으로 숱하게 보아왔다. 하지만 콜베르와 그의 친구가 저지른 변태 짓거리는 그로서도 상상조차 해보지 못한 것이었다. 제아무리 정신 나간 악당이더라도 자기 딸을 포커 판에 내놓지는 않을 터였다. 게다가 돈으로 둘러싸인 인간이라면 더더욱. 일반적인 매춘이라면, 그럴 수 있을 것이다. 하지만 아무 한계 없는 변태 짓거리에 대한 의기투합은, 높은 사람들에게서만 찾아볼 수 있다. 정치인들, 부르주아들, 권력자들. 그들은 거리의 어떤 불한당이라도 그들과 비교하면 순한 양으로 치부될, 음란하고 추잡한 짓거리가 가능하다. 이 특권층은 선출된 지위라는 보호막 뒤에서, 더할 수 없이 비열한 악행을 저지르면서도 더러워진 손을 느끼지 못하고 깨끗한 척하는 영혼을 간직한 채로 희희낙락한다.

막신이 말했다.

"아빤 늘 자신을 아주 높이 평가했어. 그날 밤도 자신을 과대평가했고, 게임에 졌지. 엄청나게, 부인할 수 없이…… 그 끔찍한 짐승이 내 이름을 입에 올릴 정도로……. 아빠 빚을 탕감해 주는 조건으로. 그런데 아빠는…… 아빠가! 그걸 수락했어!"

회피의 달인이 된 콜베르가 우물거리며 대꾸했다.

"문제가 그보다 더 복잡했어."

막신이 빈정거렸다.

"더 복잡했다고? 어떻게? 어디, 설명해 봐. 그런 걸 이해하기엔 내 머리가 나쁠 수도 있겠지만, 시도는 늘 해봐야지."

"선택의 여지가 없었다……."

"뭐라고?"

콜베르가 흘러내린 앞머리를 신경질적인 동작으로 쓸어 올렸다.

"선택의 여지가 없었다고……."

막신은 숨이 턱 막혔다.

"선택의 여지……? 자기 딸을 빌어먹을 강간범한테 팔아먹는 데에……?"

콜베르가 짜증이 치민 표정이 되었다. 비겁한 그는 궁륭 형태의 천장에 그려진 루벤스 모사화에서 유효한 핑계라도 찾으려는 듯, 천장을 향해 눈을 치떴다. 「비너스 축제」. 색정적인 사티로스•들에게 강제로 붙들린 요정들의 소란스런 파랑돌 무용••. 게임방에서 자기들 위에 군림하는 이 그림을 보며 언필칭 고관대작들은 섬세한 교양인처럼 외쳤다. 걸작이요! 인테리어가 좋은 구실이 되었다.

"협박을 당했다. 내 경력을 무너뜨릴 수 있다고. 우린 모든 걸 잃을 뻔했단다. 집, 안락한 생활…… 내 명성……."

"내가 모든 걸 잃었어, 아빠. **내가** 모든 걸 잃었다고!"

막신은 그에게 현실을 직시시키려 했다.

"그날 밤, 그 짐승 손아귀에서, 그 짐승이 날 자기 거나 되는 듯 멋대로 주무르고 몸 곳곳을 찢어놓는 동안, 난 모든 걸 잃었다고. 그에 비하면 이 망할 안락한 집 따위는 아무것도 아니지……!"

막신은 기어이 말을 끝맺으려고 기를 썼다. 하지만 아무리 노력해도 이해 불가인 이 말이 채 발음되기도 전에 땅바닥에 부서져 내렸다.

"아빠가 날 팔아넘긴 거야……. 내 친아빠가."

콜베르의 시선이 신화적인 소란스럽고 음탕한 벽화에서 휜담비털 실내화로 옮겨갔다. 그는 용서가 아니라면 적어도 관용이라도 얻기를 희망하면서, 솔직하게 해명했다.

"넌 이해하지 못할 거야. 그자가 내 목을 틀어쥐고 있었어. 날 파멸시킬 수 있었다고."

• 그리스 신화에 나오는 반은 사람이고 반은 짐승인 괴물.

•• 프랑스의 프로방스 지방에서 옛날부터 전승되어 온 민속 무곡과 그 무도.

막신이 연민을 바라는 콜베르의 기대를 대번에 물리쳤다.

"아? 그 정도였어? 그럼, 말해봐. 대체 얼마에 날 팔았어, 아빠? 응? 대체 내가 얼마나 비싼 가격이었는지 안다면 속이 시원할 것 같은데. 얼마야, 대체, 내 목숨값이?"

"죽진 않았잖니."

"죽은 거나 진배없어."

"과장은……."

참았던 눈물이 망막을 붉게 물들였지만, 막신은 물러서지 않았다. 버틸 터였다. 그가 인정하지 않는 한 아무것도 놓지 않고, 끄덕도 하지 않고서 끝장을 볼 터였다.

"아, 그래? 알았어, 죽진 않았지, 인정할게. 그럼 엄마는? 엄마 목숨은 얼마야? 엄마도 죽진 않았다고 할 건가?"

콜베르가 초라하게 등을 굽혔다. 울부짖는 딸의 방문을 닫으며, 이 일을 기억 속 가장 깊은 곳에 묻기로 결정했을 때처럼.

"날 봐, 내가 얘기할 때는!"

막신은 그의 뺨을 후려쳤다. 콜베르가 소스라치며 붉어진 볼에 손을 가져갔다. 딸이 아버지한테 손찌검을? 어떻게 감히? 어떻게 이런 일이 일어날 수 있는 것인지? 막신이 울부짖었다.

"쓰레기! 서명해!"

작크는 벌떡 일어나 흔들리는 왕에게 무기를 겨누었다. 이번엔 눈치를 보지 않았다.

"서명해."

작크는 오랫동안 기다려 왔다. 무대에 등장할 때를. 게임이 시작되었을 때부터 그는 방구석의 병풍이 된 듯한 묘한 불쾌감을 느꼈다. 체스판의 불필요한 말이 된 기분이라고 할까. 막신은 아버지와 대적하기 위해 자신 속의 악마를, 공포를 용감히 물리쳤다. 이제 작크의 유일한 역할은 판결이 집행될 수 있도록 그녀를 돕는 일이었다. 그러기 위해서는 카드나 허세 따위는 더 이상 필요치 않았다. 반자동 글록 권총이 위력을 행사할 때였다.

막신은 이제야 작크의 존재를 깨달았다는 듯 그를 찬찬히 바라보았다. 대결에 사로잡혀 그를 잊고 있었다. 처음엔 무기를 동반한 이 난입이 비현실적으로 느껴졌다가, 차차 정신을 추스르면서 반가운 마음이 되었다.

콜베르는 자신을 겨눈 총구 앞에서 더 이상 정치인의 허세나 변명을 찾지 못했다. 목숨을 잃을 것이 두려웠다. 눈앞의 갱스터는 그리 명석해 보이지 않았으나 단호했다. 언제라도 방아쇠를 당길 기세였다. 몰락한 군주가 법의 대변자에게 도움을 요청했다.

"아니, 당신은 보고만 있는 건가……."

"콜베르 의원님, 저건 법의 강제적 집행을 보조하기 위한 제스처로 생각됩니다. 서명하셔야겠어요."

드 고르는 소아성애 범죄재판소에서 판결을 내리는 법관의 공정성에 의거하여, 목소리를 높이지 않고서 의견을 말했다. 바로 그가 할 일이었다.

막신의 어조가 변했다. 그녀는 나약한 면을 드러냈다. 자제하지 않았다. 그녀가 말했다. 마치 끊임없이 이해하려고 해보았지만 결국 이해하지 못한 열네 살짜리 청소년으로 되돌아간 듯했다.

"얼마나 소리를 질렀는지…… 얼마나 크게 울부짖었는지 몰라, 아빠……. 그런데 아빤 아무것도 하지 않았어……. 결코 되돌아오지 않았지……. 의문이 머릿속을 떠나지 않았어……. 어린애가 그렇게 몇 시간이고 울부짖는데, 어떻게 아무것도 하지 않고 그걸 참을 수 있는지?"

콜베르가 시선을 회피했다. 딸이 내미는 거울을 직시할 자신이 없었다.

"난……."

"내 울음소리를 못 들었다는 말은 하지 마. 날 더는 얕보지 마, 모욕은 이제까지로도 충분하니까."

수치심에 휩싸인 아버지가 인정했다.

"귀마개를 했어."

막신은 기겁하여 숨이 턱 막혔다. 아버지의 이 몰상식한 해명이 무슨 뜻인지 깨닫기 위해 그의 말을 곱씹어야 했다. 말이 단속적으로 흘러나왔다.

"친딸이…… 강간당하는 동안……? 아빤 귀마개를…… 귀마개를 했다고……?"

딸이 해명을 문제 삼으며 질책하자 곤혹스러워진 콜베르는 망령이 든 노인처럼 어물거렸다.

"하룻밤이었어……. 단지 하룻밤……."

막신이 고문관에게 그의 행위에 대한 책임을 끈질기게 인지시키려고 애쓰며 울부짖었다.

"난 겨우 열네 살이었어! 열네 살! 하기는 아빠 말이 맞아. 짐승의 품에서 단 하룻밤쯤이야, 아무것도 아니지! **서명해!**"

콜베르는 탈출구를 찾아 방 안을 시선으로 휘 둘러보았다. 예전에 딸이 미키마우스 자명종의 시곗바늘에 매달렸던 것처럼.

작크가 방아쇠를 당겼다.

콜베르는 오른쪽이 타들어 가는 듯한 기분을 느꼈다. 아드레날린의 과도한 분출이 감각에 이상을 초래했다. 그는 고통이 아니라 공포로 소스라쳤다. 총알이 오른쪽 귀를 날린 걸 아직 깨닫지 못했다. 작크는 게임이란 게임은 모조리 통달했다. 사격까지. 다음번엔 아동성매매범의 미간을 조준할 터였다. 메시지는 명확했다.

"서명해."

콜베르가 공증인이 건네는 펜을 낚아채더니 흐느끼기 시작했다. 콜베르, 위풍당당한 세력가, 두려운 정치인, 탁월한 도박사, 배신자 아버지가 딸의 눈앞에서 갈가리 찢겨 너덜거렸다.

그가 경련을 일으키며 종이를 바로 잡지 못했다. 서명하는 것이 불가능했다. 드 고르가 테이블에 종이를 고정시켜 주었다. 콜베르가 별안간 구토를 하더니 실크 가운의 소맷자락으로 입을 훔쳐내고는, 울음과 딸꾹질 사이사이로 종이에 몸을 굽혀 펜으로 서명했다.

똑같은 두 장의 서류에.

막신은 입을 크게 벌린 채 깊은 숨을 끝도 없이 들이마셨다. 허파에 공기를 불어넣었다.

생명을.

열네 살이었을 때 식인귀의 품에서 숨이 막혀 있던 생명이었다. 그날의 오점 때문에 죄책감에 시달리고 상황의 불가해함에 괴로워하며, 끊임없는 자학과 자해를 되풀이했던 성인의 생명이었다.

이제는 뜨거워진 피가 정맥을 타고 심장까지 흘러들어 갔다. 사랑하는 아빠가 빚을 갚기 위해 딸을 팔아넘기고 승자가 딸의 방에 들어가 자기 몫을 거둬들였을 때 멈췄던 심장이었다.

겉보기엔 아무것도 아닌 종이 하단의 서명을 보자 막신의 심장이 뛰기 시작했다.

마침내, 해방이었다.

의자에 풀썩 무너져 내렸던 콜베르가 두 눈을 떴다. 마치 술이 깬 알코올중독자가 눈앞의 현실을 다시 깨닫고서 자신의 처참한 처지, 향정신성 화학물의 행복감 유발 효과로 미화하고, 도피하고, 더 나쁘게는 비양심 속에 묻어버린 처참한 처지를 받아들이고 대면하는 것 같았다고 할까. 서명이 그의 혼미한 정신을 일깨웠다. 어떤 어마어마한 영향력으로도 더는 그를 이 진실에서 해방시킬 수 없을 터였다. 그의 몰상식한 만행이 베일을 벗었다. 그의 파렴치한 행위가 필터 없이 모습을 드러냈다. 깊은 구렁이 그의 발밑에서 입을 벌렸다. 그는 자신이 딸에게 겪게 한 형벌이 무엇인지 인지했다. 그토록 사랑했던 딸에게. 이제 남은 남루한 삶 동안에 자신의 진짜 모습과 대면해야 하리라.

괴물과.

"미안하다, 막신, 미안해……."

공증인이 피해자에게 서명한 서류 두 장 중에 한 장을 건넸다. 소중한 자백을 손에 쥔 막신은 점차로 잦아드는 울음을 삼키고 일어섰다. 그녀는 연약했지만, 당당했다. 작크가 성한 손을 그녀의 등뒤로 미끄러뜨려 부축했다. 이제 결투는 끝났다. 그녀는 긴장을 늦추고, 자신의 남자로 간주하기 시작한 이의 품에 몸을 맡겼다. 작크는 그 안도감의 무게를 느꼈다. 그의 품에서 수억 톤의 고통이 빠져나가고 있었다.

"막신…… 내 딸…… 미안해…… 내 아기……."

막신은 방을 나서기 전에 아버지에게 사나운 시선을 돌리며 몸을 기울였다. 그리고 침을 뱉었다. 목이 잘린 왕의 얼굴에 걸쭉한 침이 떨어졌으나 그는 아무 반응도 보이지 않았다.

막신은 작크의 부축을 받으며 멀어졌다. 아버지를 식인귀에게 자신을 팔아넘긴 자의 모습에서 지금의 모습으로 영원히 대체하여 기억하면서.

드 고르가 서류를 봉인하여 서류 가방에 집어넣었다. 그는 사무실로 돌아가 공증하기 전에, 갈가리 찢겨 오열하는 고객에게 투철한 직업 정신으로 인사했다.

콜베르는 혼자 남았다. 비탄만이 유일한 동반자였다.

그리고 빠져든 광기만이.

새벽. 희붐하게 밝아오는 태양이 대저택을 둘러싼 숲의 나뭇잎들 사이로 스며들었다. 아침 안개가 선명한 오렌지 빛으로 물들었다. 후방의 병사들은 발루가 즉흥적인 피크닉에 대비하여 트렁크에 비치해 둔 바둑판무늬 담요로 몸을 감싸고서, 성벽 뒤에서 벌어지는 결전의 결과를 기다리며 대기 중이었다.

발루와 장은 교대로 픽업트럭 옆에 기대어 서거나 보닛 위에 앉아, 열띤 체스 게임을 벌였다. 말을 할 때마다 입에서 하얀 김이 뿜어져 나왔다. 그들은 체스판의 말을 움직일 때마다 두 손을 비벼댔다. 몸이 움츠러드는 한기에도 불구하고 두 사람은 이 고요한 교감의 순간을 즐겼다. 그들은 함께, 행복했다.

"나랑 작크랑 같은 학교를 다녔거든. 작크보다 덩치가 더 큰 자식이 작크를 두들겨 패고 있더라고. 대개 센 인간들이 자기보다 약한 인간들을 건드리는데, 난 그런 꼴을 보면 화가 치밀어. 다행히 난 떡대니까 이걸 힘없는 사람들을 위해 활용하는 거지."

장은 경탄으로 두 눈을 빛내며 영웅의 말을 빨아들였으나, 그렇다고 해서 마냥 실실대고 있지만은 않았다. 아이는 빛나는 공격으로 발루의 퀸을 잡아먹었다. 적은 늘 배신자인 법이다. 설사 그게 친구일지라도.

"아, 젠장……."

수비를 늦추지 말았어야 했을 발루가 신음했다.

"이번엔 말을 잘 움직이지 않으면, 체크메이트야."

"젠장, 넌 엄청 빨리 배우는구나."

"아저씨가 좋은 선생님이니까."

발루는 단단한 주먹으로 능글맞은 꼬마의 턱을 가볍고 다정하게 툭툭 건드렸다. 그러자 문득 이 꼬맹이가 링에 오르면 어떨지 궁금해졌다. 아마 처음엔 대단치 않으리라. 라이트플라이급보다 가벼운 지식인 꼬마가 자기의 IQ 뒤로 몸을 숨길 수는 없을 테니까. 정글에서 살아남고 싶다면 훈련에 돌입하기를 질질 끌지 말아야 하리라.

어쨌든 지금으로서는 발루가 고전을 면치 못했다. 호전적인 꼬마 천재가 킹을 궁지로 몰아넣었다. 발루는 머리를 쥐어짜 룩을 킹 옆으로 이동시키며, 이 수비로 궁지에서 벗어날 수 있기를 바랐다.

"내가 그 불량아를 늘씬하게 두들겨 패줬어. 놈이 줄행랑을 치고 나서 작크한테 손수건을 건넸지. 코피를 흘리고 있더라고. 털 빠진 가련한 도둑고양이가 따로 없었지. 그래서 내가 접수했고, 이후로 쭉 작크를 지켜주고 있어. 가족을 전부 잃어봤으니, 같은 일을 또 다시 당하고 싶진 않았거든."

장은 대각선에 위치한 비숍으로 인정사정없이 체크메이트를 만들었다. 발루는 이 무정한 공격에 넋이 나갔다. 그는 아무래도 이 깃털도 안 난 참새를 복싱 클럽으로 끌고 가 훈련을 시작해야겠다고 생각했다. 팔굽혀펴기부터 죽도록 시켜 오늘의 원수를 갚으면 균형이 맞을 터였다.

빛나는 승리에도 불구하고 연약한 꼬마가 물었다.

"그럼 난?"

"너?"

발루가 두툼한 손으로 피보호자의 가녀린 목을 감쌌다.

"당연히 너도 지켜줘야지."

명랑한 곰이 호인의 면모를 잠시 접어두었다.

"다신 널 아프게 하지 못하게 할 거야."

아이의 엄마를 굳이 언급하고 싶진 않았다. 그럴 필요가 없었다. 장이 자기 사연을 이야기했을 때 발루는 잠자코 듣고만 있었다. 그는 알았다. 마침내 살아야 할 이유를 찾았다. 그는 이 아이를 돌볼 터였다. 무슨 일이 있어도.

"약속해?"

"약속해."

안심한 아이가 흥얼거렸다.

"행복하기 위해서 거창한 건 필요없어."

"넌 정말 할 말이 없게 만드는 녀석이구나."

발루는 멀리서 그림자 두 개가 나타나는 걸 보며 몸을 일으켰다.

생존자들의 유령 같은 그림자가 새벽안개 속에서 너울거렸다. 작크가 기진한 듯한 막신을 한 손으로 부축하고 있었다. 자유로운 다른 손으론 운동 가방을 들었다. 저택을 나서며 거액의 판돈을 챙기는 걸 빠뜨리지 않았다. 서명 외에도 50만 유로가 고스란히 승리한 딸의 몫이었다. 이 사실의 인증을 위해 드 고르 변호사를 협박할 필요조차 없었다.

막신은 소중한 서류를 마치 엄마가 화재 현장에서 구해낸 아기를 끌어안듯 가슴에 꼭 품었다. 작크는 이는 신중하지 못한 처사이고 종이를 안전하게 어딘가 넣어두어야 한다고 생각했으나, 막신은 아직 그럴 준비가 돼 있지 않았다.

작크는 고개를 들어 철벽 바깥의 후위대 동료와 눈을 마주쳤다. 그의 무언의 물음에 작크는 고개를 끄덕이는 조심스런 방식으로 모든 상황을 요약했다. 발루한테도 그 이상의 설명이 필요치 않았다. 그는 담요 두 개를 더 가지러 가기 전에, 천재 병아리에게 가죽 체스판을 넘겼다.

"제자리에 넣어둬. 게임 끝이다."

"겨우 두 판에? 내 생각엔 이제 시작일 뿐인데."

발루는 나이에 비해 지나치게 영리한 아이를 다정한 눈길로 바라보았다. 하룻밤 사이에 그의 아이가 된 아이를.

수 킬로미터를 달려 그들에겐 이제 나쁜 기억일 뿐인 그 모든 것과 멀어지자, 툰드라는 웅장한 파노라마가 경사져서 펼쳐진 황량한 길에 정차했다. 발루와 작크는 나란히 서서 아침 이슬 위로 똑같이 방광을 비웠다. 기술적인 휴식. 폭풍 뒤의 고요. 아침 참새들의 짹짹 소리와 휴식 중인 자동차 엔진의 포근한 그르렁거림이 어우러진 에피날 지역의 풍경. 시골의 신선한 공기가 코를 간질였다. 그들은 살랑거리는 이 산들바람을 만끽했다. 발루가 단둘이 된 틈을 타서 친구에게 둘 사이의 약속을 상기시켰다.

"잊지 않았지, 엉?"

"설마, 농담이겠지?"

"내가 장난하는 걸로 보여?"

아니, 그는 에볼라 바이러스보다 심각해 보였다. 작크는 녹초가 된 다른 승객들을 깨우고 싶지 않았지만, 친구와 소곤거리는 중에 어쨌든 언성이 높아졌다.

"뭐야, 넌 왜 포기를 모르는 거니?"

"시작을 했으면 끝을 봐야지."

"발루, 우리 이제 원정 처벌 좀 자제해도 되지 않을까? 이미 한 놈 제거했잖아. 그럼 된 거 아냐, 안 그래?"

"그걸로 충분하지 않아. 약속했잖아, 작크."

피를 나눈 형제의 약속, 그건 신성한 것이다.

"무슨 얘기들인지 나도 좀 알 수 있을까?"

막신이 두 남자에게 다가와 그들이 아직 성기를 드러내 놓고 있는 것에 개의치 않고서, 그들 옆에 쭈그려 앉았다. 기겁한 두 남자가 숨죽인 채 막신을 바라보았다.

"왜, 불편해?"

거북해진 남자들이 몸이 굳은 채, 그들에게 중요해진 수치심을 지키며 감탄스런 자연 풍경을 조망했다. 막신이 아랑곳없이 볼일을 보며, 두 남자도 예외가 아닌 만연한 성차별주의에 대해 일침을 가했다.

"길에서 오줌 싸는 걸 왜 남자들이 독점해야 하는데?"

두 멍청이가 말을 잃었다가, 정신을 추슬렀다. '젠장, 그러네, 맞는 말이네.' 작크는 바지의 지퍼를 채웠다. 이 막간의 교육으로 무언가 머릿속이 환해진 기분이었다.

"공항에 데려다줄게. 우린 마지막으로 해야 할 일이 있거든."

"공항에?"

"멕시코로 갈 거잖아, 아니야?"

"그래서, 너는 안 가?"

"좋은 일 때문이야. 곧 뒤따라갈게. 약속해."

작크는 키스하기 위해 막신을 끌어안았다. 그런 식으로 장황한 설명의 늪에 빠지는 걸 피하고 싶었다. 그는 여성과의 소통 방식에 대해 아직 더 배워야 했다.

"날 바보로 아는 거야?"

막신은 키스는 좋아했으나. 그의 태도는 아니었다.

"클래식한 로맨티시즘은 접어두고, 대체 무슨 꿍꿍이들인지 설명해 봐."

매력적인 왕자님의 몰락. 발루는 풋, 실소를 터뜨리고는 몇 마디로 상황을 요약해 주었다. 크라코비츠, 천성이 저열하고 야비한 포주, 두 사람이 자발적으로 부과한 임무, 크라코비츠 처단. 콜베르 같은 인간도 처단한 마당에 일관성이 있어야 하지 않겠는가. 쓰레기

끝판왕이 판치도록 내버려 둔 채 도망칠 수는 없었다. 막신은 감탄의 뜻으로 입을 삐죽거렸다. 일리 있는 주장임을 인정하지 않을 수 없었다.

이제 막 싹튼 사랑이 초기 단계에서 물거품이 되는 걸 원치 않았던 작크가 실수를 만회하고자 막신에게 따로 이야기했다.

"오래 걸리지 않을 거야. 어쨌든 그러길 바라야지……. 멕시코 칸쿤이든 어디든, 방갈로에 내 자리를 남겨줘. 어디로 갈지만 알려주면……."

"아니, 네가 심판자 놀음을 하는 동안 나는 얌전히 널 기다리고만 있을 것 같아?"

막신이 발루를 돌아보았다.

"어떤 식으로 처단할 건데?"

검은 거인이 연약한 금발머리를 195센티미터 높이에서 내려다보더니 눈썹을 치켜올렸다.

"따라와."

그가 차 뒤로 가서 트렁크를 열었다. 거기엔, 산탄총 한 자루와 권총 한 자루가 얌전히 누워 있었다. 막신은 실망한 표정이었다.

"이게 다야?"

"뭘 기대한 거야? 바주카포라도 있을 줄 알았어?"

"글쎄, 그건 아니지만 그래도 마피아 보스를 치러 가는데 이건 좀 약해 보이네, 안 그래?"

발루가 빈정거렸다.

"마블 영화라도 찍는 줄 알아?"

주먹다짐에는 거창해지는 친구의 성향을 잘 아는 작크가 그를 놀렸다.

"참, 너다운 비유다."

막신이 권총의 무게를 가늠했다.

"아무리 너희한테 크기는 중요한 게 아니라고 믿게 하고 싶어도, 어쨌든 이건 좀……."

작크는 무참해진 응징자 앞에서 실소를 터뜨렸다. 발루는 금발 머리의 손에서 사파리 버전 산탄총을 집어 들었다. 약해진 심판자가 조곤조곤 화를 냈다.

"그래, 알았어. 무기상에 들러 풀 세트를 장만할 시간이 없었어. 네 아버지 집에 가야 해서. 그리고 우린 게릴라전에 뛰어드는 게 아니야. 단지 한 놈만 날리면 된다고. 그런 다음 떠날 거고."

"화내지 마, 그냥 놀리려고 해본 말이야. 너희 의도가 정말 숭고하다. 너희의 행동을 누군가 이해한다면 그 누군가는 내가 될 거야. 게다가 나도 너희와 함께 갈 거고."

막신이 커다란 곰을 감동시킬 수밖에 없는 진심을 담아 말했다. 작크가 놀라서 쇳소리를 냈다.

"뭐라고?"

"장은 안전한 데 데려다 놓자. 그러고 나서 난 너희와 함께 갈 거야."

책임감의 날개가 돋아난 이후로 신중해진 작크는 그녀의 열정에 브레이크를 걸고 싶었다.

"어…… 정말이야?"

장은 툰드라 실내의 불안한 정적에 소스라치며 잠에서 깨어났다. 아이는 잘 떨어지지 않는 한쪽 눈을 껌뻑거리며, 창문을 통해 밖에서 조용히 두런거리는 입양 가족을 바라보았다. 그리고 이제껏 느껴보지 못한 안도감 속에서 다시 평온한 잠에 빠져들었다.

막신이 핸드백에서 자신에게 맞는 구경의 권총을 꺼내며 설명하기 시작했다.

"남자들은 강간당한 여자들이 왜 신고하지 않는지 의문일 거야. 그건 여자들이 혹여 용기를 내어 신고한다 해도, 열에 아홉은 남자가 입건되지 않기 때문이야. '증거'가 없다는 게 이유지. 처방전은 아예 말도 하지 않을게. 무슨 독감이나 되는 듯 10년 뒤엔 상처가 저절로 치료된다는 식이니. 법은 성폭력 피해자들을 도와주지 않아, 사회도 나을 것이 없고. 그래, 그래서 난 너희의 독자적 행동이 마음에 들어."

발루가 반색했다. 그의 몸이 슬슬 덥혀졌다. 그의 결투는 아직 시작도 되지 않았다. 그는 링에 오를 준비가 되었다.

발루가 두 손을 비비며 말했다.

"변태 놈들한테 본때를 보여주자."

작크는 관자놀이를 주물렀다. 그는 친구를 진심으로 사랑했으나 때로 그가 피곤하기도 했다. 제발 잠 좀 자고 싶은, 여자와 아이의 수호자가 구시렁거렸다.

"어쨌든 우리한테도 아침 식사를 할 권리는 있는 거 아냐? 밤이 무지하게 길었다고."

막신이 허가했다.

"그러자."

"오예에에에에에에에!"

작크는 맛있는 크루아상과 포근한 이불을 떠올리며 행복에 겨워 입을 삐죽거렸다.

막신이 탄창을 확인하며 말했다.

"그런데 크라코를 해치운 다음에 나도 찾아가고 싶은 놈이 하나 있어."

작크의 행복이 연기처럼 증발했다. 그가 얼굴을 굳히며 눈을 비볐다. '젠장…….'

"고귀하신 장 위베르 님한테. 세월이 꽤 지났으니, 날 잊었을라나 모르겠지만……."

막신의 눈에 비친 번득임, 미래의 두 범죄 동지들은 이 번득임을 이해하기 시작했다. 작크가 옳았다. 그들은 재충전을 할 필요가 있었다. 멕시코 휴가는 아직 먼 얘기였다. 그들은 자유의 길을 다시 떠날 수 있을 터였다. 보다 아름답고 보다 찬란한 운명을 향해. 각자의 족쇄에서 벗어나 대략적이나마 균열에 땜질을 마치고 더는 무너지지 않도록 힘을 모아 아름답게 재구성된 가족을 이루어서.

하지만 여기는 디즈니랜드가 아니다.

따듯한 봄 햇살이 우아한 크롬 권총을 장전하고 있는 막신의 곱슬거리는 금발 머리에서 반짝거렸다.

"……난 잊지 않았거든."

옮긴이의 글

브누아 필리퐁이 『루거 총을 든 할머니』의 베르트에 이어 『포커 플레이어 그녀』의 막신과 함께 돌아왔다. 『루거 총을 든 할머니』가 뜻밖에 성공을 거두자 그는 덜컥 두려움이 앞섰다. 작품의 완성도보다는, 전작과 똑같은 사이다 맛을 원하는 독자들의 기대감을 충족시킬 수 있을지 불안했다. 하지만 그에게 글을 쓰게 하는 동력인 사회적 약자들의 투쟁은 아직도 흔한 풍경이고, 이 주제에 접근하는 방식 또한 아직 넘쳐난다.

이번엔 포커의 세계다. 스포츠처럼 직접 참여하지 않고 관망하는 것만으로도 감정을 쉽게 이입할 수 있는 세계. 확실한 서사와 개성이 뚜렷한 등장인물들, 속도감 있는 전개로 구축된 복수와 응징의 세계에 대한 몰입이 포커로 한층 강화되었다.

뛰어난 미녀 포커 플레이어 막신, 속임수를 예술의 경지로 끌어올린 빼어난 사기꾼 작크와 그의 단짝 친구이자 콤비 플레이어이며 상습적으로 자살을 시도하는 우울한 거구 발루.

이 세 사람은 필리퐁의 인물들이 그러하듯, 인생에서 커다란 상흔을 입었고 이야기는 이들의 연대를 통한 회복과 복구를 중심으로 흘러간다. 이들에게 포커는 살아 있는 감정을 느끼기 위한 수단이거나, 자신의 감정과 대면하지 않기 위한 구실이다. 요컨대 생존 수단이다. 아울러 막신에게는 이야기 말미에 드러나는 복수의 수단이기도 하다. 총 대신 카드로 하는 복수. 여기에 베르트 할머니만큼이나 나이와 대비되는 뜻밖의 당돌하고 영리한 언변으로 매력을 발산하는 일곱 살짜리 자폐아 장이 가세하여 장애와 공포와 트라우마를 함께 극복해 나가는 유사 가족이 형성된다.

페이지에서 페이지로 독자를 쥐고 놓지 않으며 유지되는 긴장, 익살맞은 상황과 대화들, 처참하고 가차 없는 응징과 복수가 이어지는 이 코믹 통속극은 기대만큼 통쾌하다. 하지만 마냥 낄낄댈 수만은 없는 처절한 투쟁이 담겨 있다. 막신이 여성으로서 당하는 폭력과 부당함, 장이 엄마에게 당하는 아동 학대, 어릴 때 차 사고로 일가족이 몰살당한 트라우마에 시달리는 발루. 이 모든 심각하고 어두운 문제들이 오락을 통해 고스란히 제기되며, 오락으로 인해 진부한 교훈성 서사로 전락하지 않는다. 강하고 매력적인 여성을 앞세운, 유머와 어둠과 감동이 완벽하게 혼합된 브누아 필리퐁의 세계가 한층 깊어졌다.

포커 플레이어 그녀

초판 1쇄 인쇄 2021년 10월 20일 **초판 1쇄 발행** 2021년 11월 1일

지은이 브누아 필리퐁
옮긴이 장소미
펴낸이 이승현

편집1 본부장 배민수
에세이1 팀장 한수미
편집 박윤
디자인 조은덕
표지 일러스트 forest

펴낸곳 ㈜위즈덤하우스 **출판등록** 2000년 5월 23일 제13-1071호
주소 서울특별시 마포구 양화로 19 합정오피스빌딩 17층
전화 02) 2179-5600 **홈페이지** www.wisdomhouse.co.kr

ISBN 979-11-6812-029-7 03860